何一峰武侠小说

何一峰武侠小说

铁血健儿

何一峰 著

中国文史出版社

图书在版编目(CIP)数据

铁血健儿/何一峰著. -- 北京：中国文史出版社，2025.3

(何一峰武侠小说)

ISBN 978-7-5205-4335-4

Ⅰ.①铁… Ⅱ.①何… Ⅲ.①侠义小说-中国-现代 Ⅳ.①I246.5

中国国家版本馆 CIP 数据核字(2023)第 186623 号

责任编辑：牟国煜

出版发行	：中国文史出版社
社　　址	：北京市海淀区西八里庄路 69 号院　邮编：100142
电　　话	：010-81136606　81136602　81136603（发行部）
传　　真	：010-81136655
印　　装	：廊坊市海涛印刷有限公司
经　　销	：全国新华书店
开　　本	：880×1230　1/32
印　　张	：11.25　　字数：261 千字
版　　次	：2025 年 3 月第 1 版
印　　次	：2025 年 3 月第 1 次印刷
定　　价	：69.80 元

文史版图书，版权所有，侵权必究。

文史版图书，印装错误可与发行部联系退换。

徐　序

　　武侠小说能迎合近代潮流，以故各书肆争相出版，一若致富捷径，即随此所谓之一道剑光而至者也。实则可哂，英雄豪杰，人人能见之，人人能知之，而人人不能描写之。描写过火，等于荒唐，描写未及，类于画犬，唯有不即不离，如摄影然，则英雄之所以为英雄，豪杰之所以为豪杰，始能引起人类之观感。

　　近半年中，由友人丐予作武侠小说之序者，虽半谢绝，但又因种种关系，不得不应酬者，其数已达五六十篇。其中文字，使予五体投地者，固属不少，毫无意义，以武侠写作恶棍土豪之模型者，敢曰尚多。唯此《铁血健儿》一书，洵非凡响，其情节之离奇，布局之莫测，文字之紧凑，事实之新颖，尚属余事。予所最心爱者，即"传播革命主义"六字是也。

　　满清入关，原以吾族为征服品，彼时慑于专制之淫威，茶寮酒肆，竟至壁悬禁谈国事字样，即此一端，民为邦本之义，尚能存乎此世界者乎？此书之宗旨，俨为怀种族革命思想者，成一录功簿，殊与其他之武侠小说不同，如此书尚不得谓之武，此书尚不得谓之侠，吾当披发入山，不居人世再鬻劣文矣！呵呵，即此为序。

剡溪徐哲身序于申寓之养花轩次
一九二九年九月五日

自　序

　　亡国惨,亡国而无殉国之士则尤惨。慨自满清入关以来,颠覆有明社稷,其间奔走国难如史可法辈,出死入生,百折不回,终致釜共舟沉,一瞑不视。亡国遗民而有亡国遗民之价值,亡国之惨史有荣光矣。且一史可法死,而后起千百之史可法,前仆后继,接踵而来。始知我国山川磊气之所钟毓,固代有人在,而先烈遗传之可能性,遂茁壮于岩谷草莽之间。

　　夫异族腥膻,实逼此土,日运其如虎如狐之手段,以剥蚀我国民之自由,而翎顶煌煌,强半含有流质性之读书种子,又复认人为父,甘自居于无脑无性无血无气之俦,狼狈为奸,使我国民日呻吟于专制淫威之下,藏其自由丹书于玉函金匮之中,如牛马之任人宰割,如鱼肉之任人俎醢,盖已成为第二之天性矣。而岩穴草莽之士,固知所谓国仇,所谓国难,士气将无所凭恃,所凭则有白铁,所恃则有赤血。猛虎噬于前,则纵涧穿林若履平地,大火燎于后,则飞檐走壁如转蓬帆。其心非不热、技非不苟、志非不坚、气非不壮。事成固流血千里,以雪祖宗之遗羞;事败亦杀身成仁,以赎国民之沉辜。盖其根底之深厚,有非器性薄弱之人所能假借,实开西方俾相铁血主义之先河,为现代革命告成之嚆矢。其历史使余怒,使余哀,使余骇,使余喜,使余闷,使余喷嚏而不能已于言。

　　襄者南方林君,以洪、杨流血史嘱余编纂。余因而谢曰,洪、杨固一时之怪杰也,其事实多散漫于群书,曷若将雍乾间无名之杰,传诸不朽,借彼丹忱荣我稗史之为得乎？林君是余言。因搜集当代秘密运动家之流血人物,会串一书,颜曰《铁血健儿》。

余编是书竟,而书中之正、副要角,犹日萦绕于脑海梦魂之中。仿佛见其挥戈杀敌,流血疆场,绞其脑,滴其汗,胼胝其手足时也。

是为序。

目　录

第一回　老教师酒边逢怪客
　　　　小豪杰灯下读奇书…………………… 1

第二回　痛国仇孤心投父执
　　　　捐义躯九族刃刑台…………………… 8

第三回　雁头抓箭神技喜无俦
　　　　刀下摘心英灵惊作古………………… 14

第四回　浮生争似梦肠断花笺
　　　　长舌鼓如簧谗生贝锦………………… 21

第五回　克斯米一怒害贤良
　　　　孙必古全家入犴狴…………………… 28

第六回　酒后话真言隔垣有耳
　　　　袖中生巧计顺水推舟………………… 35

第七回　助桀为虐郭知县藏奸
　　　　蒙难全贞孙小姐使诈………………… 42

第八回　吴提督苦心折狱
　　　　许秘书挖目归田……………………… 49

第九回　餐风饮泪午夜拜兄坟
　　　　冷月寒鸦孤身寻师骨………………… 56

第十回　还镖银老达官走眼
　　　　盗宝刀小英雄吃惊…………………… 62

第十一回	铁血论交素心盟白马	
	铜山握别红泪洒青萍 ┈┈┈┈┈┈	69
第十二回	石伯群凉血骗好友	
	徐志骧仗义杀娇妻 ┈┈┈┈┈┈	76
第十三回	寸发不留奇童遭惨报	
	单刀直入小侠陷机关 ┈┈┈┈┈┈	83
第十四回	薛云娘飞剑杀头陀	
	杨锡庆徒手入王府 ┈┈┈┈┈┈	90
第十五回	争妍取媚起宦海波涛	
	槛凤囚鸾尝铁窗风味 ┈┈┈┈┈┈	97
第十六回	杯弓蛇影国事嫌疑	
	缓带轻裘将军风度 ┈┈┈┈┈┈	104
第十七回	收缰勒马古寺任逍遥	
	煮鹤焚琴迷宫兴土木 ┈┈┈┈┈┈	111
第十八回	弄假成真孙士飙入教	
	舍身取义冯燕南就刑 ┈┈┈┈┈┈	118
第十九回	浊流饮恨人血酒浆	
	危幕栖安风声草木 ┈┈┈┈┈┈	125
第二十回	朱独臂独辟太阳宗	
	邵继光继设三元会 ┈┈┈┈┈┈	132
第二十一回	纸人喷火焰狗血淋头	
	匣剑吐寒光伥灵授首 ┈┈┈┈┈┈	139
第二十二回	史冠芳病赚褚棣卿	
	闻万华怒激郭如海 ┈┈┈┈┈┈	146
第二十三回	貂裘换酒名士襟怀	
	罗袂生寒美人肝胆 ┈┈┈┈┈┈	153
第二十四回	见情书呆儿受谤	
	论国耻侠女惊心 ┈┈┈┈┈┈	160

第二十五回	巨眼出裙钗妇随夫唱	
	寸心矢天日眼笑眉开……	167
第二十六回	德州城钱四卖拳	
	武夷山齐五得马……	174
第二十七回	盗草人误陷水家寨	
	卖花斧活捉刘汉升……	181
第二十八回	鬼能为厉酒后失金刀	
	诚可通灵涧边遇神虎……	188
第二十九回	报父仇单身捌四虎	
	急国难午夜走三山……	195
第 三 十 回	品香楼英雄割舌	
	聚义厅强盗盟心……	202
第三十一回	秋雨滴梧桐风吹叶落	
	茜窗留楮草椟在人亡……	209
第三十二回	白璧幸无瑕儿膏虎吻	
	黄金能解厄幸免鸿离……	216
第三十三回	钱乃刚孤身入督署	
	岳广义杯酒刺枭雄……	223
第三十四回	盗印章威胁铁制军	
	送人头计赚余知县……	230
第三十五回	劫法场力救小英雄	
	打擂台气走大力士……	237
第三十六回	血肉横飞狂风惊怪客	
	梦魂错愕古寺杀人妖……	244
第三十七回	白日鼠三探太子府	
	红胡侠火烧剑锋山……	251
第三十八回	割发留头热忱救难女	
	架梁换柱只手运神功……	258

第三十九回	剑光惊一瞥石破金开	
	战血沃九江云翻雨覆……	265
第 四 十 回	惨雾连天风云大变化	
	秽尘滚地时势造英雄……	272
第四十一回	生机存一线烈女卖身	
	雄辩惊四筵伧夫割舌……	279
第四十二回	莽男儿轻身入虎穴	
	疯道士飞檄掷人头……	286
第四十三回	公仇私愤众志竟成城	
	剑雨刀霜三军同歃血……	293
第四十四回	碧鬟红袖儿女情长	
	青浦黄旗风云气壮……	300
第四十五回	呕余血泪三侠喜诛仇	
	拼着头颅千军争杀贼……	307
第四十六回	蓦地起风波血流漂杵	
	漫天撒渔网惨被鸿离……	314
第四十七回	国亡人在烈士膝如金	
	血溅刀飞男儿身是铁……	321
第四十八回	警电突飞来毛将安附	
	肉刑恶作剧死有余哀……	328
第四十九回	积重难返釜共舟沉	
	不平则鸣声随泪尽……	335
第 五 十 回	美人物化红血染桃花	
	烈士名成丹心留楮叶……	342

第一回

老教师酒边逢怪客
小豪杰灯下读奇书

怒发冲冠,凭栏处,潇潇雨歇。抬望眼,仰天长啸,壮怀激烈。

三十功名尘与土,八千里路云和月,莫等闲,白了少年头,空悲切。

这一首《满江红》词,是宋代岳飞的慷慨之作,总观岳飞的胸襟肝胆,确是百折不回的一位虎虎奇士。因想我国的山川磊气,运歇英才,鼙鼓杀声,漂流战血,殆有无量数的岳飞,化身万亿千相,虽然时势各有不同,环境各有不同,历史各有不同,而凭着这一刀、一枪、一剑,为我国英雄史上放一异彩,则无所谓不同。

老古不必说,于今且在满清雍乾时代,叙出一班富有血性的乱世英雄,一条线索,先在直隶岳广义提起。

这岳广义原是岳飞的后裔,在北京开设义记镖局,他的单刀,盖过直隶、山东、山西三省,北京各路的达官强盗,没有不知岳广义是个仁义过天的人,北京的各大镖局算义记镖局极有声名,也算义记镖局极穷。

话说那天岳广义押着久泰当典的大批镖银,路过山东小清河周村一带,岳广义因为山东的大小响马,只要看着他义记镖局的旗号,不但不敢明枪暗劫,且不约而同地都从暗中保护。岳广义便把这防范的心思渐渐松懈下来,却因天气酷热得很,想在一座树林底下凉歇一会儿,恰巧打从一家酒店经过,那一阵阵酒香钻到鼻孔里,身上的衣服浸湿得汗渍淋漓。

岳广义便停了车辆,兀自走入酒店,拣一个座位坐下,酒保早已冲上茶来。岳广义挥着一把大芭蕉扇子,只是嚷热,见旁边一张台子上坐着一个公子模样的人,两眼里露出紫棱的电光。这种人一碰到岳广义眼角落里,便知他不是个无名小辈,一面吩咐酒保打酒办菜,分给外面众伙计各饮三杯,一面便准备来向那人请教一番。

不料那人兀地盘起辫子,从身边取出七寸长的小攮子来,口里便胡七瞎八地叫道:"冤家路窄,不是你死,便是我活,不是鱼死,便是网破。漂亮些,自己摘下脑袋瓜子,省得五少爷亲自给你个白刀子进去,红刀子出来。"

岳广义见他的声音、容貌都来得十分严厉,又说得不三不四一口北方话,据他话里的意思,不注重在这几两的镖银,是专为寻衅报仇而来。

岳广义生来的脾气,一不怕人,二不让人,然自家打算吃这碗保镖的饭,虽然抱着人不犯我我不犯人的念头,江湖上是不能断定没有仇人。看他却不是北方的人氏,半辈子同他见面是第一次,他这时分明句句打骂着我,却怕他是一时误会,把我岳广义认作何如人?我倒用不着同他多说闲话,他是怎么样来,我就怎么样去。

打定主意,一时酒保把酒菜捧上来,岳广义道:"酒是不吃了,外面也不必打酒给他们吃,一共算给你店家的银子就是了。"

那人正在吃酒的时候,也向一个酒保说道:"酒是不吃了,外面也不必打酒给他们吃,一共算给你店家的银子就是了。"

正把这店内两个酒保说得他望着你发愣,你望着他咂舌。岳广义已起身掏出二两的银子,交给柜上。那人也起身掏出二两的银子,交给柜上。

掌柜的莫名其妙,何能便收下这银子来?便向他们连称"不敢"。

岳广义道:"不用客气,这银子便赏你家的酒保。"

那人道:"不用客气,这银子便赏你家的酒保。"

岳广义头也不抬,出了酒店,向伙计们说道:"咱们赶路去。"

那人也立在酒店门首,向岳广义的伙计们说道:"咱们赶路去。"

伙计们刚要向岳广义问话,岳广义便向他们丢了一个眼色,那人也向他们丢了一个眼色。岳广义押着镖银走出了周村,那人也同岳广义并肩走出了周村。

闲话休烦,从此岳广义的镖车走到什么地方,那人便随到什么地方。岳广义表面上总装作行若无事的样子,直由日午追踪到傍晚的时候,那人才从岳广义面前闪了过去,一会儿便不见了。

岳广义即向众伙计说道:"你们猜猜他是个什么人?"

众伙计有的说:"这是个江洋大盗。"

有的说:"这厮绝对同你老人家寻仇,却怕你老人家本领高强,不敢下手。"

岳广义摇头道:"这种人的行径,本非你们的眼力能看得出来,他见我这几辆镖车,眼皮也不瞧一瞧,又是外省的人氏,党羽不多。这几车的银子甚是笨重,没有成群结队的强盗,轻易不能挪去。江洋大盗怕没有金珠供他们的盗窃,偏来盗这笨重东西,就打错了算盘了。他脸上就写着'强盗'二字,我也不能信他便是强盗。我细细瞟着他的神气,全没有流露半点儿的杀机,我与他素昧生平,且又未曾开罪外省的人,无论我想不到同他有什么生死不解的仇,便是他前来寻仇,也用不着这样地牵丝扳藤,早和我厮并起来,或者乘我的不备,实行暗杀的手段,何必敲锣打鼓似的,直接下这宣战书呢?我看他是专为访友而来,欲探试我的本领性情,好结我做个忘年的朋友。然而这句话也不能便作得什九不错,总之,我们就处处存着防备他的心思,一不将他当作强盗,二不疑他便是仇人。后来再看他有什么举动,就可以断定了。"

众伙计听岳广义这样说法,都是将信将疑。这夜便在一个市镇上歇了,只因人马车辆太多,占满了一家的火铺,不能再容纳以外的旅客,岳广义把车上的银两完全放入自家的房间里,伙计们拴着马匹,系在火铺屋后两间草棚子内,令三个小厮轮流看守。

大家吃过晚饭,都是沾得满身臭汗,就没有这胆量敢去洗澡。岳广义拣几个会把式的,一起住在这房间内,看是有什么动静。刚才二更向后,忽听得哗啦一声响,那两扇房门就踢得飞起来,众伙计一个个都是精神抖擞,雄赳赳、气昂昂,像似如临大敌的模样,却被岳广义一声喝住:"不许惊慌。"

在烛光之下,却见日间那个公子模样的人,仍然盘着一条辫子,态度转是从容,把胸膛袒开来,慢慢地拿着那七寸长的小攮子,捆在自家的胸口上。岳广义见这小攮子捆下有半寸多深,论理该把心都捆破了,血珠子要流落下一大摊来。谁知他这心就像金子、石头的一样坚硬,本来他不是个瘦子,胸两边的皮骨都绷紧起来,那皮肉都宽宽地堆在心口上,岳广义一望便知他是运皮转肉的功夫,这功夫却也非同小可,练到十成的火候,能将周

4

身的皮肉都堆聚在一处,但练得这种样子,已属难能可贵。

岳广义疑惑这人只知他一把单刀,最使得出神入化,自家的声望完全是由单刀上得来,其实岳广义的其他本领,反为单刀所掩。岳广义的气功能在百步之外吹灭灯火,他什九估着这人因他不谙气功,特地摆出这样的能为来。但和他一般见识,未免跌落自家老前辈的身份,且看他到底是如何动手。

这时,两边的伙计已惊得摇头咂舌,都打了退堂鼓,转替岳广义捏一把汗。

那人见岳广义仍是神色不动,从胸间拔出小攮子,含在口内,一个蝴蝶穿花的架势,早站在岳广义的身边,劈手将岳广义的辫子提起来,他的身子便腾在空中,屋上是没有搭手的东西,地下好像又有人托住他两只脚似的,他急忙拿着那把小攮子,猛地向岳广义喉间便刺。

房里的伙计一个个都吓得呆了,哪有这勇气敢近前奋斗?不约而同地溜之大吉。一时店中又悄无声息,房内只剩下他们两人。岳广义见势头真有些不对,会把式的人最怕是被人把一条辫发提在空中,四肢不能自由运动。然岳广义少时却防备在和人厮打的时候吃人这样亏苦,预先把小辫子吊在屋梁上,像要着三上吊似的,其初是运动得不大自然。接连练了一个月,仍是生龙活虎,如在平地上一样施展得开。不料于今被那人将辫发提住,一根根发孔里都有些疼痛起来,浑身上下觉得麻痛不堪,平日习用的轻软功夫好像从屁眼沟里跑出去了。眼见那人一把攮子已戳到自家的咽喉上,但他胸中并不害怕,唯有待命而已。

不料那人抽回攮子,便向岳广义问道:"姓岳的,我杀了你这颗头,你可服吗?"

岳广义道:"有什么不服?我死在你手,比死在没有相干小辈的刀上是值得多了。"

那人听了,连忙把岳广义放下,忽地翻倒虎躯,纳头便拜,脱口说道:"老岳,我齐五是来杀你的,不意我这心反被你哄软了。"

边说边从身边取出一个纸包,放在桌上,说:"老岳,你瞧瞧这是什么?"

岳广义陡然受他一拜,自己即放开那个纸包,一见是六十两一包的银子,纸包上钤着"北京久泰"的戳记,分明是自家所押的镖银,不禁暗暗诧道:"我在镖行里混了半辈子,是没有见过这样的强盗,这样来寻我报仇的人,我起初并不疑惑他真是强盗来寻我报仇的,于今可是的的确确算我走眼。但不明白他要杀我是什么事?杀我又为什么转来拜我?这一包六十两银子,又是怎样的盗法?看来大包仍然是纹风不动,这小包是在哪里盗来,难道他是把银子用邪术摄去的吗?我不信他真有这样偷天换日的手段。"

岳广义这么乱想了一阵,向齐五拱手道:"佩服佩服!不意我虚活了六十岁,不曾见到五少爷这样的人物。我的同行朋友,以及店里这十来个伙计,都是一班的饭桶,更不值五少爷一笑。究竟五少爷要杀我,反来拜我,取我的镖银,怎么又拿出来还我?五少爷不说出个中的情节,我临死也不得明白。"

齐五便对他抽根彻底叙述出来。看官要明白是什么缘故,于今要仔细地说出,请先将齐五有价值的历史,逐一写明,连后便继续到这件事上。因为齐五是书中的要角,在齐五的历史上,还夹着几位关于齐五的豪侠之士,水复山重,写成了这部《铁血健儿》的文字。

这齐五名毓生,是广东惠阳的人氏,父亲齐子明,曾做过两任的黄堂知府,死在镇江任上。这时齐五才在娘胎里产生出来,大哥叫齐珮生,已是十九岁了,三个姐姐都不幸早亡。齐五也是挨着姐姐的名数,排行第五。

齐珮生把父亲的棺柩搬回原籍安葬,不幸他母亲又死了。齐珮生的妻子倒也贤惠,就把齐五当作一娘生的小兄弟一样。齐五生时多病,幸亏痧癫痘疹四关都闯了过来,十一岁上到私塾里读书,颇有神童的称誉,一班老师宿儒,都说齐五是将来的一位玉堂人物。齐珮生对于他这兄弟有极大的希望,更不待言。

谁知齐五是个富有血性的人,更生成了一种刚毅不屈的性质,在乡间论张说李,判断是非曲直,没有人批评他的谈锋没有理由。

那天,有一班村农乡老豆棚闲话,偶涉及国初故事,齐五在旁听了,满含着酸辛的眼泪。及读到当代吕留良所著的《潜心录》书,这书是从字纸堆里寻出来的,已残缺不成全璧。齐五也知这书是在禁例,官里查出来要砍头的,偷偷地尽一夜的工夫,看了几篇没头没尾的文字,便伏在枕上,痛哭不已,把《潜心录》就灯前烧了,心里忽有些生疼起来。

欲知后事如何,且看下回分解。

第二回

痛国仇孤心投父执
捐义躯九族刃刑台

话说齐五看完那断简残篇的《潜心录》书,真是以泪洗面,拿禁书就灯前烧灭,把书中的大义仔细追想一回,一时公仇私愤,齐上心头,神经上很受了无穷的打击,睡也不是,坐也不是,心里便急得活活跳动,不由得心疼起来,耳听村前的鸣鸡,一递一声地喔个不住,连忙披衣而起,在房内踱了一会儿,又觉这劳什子房太狭窄了,这日便不肯到私塾里读书。

齐珮生夫妇见他似乎有了怪病的一样,终日间只是流泪,不住地用手搓揉着心口,珮生的妻子忙问他心里怎样。

他说:"嫂嫂,我这时真比拿刀割我的心肝还痛,我的心肝差不多已割得碎了。"

齐珮生夫妇不禁地怕起来,珮生已将他抱在怀里,疑惑是有人欺负了他,所以才哭到这样地步,即拍着他的肩背说道:"好兄弟,你究竟受了谁人的委屈?"

这句话才说完,齐五即从珮生怀里挣下,跳起来哭道:"我一个人受委屈,有甚打紧?这偌大的一个中国,哪一个是不受他人的委屈?哥哥,我书是不读了。"

珮生未及再问,珮生的妻子又插着说道:"十二岁的人,还是一团的孩子气,我以为你得了什么怪病,原是怕去读书。你可知不读书,一辈子就没升腾的希望?你看那些戴顶子穿补服的大人先生,哪一个不在书本里苦求而来?"

齐五见左右没有外人,便长叹了一声道:"学问气节,到了吕留良先生这一步,竟做满奴势力下的一个怨鬼,想我们汉人祖宗的产业都被满奴劫夺去了,奈何一班顶天立地的男子,一个个都是尸居余气,他们就做了宰相,也不过是强盗的奴隶,我何忍到强盗手中讨生活呢?固然我生来不愿读那些不关紧要的八股文章,就是研究古圣贤的性命学问,也不是我这小小的年纪所干的事。我想要学出惊人的本领,唤醒国中的血性男子,爽爽快快把那北京的皇帝老子撵他滚蛋,重新建设中国的一个花花世界,我这颗心才可以安稳得住。"

齐珮生夫妻听他这样大逆不道的话,不知他打哪里说起,硬喝软劝,好容易才把齐五劝住了口。齐五见哥哥嫂嫂是胆小不敢闯祸,但他即抱着西方俾士麦所说的铁血主义,那时俾士麦尚未产生。谁知我们中国已有这样应运而生的英雄,不过后来的效果不及俾士麦,竟使他抱屈终天。史官都有阿附满奴的心理,不敢直书其事,这铁血主义,竟被俾士麦独占去了。

齐五既发生了这排满的念头,想凭着白铁儿,把个庄严国土从满奴手里夺了回来,就拼着这无量头颅无量血干一下子,无如自家的气力,连一只雄鸡都打不过,年纪又小,心里虽这么想,事实上何能便咄嗟办来?忽然想起有个父执,在清江充任提督,这提督是个武员,当然是会得马上马下的战术,他若看在自家父亲结义的分上,或可教给自家的战术。因此把父执能劝解得同自家一鼻孔出气,就此共举大事,也未可知。

一想到这一条路,他也顾不得惠阳离清江有多远的路,夜间瞒了兄嫂,窃出十来两银子,私自出了家门,直向北方小路上走去。刚走了二日,约莫只走了八十多里,已是汗喘吁吁,两只腿就肿得像吊桶粗细,两脚更像有千百口针在脚心乱戳的一样,便在一座野庙外面歇息下来，想要停一会子再走。谁知一屁股刚坐在石狮子下，身上已瘫软下来，加之庙门已关，四处又没有人家，肚子里饿得很，不觉昏昏沉沉地一觉睡去。醒来月已衔山，再看自家哪里是睡在古庙前的石狮子下，分明被一个人背在肩后，飞掠半空，好似腾云驾雾的一般，身边呼呼的风声，眼底闪闪的树影，自家身子系在那人身上，飞得同流星一样的快。虽看不到那人的容貌，然而他那黑油油的头发、白净净的颈项，一条松三花丢五缕的辫子，却围在颈项上，那两条膀子，就像似两个翅膀一般，身上的衣服分明像个武人的装束。

齐五登时便诧异不小，明知这人是一位剑侠之士，如小说书上虬髯、仓公一类的人物，他心里不但没有畏怯的念头，反希望得从这人学出惊人的本领，做出轰轰烈烈的大事业来。强如去寻他那个父执，未必他那父执有这人的能为。他想到这样的奇遇，心里就高兴到一百二十分，也不知那人飞过多少的路，看地下的村舍，也同飞一般向后退去，前面已到了葱葱郁郁的一座山头，那人才从天上飞落下来，把齐五抱在怀里，追风马似的，由山这一边翻过山的那一边，愈走愈险，愈入愈深。

刚走到山岩之下，眼前似乎漆黑了一阵，然而齐五那一双紫棱棱的眼睛，睁开来便射出两道电光。其初虽陡，然走近岩洞之内，觉得黑洞洞的，看不出什么来，转瞬间便能辨出这岩洞中两崖削壁紧窄窄的，怪石崚嶒，都像要来攫人的样子，头上面的大石块，斗榫接角，压在那人的顶梁上，就差要倒下来。

这岩洞约有半里多长，越走越窄，那人急把他放下，用手搀住他，把身子偏过来，走到岩洞的尽处，已没有地方，一步也不可进。恰好下面有一个饭桶口大的窟窿，两崖也宽得多了，那人仍将齐五系在背上，蹲下身子，穿过了窟窿，里面即现出一条石道，才将齐五放下。齐五陡见两边站着一对大猴子，有一人多高，好像是把守这地方的。

那人同齐五在石道里走了一会儿,已看见一间大石屋,这石屋四面无门,不知打哪里进去,后面石墙上嵌着一条白龙,有一尺多长,是石头琢成的。那人伸出手一抓,抓出小球般的两个龙眼珠,顺手一抛,一手又将齐五抱住,只听得砉然一响,平地便裂成一条石缝,石缝里现出两扇石板门来。板门上也钉着一对儿的门环,掀开了门环,下面是一层一层的石台阶,约有二三十层。那人把齐五扶上了台阶,不知怎么似的,扑通一声,那两扇石板门已自由自性地关起来了。

对面也是一座台阶,层数同这台阶上差不多,头顶上也压着满天云似的森严怪石。那边台阶最上数级,有闪闪烁烁的灯光,这灯光似在台阶上面射下来的。走到那边台阶上面,头已进了那间石屋,就同上楼走着楼梯子的一样。石屋里并无锅灶,一切石床、石桌、石凳之类,布设得齐齐整整,四壁都挂着刀剑,桌上点着一盏玻璃油灯,座上也铺着被褥。

齐五因适才进岩的时候,留心看洞里的机关,一半由于人工,一半也由于天造地设,并不曾细审那人的年貌、请示那人的名姓。于今进了石屋,又贪看四壁上的刀剑,好像同自己的性命一般,越看越高兴起来。

那人即将他一把拉来,问道:"你姓什么,叫什么名字,多大的年纪,排行第几,家里有什么人,是不是惠阳的人氏?"

齐五才向那人仔细一望,是个白净净圆脸,眉目间都露着英锐的气概,约莫有三十岁的年纪,绝不思索地回道:"我姓齐,排行第五,名唤毓成,今年是十二岁。家里只有一个哥哥、一个嫂嫂,正是惠阳的人。"

那人道:"你以后就爽爽快快叫作齐五吧!齐五,我问你几句话,那时你睡在那野庙前的石狮子下,我为什么把你带到这里来?你分明腿上肿得像吊桶相似,坐下去便不能再走,为什么这回到我的石洞,就像行若无事的一样?你肚子老早饿了,在深深睡醒的时候,却一些不饿,这几个缘故,你可能猜得着吗?"

齐五被他提醒,觉得他这一番话大有来头,他这时并不懂得拜师的礼式,就跪在地下,胡乱磕了几个头,口口声声唤作师父,先请示师父的尊姓大名,并问及这几种缘故,接问:"这石洞里的机关,可是师父一手造成?"

那人道:"这机关是我师父独力造成的,我师父乃山西仇惕安,是顾亭林老先生的高足弟子,同吕留良先生十分要好,我师父和留良先生都是身怀大志的人。不幸留良先生就义而死,我师父痛不欲生,便出了这畸田岭的山洞,不知所终。"

说到这里,不禁眼圈一红,早抛下几点英雄泪来。又继续向下说道:"凡事之不可理解者,不谓之天数,即谓之天命。我师父同留良先生,各凭着一刀一剑,想纠集海内的同仇,拼着一死,对待满奴,一齐打到北京,同那皇帝老子算账,将心血洗出这个花花世界。无如留良先生已被擒戮,想留良先生又不是束手就被人擒住的人,把清兵团聚一堆,一个个弓上弦、刀出鞘似的,也不能奈何留良先生。

"当留良先生被擒的时候,一身的本领都施展不出来,竟使戮尸市朝,株连九族,只逃出个四娘小姐来。天数已定,人力竟没有挽回的希望,殊令人大感不解。

"我师父打从留良先生就刑以后,灰心短气,眼泪要哭下一大瓢来,有时嬉笑无常,怒骂不一。临别的时候,把石洞里机关同背书一样背给我听,并令我从此按时而动,不可忘了国仇,又不可强违天数。我师父出了石洞,我便知他这一去究未知何日回来,然我也不能在事先强留我师父不去。

"我在石洞里住了三年,我师父是没有回来,我便准备踏遍天下,也要寻到我师父。到处又访问五年,哪知他这一去竟杳如黄鹤,消息全无。

"昨天我到惠阳的地界,你在小道上走,我在大道上走,看你低下头来,像有无限委屈似的。你那时并不曾留心及我,我曾看你这一对儿眼珠,紫电一般射出光来,我就知你将来是个不凡的人,远远地追踪着你。及至见你在那里庙前石狮子下沉沉睡去,我在你背后追踪了半天,知道你的肚子饿了,看你两腿上肿起来,就先在你头顶上拍一下,这一下拍去,你的魂灵差不多已离了躯壳。接连在你两腿上揉搓了一会儿,把你身上的血脉揉得流转行通,腿上便恢复了原状。又撬开你这小嘴,我运足了火候,唾着满口的津液,度进了腹中去。这津液含有营养的资料,度进去能使三日不饥,你这时怎么还觉得饥饿呢?"

齐五听了,很是欢天喜地,便把自己昨日读留良先生的禁书,生出无限的公情私愤,逐节对他说了。两人又谈了一会儿,齐五才知他姓左名焕,是广西本省的人氏。从此左焕先教给齐五的吐纳之术,然后又使他练习刀剑的功夫,接连他在内功上又学了五年,平时在山洞里所吃的干粮都是左焕从洞外搬进来的。

这日,忽有三个人到石洞里见左焕,同左焕各自附耳说了几句去了,左焕即向齐五握别。

齐五问:"师父是到哪里?那三个人请师父去做什么?"

左焕只不肯说,只言:"日后有缘,也许同你有相见的机会。你想我无益,寻我也无益。"说着,兀自去了。

齐五只不知是什么缘故,想他师父是个奇士,举动令人难测,这回去得古怪了,却同太师父是一样的行藏,未必就飘然远引,独善其身。

岂知他师父同他一别以后,不上三个月,便正了国法了。

欲知后事如何,且待下回分解。

第三回

雁头抓箭神技喜无俦
刀下摘心英灵惊作古

却说江苏提督军门吴曜,曾在年大将军年羹尧部下当过统带,不识一字,为人极勇敢善战。

那时军中的战器虽用大炮,然而在两阵对峙的时候,兵对兵杀,将对将打,都仗着矛锤弓弩、鞭锏箭链、斧钺戈戟、牌枪棒叉等种种武器。

吴曜使的是一支银杆铁头枪,重八十斤,凭这把枪在西藏屡立战功,如入无人之境,更放得一支好箭。据说他有一次在营中与同僚的将校比较箭法,其时场中的将校多因说吴曜枪法之精,是专门下苦心练习而成。人有一技之长,必有一技之短,吴曜的枪法虽精,未必便会放得好箭,而且平时也未见他用过弓箭射人,都想捉住他这短处,让大家笑一笑。

内中就选出一班自称有百步穿杨箭功的人,怂恿吴曜同他们比试箭法。吴曜故意露出为难的神气,说:"我不!"却禁不起众人一撺,撺得他答应着了。

他们比箭的方法,总以射活的为好,射死的不能算数。其时被选的将校,一个个都挨次拈弓搭箭,也有射中空间飞鹰的,也有射中树梢头上雀儿的,总之没有一人不射中的,惹得在场观的兵将无不喝彩。

及至轮到吴曜,适逢天边有一群雁飞来,吴曜伸一伸舌头,拈弓扣箭,自语道:"我怕没有这本领射中飞雁。"

众人听他这可怜的话,无不哈哈大笑起来。

吴曜急又说道:"各位不必取笑,看我射中那第四头、第五头的飞雁。"

说至此,那一群雁已飞到吴曜的当头顶上,嗖嗖嗖一声响,吴曜箭已脱手,身跟着这箭一纵,纵到空间,连雁带箭都抓下来,恰是两只大雁。原是这箭射中那只雁的左翅膀上,接连又贯穿到这只雁的右翅膀上,而且吴曜这雁头抓箭,更属是惊人的绝技。再看那群雁渐渐飞得远了,一字形中间成了个断爻阴卦,果然缺了第四头、第五头的两只飞雁。

那一阵拍掌喝彩的声音,就像焦雷一般。

吴曜道:"这箭法算得什么?原不值诸位一笑。"

边说边又取过一支箭来,倒扣在弓弦上。众人都说他错了,这箭杆子向外,箭尖子向里,从古至今,哪有这样的射法?

谁知吴曜只不理会他们,恃着他天生的神力,那支箭又射出去,但箭头当作箭尖,箭尖当作箭头,射得虽不甚远,亦没有射中任何的活物。论理这箭头搭在弓弦上,没有绝大的气力,何能射出?而回过来的重量又比射出去的还大,没有一会儿的工夫,那支箭回来,直穿到吴曜的胸口上,把护心镜都穿破了。吴曜大笑一声,向后便倒。

众人都怕起来,看这箭掴在他护心镜上,入里有一尺深浅,大略他已被这箭穿心而死。吴曜的几个马弁更是吓得魂不守舍,见吴曜双目紧闭,像似死了的一样。

忽地吴曜拔地跳起来,从胸间拔下这箭,恰没有半些血迹,圆滚滚一对儿眼珠,向众将校打了个扫堂风,那支箭就向自家脸上乱戳,恰不能伤坏一块油皮。

众将校不但佩服吴曜的箭法绝伦,且又练得这样的铜筋铁骨,再也不敢捉弄他了。

吴曜的各种功夫大半会一样就精一样,但他亦不肯轻易吐露锋芒,非到紧急的时候,看不出吴曜的本领。他生平立的功最多,杀的人也就不少,同主帅年羹尧的性格是合拢得来,为什么年羹尧不保荐他做个副将?但年羹尧有年羹尧的苦心,年羹尧因为自家的功高职重,处处授雄猜之主以可畏可疑的地步,于今鸟尽弓藏,自家性命是危险得很。年羹尧已处到这上台容易下台难的环境,职位愈高,而死期愈快,意欲保全吴曜的首领,就不能不将他屈居统带,这是年羹尧爱吴曜之心爱到极处。后来年羹尧死了,吴曜反能固持禄位。

那时雍天上皇帝却为了笼络年羹尧的部员起见,竟将这吴曜升任了江苏的提督军门。

吴曜在满清粉饰太平的时候,又做了二品的大员,性情、举动没有一点儿官场的习气,时常提着大壶酒、大碗肉,到营盘里寻找能会得武艺的,不拘阶级、不论资格,都得拉坐一桌的饮酒、食肉、谈论功夫。

衙门里有三个人本领最好,原是新进来的,吴曜因为一时没有好位置安插他们,只得请他们充当自己的护卫之士,简直就待他们如兄若弟。有时在部员面前夸赞这三人的能耐比自己加倍高强,还能拿动那一支笔管,又是自己一辈子不会的事。那三人的言语,都投得吴曜的性格,很情愿从他当这个护卫的差使,不愿升任别职。

这回,三人忽请了几天假,回来的时候,吴曜便替三人接风,特地备了一桌盛席,把三人尽邀一间静室里,自己反做了主人的资格。又在更深夜静之际,也不用别人作陪,亲自执壶把盏,和三人痛饮畅快。

忽听得屋上有些声响,吴曜一杯酒刚塞住了口,被这响声一惊,心里愕了一愣,把酒杯放下来。烛光之下,却见一个三十上下的人,是江湖上会把式的装束,手里握着一柄光闪闪、寒灼灼的大刀,闪进上房,便握着吴曜的衣领。

论吴曜的功夫、胆量,是不怕有人前来行刺的,这三个护卫,不过是聊备虚员,他自家有这本事,用不着求人护卫。不知怎么似的,被这人一把将衣服抓住,说时迟,那时快,一柄大刀已搁到吴曜的颈项上。吴曜只觉得一阵阵的刀风,侵得遍地生寒,所有的大力衫法都施展不出来。一个龙拿虎掷的提督大人,倒变成书呆子了,他浑身的骨头骨节都瘫软下来,三十六只牙就捉对儿厮打。便是那三个护卫,这时不但不肯拔刀相救,一齐都变换了卦,又现出令人害怕的样子来,把吴曜惊得莫名其妙。但也不肯呐喊,因为他们反是呼同一气的人,本事实在比自己好,喊也无益,不若就此问一问他们,究竟为哪一件事,要来下这种毒辣的手段。

吴曜想到这里,待要开口问话。那人便向他低声喝道:"姓吴的,于今只有你生死两条路,听凭你自己拣择,我们同你说多了全是废话。"

那三人也一齐正色道:"大人果然就此准备一死,我这朋友就一刀了你的账。至于哪一条路,真是鼓不打不鸣,钟不敲不响。"

说到这里,那三人中有一个人便关起门来。因为起初有两个供奔走的小厮,在这里抖颤不已,欲喊是不敢出声,欲走又仿佛有什么东西绊住了脚,却被关门的这人一刀一个地杀了。

这三人又接着说道:"他们可怜两个小厮,死得亦太冤枉,不过我们要杀他灭口,才可以向大人说出这第二条路来。大人是个有血气的,就该替我们祖宗报仇,就该替年大将军报仇,一起反到北京,杀尽了满奴,恢复我国的大好河山,事成则大仇已报,事败亦名垂千古。"

　　吴曜听了,绝不迟疑地回道:"杀头的,你们何不早说?我虽是没有智识的人,也存着这样的念头不是一日了。不过因为朝廷势大,自家的死亡倒没有打紧,最怕荼毒人民,那么又如何是好?也罢,俗语说得好:'割不得心头肉,就医不了眼前疮。'就随你们的心愿吧!"

　　那三个护卫听毕,一个个把刀一闪,剁下左手上鲜血淋淋五个指头来。这人也把刀抽回,砍下自家一只左膀子,吞声哭道:"既然大人有此血性,就得请大人盟心见血,万一违背誓言,就不是人生父母养的。"

　　哭说已毕,大家都罗拜下来,要求吴曜断指为誓。吴曜虽是一个热心的人,但毕竟脑筋简单,先前答应了他们,原是出于良心上的本真,于今转过来一想,却恐自家做了反叛,一旦粉身碎骨,原不算一回事。只是这反叛的恶名,百世不能更改,又要牵连到自家亲族人等,同上断头台,吕留良前头的鞋子,就是他后头的样子。但见他们这种义愤填胸的情形,凭自己的心肠,也不忍更改我的初衷,大略他们外面已运动了四方的英雄,要在南京起事,怕我兴兵抵敌,就特来对我下这威胁的手段。我的两全法子,唯有这样一死。

　　脑筋简单的人,不想到什么主见则已,一想到什么主见,便认定是永远不会错的。吴曜一面想,一面便向他们从容说道:"诸位的义愤,我吴曜佩服到了绝顶,可怜我国中,像诸位这样的肝胆,十个也选不出一个,如若我国中上下人等,皆与诸位异口同心,哪有报不了的大仇、成不了的大事?诸位要我盟心见血,就得请诸位看了吧!"说罢,袒开了胸膛,蓦地把刀向自家胸前一剜。

　　他们见势头不好,待要近前夺过他手中的刀,却见他已将活跳的心，在胸膛里抓出来，向桌上一掷，两眼一翻，尸首跟着向后便倒。可怜哪！

　　看官要明白这威胁吴曜的是哪几个人，不是左焕同请他的三个朋友是谁？

　　原来这三人，一个是云南黄杰，这两个是同胞兄弟，是湖北汉阳的人，姓水，兄名立鳌，弟名占鳌，都是吕留良的忘年小友，文武全才。他们在武术界中尤称巨擘，生成的性情，特别与众不同，却与留良先生是一样的肝胆。但闻留良先生已就义而死，他们也痛不欲生，誓与满清无两立之势，但他们所见者大，不屑轻身自徇沟渎，就此东飘西荡，仆仆风尘。十年以来，也不知做了多少红刀子义侠的勾当，但胸怀大志的人，所打的不平，大半是促进他们激烈的思想，他们三人都是在一起干事，轻易不得离开，三颗心尤合并在一处，就想访出当代武艺中有同志的人，他们就凭着一把刀、三寸舌，威胁这人共举大义，用他本营中的人马，充作基本军队，慢慢膨胀开来，才可以制胡奴的死命。无如踏遍了二十三省，军界中是探不出这样血性的人。

　　今年到清江第二次，偏巧这时清江城里有一件极大委屈的事，于今且说清江东门有一个开绸货店的人家，主人叫作孙必古，膝下只有一个女儿，花名唤作玲姑，今年才交一十七岁，春间便许字她的表兄黄鼎芬。这黄鼎芬是个新进的秀才，年纪比玲姑大一岁，三年前与玲姑在两小无猜的时候，两颗心就团结起来，嬉笑顽皮，俨然像小两口子一样。于今又订成婚姻，可称珠联璧合的一对儿良缘。无如爱河中横生漩伏，而文字上遂起波澜。

　　黄鼎芬的父母都以为孩子们大了，就拣了个吉日良辰，实行把玲姑娶进门来。不料在婚期一月以前，黄鼎芬就得了个心疼病，床淹箪留，已是朝不虑夕的时候。他心里倒明明白白，暗想，自己死期已在眼前,父母原不只生我一人,上有兄,下有弟,都可以替我尽其孝道,是没有什么挂碍。只有我那玲姑妹妹,生得花一般的容貌、铁一般的心肠,虽然她和我以前没有身体上的关系,但我们月下盟情、花前誓志,虽无人见,却有天知。她的脾气是执一得很,我死以后,她绝不肯再字别人,我舅家是不愁养不活她,可怜她这薄命人,冷夜孤灯,锦衾香枕,常受着那凄凉的情况,究有什么生趣?

想到这断肠之处,心里就更加疼得很酸,一阵苦一阵的,自家也辨不出是酸是苦,一时泪洒千行,大叫一声,吐出丝丝缕缕的红块子来。

欲知后事,且阅下文。

第四回

浮生争似梦肠断花笺
长舌鼓如簧谗生贝锦

话说黄鼎芬想到自家死后的情况,真是肝肠寸断,心里更疼得很,一时泪流满面,哇的一声,吐出丝丝缕缕的红块子来。

其时,黄鼎芬的父亲黄雪樵、母亲孙氏,以及孙必古夫妇,并同他哥哥黄鼎甲、兄弟黄鼎儒,俱在他病榻之前,慰寒问热。却见他颧骨上艳红了一阵,心里像想着什么似的,又吐出这口血来,在地上簌簌地乱跳。大家都吃惊不小,第一由孙必古的夫人钱氏,泪汪汪地问他心里是怎么样。

黄鼎芬吁吁地说道:"舅父母和我父母都是疼我的,可怜我这心里是跳得慌,就怕你们老人家都白疼了我了。"

说至此,那眼泪已流干了,复又喘着说道:"我的心是没了,我的心是没了,我……我……我……那个玲妹妹,这会子还避什么男女嫌疑?休言同我有夫妻的名义,就是个表妹妹,听我这表哥哥快要死了,也该前来看我一回,难道她病到我这样地步,我就不去瞧她的吗?我们是聚一次算一次。"

孙必古夫妇未及回答,黄氏即摸着他的脸说道:"鼎芬,你是个明白人,就不能怪你的玲妹妹,女孩儿哪有不害羞的?玲妹妹大了,于今又许配了你,虽然在我们姑父、姑母面前用不着怎样地避别嫌疑,她是不好意思来看你的。"

说完这话,喉咙里已咽住了。鼎芬略点一点头,只用手指在他母亲脸上乱画，好像是画的"玲姑"两字。

一时雪樵把医生请来了，那医生诊完了脉，嘴里虽不说什么不吉利的话，那眉头早皱起来了，没奈何，开下方案。黄鼎芬服药以后，是好了一些，晚间又进了一匙的稀饭，神气比先前略安帖些。必古、雪樵便略略放下心来，岂知这正是鼎芬残灯复明的预兆。

三更以后，必古、雪樵也各自去了，只有孙、黄二夫人在房里看护着他。鼎芬在睡醒来的时候，心里又像油一般熬煎、刀一般刺割，浑身上下都像放火烧山的模样，耳边听得淅淅飒飒，如波涛骤惊，风雨夜至。定神一看，却是他母亲、舅母伏在床上打盹，两人鼻息间的出入之声。自家明白是真个不中用了，欲用手推醒他母亲、舅母二人，可巧她们已一齐惊醒，便问鼎芬可想吃什么东西不吃。鼎芬即开口说话，无奈那舌头已硬了半截，却说得不大明白。

钱、孙两夫人都流下泪来，知道鼎芬的病势是加重了，但猜度他话内的意思，可是索取纸笔，要写什么似的，如何能违拗他？孙夫人已将他扶起，钱夫人已取过纸墨笔砚，他颤抖抖地写了一封信，又囫囵吞枣地说了几句，分明把信交给他的舅母，转达表妹玲姑。那信里的意思，是劝玲姑千万不可因他身死，惹起过分的悲哀，姑父、姑母对于妹妹，自然有极大的希望，果然不拘这性灵上贞操的问题，再完成他妹妹的佳偶，他也含笑泉下了。

钱夫人也不过问他信内写的什么，便收在身边。及至鼎芬亡故以后，孙必古夫妇等待他殓葬已毕，回到家里，见玲姑在房里倚床痛哭。钱夫人即将那封信拿出来，交给了玲姑。玲姑一面哭，一面拆开信来，那雨一般的泪珠点点滴滴洒在信纸上，看了几句，那颗心就像用小刀子乱戳的一样，却不忍向下看了。便将这封信付之一炬，一口气接不上，就哭了个死去活来。

论玲姑一时的烈性,绝要拿刀割下头来,随她表兄到泉台去,无如想起自家的父母,凤凰似的只养了我一个女儿,自家一死原没有什么顾惜,就是舍不得撇开了二老爷娘,所以死也不想死了,不死只有学那古代的北宫之女,撤去钗环,一辈子不嫁人,庶几乎生不出孙家门,死得见黄郎面。

玲姑既抱定了这样全贞全孝的宗旨,孙必古夫妇是不忍拂逆她的心情,而且这女儿又处处得人疼,好女儿真个比儿子还好,就此并不肯将玲姑再许字别人了。

孙必古对门有一所典当,是本城绅士苗炳南开的,苗炳南少年丧偶,续弦娶了堂子里的清倌人,过门七月,就生下一个儿子,名儿唤作苗玠。生小是娇惯得不成话说,要上天,简直就差预备替他搬梯子。

这苗玠在十八岁的时候,分明是金玉其外败絮其中的一个纨绔少年,常吟着"洛阳女儿对门居,才可容颜十五余"的两句唐诗。这两句诗分明是射在玲姑身上,因为他见玲姑这个可意的人儿,发儿乌油油的,脸儿白净净的,眉儿绿匀匀的,唇儿红猩猩的,手儿嫩尖尖的,足儿瘦生生的,就把清江城里世家的小姐、堂子里的姑娘齐打伙聚在一处,环肥燕瘦,千个里也挑不出这一个好模样儿,便在他父母面前撒娇,要娶玲姑做老婆。他父母自然是没口地答应着他,请媒到孙家说合,这婚姻打算是十拿九稳,偏生走出一个黄鼎芬来,硬挣挣夺了他心头上这一块肉,明知这婚姻已经不成问题,没有法子,就抱着单刀直入的主意,黑夜三更,溜到玲姑的房里,图奸不遂,反被玲姑一巴掌打落了两个门牙。因此怀恨在心,眼见黄鼎芬常到孙家,就疑惑黄鼎芬是与玲姑先行交易,准备择吉开张。欲探定他们入港的时候,招呼几个安靖帮的流氓,浑水捉鱼,拿他们表兄妹栽个跟斗。然而他们都是行得正、立得正、坐得正,只没有下手的机会,这心思也就渐渐松懈下来。

于今却听得黄鼎芬已呜呼哀哉了,一颗心就喜得跳起来,料想孙必古虽有几个钱,毕竟没有多大的势力,难得我是董事的儿子,面貌也同他女儿差不多,又是一个原配,我趁此再请媒说合,他决定是要攀龙附凤,肯做这门亲。

苗玠越想越是高兴,他的忤逆程度,本来是逐渐增高,眼睛里已没有爷了。至于他那个做过婊子的娘,更是狗屁不值,这时却不必向他爷娘说明,花了几两银子,请得一个惯会做媒的文大嫂,到孙必古家。

适值孙必古不在家中,文大嫂即走进玲姑的房内,看钱夫人替玲姑揩泪,便坐下来开口说道:"耳闻黄家的小秀才,可怜在一月前得病死了,老天不睁眼,为什么不把我们这些半辈子没用的女流捉到阴司里去,偏将这一位活跳的官人就得请到鬼魂朝天的世界?我说是天上没有菩萨。"

钱夫人听了,便向她说道:"我的话就不是这样说法,一个人生下来,死活存亡,也许有一定的气数,我不怪菩萨没有眼睛,我只怨我的肉没有这福气罢了。"

文大嫂趁着说道:"这位玲姑姑,端的是一个好模样儿,你看她这红晕晕的羞容,软洋洋的娇容,半病不病的愁容,似哭非哭的泪容,几乎令人脱口说出一句我见犹怜。若嫁到王宫里,那一班嫔妃彩女,就给她拾鞋子,她也不要。你家玲姑姑的造化大得很呢,只恨那黄秀才没有这福气罢了。"

说到这里,即向钱夫人瞅了一眼,见钱夫人已略有笑意。其实钱夫人笑的意思,是因文大嫂夸赞她的女儿如何标致,迎合她自家的心理,并没有其他的念头。

这时,玲姑向被里睡了,文大嫂却疑惑这几两银子拿得实在不错,绝不迟疑地向下说道:"对门的苗少爷,今天到我那里,想娶这玲姑姑,麻雀竟要想吃这碗天鹅肉,不是斗大的笑话吗?"

"吗"字没有落音,玲姑从被窝里一头钻出来,指着文大嫂骂道:"你可要死,说什么苗少爷狗少爷来羞辱我,快快把两个山字叠起来,休在这里放屁!"

钱夫人也正色拒道:"文嫂子,玲丫头脾气是不好惹的,她从我鼎芬外甥死去以后,发誓是不肯嫁人,便是王侯公子,她也不嫁。"

文大嫂碰了这一鼻子灰,气得牙痒痒地走出了房门,不由眉头一皱,计上心来。

其时苗玠就坐在典铺子里,平日屁股搁不到板凳上,就像凳上有锥子似的,便东去吃花酒,西去嫖堂子,一会子在典铺子里也坐不安稳。今天因为等候文大嫂的喜信,寸步也不肯转移,挨过一小时的工夫,便见文大嫂一笑进来。苗玠好不得意,因为文大嫂这一笑,是那头亲已有了什九的成局,亲自斟上一杯茶,递给文大嫂手中,忙问文大嫂笑的什么。

文大嫂接过茶来,见左右没有别人,才慢腾腾地坐下来,呷着茶说道:"我笑大少爷糊涂到脑子内去了,你是个何等不堪的人,拖尾巴蛆想钻到梅花心里,可不要把我的肚肠子都笑坏了吗?那孙必古的老婆骂大少爷是流氓、是浑蛋、是婊子养的,倒也罢了,偏是玲姑丫头脸子又老得很,她在房内听我谈说这头亲事,她母亲正在嚼舌头的时候,她居然就跑出来,真是柳眉倒竖、杏眼圆睁,恶狠狠地骂老爷是个屁精,巴结得克斯米的欢喜,骗了几个臭钱,就狗仗人势地在清江做起大绅士来。不但老爷被她辱骂,连太太她都说是克斯米的心头上人。大小姐和少爷的身上,也沾染着狐骚的气味,总是克斯米余下来的。这丫头好生无礼,令人可恨。"

文大嫂这一篇话分明戳着苗玠的眼花,因为苗玠除了在婊子身上用功夫,一点儿气也不忍受的,就此激怒了他,下孙必古一家三口的毒手,一则泄去自家心上的恶气;二则对他表示玲姑是丝毫不可冒犯,不能算自己没有媒才。

果然不出她所料,一大篇的南腔北调,说得苗玠满脸绯红,气得直跳起来说:"我若不把她一家三口子都奸的奸、杀的杀,我娘就陪那孙老猴子睡觉。"

文大嫂急拉着苗玠的衣袖说道:"大少爷,轻声些,我的拙见,只可用借刀杀人的方法,到克斯爷爷那里,就说这玲丫头是怎样的标致,怂恿克斯爷爷娶她做第十三房妾,也许那玲丫头是不愿意的,孙老猴子老夫妇也不愿意的。就再同克斯爷爷商议,抓着到她家的差头,将孙老猴子三口子都办到清江牢里,三拷六问,定了他们的死罪,在克斯爷爷的势力上,看来是没有办不了的。"

苗玠听了,沉吟半晌,平一平气说道:"我就此白受那玲丫头母子一顿侮辱,除非我没有长着卵子,就饶了她家了,我却不一定要抓住她什么差头,古语说得好:'欲加之罪,何患无辞?'我先前是犯不着那么办来,于今我却有我的报复手段,谅他们是逃不了我这掌心。"

说到此间,又向文大嫂低低说了几句。文大嫂笑了一笑。

当日苗玠便到克斯米的公馆里,这克斯米是蒙古正黄旗人,有个哥哥,在朝中做兵部侍郎,克斯米在清江做了一任提督军门,就自己辞了官职,流寓清江。因为京都中的大头脑太多,挨不到他走红,不若就在这清江地方横行霸道,自大为王,没有差使,比有差使闲散得多,正黄旗人又比寻常的官绅人等高贵得很,就逞他一己的私欲,强奸硬逼,无所不来。官里都不敢批他的逆鳞,便是这新任提督吴曜吴大人,常想除去社会上这个害马,一时又没有法子能怎样他。

这天,克斯米在他第七房姬妾房间里谈笑,人报苗少爷来了。这苗少爷虽然姓苗,却是克斯米的亲骨血,克斯米就把他当作自家的少爷一样,穿房入户,由着他肆行无忌。自然,克斯米毫不迟疑,便请苗玠到这里坐坐。忽见苗玠扑地向地下一跪,抱着克斯米的腰子,未开言,先流下数行泪来,倒把克斯米吃了一惊。

欲知后事,且阅下文。

第五回

克斯米一怒害贤良
孙必古全家入犴狴

话说克斯米见苗玠哭得泪人一样，跪在地下，便把他一把拉起。

那七姨太太首先开口问道："玠儿，你又哭了，可是你爷娘打了你吗？你的年纪已是一年小二年大，你的脾气还是三日雨四日风，如果你娘早打了你，又何至把你纵容到那样地步？不但你爷娘要重重惩罚你的，就如大人同小阿奴，也要抽破你身上的皮肉，看你再敢去嫖赌玩笑，无所不来？"

苗玠听七姨太太话里的意思，暗忖，她可是不原谅我的苦衷？因为这几天来，不曾有孝敬她的机会，就这么当作克斯爷爷来气恼我。哎呀！她看错了，万一我们那一件事被克斯爷爷生生撞见，那还了得！

想着，又向七姨太太跪道："我哪敢说我爷娘的不是？爷娘也没有怎样打我，打的儿子身上的肉，便是痛的爷娘内里的心。不过我于今受了人家的极大的委屈，我爷娘也不能替我报复，只好求干爷同七太太做主。不怕那猴子是三头六臂，断不难使他栽一个跟头。我出了这口气，就孝敬干爷同七太太一辈子，临死总感激你们两位老人家的恩情。"

七姨太太听了，心里早跳了一阵。

克斯米是个好恭维的人，禁不起苗玠这样疼人的话，便把他恭维得快活起来,连忙将苗玠抱在怀里笑道:"肉呀!我来问我的肉,究是受了谁的委屈?我的肉要将他怎样办法,我就将他怎样办法,叫我肉开心。"

苗玠才揩了眼泪,将文大嫂到孙必古家做媒的话,一五一十地对克斯米哭说了,又添枝带叶地撒谎说道:"后来我责问那孙老猴子:'为什么就纵容你老婆、闺女红口白舌地对文大嫂嚼这样蛆,我可是不能和你家开交的。'那孙老猴就将我扬手一掌,嘴里是缠七夹八,说:'我爱的姑娘是何等身份的人,怎么便肯嫁你这个活鬼!'又说:'你仗着克斯米个骚鞑子要同我为难,你可知一班骚鞑子都是我们祖代仇家,任凭你和克斯米张牙舞爪,我是不怕的。难得吴提督吴大人在我们清江,真是一位明如镜见的青天大人。我有本事,到吴提督那里告下一状,把你们的牛黄狗宝掏出来。'"

克斯米听毕,正色问道:"玠儿,你这话可是真吗?他敢!"

苗玠道:"有什么不真?我若在干爷跟前撒半句谎,就该碎身粉骨,叫我不得好死。"

克斯米冷冷一笑,侧面思酌一下,即令当差的到外面找两个流氓来,一个唤作王胜,一个唤作周虎,克斯米问两人道:"东门城内一个开绸货店的孙必古,你们可认得吗?"

王胜、周虎一齐回道:"他是小的们紧邻,死了烧成灰都认得。不瞒大人说,他家有个玉人儿,真是个脂粉胎子,画也画不出来。今年春二月间,小的们夜里赌牌九回来,打从他家的后门经过,那门是关着半扇,月光之下,看见这姑娘同他表哥哥黄鼎芬并肩似的坐在花台子上,唧唧哝哝,不知谈的什么,差不多把小的们的真魂都看跑了。"

克斯米道:"你们认识他就是了,不用说上一串子话。我问问你们,可有这胆量想发财没有?"

王胜道："一个穷光蛋不想发财,除非是个薄福鬼。"

周虎道："小的穷了半辈子,哪怕发一天子财就死了,都还情愿。"

克斯米道："那孙老猴子,仗着他是个大腹贾,老气横秋,无法无天,眼里太没有人,不由我不打他一个翻天印。但我细细想来,我于今不办他则已,要办他就要下毒手。只需你们拿我这本书去,到孙必古那里买绸子,悄悄把这书夹在绸子内,你们再拿出来,扭着他到县衙去,把这本书呈上法堂,就得告他是朝廷的反叛。你们只管放着胆一口咬定,说这本书是在他家柜台上现出来的,特地扭他到县太爷台前请赏。我先到县衙门对那知县说好,吩咐他照我的张本办理,打你们就挨一顿板子,押你们就坐两天牢,这不算一回事,包管你们准得到一千两赏银的。但是事机要密,万一走漏了我的袖内机关,你们这两颗头即保不住了,切紧切紧。"

王胜、周虎都是势利龌龊的流氓,领会克斯米谈几句话,就得意得了不得,难得克斯米这样的吩咐,又可以得到一千两赏银,还有什么推诿,都低着头连说了几个是字。苗玠便将那本书送到王胜手中。

原来那本书是浙江石门吕留良编著的,唤作《潜心录》,书中多指斥满清的过恶,发扬民权的精神,吕留良著成了这《潜心录》以后,未经付刊,而吕留良死了,一时同志的朋友暗将这本书付诸枣梨,后来被认贼为父的汉奸奴才一经察觉,奏明了雍正皇帝。雍正赫然震怒,本拟把吕留良戮尸示众,无如吕留良老早死了,棺材里单剩了几根骨头。雍正大不满意,就将吕留良子孙亲族流徙诛杀,惨不忍言。

这《潜心录》当然是一部禁书,雍正限令一月以后,遇有藏着这样大逆不道的书籍,一家子都要砍头,有人出首藏这书的人家,由地方官赏赐库银一千两,唯有满人不在限例。因为这书也有立国的真谛,汉人看了,就要鼓荡革命的空气;满人见了,反而培养建设的心思。我们汉人当中,就因为这书的缘故,死的人也不少,因没有斗胆的人把这书再敢藏在家里,不愿烧毁。克斯米是个满人,偏是他们就看得这部书,于今且将这书面上写着"玲姑"两字,令王胜、周虎告发孙家收藏禁书的罪案。王胜、周虎虽是流氓出身,这"潜心录"及"玲姑"五个字,他们也认得的,并知藏这书的人家,便是朝廷的反叛,告发藏书的人,官里本悬着一千两的赏银,两人喜欢无限,如法做去,这种鬼蜮含沙的行径,一发即中。

王胜、周虎到孙家买绸子,乘柜台里剪绸子的不备,即将那本书放在里面,由周虎翻出那本书来,两人竟扭了孙必古,同到清和县大堂。清和县知事郭沐恩把孙必古三拷六问,只没有一些口供。无奈被王胜、周虎一口咬住,任凭清和县各打了他们三十板子,又要拿夹棍威吓他们,他们只管仗着胆不肯转移一字。

这清和县本来被克斯米嘱咐过了,巴不得顷刻间便使孙必古认下口供,不但自己要照例升级,且可巴结得克斯米的欢心。但是场面上又不能不对告发的人假意威胁一番,好遮掩别人的耳目。难得王胜、周虎都是胆大能干事的,便放下心来,令衙役把玲姑和孙老婆子都捕上堂来。

这时,钱夫人、玲姑母女是没有知道中了文大嫂的毒计,还疑惑外面的流氓平地生风,到她家店里找摸进账。因为那时清江的流氓成群结队地到各店铺拿进账,不算是一回事,不过从吴提督到了清江,那些流氓却比先前稍规矩一点儿,每月的例头钱也渐渐地松懈下来,于今想必这些东西是在店里讨取例头钱,借端生事,三言两语,便打吵起来。及至钱氏向外面问明,才知从半空中掉下这样的大祸,正要打发人把黄雪樵请来,拿一个张本。不料两个公差模样的人白日里闯到玲姑的房中,不由分说,一个人手里抖着一条铁索,套着她们母女的颈项上,从房里牵出来。

钱氏这一惊更是非同小可,偏是玲姑大有胆量,当向众差役说道:"我们母女是犯的什么罪?传有传单,拘有拘票,你们应该拿出来给我瞧瞧。"

第二个"瞧"字才出口,那个牵着玲姑的公差把玲姑猛地向前一拉,拉得玲姑栽了个寒鸦扑水,把身子骑在玲姑的身上,用手拧着她的两腮鼓说:"你这千人骑的小婊子,老子们身边没有拘票,就敢到你房里来拿人吗?于今要老子们轻易拿出拘票,哪怕你就陪老子到房里睡一觉,都是不容易的。至于你所犯何条,到大老爷堂前,自交代你一个罪名。"

玲姑压在地下喘不过气来,这一个公差年纪比那一个稍大些,心术都比那一个坏的略好一点儿,连忙喝令他把人家的姑娘放起来,说:"你这成个什么样子,国家难道是没有王法的吗?就容得你干公事的对人家姑娘有这样无法无天的行为?我是不依你的。"

那公差才牵起玲姑来。钱夫人怕他再有对待女儿非礼的举动,而且就这么牵着到衙门里去,实在丢不起这个面子,便对他们说明,要送出一点儿酒钱,求他们解了铁索,规规矩矩押到县内去。那两个公差先露出绝对不答应的神气,后来也就学那顽石点一点头。可是玲姑受了那公差的侮辱,恨不得一头碰死,但是这么死了,同死去一猫一狗相似,只得忍辱一时。如今见自家母亲要出钱贿嘱他们,不由流泪说道:"母亲,我们就这样去吧,怕什么?这东西的欲望是没有满的。"

玲姑刚说到这里,外面早拥上好些人。那两个公差因为人多广众,不便受私,这一个更是气昂昂地扭转铁索,将玲姑连牵带拖,出了店门。那一个也牵着钱氏,由大街上直奔县衙门来。一路上看热闹的真是人山人海,挤得水泄不通。及至黄雪樵到了孙家,而玲姑母子都已押扎女号里去了。黄雪樵托人到县衙门里关说,总被清河县知事郭沐恩先后拒绝,但探听得孙必古夫妇都落下供词,而孙必古所开的复泰牌号绸货店已上了封条。王胜、周虎共得一千两的赏号,因在一个土娼家里,拿出来对摊分,争多论寡,几乎闹得打起架来。黄雪樵也慌得没有主意,就顾不得什么危险,大胆到提督衙门告给孙家的冤枉。

这时吴曜收了黄雪樵的状词,吴曜本来不明白是克斯米的关节,回至内堂,连夜发下,令人把郭知县带来问话。哪知差官回来禀告,说:"本城出了九条命案,连郭知县及前任克斯提督都被强盗杀了。内中也有王胜、周虎两个。"

吴曜好生惊讶。看官要问这九条命案,是谁人做的,参观本书第三回文字,就知是黄杰及水立鳌、水占鳌弟兄两人的线索。他们在清江的时候,原是行装的打扮,也没有人注意他们是杀人不怕死的魔王。那晚,他们在一家旅店里住宿,住的是二号房间,正在吃夜饭的时候,听得间壁第三号房间里稀里哗啦,有许多人在那里打牌九,他们的性格,对于这赌钱一事,半点儿是懂不来,茶馆、旅店,每每会有开场聚赌的风俗,他们也不必过来干涉。一会子,便听得那天扛地九的声音宣告停止。好像也围在一张桌上吃酒。

这时,他们饭后各自吃茶,耳朵里刮着一阵嬉笑的声音,仍发在隔壁的三号房间,即听有一个人笑说道:"我们在座的朋友,下次可异口同心,不要再和周大哥赌这劳什子了。俗语道得好:'宁同走运的人种田,不同走运的人赌钱。'你们看周大哥起初摸到牌九,就输个三两五两,几乎要把花骨头拿刀劈碎,于今可是转了运了。自从孙玲姑一案发生,他同王胜共得一千两白花花的库银,和我们大赌小赌,总是他一口鲸吞。今天又赢了十多两,我们所有的银子,怕不要一股脑儿都钻进他腰子里?想他在这红运当道的时候,脸上喝得红通通的,又像个小阳春天的雄狗卵子。不是我恭维他几句吉利话,将来还要大红特红呢!"

又有一个人接口说了几句,却把黄杰及水家兄弟都听得心里直跳起来。

欲知后事,且阅下文。

第六回

酒后话真言隔垣有耳
袖中生巧计顺水推舟

话说黄杰、水立鳌、水占鳌三位英雄,接连便听得隔壁三号房间内又有一个人说道:"赵二爷,不是我灌了黄汤说醉话,我起初穷得精赤条条没有裤子穿,若非孙必古周济我几两银子,我早已穷死了用芦席包起来,脚骭骨可打鼓了。我本当不该闹得他人亡家破,忘却他以前待我的好处,恩将仇报把这收藏禁书的帽子硬磕在他女儿的头上。无如我不是个呆子,没有看住一方桌银子不要的道理,我得了这一笔财,要快乐半辈子,他的恩情虽大,我看在银子的分上,也就顾不来。我便是饶了他,这案也许要准当犯的,那时他一家三口,砍了头于我毫无益处,不若就借他家三颗头一用,发财还是小事,先前我说苗少爷要同我拜把子,你们是不相信,昨天可是有人瞧见的了。今天你们又看我在克斯爷爷公馆里大摇大摆地走出来,这又是你们做梦也没有这样的造化。你们以为我分了四百两银子,赢了这几场钱,便算我走运,哼!有朝一日,看我到北京克斯侍郎那里挂腰刀罢,那才是一件开心事呢!"

黄杰与水家兄弟一到清江的时候,便知孙玲姑全家受了这样的委屈,于今又听这个人一阵子的醉话,估定他便是周虎,心头就气得乱跳乱撞。

忽听隔壁的房门一响,约莫是走进了一个人来。那人一进了门,即向大家笑道:"你们真好乐呀,何不招呼我王胜,也到这里吃个三杯?"

众人也就一齐笑道:"王大哥,你怎么到这会子才来?你和周大哥原是很要好,就为了一点儿赏银,闹得人生狗不熟,于今我们做个东道,就得替你们和起好了。"

众人方说到这里,王胜就接着说道:"我们老朋友嗨吵,就同小孩子和小孩子打恼了的一样,一会子仍依然如故地和好起来,谁也不记恨谁,不须你做这人情,反说得我们不快活。你们埋怨我来迟了一步,岂知我方才在县衙门里,听得一件要紧的事,那孙玲姑已碰头死了。这事很与我和周兄弟略有关系,不过我们有我们的挡箭牌,虽然那孙玲姑没有口供,这孙老头子夫妇已在大老爷堂前,被大老爷用胡椒纸卷熏鼻孔,脑浆珠子都淌下一大摊来。两人皆书押承认家里藏着《潜心录》的禁书。我们还怕的什么?"

众人又争问孙玲姑是怎样寻死。

王胜道:"这个我不能说,说出来要砍头的。"

黄杰三人听到这里,都气得一根根毛孔直竖起来,料知这事实在委屈得很,那满奴克斯米同这鸟知县都脱不了关系,欲要抽根彻底地探明此事,就得先着在这王、周两厮身上。

三人不约而同地想到此处,再听隔壁一房间的人都八码五地乱嚷,豁起拳来,以后酒醉饭饱,所谈的皆是赌经嫖术,及打巴掌敲竹杠的经头,却没有一句再谈及关于孙家的事。一会子又听他们仍然倒下一副牌九,重新成局。

依水家兄弟那时的性气,恨不得即刻走过去,同王胜、周虎算账。黄杰却暗暗禁止他们,不用焦急,说弄急了事,反觉得有许多棘手的地步,拖累别人。不若且从长计较,是稳当些。水家兄弟只得按下火性,因黄杰向来做事比自家兄弟们是靠得住的,别人劝他们按下性子,他们越发迸出三千丈业火来,唯有黄杰劝止他们兄弟,他们是不曾违拗一次。

这时水氏兄弟便同黄杰暗暗商量一会儿,各自就寝。那隔壁房间里赌钱的人,直到次日天明,才散了场子。

王杰三人当日即还过房钱,出了旅店,在清江城里又探问了一天,准备晚间相机行事。

且说王胜、周虎赌了一夜的牌九,散场以后,便摇到克斯米的公馆里。适值克斯米到清河县衙里去了。

七姨太太已经起来,晓妆方罢,恰好苗玠到了,七姨太太见房里没有外人,便向苗玠笑道:"我的乖乖,还想到老娘吗?那十姨太太味儿又长,兴头又足,牌面又长得俊俏,你们那些鬼鬼祟祟的事,以为我不知道?"

苗玠道:"我无论在你跟前怎样撇清,你总是不相信,叫我拿什么对你说?我在公馆里鬼混,除却了你,我还靠谁啊?"

七姨太太又笑道:"玠儿,我问你,那十姨太太在夜静无人的时候,到花园里烧的什么香?你前天在我这里玩笑,连屁股都坐不下来,好似热锅上的蚂蚁,我也不知你们是干的什么活计。"

苗玠道:"我若同她有这桩事,就抱着亲生的娘睡觉。若除你老人家,另外同别人干过事的,也是这样。"

七姨太太即唤一个心腹的丫头,在门外看风,把苗玠拉到睡椅上,低声笑道:"乖乖,好孝顺的心肝肉,你是特地来孝敬老娘的吗?"

两人将要入港的当儿,小丫头在外面把窗门敲了三下,吓得他们连忙丢盔卸甲,从睡椅上起来。苗玠心里只是七上八下的,七姨太太的桃花面上也泛起了片片的红云。那履声已到房外,却是王胜、周虎两个来见克大人的。

苗玠趁势将两人带至一间小静室里，对两人说道："你们的来意，我是明白了，把眼睛闭紧了睡觉，不要怕出事来，那就吃不了要兜着走。凡事自有大人料理，莫说死了一个孙玲姑，就死了一百个，又怎么样？"

王胜、周虎一齐说道："这件事我们不会害怕，此番到大人公馆里，是想请大人把我们荐到京里，沾一沾侍郎爷爷的福气。"

苗玠道："好哥哥，你们放心，只管回去吃酒赌钱，我在七姨太太跟前再说几句，足抵你们跑上十朝半月。你们就此回去，不要常到这里，叫外边人见了生疑，我便向七姨太太那里替你们说这句话。"边说边扬长走了。

王胜、周虎只得出了公馆，路上又碰到两个朋友，生拉活扯地拉他们去斗了一天的纸牌，晚间方各自回家。

这周虎原没有妻小，家里有一个兄弟，同周虎分屋而眠，周虎因为一昼夜没有合眼，巴不得爬上床去睡觉。及至一觉醒来，只是六神不安，哪里再睡得着，便点明了灯火，抽了一袋旱烟，从床上爬起来，踱了一会儿，忽觉眼前有一个人闪了一闪。周虎心里一愕，暗想，这是谁？却见那人已站立面前，原来是孙玲姑。周虎只吓得倒抽了一口冷气，看玲姑拿了一条三股麻绳，向他索命，那灯光摇摇无定，室中都布满了鬼气。

周虎急得没法，从身边抽出七寸长的解手刀，向玲姑劈脸砍去。血花四溅，却把玲姑一个头砍成两半个，倒在地下。那灯光又倏地亮起来，看地上躺着一人，哪里是孙玲姑，分明是他的兄弟周豹，周虎暗暗叫苦。

原来这周豹在地方上有飞烙铁的诨号，他的历史，却非片言所能说尽，总之恶贯满盈，可死之罪，擢发不足以数。于今不知怎似的，居然幻成孙玲姑的样子，门不开，窗不破，竟到周虎房中,被周虎一刀砍死,个中的神理,亦非片言所能扼要。

周虎杀了周豹,弄得他自家神魂颠倒,没有摆布。忽听得砰的一声响,窗门开了,便飞进一个人来。

周虎又疑惑是孙玲姑前来向他索命,一时毛发俱冷,连身子都不能动弹了。再瞧那人穿着夜行的衣靠,手里拿着一把雪亮的大刀,向周虎低声喝道:"别要嚷,一嚷便这样地处置你。"旋说旋把刀含住,从小桌子上拿了一把铜质的酒壶,随手搓成一块铜饼。

周虎哪里见过有这样大本领的人,只是瑟瑟地抖。

那人又低喝道:"老子黄杰,特地为着孙玲姑的事迹而来,你受谁人的指使,害得人家押的押,死的死?你若老老实实地低声说来,老子就得开给你一条生路,若有半句含糊,明年今日,老子来吃你的抓周酒。还有一件,地下躺的这个人,准当是你杀的,可与孙玲姑这件事上有没有什么关系?"

周虎料知恶冤家走到眼前,又有这样惊人的本领,哪里还敢回手抵敌,兀地抖道:"这……这……这是克……克……克斯爷爷同苗绅士的大少爷苗玠的主意,小的不过是一时昏迷,同王胜做了他们的走狗。总算小的不是,望好汉爷爷刀下留情。"

黄杰道:"你这话也句句是实,倒比那王胜来得很爽截,你可知道王胜已被同事的朋友水占鳌砍了?我先告诉你一个缘故,你就估定这消息是在王胜那里得来。"说至此,便将王胜所供孙玲姑自尽的事向他说了一个梗概。

原来孙玲姑同她母亲钱氏,被两个公差牵到清河县大堂之上,郭沐恩见玲姑刚健,目中露出婀娜的态度,愁苦间现出妩媚的容颜,很有几分怜惜的意思。但既要迎合克斯米的意旨,便抱着缚虎容易放虎难的主义,也就顾不了许多,用胡椒纸卷熏鼻孔的飞刑,硬逼孙玲姑认下家藏禁书的口供。偏是这孙玲姑虽然兰蕙其质,但始终准备一死,无论郭沐恩用怎样严酷的大刑,孙玲姑总是把牙关咬得紧紧的。

郭沐恩终不能把她活活拷死,就将他们一家三口分别押入男女监号之内。退堂以后,跟班的报克斯米大人来了,郭沐恩忙不迭地把克斯米迎到后堂,将这案经过的情形告给了克斯米,请示他是怎样办法。

克斯米道:"我有一件心事,要来同公祖讨论一个变通的方法,公祖是我知己的人,大略总可以竭力圆融。"

郭沐恩道:"大人言重了,说什么公祖不公祖的,如此称呼,非所敢当,奴才当叩头申徼。"

克斯米道:"讲正经,我们就老实些不闹官话,你这个奴才称呼,又用得不切当,难道你们汉人当中,无论是什么身份的人,都要对我满人中没有甚样权力的人称奴才吗?由此类推,你们汉人的状元宰相,就对我们满人龟皮贼奴,也要称奴才了?于今我欲同你所谈的变通方法,须得向你说明,我同那孙必古全家本没有怎样的深仇,不过他是个汉人,又没有什么官阶,我是旗人,也做过三品的职员,就得坐赃害他,把他全家都能办成死罪,这就叫作有强权没有公理。起初我听苗珏同王胜、周虎的谈论,都说那孙玲姑是怎样的标致人儿,这句话也是只将信将疑,眼不看心也不痒。适才我在街上闲逛,见两个公差牵着玲姑母女,我见玲姑那种又痛人又爱人的样子,一颗心已被她弄软了,特来请你替我设法,能劝得这玲丫头做我十三房小妾,凡事总一笔勾销。万一她执迷不悟,再由你详文上峰,准许定成他全家砍头的罪。至于那一千两的库银,我是补垫得来,却不用你费心。你的手段是不弱的,这番且试一试,你可能成就我们巧妻拙夫的一段良缘?"

郭沐恩道:"良缘虽由天定,却在人为,这件事在晚生做去,真是瓮中捉鳖,手到擒来。索性说明了吧,日后请大人栽培一些,使晚生不致困守这百里宰,那一千两库银,当然也由晚生补足,这算个什么事!"说着,又向克斯米低低说了一会儿,克斯米一笑去了。

当晚,郭沐恩便把孙必古全家三人,提到内堂审问。

欲知后事,且阅下文。

第七回

助桀为虐郭知县藏奸
蒙难全贞孙小姐使诈

话说郭沐恩当晚把孙必古一家三口都提到内堂审问,只有一个心腹的爷们站立案旁。郭沐恩向他们三人问不上三言两语,便看着孙必古夫妇的供单,放声大哭起来,向那爷们说道:"这是死狱,实在使本县一时没有开脱他们的生路。但国事犯的案件,照例要动大刑。谁知孙必古夫妇就熬不住一些,冒认下这收藏禁书的口供来,虽则供文按在这里,未经详报上峰,但这时已属彰明昭著,如何能终久延迟下来?皇天菩萨,这是怎好?"说毕,仍是痛哭不止。

孙必古夫妇及玲姑小姐看郭沐恩陡然现出这样的神情,疑惑郭沐恩日间拷问他们,是迫于不得已的苦衷,于今听他这话里的意思,分明是一位爱民如子的好官。

当下由钱氏开口回道:"只要青天太爷明白我家冤枉,那么我们两口子都绑到法场上,杀头都感激太爷的恩典。只求太爷开一丝生机,成全我这个孩子。"

孙必古哭道:"青天太爷的明鉴,想犯人祖代以来,都是开店铺吃饭,并非是个书香门第,犯人又愚蠢得很,虽认识几个字儿,连一封信都写不完全,哪有看这种书的程度?犯人的小女,也是这般地无端被两个流氓妄加图害,这不是个极大的冤枉吗?"

玲姑又哭哭啼啼地诉道:"小女子既有这本禁书,明知是砍头的事,何不藏之深闺,怎么夹在那绸板里,被王胜、周虎翻出来?而且那书面上的字迹是新写的,小女子一辈子也学不出那样的好字来。总之,我爷娘已挨刑不过,都冒供下来,是免不了一死的。小女子还要这性命做什么?像国家这样严酷的飞刑,怕不要把天下的人一个个都拷成反叛了吗?只需青天太爷能察出其中的冤枉,敢请太爷再用那种飞刑严拷王胜、周虎两个原告,那时拷不出他们栽诬的缘故,小女子也就冒认下这口供来,同爷娘一起到泉下去了。"

一面说,一面把头碰得震天价响,险些连头皮都碰破了,口里只顾嚷着冤枉。

郭沐恩又笑道:"你一个姑娘家,知道什么?那王胜、周虎两个,本县何尝没有拷问他们?于今你父母都已认下口供,若再将他们拿来严行鞫问,公事上是绝对办不到的。本县已知你家的冤枉,就拼着这前程不要,也须把详文再按三天,古语道得好:'死棋腹中有仙着。'"

郭沐恩说到这里,侧着脸思量了好一会儿,忽然摇头晃脑地说道:"有了有了!于今倒有一个上好的张本。孙必古,你听真了,本县这张本是不会错的,这部《潜心录》的禁书,禁汉不禁满,汉人藏了,就有杀头的罪,对于八旗的人,是没有禁例的,这件事须与克斯大人商议,只要克斯大人能承认这书是他公馆里的,被强盗偷出去,那么你一家子固属没有罪名,少不得使那王胜、周虎两个诬告与窃盗二罪俱发,罪还不至杀头,只怕这件事是拿不定便能办到。本县只要能开脱你家,不要你出一个钱,本县就在克斯大人那里用上一万八千两,也是情愿的。古语道:'言甘者心必苦。'像克斯米是个什么人?"

郭沐恩的官声表面上虽辨不出是好是坏,然这一万或八千两的银子，岂是不爱钱做官的拿得出来？但孙必古一家三人妄想在死中求活，而且又都是中流社会的人，哪里辨得出个中奸诈，却把郭沐恩当作活菩萨相似，感激得五体投地。郭沐恩仍将他们照例收禁。

第三日，又把他们提到内堂，便向孙必古笑道："恭喜恭喜，你全家的性命可算在阎王老子面前要了回来。本县昨天到克斯爷爷那里，蒙克斯爷爷满口允许，他说：'这是冤枉，委实一个女孩儿家，哪有看这部禁书的程度？孙必古又是个生意人，这禁书却在柜台上翻出来，如何便受这两个流氓的诬告，妄害良民？这件事包管在我开脱了他们，我要你这么多银子，带到棺材里去？'"

孙家三人刚听到这里，就感激得立刻要到克斯米那里磕头，写起克斯大人同郭青天的长生禄位牌子，供养一世，不约而同地只顾叩谢郭沐恩。

郭沐恩又接着说道："于今却要要求玲姑娘全忠尽孝，一则开脱了父母，二则克斯大人这样天高地厚的恩典，凭良心说一句，玲姑娘当然要报答的。克斯大人说必须将玲姑娘纳为小星，玲姑娘其许我？"

孙必古转听到这一番话，就同兜头浇了一瓢凉水。玲姑更是魂不在身，暗想，卖身救亲，本是愚孝，一个女孩儿家的身体是何等的宝贵，破坏自家的身体，使父母忍垢偷生，大孝不为。而且我表哥哥死了，连坟茔上的泥土未干，我何忍便辜负他？便是嫁一个少年读书人做结发妻子，我也绝不答应，何况是嫁一个干姜般的骚鞑子做小老婆呢？我父母和我的头可杀，志节是不可夺的。这么想了半会儿，早已心头一横，死活说着一个"不"字。

孙必古夫妇都一齐哭道："克斯大人要我这块肉做小，我们都情愿砍头，如果克斯大人肯开脱我们全家，就令玲姑拜给他老人家做义女。"

"女"字才吐出来,玲姑早恨声说道:"没有这般容易。"官场中混续的人,转脸比什么都快。郭沐恩见这件事横生了波澜,明知哄诱是不行的,这时候倏地翻起三角式的一对儿眼睛,露出令人害怕的样子来,便叫了一声:"来人!"

早拥进一班如狼似虎的差役,内中却有一个拘锁玲姑的差役在内。郭沐恩一面吩咐替孙必古夫妇各换了十斤半的一副大镣,仍然分别收入死禁,一面向玲姑喝道:"孙玲姑,你敢再对本县说半个'不'字吗?"

玲姑早已参透了郭沐恩不怀好意,口里只是"不不不"地连叫了十来声。

郭沐恩即喝令左右把玲姑裤子褪下来,打她的屁股。两边衙役早已一拥而上,那拘锁玲姑的差役就高兴得了不得,早把玲姑捺倒在地。

玲姑道:"且慢,容我三思。"

郭沐恩听了,便将用刑的衙役喝退两旁,且看玲姑说些什么。

玲姑两眼中流出千行的红泪,暗想,他们分明合同局诈,硬逼软骗,想我做老靸子的小老婆,我绝不上他们的圈套,也是枉然。但我先前被这个差役骑在我身上,拧我的嘴,这种不可告人的羞辱,已是不能受了。于今又要打我屁股,别的刑罚都还可以,这屁股是万万打不得的。

想到其间,那心里就同油炸的一般,故意把眼泪揩了一下,抬头问郭沐恩道:"青天太爷在上,小女子左思右想,到这时候还有什么不愿干的勾当呢?爷娘是爱我的,小女子输了口,爷娘自然也没有什么推诿,听凭太爷怎样做主便了。但小女子还有下情容禀。"说着,便指定先前骑在她身上拧嘴的差役哭道,"他是何人？在拘拿小女子的时候，拧小女子的嘴，骑在小女子背上，小女子恨起来，就要咬下他一块肉。"

郭沐恩听着，便叫薛保上来。那薛保吓得脸上青一块紫一块的，哪容他有分辩的当儿，郭沐恩已令掌刑的抽他一千藤条子。掌刑的人早将薛保一口气打了一千藤条，薛保是疼得要命。玲姑嫌打得轻了，郭沐恩又令再重打一千。

刚要打完的当儿，玲姑心想，这是我的时候了，看那两边差役略略又站远些，不觉玲姑已猛地头向丹墀上碰去。

大家慌忙来拉她双腿，可怜玲姑已碰得脑分数块，红的是血，白的是脑浆，就这么一位的贞烈的女子，霎时死于非命。

郭沐恩全不害怕，只禁止差役们声张，把玲姑的尸首暂时掩藏起来，从柜子里拿出一百两银子，赏了薛保，其余的差役也沾薛保的一点儿油水。郭知县便请克斯米到衙，由当天晚上，直议到来日傍午的时候，方才具文申详上宪，并报称女犯孙玲姑已越狱潜逃。他们这样的机密，清江人不知道，恰好王胜在县衙门里遇见了薛保，薛保虽得了一百两银子，已为众差役分去不少，然而屁股打得那种样子，死者已死，生者未尝不衔恨知县郭沐恩。王胜见薛保情形有异，走路总需人搀扶，等到薛保去了，便趸到薛保家里，他们都是臭肉同味的要好朋友，无话不谈，薛保便悄悄地把挨打的缘故，一字不遗地告知王胜。

王胜在旅馆里一时失口，又把玲姑身死的话对赌友说出来，以为这件事与他及周虎毫无关系，谁知已被黄杰及水家兄弟在隔壁房间里听出来。

第二夜，水占鳌人不知鬼不觉，访到王胜那里，逼问缘由，鬼使神差似的，王胜把这件事一一报来。水占鳌便砍了王胜，回到新移的旅馆里，悄悄告知黄杰及哥哥水立鳌，但不知内中还有苗绅士的儿子苗玠是这事起祸的根源。

于今黄杰到周虎家中,威胁他又招出个苗玠来,便对他说明这一篇话。周虎更是暗暗叫苦,以后也将如何误伤自家兄弟的事从实说了。

黄杰因留着周虎毫无用处,手挥刀横,把周虎砍成两截。也不回新移的旅馆里,好在克斯公馆日间已探听得清清楚楚,连克斯米最宠幸的七姨太太的卧室,黄杰也听人谈说起来,是在第二进东房。便出了周虎的房中,张开两只膀子,在空中飞过了二十来家的门户,到一处很大的公馆。黄杰便落在第二进屋上,珠帘倒卷,把两脚钩住了檐角,探头向玻璃窗内仔细窥来。

只见一间极富丽极华彩的卧房,一张檀木台子上,点着手臂粗细的一支红烛,宁波式的床上,张开一顶洒花湖绉的桃红帐子,里面香衾玉枕,望去像似个锦绣窝儿,一个脑满肠肥的骚鞑子,约有六十来岁,坐在那床沿上,怀里抱着一位二十来岁的脂粉人儿,桌案两边,分坐着一男一女,女的已是徐娘半老,男的不到二十岁,唇开齿露,少了两个门牙。

又见那骚鞑子拍着怀里的女子说道:"七姨,于今文嫂子和玠儿都在这里,这件事不是他们弄出来的吗?文嫂子受了孙玲姑的辱骂,不添枝带叶地在玠儿跟前胡说一阵子,玠儿不妄信文嫂子的话,又在我跟前胡说一阵子,我又何必找出王胜、周虎两个流氓,坐孙家一个收藏禁书的罪名?于今玲姑已碰头死了,虽不是什么大不了的事,然而他们这借刀杀人的事,须瞒我不来……"

七姨太太不待他说完,报着嘴笑道:"小奴有一句话,就要当场说出来。你既知他们是借刀杀人的行径,你这把刀怎么便肯借给他们?你那鬼鬼祟祟的心肠,也瞒不过小奴,纸窗何必舐明?各人心里自有各人的路数罢了。"说着,便抹着克斯米的胡子笑道:"你平白无故地害了人家的孩子,不怕促寿?"

克斯米便笑起来说道："我的乖乖,你的心就像安在我心里的一般,你们汉人的妇人女子,都来陪我们满人睡觉,我们也不怕促寿,可恨那玲丫头没有你的造化,也就罢了。"

苗玠急插口向克斯米笑道："干爷,你看文嫂子可有七太太的造化没有?"

文大嫂听了,即向苗玠啐了一口道："大少爷,别要叫我说出好话来了。"

黄杰听到此处,暗想,此等事还是这姓文的婆子惹出来,我也饶她不得,好,一股脑儿去给这二男二女当面开销。越想越气,再也忍不住了,哗啦一响,一拳把玻璃窗户打成盆口大的一个窟窿,身子跟着穿窗而入。

欲知后事,且阅下文。

第八回

吴提督苦心折狱
许秘书挖目归田

　　话说黄杰破窗而入的时候，七姨太太和苗玠、文大嫂三人，同声都叫了一句："哎呀！"

　　克斯米把七姨太太推过一边，吆五喝六地呼着"捉贼"。"贼"字才从舌尖上吐出来，黄杰已将克斯米捺倒地下，手起刀落，只听得咔嚓一声，克斯米的头已与他本身脱离了关系。

　　接连黄杰又将苗玠、文大嫂两颗头砍下，那七姨太太只吓得没口子乱叫。黄杰本不打算轻易杀她的，怕被她叫出乱子来，也就赏了她一刀，就死人身上的衣服揩了刀上血迹，直飞奔县衙而来。半途间看一条黑影，在眼前一闪，黄杰知是水立鳌从县衙门回来了，两人各自打个暗号，便一起向新迁旅馆里飞来。

　　原是黄杰与水立鳌分头出发，黄杰在克斯米公馆里杀了四人，怕水立鳌在县衙里办不了郭知县的事，暗忖，水占鳌是到苗绅士家里去了，水占鳌的本领比他哥哥要好一倍，他见苗玠不在家中，扑了个空，就要回归旅店。所以黄杰想到这里，不准备到县衙门去援助水立鳌，及听水立鳌的暗号，知道水占鳌却又去杀什么薛保。黄杰便与水立鳌回到旅店房间里，一齐坐下，而水占鳌已回来了。

　　三人各谈原委，果然水占鳌到苗玠家中，听苗家人谈说，有一个差役薛保，在捉拿孙玲姑的时候，就骑在孙玲姑的背上，无所不至起来。水占鳌听得气往上冲,又探得苗玠不在家中,就转到县衙门的左近,遇见了他兄长水立鳌,说明白郭知县已被他兄长杀死,水占鳌即别了自家的兄长,扭住一个更夫,问明薛保的住址,却不费吹灰之力,一刀了结薛保。

　　黄杰及水家兄弟因为这事情闹得大了,须到吴曜吴大人那里自首,他们原想请吴曜出山做一番惊天动地的事,只不便轻易促进。于今若得借这自首为名,还可以窥探吴曜的为人,果然吴曜是个好官,这几条命案自然有一种善决的办法。万一吴曜是个沽名钓誉的汉奸奴才,他们的性命又不是一文不值,岂肯戴罪于刀斧之余?也有本领,把孙必古夫妇从清河县牢里劫出来。

　　这时,吴曜正听差官回报清江城里一夜出了九条命案,吴曜心里一愣,只摸不着半点儿头脑,而黄杰及水家兄弟三人已从天而降,闯进了内堂。吴曜看他们俱穿的夜行衣靠,全没有一些野蛮的气习,又不是没有相干的人,见了官便有瑟缩不安的样子。吴曜正要问这三人来的意思,不料这三人便挨次跪下来叩头。为首的禀称是云南黄杰,那两个汉阳人,是嫡亲兄弟,哥哥叫水立鳌,弟弟叫水占鳌。

　　吴曜道:"大家都是海内的英雄,不必拘这种官场中的礼节。说来要惹得三位英雄见笑,我吴曜东征西战,不但不认识三位英雄,提起姓名来,都不晓得,反劳三位肯赏脸到这里来,大家会面,是一件不容易的事。"

　　黄杰道:"我们都是犯人,不用大人这样客气,不瞒大人说,清江城里九条命案都是我们做的,特地来到大人台前自首。"

　　吴曜听毕,心里又愣了一愣,登时现出为难的神态来。

　　黄杰道:"大人以为我们自首的话是假的吗?我们若不自首,何苦到大人这里?就得请太爷将我们上了刑具,送到牢里押起来。"

吴曜道："哪有这样轻易得把你们押起来？看你们都是一条汉子，颇能为国家出力干点儿事业，这么杀了克斯米、郭沐恩九人，难道其中有隐情吗？有话却说出来不妨，我也是一个会杀人的。"

黄杰道："我们到了清江，就知道江苏省里，再找不出大人这样会杀人的好官来，怎么这九个人都成了漏网之鱼？这其中自有许多的障碍。我们就想投到大人的麾下，替国家杀人。除了大人，哪怕就用八人轿子去请我们，我们是一百个不来。不料我们在欲会大人的前一天，就听得东门孙必古家遭了一件极大的冤屈。我们生来的性质，遇到人家有了冤屈，如同自己身受的一样，非把这冤屈报复过来不可，要报复不易报复的冤屈，就非得杀人不可。"

说到这里，即将孙家的事变，据他们在清江探来的消息，逐层逐节禀给了吴曜。

吴曜想了一会儿，忽地拍着大腿叫道："可不是的吗？我早已知道这克斯米是个坏蛋，但因他的靠山太大，不容易栽他的跟斗。其实我心里是常想办他的事，你们看这禁书，清江城中，除了克斯米公馆，岂有一个开店的人家敢藏起这本书来？分明是克斯米做成的圈套，你们杀了他，又除了那狼狈为奸的郭知县，不同我手刃的一般。可惜你们把可以证明的狗才都杀完了，但我有这胆识，不用你们偿命，还得把孙必古夫妇在牢里放出来。"

说着，即吩咐备办酒席，款待黄杰三人。一面令秘书行文到县公署里，把禁书调上来。

那秘书道："关系孙玲姑全案卷宗，适才已申详到此，并附有《潜心录》禁书在内。但据黄雪樵的状词参观，就怕这部《潜心录》不是孙家所藏的书。"

吴曜道："先生怎会明白？请说出来，同我参详参详。"

那秘书道："有什么明白不了，若是怕克斯侍郎的，心里虽明白，笔下也就会糊涂起来，下官是不怕克斯米的，胆敢问大人可怕不怕？"

吴曜道："所怕就是办不了他，如果公事上压他得住，我就拼着这脑袋不要，有什么要紧？"

秘书道："那么下官就得指摘出来，黄雪樵的状词，诉说孙家的冤苦，没一句不近情。就是铁石人见了，也没有不凄然心动。这《潜心录》禁书本不合下官审看，但下官是不能不看。下官看这禁书，凡关于封殖的问题，都是浓圈密点，若有指摘本朝及推翻君主的罪言，总抹得一塌糊涂，里面还夹着克斯米的批句，却留下克斯米的图章。他的心里，是因为汉人当大官的，是不敢看这禁书的，满人做官的，就看出来，穿青的护思汉，谁好意思戳他的鳖脚？偏是下官这样天大的胆，看出他马脚来。于今克斯米已被刺杀，不死也不能想在他嘴里报出个实供来。依下官的愚见……"

那秘书方说到此处，吴曜即插口说道："许先生，我斗大的字认不得一个，然在公事上也干了多年，许先生的话我句句懂得来，我有主意，把王胜的妻子拿来，包管问出她的实供。"

说着，又将黄杰三人所以自首的缘故，向许秘书附耳述了一遍。只喜得许秘书许植三不住地点头，说："周虎是没有妻子，这件事不着落在王胜的妻子身上，只没处下手。"

两人又讨论一会儿，当晚无话。

来日，吴曜假清河县大堂，先传原告黄雪樵及将孙必古夫妇提到堂上，并传被告的妻子王苏氏到案，讯问了一会儿，果然王苏氏在枕边衾底，听王胜把克斯米等所以陷害孙必古家的来龙去脉对他说了，王苏氏于今见了吴曜那种威严可畏的样子，自家又没有尝过官刑的滋味,加之王胜已被人暗杀,就是招出来,死人死了,还有什么大罪?

其时王苏氏嘴里虽呼着冤,但畏官如虎,禁不起打了二十个掌嘴,便没口子乱招出来。吴曜令刑房一一填明了供单,将各犯分押已毕,便会同淮安知府刘士龙,令仵作向各尸场处验相死尸,却不见了孙玲姑的尸级,即发下一道奖示,有人寻得孙玲姑的尸级,赏银二百两。这奖示刚发贴出去,便有郭知县跟班的秦仁到堂请赏,吴曜即喝令将他拿住,勒逼他先将玲姑的尸级从花井里系起来,当由仵作验相玲姑的尸身,实系身前碰头而死。

吴曜便和淮安府坐堂,讯问秦仁。

那秦仁因这事与自家没有多大的关系,只得一口招出,供词和王胜的妻子大同小异,不过各就其所见而言。吴曜才知郭沐恩硬喝软诱,替克斯米吹这种没有眼的笛子,想巴结克斯米,以致孙玲姑羞愤自尽。这种助桀为虐的心肠,吮痈舐痔的行径,真是官场中的万恶奴才。

这时,吴曜即同淮安府刘士龙,把此案前后的原委,连带又牵出黄杰三人自首的情节,及各嫌疑犯所供的原文,详加斟酌,由淮安府备上详文,申详到省。

吴曜亦具文禀明了制军公署,及咨文送给藩臬各大衙门,转呈户部。后来回文到日,略言:

> 黄杰三人于法虽不可赦,于情则有可原,自首亦当从轻减免,令淮安府将该犯监禁一年,以儆不法。

> 克斯米等狼狈为奸,诬陷良民,其身已被刺杀,刑罚无所施行之地,亦谕令该知府令该犯各家属殓尸入葬。

> 许植三秘书不合暗窥禁书,法当斩决,姑念与本案

颇有劳绩,仰该长官将该秘书挖去双目,两全功罪。

玲姑贞烈可嘉,宜旌其墓。

其余如孙必古、孙钱氏,及王苏氏、秦仁等各犯,皆宣告无罪。

黄雪樵亦当旌以匾额。

吴曜与刘士龙细忖,这判决的令文,自然渗透有克斯侍郎从中作祟,然而克斯侍郎亦不便明目张胆,欺做官人全无心肝,也只得由部里这样地变通办法,照例满人与汉人有了交涉,有国法可讲,有公理可言,已属第一奇事,吴曜、刘士龙也只得立刻奉令施行。

可怜许植三因苦心折狱,昭雪了人有大冤,反惨被剜去双目,他却一不怨天,二不尤人,只怪这不平的世界,竟会产生这不平的法律,就此成了废人,辞别吴曜,回他的原籍吃老米饭了。

论理,黄杰三人是不服这不近人情的法律,将一副健儿身手甘沉埋缧绁之中,耽误他们一年的进展,无如深感吴曜知遇之恩,也就吞声饮恨似的,饱尝那铁窗的风味。

吴曜因秦仁本无罪迹,那时已拷得他寸骨成伤,这二百两赏银是不能失信于他,便捐下官俸,按数赏了秦仁。

克斯侍郎是衔恨吴曜,就想拿他一桩不法的行径,报复他的大仇,无如吴曜无懈可击,克斯侍郎又渐失雍正皇帝的宠幸,官爵且不能自保,也就把兄弟的仇恨渐渐松懈下来。

一年容易,又是秋风时节,吴曜算得于今已是黄杰三人出狱的期限了,即轻衣小帽。等待黄杰出狱以后,便将他们仍然请到自己的衙里来,挨次坐下。

黄杰道:"大人可知我们三人,就该受这种不平势力支配的吗?我们为什么就毫不迟疑地进了大监,又不想在监内翻出来?

我们的能力,岂是办不到的?"

吴曜道:"你们若不愿进那劳什子牢,再则有越狱的心路,我也绝不承认你们是我的好朋友。辛辛苦苦常去瞧看你们,所为何来?很好,你们见了我,不曾有过半句恨我的话。不过我做朋友的,没有法子能开脱你们监禁的罪名,我心里总觉不安。好了,你们已出了狱了,不妨委屈些,在我衙门里奔走奔走,表面上虽分尊卑的名分,骨子里都是朋友,没有什么贵贱,俟日后有了机会,再保荐你们干大事,你们可愿意不愿意呢?"

黄杰三人都连连答应,就此都做了吴曜的卫士,因窥探吴曜的性情,深恶满人,不过他因为孤掌难鸣,有所畏怯。黄杰三人便私议了一会儿,决意到畸田岭去请出个左焕来,好威胁吴曜共举大义。三人就在吴曜跟前,请过了假,直奔畸田岭而来,三言两语,将左焕请出了石洞。

欲知后事,且阅下文。

第九回

餐风饮泪午夜拜兄坟
冷月寒鸦孤身寻师骨

话说左焕被黄杰、水立鳌、水占鳌三人请出了石洞,一齐到了清江,分头办事。无如吴曜到了这种进退两难的关节,那黄杰三人都断指为誓,左焕又用刀砍去一只左膀,管茶问酒的小厮被左焕砍了。

吴曜看他们这种情形,激烈到一百二十分,没有别法,只得剜出心来,给他们瞧一瞧,就惹得他们都伤感起来。

黄杰道:"我和水兄等在各省探访了多年,不知吃了许多腌心的苦,才访出这个富有血性的吴提督来,于今事情已弄坏了,世界上是万万没有第二个吴提督了。我们所干的事,终究要弄成画饼,这身躯留在世上,又有怎么用处?不若大家准备一死,好谢吴提督在天之灵。"

水占鳌道:"这件事还要黄兄仔细酌量才好。"

水立鳌道:"小兄弟,你真是个呆子,事情到了这一步,还有什么成就的希望?我们是早死早好,倒反摘断愁肠。"

边说边举手一刀,砍了水占鳌。又把刀向自家颈上一横,一颗头早从脖子上滚下来,尸首就倒在吴曜的尸身上。

接连黄杰也拿刀剜了自家的心肝,以谢吴曜。

只把个左焕悲伤得如痴如醉,惊得仓皇不知所措,便泼口嚷道:"姓左的要杀人了,姓左的要杀人了!"

这一声不打紧,早惊得衙里的公差兵士,一个个提刀执枪,敲锣兴鼓地蜂拥而来,却见吴提督的三个卫士及两个小厮都被这自叫姓左的刺杀了,姓左的也砍掉了一只膀子,就此各人都抱奋勇似的夺了左焕的大刀,把左焕的左膀合拢,把他的两只腿捆得结结实实。又用刀在他两肩窝里戳了两个窟窿,穿起两边的锁子骨。左焕并不叫痛,暗忖,我这么一死,不但可以不负我的朋友,并且可以对得起这吴提督,不致把杀人的罪名张冠李戴,殃及无辜。吴提督和黄、水等众位英雄阴灵有知,好等候做兄弟的一同去吧。

左焕想到此处,也不问双肩公仇私仇,满腔家忧国忧,就听凭差役兵士人等怎样摆布。

及至过堂审问的时候,左焕都冒认仇杀吴提督等六人,最后无意闪了一刀,砍去自家的膀子。堂上的官有拷问他和吴提督有怎么仇,刺杀了吴提督等六人,怎么由他亲口嚷出人来。因左焕总是熬刑挨痛,不答一字,因此便将左焕定成了凌迟的罪,正法清江。

左焕在临刑的时候,仰天打了一个哈哈,说:"四位英雄,我们今生不能有快心的日子,来生好在一块儿干一下吧!"

左焕正法以后,所余的残尸剩骨,都抛在郊外喂狗。这时他徒弟齐五在畸田岭石洞之内,那日忽觉心神不安,浑身都直战起来,只不明白是什么缘故。忽听得石洞里有人俫咳一声,齐五暗想,可不是我的师父回来了吗?这咳声就好像同我师父咳出来的一样,我师父被三个人请去,已有了两个多月,什九不像我师公一去就不回来,这会子我师父是准当来了,就这么一想,又转喜得心里直跳起来,浑身精神陡长,一些也不会抖颤。便从石屋内跑出来,迎他的师父进去。

谁知走到了洞门,见一个须发飘然的老者,神采惊人,左右肋下都挟着洞门内一对儿马猴，笑容可掬地站在他的面前。这种人一落到齐五的眼角落里，又想到方才的佯咳一声，简直与铜钟相似，这咳声必须内功上有了十足的火候，才咳得出来。无怪他就想到是他师父咳的，因此便猜着这老者是个大有来头的人，正要向老者请示一番，那老者已抢先问道："你这后生，可是左焕的徒弟齐五吗？你认出你师来，却认不得我，我便是山西仇惕安。"

齐五听了，真是喜出望外，便跑下叩头道："原来是师公到此，小子是失敬了。师公，你老人家可见我师父没有？怎么到今儿还不回洞中来？"

仇惕安道："我别了你师父，就没有同你师父相见的机会，你师父别了你，也没有和你相见的机会。你师父是不在天上，不在人间。于今我有几句交代的话，这所在并不是你的栖藏之所，你就此出去走走，才知道外面的天是多高，地是多厚。把那心猿意马赶快收拾起来，国家的存亡，原不是你只手所能补救，你一个人强有什么用处呢？何况目下的时机未熟，日后自会产出一班大英雄、大豪杰，把这个已经丧失的国土从满人手里夺了回来。你师父本是这时势一个可怜的人，你的后福无量，须比不得他，你就该不死守在这石洞里，你师父也希望你出去走走，要紧要紧。你我后来自有相见的缘分。"

齐五刚听到这里，觉得他师公的声音已停止了，抬头一望，哪里还有个师公呢，连一对儿马猴都不见了。心里甚是惊讶，慌忙走出了洞外，只有山风瑟瑟，山木萧萧，都含着凄凉的气味。就在满山寻了个遍，仍寻不到自家的师公，暗把师公所嘱咐的话在心内盘旋了一会儿，只好离开这座石洞。

忽然动了思乡的念头，因为五年以来，不曾回家一次，哥哥、嫂嫂也不知怎样地盼望我，我若不回去探望他们，根本上终究欠缺。拿定主意，晚间便飞向惠阳地界而来。

到了自家的村庄,其时左邻右舍都已睡熟,看看家门已是锁着,叫了半会儿,不见里面有人答应。齐五便从墙头翻了进去,见各门各户都锁起来,只没有看见一人。心里便急得什么似的,仍跳出了屋外,打开邻舍的大门。早惊动那邻居家中的上下人等,都从睡梦中披衣起来。

齐五便对他们说:"我是齐毓生回来了,我哥哥、嫂嫂是到哪里去了?"

那邻居家主人向齐五问道:"你可是齐五少爷吗?五年不见,这变成什么样子,依稀还能看出是五少爷来。五少爷,可惜你来迟了一年,就不能见你哥哥、嫂嫂,可怜你嫂嫂去年得疫症死了,你哥哥又想着你,又想着你的嫂嫂,想出一场大病来,也就死了。于今他们两人的坟茔上已长起青草来了。"

齐五听了,不由心酸一阵,那泪珠早流了下来,哽咽似的向那邻人问道:"郑二爷,你这话是真的吗?"

那邻人道:"谁哄你?你明早再去问问别人,就知我郑步麟不说谎话,这种话又不是说谎的事。"

齐五暗忖,这郑步麟是个老实人,他不能平白无故地咒我的哥哥、嫂嫂,怪道我日间在石洞里六神不安,身上抖颤得什么似的,原来家里出了连天的大祸。哎呀!我的哥哥、嫂嫂,你死了葬在土里,可知你兄弟回来,就不见了你们。

齐五越想越伤心,越哭越流泪,只哭得一佛出世,二佛涅槃。幸亏被郑步麟一家子劝止了他的哭声。

郑步麟又说道:"打从你哥哥、嫂嫂死了以后,人死了财也空了,幸有这几间房屋,各样的家私,亲族邻舍都替你保护着,我们天光一亮,就得领你到大少爷、大少奶奶的坟茔上去,祭扫一番。你就撑起这门户来,照五少爷这支笔杆子,一个钱没有,也不愁混不到饭吃。我们虽不知五少爷这几年是在哪里,然而出门的人,就是做官骑马,也没有坐在家里的好。五少爷,从今夜起,就请委屈些住在舍下,随粥便饭,我也不客气,怎样地恭维五少爷了。"

齐五哪里肯依他这一篇话,连夜请他领到自家哥嫂的坟上,也不浇酒奠浆,就跪在地下,饮泪餐风,干号了一阵。

一时东方已吐出鱼白的颜色,那村前鸣鸡又一递一声地叫个不住,齐五便向郑步麟含泪说道:"郑二爷,承谢你的好意,以后我哥哥嫂嫂的坟茔,我须要托你料理,我是不能坐在家里吃那碗笔杆子饭,所有的房屋家私,我要了也没有用处,最好就散给亲族邻舍,给我哥嫂留一些纪念,我就此便得罪了。"说着,便向郑步麟作了一个揖。

郑步麟便一把拉住了他,说:"五少爷就这样急急匆匆的是怎么话?"

齐五哪里理他,一撒手就跑得远了。郑步麟急拔步飞赶,越赶越远,越远越看不见了。没奈何,只得兀自回去。

单说齐五一路之上,想起哥、嫂已死,家乡间是没有半点儿挂碍,便准备去见他父执,虽不决定用舌剑功夫冒险胁他谋反,却想在他那里住下来,慢慢地相机行事。

他这父执,本是清江的提督吴曜。若谈及吴曜同齐子明的交情,就说上三五万字,也不能穷源尽委地写出来,何况这事与本文没有多大的关系,也只得完全略而不言。

齐五到了清江,访知吴曜已被仇人所杀,并连带刺杀三个卫士、两个小厮,吴曜的仇人已经凌迟处决,这人正是广西的左焕。

齐五探出了这样消息,如同兜头打下一声霹雳,暗忖,我师父何以杀我父执吴大人呢?他同吴大人有什么深仇,竟下这样毒辣的手段,结果竟至两败俱伤?想我师父这样本领,居然吃官里拿住,真如我师父所说,凡事之不可理解,不谓之天命,即谓之天数。怪道我那天在石洞里心惊肉战,我回乡见哥嫂死了,因为这种铜山西崩洛钟东应的缘故,是应在我哥、嫂身上,万不指望是我师父在这清江凌迟的时候,便使我在畸田岭石洞之内有些心惊肉战起来。我师公说他别了我师父,就没有同我师父相见的机会,我师父别了我,又没有和我相见的机会,又说我师父不在天上,不在人间,这些话都说得明如镜见。由此看来,我师公却是异人,为什么我师父受刑的时候,我师公不但不前去解救,反对我笑天嬉地?我师公原不是这样凉血的人,难道我师父就义而死,死者的造化,却比生者还大?这也只得归之命数罢了。我师父偌大的能耐,尚不能劈手推翻这种万恶的环境,若恃我这点儿功夫,单人独马,专同那满人作对,这不是拿着卵蛋碰泰山石吗?我师公以后对我所说的话,谅来是一句不会错的,可怜我师父的残尸剩骨已抛向郊外喂狗,世界上第一等人物,竟如此结果收场,公私情谊,处处授我以无限的伤感。

齐五这么想了多时,一根毛孔都似捆了一根针,精神上的苦痛,诚非笔墨所能形容,便拿定主意,到清江城外郊野的所在,寻觅他师父的尸骨。寻了十来个日子,全没有一些影响。

那夜五更时分,冷月衔山,寒鸦掠影,齐五因寻他师父的骸骨,起初已寻了多时,疲乏了就在丛莽中奄奄而睡。似乎一觉醒来,脸上已铺了一层浓霜,浑身都是寒噤噤的。却见前面有好几个人席地而坐,好像在那里吃酒。齐五忙近前一看,直喜得一颗心跳起来,你道是什么事呢?

原来吃酒的那几个人,齐五都完全认得,内中也有他的师父,也有到石洞里去请他师父的三个武装打扮的人。还有一个,是他的父执吴曜,齐五在五岁的时候,是拜见过的,一见面就认出来。

齐五心想,这清江的人,怎么咒起我师父和我父执来了?看他们不是仍然活在世上,好好儿一块儿吃酒吗?

欲知后事,且阅下文。

第十回

还镖银老达官走眼
盗宝刀小英雄吃惊

话说齐五见他师父左焕及吴曜等人在那里吃酒,连忙向前敬礼,看他们仍然是欢呼畅饮,仿佛没有瞧见他的一样。齐五甚是诧异,欲向他们问讯,只是舌尖上吐不出一个字来,就像个哑子似的。再瞧他们吃得都高兴起来,吴曜和他师父挖出自家的心肝都放在碗里,那三人各把个头搬下来,他们也有挥断五指的,也有砍去膀子的。

齐五早要近前劝解,无如两手、两脚,不知怎么似的,都不能动弹了。不禁惊出一身的冷汗,醒来还是一场清秋的大梦。爬起身来,便见有一路旋风,向前转去。

齐五愣了一愣,即随着旋风一步一步地赶来,约赶了半里多路,前面是一座萧萧瑟瑟的松林,那旋风已转入松林之内,险些把松干都折了下来,月光之下,看见松林下有一群寒鸦,各自张开翅膀,伏在一堆,嘴里不住呱呱地叫。及见齐五走来,那一群寒鸦扇风鼓翅,齐飞上松树梢头。

齐五目有紫棱,一眼便见地下摊着一堆白骨、一颗枯瘦的头,还剩了个骨头架子。齐五便什九疑惑师父暗中指点他收此骸骨,然而还怕不是师父的遗蜕,便叩头祝告一番,却见一阵旋风又拔地卷起来,似乎是自家师父面貌一样的人,在他眼前一闪便不见了。齐五这才放声大哭起来,眼中的血泪都淌在骨头上。

那树头鸦鸣声、半空飞雁声、前村鸡啼声,也含着凄怆的哀意。

齐五哭了一会儿,从身上褪下一件小衣,把骨头打成一包,归葬在畎田岭石洞之内,仍然转至清江,停留了半载。毕竟访不出他师父所以仇杀他父执,及他师父何以就吃官里拿住的缘故,日子久了,也只好把这件事推开去了。但他师公仇惕安是山西的人氏,便到山西去探问他师公一番,谁知他师公少年亡命,在山西原没有多大的声名,却被他访出个岳广义来,是盖过直隶、山东、山西的一条好汉,江湖上人都称他叫单刀岳,没有人肯同他做下对头来。

齐五因茫茫海内,同有多少了不得本领的人,看岳广义的声望还在他师公之上,这岳广义的本领也就可观。本来英雄能爱英雄,齐五胸中既有岳广义这一个人物,在山西又没有访到他的师公,很愿到北京岳广义那里结识一番,岂知到了北京,而岳广义已押着久泰当典的镖银到山东去了,齐五扑了一个空,看岳广义门前上等的食客都是花拳绣腿,没有什么看得上眼的人,一个个却又养得脑满肠肥。齐五想,岳广义的上等食客全是饭桶,这岳广义也许徒盗虚声,不是什么大不了的人物。而且岳广义又押着久泰当典的镖银,这久泰当典,是侍郎克斯胄开的,齐五就愤恨岳广义盗名欺人,吃这碗保镖的饭倒也罢了,为什么就没有志气,挂着单刀岳的招牌,反替这万恶满人做看财奴?

想到这层,心里便气得什么似的,便要一路到山东去,结果了这岳广义。谁知离周村不远的地方,远远看见岳家的旗号,齐五便先转到饭店等候着岳广义到来,却见岳广义那种老当益壮的样子,威而不猛的神形,齐五倒有些不忍杀他,故意同他开几回玩笑。

夜间岳广义歇在那一家旅店里,见齐五那样的本领、那样的神态,自家的性命险些伤在他手,反见他倒身下拜,又取出签着久泰戳记的一包银子,这些闷葫芦,如何能猜出个所以然来?即向他讯问一番。

齐五笑道:"这银子何尝是我盗的?你见我从身边拿出来,居然把我当作个强盗了。我要杀你,是因你替满奴做看家狗;我今拜你,即因你是江湖上第一个仁义过天的人,你的本领虽然赶不上我,然而有本领的人,照例不肯恭维那些没有本领的人。我在北京,见你镖局里一班花拳绣腿,以为你也是一个饭桶,只会替满人做看财奴,我不杀你,还称得起是惠阳齐五吗?

"谁知事实竟是出人意料之外,日间在周村一见了你,便知你不是替满人做看财奴的人物。不过年纪大了,和光流俗,气候纯到极顶,表面上虽然不拘一格,胸怀却迥与别个不同,非若我们年轻的人心里有一件事,面场上就要显露出来,我就有佩服的意思。你一见面就知我不是等闲的人,你不是内行,哪有这样眼力?也许把我当作花拳绣腿的人一般看待。我不待交手,便知你本领什九不离,因此我欲杀你的心肠就立刻打消了。但不明白你的本领究竟好到了什么家数,所以晚间又赶得来,同你见个高下。

"不意刚飞到旅店里,在一所小房间内,见一个伙计在那里打盹,我因为你同行的伙计本领须比那些坐在局里吃闲饭的花拳绣腿稍高一筹,要同你见个高下,且同那伙计走一趟,被我趁势闪进房中,脚步下故意放重一点儿,就躲在那伙计的背后。那伙计仿佛也惊觉了,揉一揉眼睛,估量他疑惑房里有人,即从身边摸出一包银子,仔细翻阅。我因这银包上面签着久泰的戳记,又是个单包,就知他这银子暗昧得很,连忙在背后将他捏住,喝令他不许声张,便逼问他这银子是怎样得来。他起初不肯说出实话,后来被我胁迫得没有法子,也就低声从实说了。

"原来他在那久泰当典封大包银子的时候,就偷天换日似的赚下这一小包来,他居然胆敢把银子藏在身边,不怕你半途上拿他这偷窃的原赃,丢了他的脸子,就怎样地处置他。他也不是个傻子,做这种没魂的事,绝是你平素看待他们,处处不离'宽诚'两字,并未有一次拿过他们的赃物,由此类推,江湖上做没本钱买卖的人,是因你宽诚所格,不欲劫你的镖银,佩服你的本领,还在第二步。

"其时我在那伙计手里夺了银包,藏在身边,就对着他锁腰穴下点了一下,已是口不能言、身不能动,大约这会儿还直挺挺地坐在那里。

"于今我对你下手,表面上我又现出令人害怕的样子来,你却如同没有这回事的一样,前后一推算,你不是仁义过天的人,哪有这样气量?我不拜你,还算得个惠阳齐五吗?"

岳广义听了,方才恍然明白。

齐五即拉岳广义到那小房间内,在那伙计两嘴巴上打了几下,这样打来,比什么灵丹妙药都迅快得很。那伙计已恢复了自由了,脸上倒有些红通通的。

齐五道:"你主人的心地,绝不至怎样你,我们再对同来的人说明,也不宣扬你偷银的事,下次可不要再犯罢了。"

那伙计一时良心勃发,先向他们谢罪,连后即说道:"于今受了这位英雄的教训,下次哪怕老教师就教我偷窃银子,我也不干这种不能告人的事。我索性说明了吧,这种玩意儿,我已有过三次了,不过偷窃的法子各有不同,又没有这次偷得多,只是三两五两而已。我因为老教师的为人忠厚得很,并且我在镖局里也偷过东西卖给别人的。老教师明知是我偷的,也不肯发落我,因此胆子就越偷越大起来。"

岳广义听了,轻轻一笑,从此便留齐五同行,到山东省里交足了镖银,仍然回到北京。

齐五见岳广义外面虽是阔绰的了不得，却是开的一个空心镖局，就知他把赚来的银子都花在一班花拳绣腿及穷苦的人身上，因苦劝岳广义把这班花拳绣腿的饭桶辞退。岳广义不肯听。

岳广义有个儿子，名唤绳武，今年才交一十三岁。那岳绳武见了齐五，却一口一声唤着五爷。岳广义请齐五教给绳武的武术，令绳武改口唤师父。这时的齐五，已不是一年前那个齐五了，齐五打从到尘世间奔走以来，常识上毕竟增加不少，他见满人的势力十分膨胀，而汉人什九在醉生梦死之中，无论只手不能回天，就把这锦绣河山在满人掌握内夺了回来，我汉人一时没有自主的能耐，不能自主，难免再有引贼入垣的痛史。参照师公所嘱咐的话，是没有一丝走板，也只得徐观世变，再作计较。便在义记镖局住了三年。

那天，岳绳武在练武厅上，忽然不见了师父齐五，岳绳武便走出厅外，看师父同一个须发飘然的老者，手挽手走出局外去了，心里是疑惑师父被这老者带去游逛，哪知一去以后，三日没有回来。

这时，岳广义适由天津回到镖局，便对岳绳武说："你师父已在半路上告别去了，只是来得太奇，去得太怪。"

岳绳武又将师父同一个须发飘然的老者一起出门的事禀告了岳广义，岳广义诧异道："这可是你师父的师公仇惕安了，怪道你师父见了我，就一拱而别，再也挽留不住，原来被他师公带领去了。为父听你师父曾说过他师公的话，可惜为父没这眼福，得见前辈英雄。"

岳绳武从齐五学了三年的功夫，本领反在岳广义之上。岳广义死了，岳绳武却不拘守那三年无改于父之道的论调，他说："一个人有了本领，不能做没本领人的奴隶，有志气的，更不当做没有志气的事，替人家保镖，不是做没本领人的奴隶吗？我是有志气的,怎配干这些事?"

　　岳绳武存着了此等念头,就收了义记镖局,辞退了门下的食客。虽然他父亲的亏空不少,然他家的亲戚同族,大半是有钱的富户,岳绳武就到他们家中,东借西贷,剜肉医疮,还了旧有的亏欠,便带了一个家人岳信,离开了北京,专访求天下的英雄、有本领的人,一路上不愁没有人逢迎招待。

　　岳绳武在北京带了五十两银子盘川,及至到了江苏六合县里,只用去十余两。那天住在六合北门一家凤仪春旅店十五号房间内,岳绳武即令岳信在这里面坐定,自家便到街衢之上,游逛一番。不一会儿,回到旅店,踏进十五号房间,瞧了一会儿,即握着岳信的手,脸上现出很诧异的样子,向岳信说道:"你可瞧见有人进这房间没有?"

　　岳信道:"我一刻也不曾离开这里,除了茶房送一壶茶来就走,哪里曾见到有人进来?"

　　岳绳武道:"茶房进来,是没有这胆量,你可知道我箱子里一把宝刀已被强盗偷窃去了。"

　　岳信向箱子上一瞧,说道:"这箱子先前是锁着的,此时开了,钥匙是藏在东人的身边,强盗欲开这箱子,哪有这般同样的钥匙呢?我实在除了茶房,是不曾看见有一个人进来,也没有开箱子的声响。"

　　岳绳武点头道:"是呀!岂独强盗开这箱子,你不明白,连强盗偷我身边的钥匙,我也没有看见这强盗的横眼睛竖鼻子。我在街上只觉有人在我腰里一摸,我便预备拿他的手,却被他兔脱了。我当时并不见有什么人在我身边走过去,只是一把钥匙已没有了,一口气就走了回来。又瞧这箱子开了,我箱子里的宝刀可是已被强盗偷了去了,这强盗的本领很大,怕我岳绳武是不易捉他得住。"

岳信还未深信,打开箱子一看,果没了一把宝刀,那一包零碎银子,还好端端地摆在里面。岳信就叫了一声苦。

岳绳武道:"料知这强盗已走远了,出门千条路,我又不知他向哪条路上走去,但有这样了不得本领的人,无论如何,我终要访一访他究竟是谁。"

欲知这强盗的来源去脉,且俟下回再续。

第十一回

铁血论交素心盟白马
铜山握别红泪洒青萍

话说岳绳武估量这强盗的本领不凡，准备要访问他个水落石出，从此由六合至南京，由南京至江西、湖北、两广的地方，到处留心探问，不但访不到这强盗的来源去脉，也没有访到什么了不得的英雄，那把刀更是无从追究，也就渐渐地把这心思松懈下来。他所到的地方，在城市繁华之区，都不甚流连，但在那名山大川可以游览的所在，便是这所在没有奇人侠士，也喜欢多住几日。他的理由，说是山水雄壮的地方，徘徊瞻望，心里很是畅快，如同见了伟大的英雄一样有趣。

那天到了都阳山脉之下，他平时到各处地方，仗着这一身的本领，又是一个活泼玲珑的少年人物，凡是练弓习马的人家，都把他当座上宾看待，来时照例要摆酒接风，去时还要送他的路费。他主仆二人的游踪所至，遇到天色黑暗的时候，不在左近饭店、旅店里歇宿，就不问是谁家的庄院，他都可以前去借宿一宵，却不愁没有钱用，没有人恭维他。无如那时广西的地方，欢喜练武艺的人极少，轻武重文，成了广西人民第二的天性。

岳绳武在广西境界，虽没有人欺负他是外乡人，但也没有人趋奉他是个浊世的英雄，一路上吃饭要饭钱，住客店要房钱，已将箱子里的银两花费得一干二净。他在都阳山脉之下，和岳信主仆二人吃饱了肚子，没有饭钱偿还人家，就从箱子里拿出一件衣服来,抵押在饭店里。

那饭店里的老板是个瘦子,一身轻飘飘的,风都吹得倒他,脸上焦黄枯黑,好像在病床初起来的一样,却能说得一口好北方话。这瘦子见岳绳武神情之间,看出是个有本领人的样子,便存着几分怜惜岳绳武的念头,不好意思收了他这一件衣服。

岳绳武就此令岳信暂住这饭店里,到都阳山上逛了半天,看那山花烂漫,山石崚嶒,就惬意得了不得,兀自仰天笑了一阵。眼看日色已暗,天上满布着几点疏星,还在山顶上留恋徘徊,不忍便去,偶行到一个山谷的中间。忽见山林深处露出黑压压的一座红墙,料知是座庙宇,便穿花傍柳地走近那庙门。星光之下,抬头看那庙门上横着一块石匾,字体剥蚀,依稀还能辨出是"敕建圆通古庙"六个大字。看庙门并不曾关着,遂走近了正殿,静悄悄的,不见一人,一盏玻璃油灯,在殿中间悬着,半明不灭,神前的灰尘要扑下一大斗来,西厢房里露出灯光,便疑惑是道士的卧房。急走近西厢房下,看房门已关起来,即用舌尖舔破窗纸,向里面一看,哪里有什么和尚、道士,连床铺都没有的。

岳绳武很是扫兴,待要回头走出庙门,陡觉背后有些风响,忙转身一看,但见午间在饭店里那个瘦子,来抓他的辫发,忽将头一低,偏过身子,退后三步说道:"朋友,你怎么在我头上动起手来?"

那瘦子便笑道:"对不起,对不起!好朋友就得随我到里面去。"

岳绳武再仔细看那瘦子,丝毫看不出是个有本领人,但因他方才抓自己辫发的时候,来得十分迅快,才想到他不是个小辈。岳绳武踏遍数省,满心想结识天下的英雄,无如他所遇的一班不三不四七七八八的英雄好汉,都是徒盗虚声,没有真实的本领,不意在这重文轻武的地方,偏访到这么一位英雄,一碰到这样的英雄,多少总有一点儿缘法,又何妨趁此结识一番,和他做个朋友?难得他来招呼自家到里面去,也就欣然应允,不问这里面是什么缘故。

那瘦子拿出一把钥匙,开了房门,拉着岳绳武走了进来,用左手在东边墙壁一根钉上撩了一下。忽然听得扑的一声,像似在半空间掉下海底的一般,才一转瞬工夫,下面已现出一条隧道。

那瘦子急指着前面一个洞门说道:"请走进里面去吧!你来晚了一时半夜,你也没有这缘法来瞧我们的秘密了。你不要害怕,只管放心走进,我若要取你性命,凭你怎样抵御,你都逃不了。须知我不是存心害你,才叫你进去的。"

毕竟有本领的人胆力强壮,岳绳武便随着那瘦子跨进洞门,远远听得里面一阵马鸣声,像杀猪似的一般号叫,岳绳武也不由惊讶起来。那瘦子随手将门帘一掀,先后和岳绳武走进来。

岳绳武见室内一张方桌上面,两边立着一对儿锡质的烛台,高烧着手臂粗细的两支大烛,中间拈起一炉好香,桌前又捆缚着一匹好马,室内分设着四把椅子。那右边两把椅子上坐着两个叫花子模样的人,在那里把刀看剑,一见那瘦子和岳绳武走进来了,大家都握手见礼。

那瘦子忽向岳绳武问道:"朋友,你知道我是谁呀?"

岳绳武仔细向那瘦子脸上一瞧,见他那一对儿眼珠闪闪流动,火一般地露出光来,午间在饭店里见他两眼泡向下垂着,像似有一块石头压下来的一般。于今见他这一对儿眼珠,向自家脸上滚来闪去,要是自家没有充分的胆量,瞅着他这对儿眼珠,自然退避其锋,不敢仰视。方知这瘦子锋芒不露,轻易看不出他的真面目来,迥非自家所及。遂向那瘦子回道:"我兄弟除去在那饭店里和尊驾会面一次,以前并不打算这广西的地方,还有尊驾等这许多人物，实不知尊驾是哪一路上的英雄。"

那瘦子便指着两个乞丐模样的人，向岳绳武道："这是徐州钱乃刚，这是江西杨锡庆。我呢，姓徐，名志骧，是德州的人氏，就是在六合凤仪春旅店里盗刀的那个强盗。"

边说边从身旁抽出一把闪闪烁烁的刀来，给岳绳武看。岳绳武看这刀宽有二寸，长有尺五，是百炼缅铁制成的，竖起来才像一把真刀，卷起就像一条皮带。那刀柄上还刻着"岳绳武"三个小字，正是在六合被人盗去的那把刀子。

岳绳武这时胸中有无限的话，想说出来问个明白，只不知怎样地问他才好。

徐志骧又把话岔开，同岳绳武笑道："我们都是同志的男儿，并不做盗，平生的怀抱，总不离乎这'铁血'二字，我们是恃着这'铁血'二字，无所不至起来，也困踬不到这个样子。我们打算今晚三个人在这里盟心，好做一番惊天动地的事业出来，难得老弟又不约而同地走到这山上来，总算是千载一时的缘分。我们欲和你盟心，老弟其许我？"

岳绳武毫不迟疑地说道："在这里你是一个老大哥了，兄弟虚度二十一岁，没有一个哥哥。好了好了，于今已结识你们三位哥哥了，我们生愿变成一块白铁，百折不磨，死犹化成一摊红血，千秋不泯。"

徐志骧听了，大笑了一声，那马仍在那里悲嘶不已。徐志骧便运起那把宝刀，向那马咽喉上刺下，霎时血流如浆。钱乃刚就此焚化纸马，居然鸣鞭放炮地敬起菩萨来。四人歃血盟誓已毕，交拜了一会儿，杨锡庆把那马尸抛出室外一个深洞里，上面用大石掩盖着，扫去室内的血迹。

徐志骧仍把那把刀还了岳绳武，岳绳武哪里肯受，要将这刀送给徐志骧做个纪念品。及至徐志骧把当初盗刀的缘故说了出来,岳绳武才欣然收下。

这徐志骧原是德州一个当马快人家的儿子,生来便聪慧绝伦,无书不读,毕竟门阀微贱,够不上考试的资格。他父亲是个当马快的,他父亲死了,禀受着家传的营业,胡乱也学得一些本领,并且眼光厉害,那些江湖上的朋友一落到徐志骧眼角落里,便能估出个所以然来。

这天,是徐志骧的母亲五十寿辰,凡是在衙门当差役的,都到徐志骧家里庆寿,一时宾客满座,热闹得了不得。忽然来了两个华服翩翩的少年人物,送上八色的寿礼,竟像是认识徐志骧的一般,直到后堂,向寿星面前叩了几个头,便来和徐志骧握手行礼。

徐志骧向那两个少年一看,不由得害怕起来,但表面上仍装作行若无事的样子,便向他们点头笑道:"兄弟,你们是打哪里来的?可把做哥哥的要想坏了,难得两位兄弟枉驾到来,我们且吃过三杯。"

那两个少年忙推辞道:"兄弟们忙得很,今日且来给老伯母拜寿,改日再来吃老伯母的寿酒吧!"一面说,一面便向徐志骧拱一拱手去了。

那时座上的宾客看徐志骧这般的人家,竟会有阔绰的人物来给他母亲登堂拜寿,很是诧异不小。

有一个嘴快的朋友,便问徐志骧道:"方才那两个少年人物,是老哥的什么人?听他们的口音,并不是本地的人氏,他在哪里结识了老哥的?"

徐志骧遂扯着谎笑道:"说来是个天大的笑话呢,他两个都是豪华的公子,据他们自己说,一个姓钱,一个姓郁,他们的父亲都做过道台的,于今已罢职归家了。我以前并不认识他们,他们是表兄弟两个,生性喜欢习武,因为寻不着一个名师,不知在哪里听来,听说我的武艺很好,半月前访问到我这里来,要拜我做师父。哈哈！这是从哪里说起？我的武艺,做人家徒弟的资格还不够呢！他们寻师而来,却怎么会寻到我门上来？这都是外面的人看我会几手拳脚,能耍一把单刀,就替我乱吹牛皮,乱说我的武艺很好。他们是不大懂得武艺的人,就相信外面的人替我乱吹一阵。我是个什么人,怎肯乱收人家豪贵的公子做徒弟呢？其时便婉言谢绝了他们,他们又相信我的话不假,不拜我为师,就要求我和他们做个忘形的朋友,不时到我这里来讨论些拳术,也不好意思过分地拒绝他们,很惭愧地答应了下去。不料他们怎么知道今天是家母的寿辰,特地又赶来拜寿？我很佩服他们,丝毫没有豪家公子的气习,真正难得。"

徐志骧说完了这一篇话,在庄的人都艳羡徐志骧有这机会,能够和道台大人的少爷做个忘形的朋友,他们这些当差役的,能和知府、知县的儿子在一桌上赌钱,在一家鸦片烟馆子里同抽大烟,面子上已觉有十分的光彩,何况见徐志骧同那两个道台人家的少爷做朋友呢,自然要艳羡得到一百二十分。

就中只有徐志骧的一个好友,看这两个少年的神情之间,很有些纳罕,但并不当面拆穿这西洋镜子,也随着众人附和一阵。

当日散筵以后,时已二更,徐志骧便走进他妻子吴氏的房中,只是摇着脑袋,皱着眉头。

吴氏见徐志骧的神情有异,便伏在徐志骧的肩上,问他有什么心事。徐志骧不肯说。

吴氏道:"我的嘴是紧得很,我听了你的话,不拘什么人,想在我跟前探出一点儿口风,是绝对办不到的。人有了心事,你心里是烦闷得很,你不将这心事对我说出来,我也不欢喜。"

徐志骧向来是爱她这妻子的,又在新婚的时候,看她说话之间,是处处小心谨慎,自己的心事本不肯轻易说出的,但这时实实不忍瞒她,便咬着她的耳朵,把日间两个少年庆寿的话先对吴氏说了,又继续向下说道:"你知他们两个是什么人吗?三年前我在徐州的时候,见他们两人在野外的地方,都穿着叫花子的衣服,手里各执着一支小剑,面对面地号啕大哭起来。那两点般的红泪,点点滴滴,洒在剑头上。两人痛哭的时候,见我在他们面前走去,便各揩抹了泪痕,一声珍重,各自分别去了。像这般稀奇古怪的人物,我一见面就看出他们是江湖上的剑侠人物。今天是母亲的寿辰,他们不知是怎样的缘故,竟穿了这样一身的漂亮衣服,备办了八色大礼,给我母亲拜寿。亏我这副眼珠子不错,无论他们是怎样子化装前来,我都认得。他们来去的神情,诡谲不测,就怕这几天里,我们的德州地方,难保不发生红刀子案。若说他们是强盗,就看错了人了。"

吴氏听了,沉吟了一会儿,也附着徐志骧的耳朵说了一会儿。

究竟吴氏对徐志骧说出些什么来,且俟下回分解。

第十二回

石伯群凉血骗好友
徐志骧仗义杀娇妻

话说吴氏便絮絮说道："这话倒难断定,你是个捕班的出身,虽然在府衙门里办活了许多的人和案子,升作了捕头,但论到随身的武艺,有限得很,所捕的都是起码的江湖朋友。我想那两个少年的本领比你大,他们就要在这德州地方作案,怕你什么?到你这里打招呼,又有什么用处?江湖上的侠盗很多,做强盗不能说他完全是个坏人。我也是捕头人家的女儿,虽然没有见过什么侠盗,却也听我父亲说过的,一望就知他是个侠盗的固然很多,始终使人瞧不出马脚的,也未尝没有。我们人家当捕头的,受官府的压迫,替官府做牛做马,办活了案件,赏些花红,办不活的案件,就要提心吊胆,仔细这两条腿子,争比得一班侠盗,他们专驱使没本领人,不受没本领人的驱使,不见得一班侠盗的人格卑污,谁也不能断定有侠气的人物不做强盗。"

徐志骧道："我何尝不想到这几种关节?我敢说句大话,这两人的路数,瞒过我一双眼睛,就实在不易。我虽没有捕过江湖上的侠盗,然而他们都干碍我这副眼睛,不好意思在我这地方行走,叫我面子上太过不去。但我看那两人脸上的颜色,杀机已动,好像他们要在这地方报仇,又碍着我的面子,不便下手。他们胸中的隐恨,表面上虽极力遮掩,在我眼中总遮掩不来的。他们来的意思,一不是怕我,二不是恭维我,却暗暗地指点我、告诉我,一则顾全我的场面,二则表示他们有骨气的人物,明人不做暗事,所以我和他们一见之下,就同多年的好友久别重逢的样子,去敷衍他们,各人心里自有各人的路数罢了。"

吴氏又低声问道:"这事你打算怎样办呢?"

徐志骧道:"后来我预备拿他们破案,无论事实上是绝对办不到的,我也不忍下他们的毒手。事情到了这般地步,没有什么十全的办法,我只好准备到衙门里,当堂卸去这捕头的差使,以后就远走高飞,到别处去讨生活,不再吃这碗把式饭了。尽管他们在德州地方寻仇暗杀,就闹出天大的祸来,也不干我的事。我就怕这差使是不易卸脱的,然而无论如何,我也不必真个和他们作对了。"

夫妻两人谈论了一会儿,吴氏便伏在梳妆台上打瞌睡了。

徐志骧仍在房中思量卸差的方法,这夜的月光,百步见人,推窗一看,那月色照在屋上,如积水空明,十分好看。

忽然对面屋角上有两条黑影闪了一闪,徐志骧凝神一望,望见两个穿夜行衣靠的人,一个人手里各拎着一颗人头,千不是,万不是,正是日间的两个少年人物,向徐志骧点点头,飞也似的去了。

徐志骧暗暗地叫了一声苦,又唤醒了吴氏,向她诉说一番。

猛听得有人把大门敲得震天价响,徐志骧忙走出房门,开门一看,有一个捕班走进门来,见面就叫了一声:"徐大哥呀,不好了,不好了!本城王绅士老夫妇的人头都被强盗割去了。这强盗好生了得,敢到虎窟里杀起头来。王绅士家被强盗劫去的金珠首饰,共值二三十万,这王绅士的儿子,是当今四太子的朋友,你徐大哥是知道的。于今王家的人坐在府衙里要人头,把个府太爷吓得屁滚尿流,传徐大哥去捉拿强盗呢!"

徐志骧听了这话,又不禁愣了半晌,便随着那捕班见了德州知府许箓庵,跪在堂上,听许箓庵的训话。许箓庵便指着一个老夫子模样的人向徐志骧怒道:"这是王公馆里的西席先生,王老先生老夫妇两人,今夜被强盗暗杀了,那强盗还搜刮公馆里的金珠首饰,一共有数十万。本府限你三天的期限,若在三天之内,不能将两个强盗拿办到案,仔细你的狗腿便了。"

徐志骧见了许箓庵那种威炙显赫的样子,不敢多说,诺诺连声地退下去了。可怜徐志骧从此三日一大比,五日一小比,真比得体无完肤,走起路来,总是一步一拐的,像似生了什么外症一般。老母娇妻都押到监里受罪。

这天,徐志骧受比回家,满面流着眼泪,暗恨他们做侠盗的,杀了人,劫夺了人家的银两,就顾不得我们当捕头的人家受这种活罪,还算得是什么侠客,是什么朋友?那王绅士公馆里吃保镖饭的人,却也不少,他们平素都吹着牛皮,说他们自己的本领了得,他们公馆里的人被强盗杀了,金珠银两被强盗劫去了,他们没有本领捉强盗,叫我这起码会把式的人哪里能把强盗捕捉到案?这种案子,又不是弄几个采花的小响马,捉羊抵鹿,就可以敷衍过去的。府太爷又逼在我这两条腿子上要人,究竟这案子不是我做的,我的老母、妻子有什么大罪,她们也连带地押到牢里去?似这种暗无天日的世界,真正令人可恨。我做了二年的捕头,始终不曾碰到这样的侠盗、这样的案件,我的命运怎么就这样不济?

徐志骧越想越流泪,越恨越痛心,那眼泪便像撒豆子般滚了下来。

忽见一个捕班走了进来,那捕班劈口就问:"徐大哥,这案子你可寻到什么线索吗?"

徐志骧揩拭了眼泪,向那捕班一望,却是他的好友石伯群,看他腿上也是比得十分狼狈,便随口答道:"哪里有什么线索呢？莫非你已探访到强盗的水落石出？你我都是患难的朋友，坐下来谈谈不妨。"

石伯群道："我多早晚就想把肺腑的话对你徐大哥说出来，又怕拆穿大哥的秘密，只有些碍口不便说出。大哥，你不但是我的朋友，并且是我的恩人，我那时穷得精光光的，连换身的裤子都没有，不是你大哥帮助我的钱钞，提拔我吃公事饭，又替我做媒娶一房家眷，我哪有遇到这般只愁富贵不愁贫的日子？大哥，我的心你是知道的，你有什么心事和我商量，我纵没有力量帮助你，从没有给你把事情弄糟了。于今这里又没有第三个人，我敢问大哥一句话，前日老伯母的寿期大日，有两个富家公子的人到府上给老伯母拜寿，我见他们两人的神情有异，就怕这王公馆里的案件是他们两人做的。"

徐志骧道："这是哪里的话？"

"话"字方才说完，石伯群抽身便走。

徐志骧忙将他一把拉住，说："我们还预备一齐出去办案，你怎么便走了？"

石伯群道："大哥不把兄弟当人看待，大哥的秘密，可以瞒过别人，怎瞒过兄弟的眼睛？不瞒大哥说，那两个强盗已被兄弟带到堂上去了。"

旋说旋吹了一声口哨，早有几个捕班，一窝蜂地拥了进来，就有一个捕班抖出一条铁索，猛地向徐志骧颈上一套。徐志骧吓得变了颜色，只不明白这强盗是如何捉法，没奈何，只好随着他们牵进了府衙。见许籜庵高坐在大堂上，那两边衙役，先前和徐志骧同吃这碗公事饭，多少总有一点儿私情，于今一个个却如狼似虎的，恨不能把徐志骧活吃下肚子去。那许籜庵更加是气冲斗牛，劈口便向徐志骧喝道："混账，本府待你不薄，你怎么伙通大盗？你好好地供招出来，免叫皮肉吃苦。"

徐志骧又恨又急,兀自叩头分辩道:"这是什么话?小的何尝与什么大盗伙通,有什么凭证,那强盗可曾诬扳小的吗?就这么欲上小的刑具,小的虽是当捕头的,又何能做这无法无天的事?"

许箬庵听了这话,气得把惊堂一拍,说道:"这东西犯了滔天的罪,胆敢当堂顶撞,说本府没有凭证,你且看吧,本府来交代你一宗凭证。"说着,便在一个粉板上,鬼画符般画了几个字,急交入一个差役手里。

那差役去不多时,早牵上一个人来,当堂跪下。徐志骧猛然一看,心里急得跳起来,原来这人不是别人,正是他同床共枕的那个吴氏。徐志骧兀自低着头不说什么。

许箬庵便笑向吴氏道:"你说徐志骧伙通大盗,他没有和你当堂对质,胆敢公然狡赖,你且将他伙通的情形从实说来,究竟他同那两个大盗有什么关系?"

吴氏回道:"方才小妇人不是对大人禀过的吗?那两个强盗同他是朋友,婆母的五十寿辰,两个强盗都到小妇人家里来,送上八色的大礼,替婆母拜寿,这些话他和小妇人在房里谈说过的。那两个强盗杀了人,劫了珠宝,夜里还到小妇人房里向他打招呼,这些话本当不说出来,但小妇人和婆母寄押在监,让他一个人在外边逍遥法外,小妇人为婆母计,为大人前程计,那两个强盗已经捕捉到案,若不将他按律办罪,一则将来要累及婆母,二则这德州地方难免不再发生人命盗案。"

这一篇话,说得许箬庵只是点头。把个徐志骧直急得一根毛孔都暴出一粒汗珠来,不禁指着吴氏骂道:"这婊子说的什么梦话,我几时对你嚼这种蛆的?想你定和人有了私情,就红口白舌地在大人堂前诬赖我,想结果我的性命……"

许箬庵不待徐志骧说完,又把惊堂拍得震天价响,骂道:

"这东西还是咆哮无礼,那两个强盗到你家去给你娘拜寿,本属众目所视,众人所睹,不待你妻子供出,在这里的差役都知道的。本府把那两个强盗提出来,给你认一认看。"旋说旋又令衙役把钱、杨二盗牵上来。

不一会儿,铁锁银铛,那钱、杨二犯已牵到堂下。许箨庵照例要讯问一番,钱、杨二人便向徐志骧说道:"徐大哥,好汉做事须爽快些,既然你我同谋,也不必多说废话,不要踟蹰,咱们好一同去吧!"

徐志骧被钱、杨二人一口咬定,两边的差役又同时证明当日钱、杨到徐家拜寿的话,任凭徐志骧有千百张口,千百张口里又生出千百个莲花妙舌,要分辩了分辩不来,只得糊里糊涂地编出一段胡供,当堂印了螺记。

许箨庵令将钱乃刚、杨锡庆、徐志骧三犯分别收押,一面申详上峰,一面把吴氏婆媳二人发放出衙。

我今且说吴氏当晚回到家中,很是欢天喜地,连徐志骧的母亲也信以为真,痛恨徐志骧不该把清水掺入浑水,丢尽徐家祖宗三代的面子,反望徐志骧早死早好。吴氏故意小心服侍她的婆母,问茶伺水,比当初加倍殷勤。

这晚,吴氏兀自睡在房中,忽听得有人将壁板敲了三下。吴氏便知是石伯群来了,趿着鞋开了门,石伯群便跳进门来,吴氏喜得眼笑眉开,捏着石伯群的耳朵说道:"你想来干什么呢?亏你这孝顺儿子,这时候还赶来孝敬老娘吗?"

石伯群急随手关了房门,这一关,直关到五更鸡唱的时候。石伯群从甜适的梦境里惊醒过来,偶然觉得有些腥气味,很是吃惊不小,连忙点灯一看,这一看,把石伯群惊得从被窝里直跳起来,看枕边的血迹淋漓,那吴氏的一颗粉头,已和她本身脱离了关系,自家脸上也染了许多的血污。又看对面一个穿衣镜上,写着"杀人者徐志骧也"七个大字,石伯群便惊得呆了半响,才从茶壶里倒下半壶茶来,洗去身上、脸上的血迹,兀自出了房门,仍由以前跳进的那座低檐跳了出去,很是提心吊胆。

　　回家换过了衣服,天光已亮,便到府衙里听差。却听得那个强盗在昨夜三更的时候,已和徐志骧翻出了牢狱,徐志骧的妻舅吴肇仁已赶到衙里喊冤,那徐志骧的娘也不见了,把个许籇庵惊得手足无措,连日申详到省,通缉这三个凶犯,哪里能缉获到案呢?到头来只落得个革职缓刑的罪,回家去做绅士了。

　　我今单说那钱乃刚、杨锡庆两人,因何事暗杀王绅士家的夫妇,复因何事到徐家拜寿,如何被官里捉住,如何翻出牢监,救脱了徐志骧,徐志骧如何杀了吴氏,独留石伯群一人,这其中的许多闷葫芦,尚须一齐打破,连带叙入盗刀结义的事实上去,使诸君见了不至闷破肚子。

　　欲知后事,且阅下文。

第十三回

寸发不留奇童遭惨报
单刀直入小侠陷机关

话说杨锡庆是江西建昌杨德武的儿子,杨德武的本领,知道的人很多,究竟本领好到什么程度,建昌人都说不出个所以然来。相传杨锡庆在十五岁的时候,家学渊源,武术上也很有根底,建昌人感激杨德武好处的,都说杨锡庆将来的成就定在杨德武之上。杨锡庆的兄弟杨锡甲,比杨锡庆小五岁,体质不及乃兄,性格却十分古怪,专喜欢看一班剑侠的小说上画图,看画图上所绘的侠义人物,大半都是扎着青包包头,背后都没有拖着一条辫子,心里很是诧异。

这一日,恰好见自家的母亲拿着一把梳子,替他父亲梳理辫发,杨锡甲便问:"这辫子放在头上,像个什么样子?爷是一个剑侠人物,要这辫子有什么用处?爷拖着这辫子,哪里比得上画图上的剑侠人物?"

这些话虽然是杨锡甲的一时疑问,本没有含着愤恨的隐衷在内,却一句句都打入杨德武的心坎里。眼见房里没有别人,便接着杨锡甲说道:"乖乖,你这小小的年纪,知道些什么?爷若不保全这一条辫子,除非去做和尚、道士,爷的性命就早已结果,脚骭骨可翻出来打鼓了。你晓得当初就为这辫子的缘故,杀死的人正不知有多少万数呢!"

杨锡甲翻起两个圆彪彪的眼睛,很诧异地问道:"这是什么话？爷不说出来,我就吃不下饭去,请我爷把这其中的玩意儿讲给我听,不要把我的肚肠子都闷坏了。"

杨德武道:"迟早要把这个缘故告诉你的,因你的年纪尚小,怕你在外面胡七道八地乱说出来,那么你就犯了砍头的罪。"

杨锡甲道:"这句话出在爷的嘴里,听在我的耳朵里,发誓我不向第二个人说。爷是疼我的,尚请快些讲给我听。"

杨德武尚未回答,杨夫人即插口说道:"起初满人未曾把我们汉人的江山占过去,我们汉人中的男子没有一个拖着辫子,这辫子是满人传下来的。在满人入关的时候,本来他们满人都拖着辫子,说我们汉人是他们满人的奴才,做奴才的,总须要顺从主人的服装,就逼着我们汉人留着辫子。其时有许多不肯留辫子的人,就被满人捉到官里砍头,最苦的是江阴城里的士民人等,他们都情愿砍头,却不肯低落人格,留下这条辫子。结果被满人把江阴的人,男的用刀砍头,女的带到营里奸杀,一城的人,没有赦免了一个。这些话你哥哥也知道的,你爷也常要削去这条辫子去做和尚,只割舍不下你们这两块肉,未做和尚,若除去这条辫子,被人看出来就要砍头。你若把娘的话告诉别人,砍头的罪虽办不到,不说出来是稳当些。"

杨锡甲听毕,那两个小眼珠子顿时红赤起来,便挣脱出他父亲的怀里,兀地拍着大腿叫道:"照这样子讲起来,这些囚娘养的满人,不但是我们的仇人,还是我们祖宗的仇人。砍头怕什么？这辫子是万万拖不得的,放着我杨锡甲不死,有一天,我凭着这一把刀、一支剑,同那些囚娘养的算账!"

杨德武老夫妇听了这些大逆不道的话,吓得把舌头伸出来。杨德武慌忙掩着他的嘴,说:"我吩咐你不要乱说,怎么违背我的教训呢？"

杨锡甲气道:"与其留下这条辫子活现形,倒不如砍了头还爽利呢!"

从此以后,杨锡甲便寸发不留地剃得像个光头的小沙弥。杨德武夫妇都笼络不来,反说他的身体不大强壮,不替他留辫子,准备把他送到千佛庵里去做和尚。却暗地里叮嘱他有话放在肚子里,闷不杀的,说出来将来就没有报仇的希望了。

杨锡甲也只好勉强听受。杨锡甲是这样性情的人,终日在建昌城里横冲直撞,身边没有钱用,到当铺里当过草鞋,黑夜跫入冷知县房里出恭,威逼冷知县太太给他揩屁股,似此癫疯狂荡,都是杀身惹祸的阶梯。杨德武夫妇见他在城里闹得不像个话,说他不听,骂他不受,打他又打不改,没有法子,就将他锁起来,看他稍有悔心,也只好仍替他开锁。后来,他在城里,被冷知县将他捉住,问他为什么侮辱太太,他说:"你太太做婊子的时候,曾给你揩过屁股,难道就不配替我揩屁股吗?你得了恒通当典一千串钱,兴出什么月不过三,什么存箱贴水的例子来,当当的人,都得了九七数目的毛钱,赎当的人,都要出十足的大钱去赎,你拿了这一千串钱,就娶了这个婊子。我也拿一双草鞋,硬当他一串钱,就不配找婊子打茶围吗?你看那婊子的房里,可多了一串钱没有?回来再细细问我。在这种无法无天的世界,你仗着是做满人的官,欺侮我们汉人中的小百姓,拖着翎子像个尾巴,一般在堂上做起大人物来。我连一条辫子都不肯留下,情愿砍头,也不屑做满人的奴才。你有本事,将我绑出砍了,我有本事,就先给你个白刀子进,红刀子出,再反了兵马,去杀那北京的皇帝老子。"

冷知县听他这一派南腔北调的话,气得像个猴子,两边衙役和堂下看讯案的人都在那里伸头咂舌,发咒不曾见过这样的小孩子,会说出这些欺辱君上的话。再看他仍是嬉笑无常,信口开河地乱说一阵。

冷知县待要把他送到上峰的衙门勘问,怕他又乱说一阵,再把那柄说出来,须与自己的前程方面大有干碍;待要放他出衙,又实在有些棘手,这口气又如何咽得下去?便把他在堂下活活地拷死,一面舞文弄墨地申详上宪,一面差人去捉杨德武全家。

岂知杨德武早已得到这样的风声,一家三口,溜之大吉。杨德武连夜又到冷知县上房内,暗杀了冷知县,留下姓名。那杨锡甲尸首早被差役们拖到郊外草葬。

杨德武死了这个儿子,神经上很受了无穷的打击,像杨锡甲这般人物,虽然性格上矫枉过甚,然而雪仇疾恶的热度已到了一百二十分,杨德武平时拘管他的时候,越是拘管得紧,心里越觉难过,越觉自家没有人格,算不了个乱世英雄。于今一路逃到广西,就在都阳山圆通庙里做了道士。老道士死了,这圆通庙便归杨德武住持。

杨德武一家三口住在圆通庙里,专行交结天下的英雄,暗举大事。表面上却不肯露出丝毫的痕迹,有时在别省地方物色英雄,也做了不少的侠义勾当。就中却怒恼了江湖上的许多害马,想转杨德武的念头,无如杨德武的父子本领了得,庙里又设下许多的机关,却不便轻易下手。

那时杨德武因福建西溪有个英雄,唤作铁菩萨薛飞熊的,确在江湖上有点儿声望,杨德武虽和薛飞熊没有会过一次,然而他们是同道中的朋友,提起姓名来,彼此都还晓得,杨德武很愿拉薛飞熊共举大事。

这时杨锡庆的本领已下苦功苦练了十个年头,火候也十分老到,足以看守自家的门户,不怕人前来下他的手。杨德武便将庙中的事令杨锡庆暂且管理,自己借着云游的题目,到福建西溪去拜访薛飞熊,一路探问到薛飞熊的所在。

这薛飞熊原在西溪乡下耕田为业，住的是茅舍竹篱，十来间矮屋。杨德武到薛飞熊村上的时候，日光已落，天边已捧出一轮皓月，照在地上，如铺了一层浓霜。

薛飞熊家里养一条鬈毛的大黑狗，日间锁在圈里，夜里就放出来。这黑狗又是凶猛，又是灵警，不拘什么人，在夜里到薛飞熊庄上来，总被这黑狗咬得心惊胆怕，究竟薛村周围的人又没有一个吃这黑狗咬伤。

杨德武不曾听说薛飞熊家养着这条狗，却坦然无事般地走到场上，不防备那狗突然蹿了出来，把前蹄向上一扑，就扑在杨德武的衣领上。杨德武的手脚是何等的矫捷，趁势用手在黑狗头上一拍，那黑狗狂吠一声，早已直挺挺倒在地上，像似死了的一般。

杨德武正要走近几步，忽然从屋上闪下一人，竟似飞将军从天而降。那人舞起一支剑来，劈口向杨德武喝道："哪里走！"

杨德武早见这人约莫不到二十岁的模样，穿着一身的青布袄裤，来势非常凶猛，便也从身边抽出一支剑来，向前迎敌。哪知才一交手，即觉得不对，那人的剑法分上九路、中九路、下九路，左右各二十七路，前后舞动共计是一百单八路，竟与自家的盘龙剑法是一般的门径，一时又是害怕，又是狐疑。害怕的是怕自家的剑法，万一有了疏虞，敌不住他，就此惹得江湖上人听了笑话，狐疑的是薛飞熊家不曾听说有这么一个儿子，这后生的剑法如此，那薛飞熊的本领加倍要比自家高，只得抖擞精神，与那人周旋应付。两个剑尖恰合碰个正着，杨德武把手使臂臂使指，内功运足在剑尖上。那人的剑尖上像运足了这类功夫。杨德武的剑不能转动丝毫，那人的剑也不能展进分寸，两支剑再也解拆不开。

猛见得门内走出一个老人来，将两人的剑尖格开，笑道：

"怎么一家子人都杀到一处来了?"旋说旋请杨德武进内说话。

杨德武在月光之下,看老人的神情模样,便估着是薛飞熊无疑了,遂急忙进前见礼。

那人即用手在黑狗左边嘴巴上打了几下,又在右边嘴巴上打了几下,说了奇怪,那狗登时又咆哮起来。但见他主人和杨德武表示十分亲热的样子,便摇着尾巴,随着他们进门去了。

薛飞熊将杨德武延之上座,各自问讯一番,才知这后生姓冯名剑南,南平人氏,是薛飞熊的女婿。冯剑南父亲唤作冯士庥,是朱独臂的徒弟,同杨德武是一门的传授。

大家叙述了一番,薛飞熊哈哈笑道:"我说是一家子人杀到一处来,你们的剑子比得有趣,我这眼珠也看得有趣。"

大家正在倾谈的时候,忽听得一声犬吠,冯剑南竖目而视,侧耳而听,急忙蹿出门来,喝退了黑狗,即见一人惊慌失措地跑来说道:"不得了,不得了!我家的姊夫已失陷在竹林寺了。"

杨德武看那人也是一位会把式人的少年模样,待要问其所以,那人又继续说道:"这竹林寺里开光和尚半夜三更到我们庄上来,劫去崔寡妇家的女儿崔乳燕。崔寡妇因这开光和尚原是镶红旗人,在官里很有一点儿面子,打官司是打不过他,只是眼泪鼻涕地哭到我家里来,求我姊夫替她设法。

"我姊夫正恨这个秃驴做了三元教的首领,兴妖作怪,到处妖言惑众,骗人银钱,奸人妇女,又在竹林寺里造下一座销魂地狱,在别省地方弄些年轻貌美的姑娘,都藏在那销魂地狱里,左拥右抱,给他真个销魂。外边的人知道的很少,我家姊夫久已要找他了账,只有些畏惧,不敢下手。眼看这和尚又闹到眼前来了,加之崔寡妇又再四央告,便触动了豪侠的心肠,也不顾自家生命上的危险,提了一把剑,连夜赶到竹林寺里,没有回来。

"今晚开光和尚把崔寡妇女儿的一双鞋子送到崔寡妇家

中,说我家姊夫已陷入他那座销魂地狱旁边的血花洞机关以内,威逼崔寡妇限三天以内,到竹林寺里劝乳燕顺从了他,便万事甘休,万一迟疑不去,就得把乳燕架在飞仙床上,活活奸死,把尸首送来做个凭证。

"崔寡妇见和尚去了,便来告知我姊弟二人,依我姊姊当时的主见,就要使起性子,准备前去同和尚拼却这条性命。因我劝止她不用鲁莽,且到老伯这里请示办法。"

薛飞熊听了,只气得毛发直竖,手里正拿着一只茶杯,只听得哗啦一声,薛飞熊用手在桌上拍了一下,那只茶杯已打得粉碎。

欲知后事,且阅下文。

第十四回

薛云娘飞剑杀头陀
杨锡庆徒手入王府

话说薛飞熊当时便拍案骂道:"我早知这贼秃是个害马,处处地防范他黑夜前来有不轨的行动。适才南儿那般得罪杨老教师的缘故,就因一时的误会,疑惑老教师是那贼秃派来的人。那贼秃是怕我的,晓得这地方有我这一个人,怕我却不敢轻易来下我的手。我又是怕贼秃那寺里的机关厉害,也不肯轻易去落他的罗网,并常劝钱虎儿和珠珠两个孩子,只需俟那贼秃出来,和他拼一死战,不可因一时的火性,轻易到那竹林寺里上他的圈套。于今虎儿已经失陷机关,珠儿的性格我是知道的,虎儿有了不测,那珠儿必然奋不顾身,哪怕前面有座刀山,她也要去闯一闯。这件事闹出来,我若不亲自出马,冒险上山去救钱虎儿,那么我死了到九泉之下,有何面目见我的死友苟建禄呢?"

说至此,又问那少年道:"炳儿不用惊忧,事情到了这一步,只好令我南儿看守本营,这位杨老教师我们自己人,我请他去帮我一臂之力,这件事人多了固有干碍,人少了也办不来。只需我一人前去,有杨老教师和云儿在那里看风,断不至于吃那贼秃一网打尽。我就失足吃贼秃杀死,却不愁没有替我报仇的人。"

薛飞熊一面说,一面向里面唤了一声"云娘",却不听见有人答应。薛飞熊好生惊讶,忙到里面看个明白,哪里有个薛云娘呢?

原来云娘就是冯剑南的结发妻子,和荀建禄的儿子荀炳、女儿荀珠珠,都是她结义的姊妹。云娘在屏门后面一眼见荀炳到来,诉说他姊夫钱乃刚失陷在竹林寺里,满心想走出来问说一番,就碍着杨德武在座,不敢冒昧,又怕自家父亲仍然抱守稳健的主义,不肯进竹林寺一步,便悄悄溜出后门,飞也似的直扑荀家村来。

这荀家村离薛家村只有二十里路,那云娘约走有一会儿工夫,便到了荀家村上。忽然看见珠珠同一个和尚在屋上厮杀。云娘来的意思,就想偕同珠珠到竹林寺里去救出乃刚、乳燕两人,杀了那个和尚。却不料开光今夜到来,窥探荀家的动静,被荀珠珠察觉了,两人就到屋上厮杀起来。

论珠珠的刀法,也算得一位儿女英雄,在她这把刀下,也不知杀过许多江湖上害群之马。不知怎么缘故,于今被开光的一把刀紧紧逼住,看看不能招架。那开光又口念真言,喝一声:"疾!"只见有无数的人马从空中杀来,珠珠便吃惊不小。

忽然空中的人马纷纷落下,即见一道白光向开光顶梁上一罩,只听得咔嚓一声,那开光的一个秃头已砍成了两半个,尸首便从屋上滚下来。那些人马便倏地不知去向。一回头,见云娘已到屋上,手里正擎着一支五寸长的小剑,月光之下,越发见那支小剑寒光闪闪,如一道白虹般。两人说明了情况,珠珠方知,云娘得到了消息,深夜前来,约她同去救出乃刚和乳燕二人,无意中助珠珠杀了开光。当时情急不过,又怕开光用妖法伤她,便把这剑脱手而出,这剑上下翻飞,剑光到处,能在二十步外取人首级,就这么毫不费力地杀了开光和尚。

珠珠挽着云娘,把开光的尸首拖到郊外喂狗,便回到自家的房里,各换了一套飞行的衣靠。这飞行的衣靠有两种的颜色,在月光星光之下,都利用灰色,在黑夜不见天的时候,却利用黑色,她们这衣靠是用绢布做成的,穿在身上,前胸两旁有碗口大的地方都隆然而起,后胸是紧窄窄的,衣袖及腰,都非常瘦小,胸中间及袖口上都排着一列的密扣,裤裆裤脚上也有密扣,裤腰放在上衣外面,把那五寸长三寸宽的腰带在腰间系了两道,结结实实地紧扣起来,裤脚纽扣先是不曾扣的,直等她们换了软皮鞭,用裤带系好靴筒,连后才扣了裤脚上的纽扣,竟像似靴子连住了裤子。这衣靠是她们女人用的,乳际必须稍高一些,裤裆里要用密扣,把瘦窄的内衣扣紧了,如果和人动起手来,才不至万一岔开了裤裆,惹人笑话。但是男人的衣靠便用不着这样花式的了。还有许多的飞行家,也有用红红绿绿的飞行衣靠,这是江湖上人特别的符号,不在此例。也有不穿飞行衣靠的,这也是飞行的功夫好到极处,像开光就是一个不穿飞行衣靠的人,他的飞行功夫甚是了得。

开光生有神力,喜欢练武,因访到福建西溪佛岭山竹林禅寺的四空和尚是当代的武术大家,但四空和尚的武术不肯伤人,非得这人肯落发出家,受他的清规,还看这人有造就的根底,才肯把武术授给他,所以四空很有了一把的年纪,却没有收过一个徒弟。但因开光的根底很好,又剃发做了和尚,很喜欢地收开光做徒弟,倾心地教给他种种少林的外功、三丰的内功,省得死了把武术带到棺材里去。

开光随四空苦练了四年,四空所有的武术都传给了开光。忽然觉得开光有些不守清规起来,不是去做几回买卖,就是去采几朵花枝,把个四空和尚气得发昏。眼看开光的本领和自己差不多,壮年人的气力比老年大,劝他是没有用处,打他又怕打不过他,就这么气得得了鼓胀病,归真返本,回到他西方极乐的世界去了。

开光打从四空逝去以后,格外肆无忌惮,他的本领是好得了不得，尤以飞行功夫最为擅长，在那练习飞行功的时候，四空和尚指点他，把周身的气力一大半集中在两只膀子上，留一小半看守本营，慢慢地飞起来。四空和尚常说燕子会飞，鸡鸭飞不高，以及人不会飞的缘故，都因燕子身轻翅膀重，鸡鸭身重翅膀轻，人的两只膀子也同禽类的翅膀差不多，不过腿高身重，膀子生得又比腿细、比身子细，要飞如何会飞得起来？若把膀子上的活力运足了，便有一飞冲天的能耐。

开光依着四空的言语练习，起初飞得不高，也不能飞远，渐久精通纯熟，能在一小时间飞五百里路。开光有这飞行的本领，所以夜间飞到别省去采花、做买卖，仍在夜间飞回寺中，原不算一回话。于今四空已经圆寂，又利用那时三元教中的种种邪术，很认识教中几个头脑，就此又学会了种种兴妖作怪的邪术，在三元教里做一个首领。

那时神权的魔力极大，连官府中人都把三元教中的头脑看作天神菩萨一样敬重，并且这开光又是个镶红旗，雍正皇帝的胞弟允祎五王爷又和他要好。

开光在竹林寺里造下许多的机关，都是允祎遣名匠替他造成的。开光在那销魂地狱里，和一班妖僧销魂作乐，已造下弥天的罪案，恰又在日间看见崔大寡妇和乳燕伏在一座新坟上放声大哭。开光看乳燕那般泪流满面的愁态美，千个里也挑不出一个来，日间不便下手，夜间独自飞到崔家，看乳燕和她娘在一张床上同睡，就把乳燕从被窝里拖出来，捆在怀里。

崔大寡妇见他那般虎狼似的样子，大气也不敢哈一声，也只好看着他把乳燕劫去，才穿起衣服，到荀家来求钱乃刚替她设法。

当夜钱乃刚飞至竹林寺下，见寺门已经关了，便由后门轻轻蹑进，恰好没有见到一人，不敢在地下胡乱行走，怕蹑中了机关，便在墙上向前爬去。忽地砉然一声,那墙壁就像天旋地转般地转动起来,好像自家凭空掉下一个水洞里。那洞里安放着一盏明灯,看见满洞都是血水,那一股臭气冲入鼻孔,比什么臭气都难当,才知道自家已失陷在血花洞里,也只得束手待毙,却没有法子能出这血花洞一步了。

其时开光适在销魂地狱威逼着乳燕要饱偿他的兽欲,但乳燕有一个要求,必须和她母亲会面一次,方才听凭开光为所欲为。开光也只得忍气似的,准许她的要求。忽觉血花洞里的机关作响,开光忙令一个知客僧前去看视,那知客僧是认识钱乃刚的,回来禀告一番。

开光听了,便笑了一声道:"这不是拿着鸡卵碰石头吗?看这东西有什么本领能飞出这血花洞去?"

那知客僧道:"这东西的胆量也就可观,我看他的本领,不见得比那建昌杨锡庆高。"

开光道:"是什么杨锡庆?我耳朵里没有听过有这么一个人物。"

那知客僧道:"说起这个人,那北京的允祚五王爷,还受过他的教训。那时我在五王爷府里,是知道有这么一回事的。五王爷因这是自家丢脸的事,不曾告给老人家,并嘱我不要把这事在外边说出来,给人笑语。五王爷有个兔崽子,唤作什么吴顺,五王爷那夜没有这崽子同睡,那一夜便睡不着。这崽子既得了五王爷的宠幸,骄横得了不得,有人怒恼了五王爷,只需贿嘱这崽子,在五王爷跟前撒一回娇,那人的前程、性命就靠得住了。

"那天有一个江湖上卖拳的女子,到这崽子跟前打招呼,要在北京城外卖艺。这崽子因卖艺的女子年纪在十六七岁,很有七八分动人的姿色,就想拿她寻一回开心,看她在城外卖艺的时候,四围挤满了人山人海,都夸赞女子的拳术耍得好看,不惜成千成百地舍钱。那女子越发耍得高兴。

"忽然这崽子从人丛里挤进来,要和女子较量几手。那女子看他这般弱不经风的样子,又是五王爷前一个红人,哪里敢和他较量,怒恼了他岂是耍的,便抱着一对儿粉拳,向他拱一拱手,连说几个'不敢'。

"这崽子摇头晃脑地笑道:'比武艺怕什么?大家拳脚上留点儿情分,就不妨事了。你若打倒了我,我送你三千串钱,我若打倒了你,就娶你做老婆。'

"那女子红了脸,看这崽子生得粉妆玉琢似的,不免有些动心,便向这崽子乜了一眼道:'不敢当。'

"两人就此动起手来。这崽子对于拳脚的功夫,本是人嫡亲的门外汉,不知怎么缘故,才一合,那女子便吃这崽子打倒了。这崽子打倒了她,趁势伏在她的身上,刮着她的鼻子羞道:'好不要脸的下流货,你这身体只值三千串钱,你这下流货,给我尊夫人拾鞋子也不要呢!'

"那女子才知上了他的大当,在这众目昭彰之下,又受他这般的侮辱,登时羞极愤生,也顾不得以后的祸福,猛地在这崽子腰眼里一拳打下,打得那崽子怪叫起来。

"就中有五王爷府里许多健仆,一个个如狼似虎般将女子扭到王府里去。那崽子见了五王爷,哭得同泪人般。五王爷把这崽子的衣服解开一看,伤势并不沉重,略吃些伤药就好了。那崽子还撒乖卖娇地求五王爷把这女子送到县衙门里监禁,五王爷欲遂这崽子的欢心,何惜一个卖艺的女子?就听受这崽子的要求,把女子送到县衙门里永远监禁。

"不知这消息怎么会传到杨锡庆的耳中,想必杨锡庆也亲眼看见这崽子戏辱卖艺的女子一回事的。这夜五王爷正抚摩那崽子的伤痕,好生怜惜,忽然一个武装的少年如飞而至,两边戈什哈见势头不对,怕这少年前来行刺,一个个舞动刀剑,齐向这少年搠去。说也奇怪,这少年的一身皮肉比金子、石头还坚硬,五王爷见这少年是个空手,没有带着兵器,又见戈什哈把刀剑砍在他身上、脸上,却没有伤他分毫,很是惊诧万分。这时候,那少年已蹿进一步,一个顺手牵羊,捞住五王爷的辫发。

"五王爷一面令戈什哈退出去,一面向那少年问道:'你是谁……谁……谁?'

"那人便低声喝道:'入娘贼,你不认得老子惠阳杨锡庆,老子却认得你这炙手可热、自大为王的入娘贼,人家卖艺的女子与你何仇,你偏要拍这崽子的马屁,将人家送到县衙里去监禁?依老子使起性子,就得把你们这两个入娘的一拳打死。识相些,快快把人家女子放出来,老子也不用和你多说废话。如果不听老子的教训,老子今天走了,明天又来,明天不来,后天也叫你死在老子手里。'

"杨锡庆这一番举动,只吓得五王爷缩头不迭,再仔细一望,那杨锡庆已不见了。"

欲知后事,且阅下文。

第十五回

争妍取媚起宦海波涛
槛凤囚鸾尝铁窗风味

话说开光听到这里,便向下问道:"后来五王爷是怎么样呢?"

知客僧道:"五王爷见那杨锡庆走了,才将一缕真魂收转到腔子里去。这崽子也是亲眼看见杨锡庆那般令人害怕的样子,不待五王爷示下,转向五王爷道:'王爷若不应受那东西的要求,那东西当然有最后的手段施行出来,妨碍王爷和奴才的性命。那东西是下流人,不值钱的性命算得什么,王爷又何必和他要拼却性命呢?'

"五王爷道:'你懂得什么,那东西的性命岂是一文不值?本王贵为御弟,连圣上都拘管不来,所怕的就是这些无法无天的东西,看他那举动之间,视你我二人的性命直同儿戏。于今只好把卖艺的女子放出来,本王且问她和那东西有没有什么关系。'旋说旋发出一支令箭,令一名戈什哈把卖艺的女子提到王府。

"不一会儿,那戈什哈已将女子提到五王爷面前。五王爷看那女子身上还上着镣铐,忙向两边戈什哈吆喝道:'你们这些囚攮,还不将这孩子身上的刑具除下来,还了得吗?'

"戈什哈答应一声,已将那女子镣铐除掉,弄得那女子惊喜无定,莫名其妙。五王爷遂喝退众人,亲自把那女子拉在一张椅子上坐定,笑着说道:'本王听左右人一面之词,误将你这孩子收禁县狱,事后细想起来,实在惭愧得很。今夜放你出来,没有别事,因为昨日有个好汉,年纪不到二十岁,到孤王府里来。这好汉唤作什么杨锡庆,是江西建昌人氏,问你可和这杨锡庆是否亲戚,知道他是哪一路上的朋友?'

"那女子见五王爷对她的神情之间,甚是殷勤,便向五王爷回道:'是什么杨锡庆?小女子并不认识他,只知道江西建昌有一个杨德武,因为暗杀建昌冷知县,父子亡命江西,很在江湖上做些侠义的勾当,江湖上人提起杨德武来,知道的很多。那杨锡庆想必就是杨德武的儿子了。'

"五王爷听毕,思索了半晌,没有话说,连夜把那女子放出王府。还送她五十两蒜条金,劝她以后不用吃这碗把式饭。那女子喜得什么似的,叩头谢赏,竟如娇鸟脱樊笼般兀自去了。

"王府里出了这一件事,如何瞒过府中众人的耳目?无如五王爷已吩咐在先,谁肯对外边人说出来?这些话是告给你老人家的,换一个人我就不说了。"

开光道:"说起杨德武这个人,我也晓得,不过他是不认识我的。那一回,杨德武路过湖南新化地方,这地方有十三条好汉,结成党羽,在那里很做些杀人放火的勾当,周围的小百姓提着那十三条好汉,没有个不诚惶诚恐,任凭那十三条好汉为所欲为。其时适有一班好汉在一座围场上耍刀,那杨德武也挤在围场里瞧热闹,一班好汉各舞着一把单刀,在场里比试着,倒也耍得十分好看,就惹得一众的小响马都脱口喝出一声彩来。

"就有一个好汉,唤作玉面虎孙士飙,他耍得正十分高兴,见众人喝出一阵的彩声,露出很得意的样子来,兀自仰天笑道:'可惜我们弟兄都屈服在这小小的地方,再休想有出头的日子,我们的方法,不是我孙士飙信口胡吹,敢说大话,凭着我们兄弟的刀法,休说做这个买卖,从没有遇过一个劲敌,就使众人嚷出

一声彩来,要是我们仗这把刀南征北战,一个个都做了开国的功臣,不知要值得许多的英雄替我们喝彩呢!'

"孙士飙说到这里,便把那刀舞得泼风也似的,只分不出什么刀、人。众响马又一窝蜂似的拍着巴掌喝起彩来。

"杨德武便挤进了一步,指着孙士飙哈哈笑道:'你听这阵彩,可是喝得放屁似的一样响?你这刀法太没有味儿,就惹得放狗屁的东西在这里喝彩。'

"那班响马听了,一个个心头火起,要打杨德武,却被孙士飙及一众好汉一声喝住。

"孙士飙便收了刀法,向杨德武冷笑道:'瞧你这厮不出,你敢和我比试吗?'

"杨德武摇头笑道:'什么?比试吗?倒是我心中顶喜欢的事,但看你这个样子太不行,我和你且试试看,我是个四十开外的人了,你就败在我手,终要笑你不成?'

"孙士飙听了,又气又急,看杨德武身边没有带着兵器,忙从一个小响马手中抢一把刀给杨德武。

"杨德武笑道:'这把刀一使劲就折了,叫我如何使法?'说着,便把刀在手略使劲抖了几抖,那把刀已嚓然一声,被他抖折了,杨德武却不慌不忙,仍将那把刀在手里揉搓了几下,却搓成一块铁饼。

"众好汉看到这里,一个个都吓得伸头咂舌。孙士飙更是点头赞服,不敢和杨德武比试了。大家团团围拢过来,问过杨德武的名姓,请杨德武入伙做首领。杨德武哪肯答应,就劝他们改邪归正。谁知杨德武一离开新华,他们仍旧做这没本钱的买卖了。这件事知道的人很多。

"我看杨德武的内外功夫也还了得,但他的功夫愈好,愈不能耐久,这也是会把式人的通病,只可以在捉对儿厮杀的时候,能得到胜利的结果。要在这两军阵前,大枪大戟地鏖战起来,他们就没有这本领能决战下去。像我这寺里的机关,他们更不易跨进一步。"

开光和知客僧谈论一会儿,便在这销魂地狱里,选择一个标致的小姑娘,结他们的欢喜缘。

第二天,开光忆及正经,要把崔大寡妇劫来,但乳燕的意思,必须她母亲自己前来,才肯答应这一件事。开光不忍违拗她,连夜到崔大寡妇家里,做出么一个圈套。哪知崔大寡妇并不曾来,开光疑惑是荀珠珠从中作怪,便要去探听一番。恰被一个个粉红黛绿的女子将开光包围定了,她们这许多的女子,一半也是名门的闺秀,很知道三贞九烈的道理,守身如玉,不肯稍有逾情悖理的行为。但是被开光弄到这里来,拿势力威胁她们,用心机引诱她们,她们身体是宝贵的,拿性命来比较,这身体也就一文不值了。眼见这销魂地狱里一班受宠幸的女子,这个穿的绫罗遍体,那个又戴着珠翠满头,都过着十分写意的日子,何况这当中,有的做了女宰相,有的做了女尚书,有的做了女侍郎、女主考、女元帅,连丫鬟侍女都是女知府、女知县的班子,这是开光特别编出新官制度来,厚待她们女孩儿的。一班女孩儿家的心里,都希望她未婚夫是状元,是宰相,她们得到了将来的诰封一品夫人、二品夫人,哪怕她丈夫在背地里什么龌龊的事都干得出来,她们已觉是十分的荣幸,做梦不打算自家也有做女宰相、女尚书的日子,她们每天争妍取媚似的,陪开光办了几次的例行公事,就打天九斗叶子戏地消遣着,已算是她们宰相、尚书的职责攸关。

那开光的志愿很大,他对一班女宰相、女尚书说:"日后在北京金銮殿上做起大皇帝来,当替你们这些没有卵子的人吐一口气。做官的人一例都用女子,膨胀你们的女权,提高你们女界的幸福,好造出破天荒的一个女子世界出来。"

那些女子总希望开光的梦话成了事实,休说日后她们女子都出了风头,能够奴视一班的男子,就单论于今在这销魂地狱,朝朝云雨,夜夜巫山,一般地也对着开光皇帝山呼万岁,口称奴才起来。这又是寻常做官梦、得官迷病的男子所绝对办不到的,这种福也就够她们享受的了,所以一班的名门闺秀失陷在这销魂地狱里,耳濡目染,渐渐把一颗纯洁的心有些模模糊糊起来。她们在深闺做姑娘的时候,信得过自家是个守身的闺秀,又暗暗骂一班的妖姬荡妇,容容易易给人家破了身子,我只说她们不曾够得着失身的资格,一有了失身资格,她们也就不爱惜这身子了。这种议论,虽然近于苛刻,确有颠扑不破的理由在内,古语说得好:"士为知己者死,女为悦己者容。"

这销魂地狱里的女子,像汉朝孔光、蔡邕的一班人物着实不少,单说其中有一个女宰相,唤作潘小小,有一个女元帅唤作苏鹈鹈,都是名家的闺秀出身,被开光老佛皇帝提拔她们做了这么大的官,她们各仗着随身本事,陪着开光追欢作乐。如游妓之款情郎,吃醋是女人的天性,苏鹈鹈见开光宠幸潘小小的神情比自己来得亲近,那潘小小也恃着自己的本领比苏鹈鹈大,皇家雨露,好像就派她一人承受的样子,很在开光面前说鹈鹈私通外国。本来这苏鹈鹈也跟着开光学出一些武艺,开光有时也带她出来,弄几个女尚书、女侍郎,有时鹈鹈也单身出马,很替开光找来许多的情俘,在外边住过夜的。

一班地狱中的女尚书、女侍郎都恨鹈鹈的军威很大,不及女宰相做人和气,大家趁苏鹈鹈不在开光身边,都说鹈鹈的坏话。开光人是个猛虎般人,耳朵却是个棉花耳朵,就忖量小小说鹈鹈私通外国的话,一半也相信得去。不知怎么似的,被鹈鹈知觉了。鹈鹈看小小曾瞒着开光和一个维那僧办了一回交涉,也在开光面前揭了出来。开光又是将信将疑,后来这两件事都被开光察觉了,先将那维那僧送到西方极乐世界,以后就将一个宰相、一个元帅都除去她们的职衔,一齐上了刑具,押在血花洞左近的一所黑狱里去,可怜小小、鹅鹅两人,一班也铁锁银铛,尝试这铁窗的风味,吃饭、睡觉、大小便溺,俱在这黑狱里,才知宦海的波涛非常凶险。

那小小的身体素弱,出娘胎没有受过这种罪,早已死了变成蛆虫,尸首也被拖到血花洞里去血葬。就有许多的女尚书、女侍郎,想候补宰相、元帅的优缺,不是一回了。于今把开光包围中间,一个个都露出千奇百怪的丑态出来,要求开光大发慈悲,广施雨露,提拔她们轮流各做一回宰相,各做一回元帅,她们也不敢唱一句"辜负香衾侍早朝"了。

其实开光已预备将女宰相这个位置要特任崔乳燕接充,至于女元帅这样的干城之选,必须物色一个能征惯战的蛾眉英雄,像这班弱不胜衣、病恹恹瘦怯怯的女尚书们,谁也不能在风流阵中称得起一员战将,如何又轻易肯给她们筑坛拜将呢?但实在被这班女尚书、女侍郎们纠缠得开不了交,也就含糊答应了她们,各赔她们一个小心,好容易才出了重围,飞到荀家村上,和荀珠珠在屋上厮杀了一阵。想不到遭了薛云娘的毒手,却被云娘用飞剑杀了。

薛云娘杀了开光,同珠珠各穿了飞行的衣靠,结伴飞到竹林寺来,远远地便见火光烛天,听着喊杀的声音,那火箭、火球向寺里乱射。又见闪也似的两道电光,一前一后,从那边飞来,薛云娘疑惑是她父亲和杨德武来了,那电光越闪越近,已飞到面前了。

薛云娘待要向前招呼,就听得她父亲的声音唤道:"云儿、珠儿,你两个是几时来的?竹林寺中怎么烧得这个样子?我怕虎儿和崔家的姑娘,不被那贼秃害死,也被这火烧死了。"

一句话提醒了荀珠珠,她想到丈夫要葬身火窟了,心里便直跳起来,一翻身便栽倒在山石上。吓得杨德武、薛飞熊、薛云娘三人忙不迭地从空中落下来,恰见一个女人躲在一方大石下,一看并不是荀珠珠,这女子满身的垢污,像似在厕坑里才爬出来的样子,大家不由焦急起来。第一由云娘眼快,赶到那边山石下面,抱着一个女人哭道:"这不是珠珠姐姐吗?"

众人忙近前看时,珠珠已跌得皮开肉绽,花颜上染了许多的红血,一支剑抛落一边,身子已是直挺挺的,简直是入气多出气少了。再摸鼻息间,已没有一息微丝,急得杨、薛两位老英雄浑身是汗。

云娘仍是抱着珠珠,那雨点般的泪痕点点滴滴,洒在珠珠的脸上。云娘便伸手解开珠珠胸前的衣靠,在心窝摸了一摸,觉得还有些跳动。云娘这一喜非同小可,便告诉她父亲和杨德武两人,大家方思量要如何拯救。

陡然听得珠珠大叫一声说:"苦杀我了!"

究竟珠珠的性命如何,且待下文续写。

第十六回

杯弓蛇影国事嫌疑
缓带轻裘将军风度

话说珠珠叫了一声,已醒转过来,看她头皮上是被石屑擦破,没有过分的危险。幸喜杨德武身边藏有伤药,即由云娘把伤药敷在珠珠的伤处,从自家头上除下一幅绢布,给珠珠扎好了头。转看那竹林寺火光渐低,已烧成一片焦土,珠珠更是泪流满面,禁不住苍天菩萨地乱叫起来。

一转眼,那个浑身垢污的女子已走到他们的面前问道:"爷爷们是哪里来的?奴看爷爷们都是侠义的英雄,那开光也是奴的仇人,奴是苏鹅鹅。"

这时候,忽然有一队的官兵从火坑里飞出来,为首的是个漆黑的脸面,像《水浒传》上那个黑旋风,年纪约在二十开外,手里握着一柄开山大斧,劈口向他们喝问道:"你们这干鸟人里,可有铁菩萨没有?"

飞熊忙回道:"铁菩萨倒有一个,只不明白你问的是哪个铁菩萨?"

那人道:"我问的是江湖上享着鼎鼎大名的那个铁菩萨薛飞熊便是。"

飞熊道:"原来你问的是薛飞熊,起初你可认识他,却和他有什么关系?"

那人道:"要是会见过的,也不向你们讯问了。那薛老英雄是家父的朋友,满脸也生得漆也似黑,鼻孔掀天,露出一撮的茸毛,年纪在五十上下。我看你这人和薛老英雄的面貌一般,冒昧问你一句,原不打紧。"

飞熊道:"我便是薛飞熊,你可是祁制军祁佩符的公子祁铎不是?我也听祁制军说,他有一个公子,和你的神情相若……"

那人不待飞熊说完,立刻掷下板斧,向飞熊纳头便拜。旁边站定一个军官模样的人,将那人一把拉起,说道:"统制要仔细一点儿,不要吃这厮骗了。"

飞熊听了,哈哈笑道:"真牌号是假冒不来的,各干各的事,我冒充是你父亲救命的兄弟,有什么好处?"

一句话打到祁铎的心窝里,连说:"老仁叔这是哪里的话?家父命小侄剿灭这竹林寺,却暗令小侄在公事完毕以后,到仁叔府上问安。难得在这里碰见了仁叔,巧极巧极!"

薛飞熊这时却又转疑他不是祁铎,忽然向祁铎笑道:"祁制军却谈铎儿的轻功了得,可肯赏脸做点子给我见识见识吗……"

话未说完,祁铎即答了一句:"献丑!"

那时半山间有一株五丈多高的大樟树,距这所在有二十步远近,那大樟旁边团团地围了许多的小树,因在上风,又距离竹林寺有半里多路,不曾付之祝融一炬。只见祁铎一飞身,已飞上了树颠,两脚踏在树叶子上,火光中见那树枝摇摇摆摆动。祁铎更在那树叶子上,把一只左脚竖起来,紧贴在右手上,又把一只左手竖下去,紧贴在右脚上,做了一个朝天一炷香的架势。

飞熊不由失声叫出一句:"好呀!""呀"字没有叫完,却见祁铎仍在原处站定,不但没有见他从树上飞下来,连风声也听不出一点儿。

薛飞熊道:"果然名下无虚,将来铎儿的成就正不凡呢!"

说至此,复问祁铎火烧竹林寺的缘故,并问可救出地室里人来没有。

祁铎便一一说了,吓得珠珠又放声大哭起来。

看官要问这火烧竹林寺的先后情形,是怎么一回事呢？在下且忙里偷闲,转过这支飞花的笔,把其中的事实细写出来。

却说苏州太湖的地方,有许多水强盗,在那里落草为寇,为首的有水氏三雄,是亲兄弟三人,水天雄善使一柄钢叉,水地雄使的是一把四窍八环刀,水人雄使的是一双铜锏。他们在太湖七里桥地方立下一座寨棚,江湖上人称为水家寨,白日劫人,黑夜放火,这是他们的特别工作,吓得太湖一带的富商殷户,风声鹤唳,好似草木皆兵的样子。

水天雄一般也自大为王,做了水家寨的首领,实则是英雄没有用武的地步,不得不沦为水寇,却毫没有些须帝制的思想。官里却因太湖一带发生的盗案太多,不得不调兵征剿,做一回例行的公事。

那时全国的文武官吏都大半知道歌舞太平,军队仅存了个模样,当兵的都是吃饷不打仗的家伙,做军官的只知吞吃粮饷是他们的特别军事学,于今要去拼性命,上这个斗宝台,却被太湖的水盗一个个都将他们送到水晶宫里去了。

江苏的制军胡铁珊,因为国家的大兵剿不了太湖的跳梁小丑,公事上太敷衍不去,就故甚其词地飞章上奏,略说这太湖的水盗是朱明的余孽在太湖地方自大为王,大逆不道,若不立刻会兵剿除,恐怕跋扈得不成模样。

雍正帝看过胡铁珊的奏章,谕令两广制军祁佩符统兵征剿。祁佩符接到朝廷的圣谕,早探得太湖的水寇够不上反叛的资格,即统领制下素经训练的健卒,去征服水氏三雄。岂知水氏三雄听得祁制军的大兵到了,即带领一班水盗,到祁制军帐下投诚。

祁制军只好劝他们解甲归田,却不肯将他们收留部下,一面又奏报朝廷,说太湖的叛乱已平,叛贼水天雄等已经解散。

雍正帝优旨褒奖祁制军平乱的功绩,不料江苏的制军胡铁珊深嫉祁制军平定了太湖水寇,很与自家的颜面有关,即密奏朝廷,奏说祁制军是强盗的出身,列举祁制军通叛的嫌疑。朝中的大臣又因祁制军不及胡制军做人好,大半都在雍正帝面前说祁制军的坏话。

雍正帝赫然震怒,将祁制军招进京来,交刑部审问,问官因祁制军所说的供词不外"以德服人"的四字宗旨,虽然祁制军不费一矢、不开一仗,已将叛党解散归田,在军事上不无涉及嫌疑,却不易认清他不是私通叛党的国事犯,一时又实在拷不出他的谋逆的口供,只好请旨定断,暂将祁制军押下天牢。

那夜,雍正帝睡在雍和宫里,抱着一个宠幸的贵妃,做他风流天子的风流好梦,忽然听得一班太监们说是捉拿刺客。雍正帝从华胥梦里醒过来,却见一把明晃晃的宝刀,不偏不斜直插在龙床上,余劲未衰,在那里摇摇闪动,只吓得雍正帝把一颗龙头缩作龟头的样子。再凝神一望,哪里有什么刺客呢?外面的侍卫又不曾把刺客捉住,里面的太监又说似乎见一把刀从屋上穿下来的。雍正帝好生疑惑,看屋上已穿了个透明的窟窿。这屋是怎样的坚固,能把屋上揭成一个窟窿,穿下刀来,这刺客的本领真个了得,虽然没有被侍卫捉住,却喜这番不曾伤及性命,总算是洪福齐天。

雍正帝一面想,一面将那刀拔得下来,反复看了数遍,忽见那刀柄上嵌着"胡铁珊"三个小字,雍正帝暗暗点头。适值胡铁珊在京公干,雍正帝将铁珊召到殿上,又将那把刀遍示群臣,验看已毕,却不容胡铁珊有分辩的地步,雍正帝即喝令将铁珊凌迟报来,真个君令如山,胡铁珊做鬼也不明白其中的冤节。

雍正帝将铁珊正法已毕,群臣中受处分的也就不少,都是胡铁珊一类的人,遂又将祁佩符免罪出狱,仍复原官。祁佩符趁此欲乞骨归田,保全首领。雍正帝不答应,只好回至两广,小心尽职。

这日,有老友薛飞熊到署拜访,卫兵看薛飞熊身上穿一套黑布的褂裤,戴一顶没有顶子的瓜轮小帽,面目黧黑,大踏步闯了进来,如何肯容他进去,早举起长枪、十字叉,把大门架住,吆喝着。

薛飞熊笑道:"谁敢挡住老爷,便是我老大祁佩符出来,也不敢挡你老爷呢!"

卫兵见他出言不逊,怕他的来头很大,便向他讨取一张名片,由门官递进去。

不一会儿,见祁制军已笑容满面地迎了出来,见了飞熊,便开口笑道:"我们是好久不见了!"说着,即握了飞熊的手,一齐走进内衙。

飞熊见祁制军轻裘缓带,有儒将的风度,仍是当初结义时的本来面目,毫没有封疆大臣的气派,暗暗地点头赞服。茶话已毕,两人各叙离衷,飞熊又诉说苟建禄已染疫死了,祁佩符听了,不由潸然泪下。

原来祁佩符和薛飞熊、苟建禄三人是福建的三侠,他们在江湖上很打了许多的不平,祁佩符称儒侠,薛飞熊称义侠,苟建禄称血侠,他们三侠的气味相投,便结成生死的朋友。后来祁佩符投营效力,以军功升做两广的制军,便想拉同飞熊、建禄出山起事。因他们小兄弟不愿为官,祁佩符也不好勉强,从此便不大往来。于今祁佩符没想到飞熊肯赏脸到官衙里来,却听建禄已死,想起当初结义时的情分上面,自然要洒却许多的眼泪。

一时又各谈到家中的情况,其时祁铎已奉令出差去了,飞熊诉说他女儿、女婿及珠珠、乃刚的本领性格,佩符很是喜欢。连带又说出祁铎的软硬功夫已到了怎样的地步,及祁铎的相貌神情是怎样的人格,飞熊也一句句都嵌入心坎里。

一时祁佩符又谈到征服水氏三雄的先后情形。飞熊见左右的戈什哈已不在内衙,便向佩符笑道:"阿哥可知那刺客是谁?"

佩符道:"这个疑案闷在肚子里,不是一天了,我想那胡铁珊未必能做出这件事来,老弟却转问我是谁人行刺圣驾,难道是老弟干的把戏吗?"

飞熊道:"岂敢岂敢!我盗了胡铁珊的宝刀,单身入京,做出那么一件惊天动地的事,若不对阿哥直说出来,也称得起阿哥的好朋友吗?"

祁佩符道:"原来老弟却是我的救命的恩人呢!"

薛飞熊在督衙里住了半月,因见祁佩符忙着料理公事,久住怕分他的心,遂作别回福建去了。

那日祁铎回来缴令,祁佩符便暗暗告诉他,说薛飞熊是怎样救了自家的性命,当初和自家是怎样的交情,薛飞熊是怎样的性格、年貌,祁铎也一句句嵌入心坎里。

那时又因一件谋逆的案子,牵涉到福建佛岭竹林寺里的和尚,雍正帝又密谕祁佩符,派兵洗灭竹林寺。祁佩符急令祁铎点起三百健卒,衔枚关走,到佛岭来,由山那边抄出竹林寺前。因看天色不早,想竹林寺里的和尚必然深入睡乡,祁铎预先想用火攻,烧毁竹林寺,将硝黄等引火的物件散于满寺,因在寺前上风放起一把火来,将一班火球、火箭向寺里乱射,就这么毫不费力地烧毁了竹林寺。寺里的僧人,哪里有一隙可逃的生路,都葬送在火窟里了。

祁铎因他父亲吩咐办完了公事以后,去面见薛飞熊,却在无意间看见了薛飞熊的面目。祁铎的眼光是何等的敏锐,又听薛飞熊暗暗说出当初盗刀救友的事体来，当时两人谈叙了一会儿。

薛飞熊听说祁铎没有救出乃刚、乳燕两人，很是吃惊不小，越听珠珠哭得像号丧般，心里越觉难过。

当由鹣鹣近前问道："爷爷们可是问的一个姓钱的吗？钱乃刚还救出了一个女子，唤作什么崔乳燕。这姓钱的性命，还是奴救下来的。"

珠珠听完这话，真似喜从天降。其时祁铎领着一队军官，随同薛飞熊等男女英雄走下山头。大家向鹣鹣讯问一番，鹣鹣也半吞半吐把前后的情形告诉了他们。

这鹣鹣自押进那黑狱里去，深悔自家失足被开光骗了身体，干出许多不可告人的事体出来。她在那兴会会的甜蜜时期，原想不到失身时的创痛，但被押入黑魆魆的地狱中间，兀自铁锁银铛，绑在一个铁柱子上，回想那时失身被骗的情形，未免要洒下几点泪来。她在做女元帅的时候，原有一班女先锋、女参将、女秘书长，是她的心腹人，但大元帅倒了台，这班女先锋、女参将、女秘书长也就不念旧情，一颗心各和她生疏起来。鹣鹣看破这班女孩儿的心肠是靠不住的，只有一个知客僧不时溜到黑狱里看望她，就将鹣鹣感激得什么似的。

欲知后事，且阅下文。

第十七回

收缰勒马古寺任逍遥
煮鹤焚琴迷宫兴土木

话说这知客僧法名唤作明性,是天津的人氏,本和苏鹈鹈有同乡的关系,他看鹈鹈的是娘子军中的蛾眉领袖,两人都含情脉脉,只碍着开光和众人的耳目,却没有入港的机会,表面上都装作漠不相关的样子。

于今明性见鹈鹈押入黑狱,本要准备救她出险。论明性的本领,也吃得寺里的众头陀,不过畏怯开光的武艺比自己大,有些不敢下手。若论开光所使三元会中的种种妖法,吓得人伤不得人,明性是不怕的。明性每趁开光夜间出外的时候,便悄悄地一溜溜到黑狱里,和鹈鹈畅叙幽情,把个鹈鹈感激得什么似的,看明性抚摩慰藉,加意温存,便口唤:"亲哥,情愿叠被铺床,伏乞救奴一命。"

明性趁势想和她真个销魂,无如鹈鹈却又不肯一拍即合,必须明性杀了开光,除去他们眼中的疔毒,才任凭明性逞所欲为。

明性从此便存着暗害开光的心肠,轻易又不敢发动。

适逢钱乃刚失陷在血花洞里,这血花洞的外面机关密布,里面四围都是石壁,任凭乃刚有冲天的本领,却不能越出雷池一步。但明性想这钱乃刚有这胆量,敢来窥探竹林寺的秘密,他的武艺也就可观,便同鹈鹈商量办法,想放出钱乃刚来,做他们的帮手。却因今夜开光又到荀家村上去了,两人预先已商计妥当。

这时明性点起大烛,除去鹅鹈身上的刑具,把铁柱上的三道铁索,一道一道地在鹅鹈身上解下来。鹅鹈出了黑牢,好似虎出深坑的样子。

这时寺里的和尚都已酣睡在上面各寮房里,并没有人和他们干涉。那隧道里各种机关,他们是完全知道,拣着黑灰点上向前走去,却不踹着白灰点。他们走到血花洞里,把个龙拿虎掷的钱乃刚放了出来。

乃刚出了血花洞,各人早说明利用的缘故,乃刚已知地室里的机关妙用。第一先放不下那个崔乳燕,看明性已出门把风去了,便由鹅鹈将乃刚领到了销魂地狱。那地狱中的一班女子看乃刚这般令人害怕的样子,大气却不敢呵一声。乃刚见乳燕赤裸裸的一丝不挂,架在一张床上,两手已反绑着,那床上有许多的扳机,将乳燕全身扳住,不能转动分毫。这是开光下的最后的毒手,因为崔大寡妇不肯前来,怕乳燕有意掉枪花,任他用许多的甜言蜜语,说出一部天书,乳燕总是一口咬定,非得自家的母亲自由自性地亲自前来,是绝对不肯降服的。

其实乳燕的心肠已被开光猜着了,所怕的就是乳燕见她母亲,便一头碰死了。果然她母亲不肯前来,乳燕还想她母亲去请能人,救她出险。开光看穿了乳燕的行径,怕上了乳燕的圈套,用软功是不中用的,如今先吩咐几个女人,俟自家出了地室,便将乳燕架到这张床上,这床上却不知玷污了多少贞烈的女子名节。

开光打算此去探问荀家的消息,回来见乳燕降服了,就没有话说。万一乳燕不肯依从,那么开光便跨到这床上来,容容易易破了她的身体,任凭乳燕是个烈性的女子,也没有抵抗的能力了。可怜乳燕满心想和她母亲会一次面便同到泉下,死后也落得个骨肉团圆,于今架在这张床上,身体已不能自由,还有甚方法能避免那个不敢干的勾当呢?只苦得她一个毛孔里像似捆下一根针,死也没有死法。一时泪洒千行,只是呜呜地哭,却不打算从天空间掉下这么一颗救星来。

钱乃刚见乳燕哭得这个样子,事情急到这一步,还顾什么男女的嫌疑,便解除血污的上衣,把胸膛袒开来,用指甲割断乳燕的绑绳,令乳燕扭转扳机,乃刚已将乳燕的全部身体掖入胸间,用丝带紧紧扎定。那乳燕的身躯本来娇小,蜷在乃刚的胸前,贴肉沾皮,竟同怀抱中的娃娃相似。

乃刚在销魂地狱里向众女子招招手,想提拔她们出这火坑,无如众女子中间,有饱尝这官场的滋味,不肯轻易下野的;有舍不得和尚的神通,无面见江东父老的。乃刚也没法挽救她们,随着鹣鹣出了销魂地狱,从黑包灰点上走去,才转了几个弯,已走到平地,幸没有被人察觉。

出了后门,却见上风一声火起,有无数的兵马杀进寺来。乃刚怕是开光回来,使的三元会的妖法。这时得了乳燕,胆量也不因不由地软下来了,却顾不得鹣鹣,张开膀子,一飞飞下了山这一边。绕道复飞到山那一边,就此飞向薛家村上去了。

鹣鹣这一惊非同小可,看寺后树底下蹲着一人,近前细看,正是明性。

两人正预备逃出山后,忽然火光中冲出一人,手执一把大砍刀,向明性喝道:"贼秃,须吃我一刀!"

明性正要分辩,恰被那人一刀砍了。鹣鹣是个女子,那人只好放出她一条生路,便越转到山这边来,躲在山石下不敢出头。却遇见薛飞熊等男女英雄,说明缘故,大家一齐转到荀家村上。果然乃刚已将乳燕交给了崔大寡妇,把个崔大寡妇感谢得五体投地,想把乳燕嫁给乃刚做妾,这是后话,且搁过不谈。

单说祁铎当夜便宿在荀家村上,忽听得外面有厮杀的声音,祁铎从睡梦中惊醒过来,开门一看,天井里已挤满许多的男女英雄,在那里解劝,原是自家部下的营长,唤作李英,不知怎么缘故,和鹚鹚扭打起来。看李英攥拳怒目,鹚鹚咬牙切齿,便向前问明缘故。才知李英杀了明性,鹚鹚碍着人多势大,不便同李英较量,于今见大家已安睡了,特找李英拼命的。嗣由薛飞熊因李英那时在山上拉着祁铎,怕被自家所骗,心思也很细致,看鹚鹚已漂流无所归,便劝他们言归于好。两人心里都已认可,表面上却不肯扯过蓬莱,说道这句不好意思的回头话。及杨德武、祁铎、乃刚等从中劝说,勒令他们赔一个小心,两人也就收了怒容,遵命做来,就惹得一众的男女英雄哈哈大笑,从此李英便收鹚鹚做妻子了。

第二日,祁铎又领着一众的健卒,重到佛岭,看竹林寺尽成了一片焦土,有七八个和尚,一个个都烧得焦头烂额,倒死地下。这时,鹚鹚也一同前来,领着祁铎下了地室。

原来地室下的机关是通上面的,上面的机关着了火,虽烧不到地室里,那销魂地狱里的女子一个个见火光从上面射进来,事急没有主意,忙寻路出去逃命。恰巧被后殿的梁柱倒塌下来,她们都完全被压在火柱下面,活活地烧死了。

祁铎走进地室,不见一个女子,仍由鹚鹚领他出来,兵士们早从后殿的所在拨出许多的女尸。祁铎懊丧一会儿,毁了地室,仍然回下山头。又转到薛家村上,住了两日,便回衙门去了。

杨德武那时要对薛飞熊等把自己的来意说明,看薛飞熊语气不对,叹了一口气,也就回他的圆通古庙去了。

接连过了两年,那天,圆通庙里来了一人,要访杨德武,杨德武把那人接进寺中,茶话已毕,那人说出姓名,是福建的祁佩符。因为解官归里,逍遥山水,放浪湖山,取道至都阳山上,专诚拜访。

杨德武在无意间探问他所以免官的缘故,祁佩符道:"做官有什么好处?不瞒老兄说,我若不收缰勒马,趁此归田,不被人害死也气死了。"

杨德武听了,好生惊讶,祈佩符便接着说道:"我和老兄神交多年,这里又没有外人,我的心事不对老兄说明,老兄也不承认我是个朋友了。自从我令铎儿烧毁了竹林寺,谁知那允祚五王爷是开光的朋友,常在雍正帝面前说我的兵权大了,恐成国家的心腹之患。雍正帝即将我调进京来,留部候用。我借此在当殿乞还骸骨,回家吃老米饭,好脱离宦海的风波,不问政事,就省得允祚又另外设出方法来,害掉我这性命。"

杨德武道:"为臣死忠,这是千古的至论,大人既为朝廷的栋梁,应该舍身报国,心目中只有君主一人,自家的生死自然要置之度外,才是正理。"

祁佩符听了,也不回答什么,便向杨德武告辞,急得杨德武将祁佩符一把拉住说:"适才的话,原是和大人说玩笑的,我若希望大人终做清廷的奴才,也称得起江西杨德武吗?"

祈佩符方才坐下说道:"什么叫为臣死忠?这是君主利用愚人的一句格言,我祁佩符迷了心窍,也险些被这一句格言捆缚住了。于今细想起来,我不是糊涂到脑子里去吗?在老兄看来,那竹林寺里开光和尚算是一个大盗,若较那皇帝老比较起来,开光还是个小强盗。我看那皇帝老举动之间,才气死人呢!"

杨德武道:"有什么气人的事,且请大人把这气的滋味说出来,大家好解解闷儿。"

祁佩符正色道:"这气不是专给我一个人受的,我因实在藏不了这一肚子的鸟气,所以休官回来,把这气分给我几个朋友同受。我心里是爽快些,你道是什么气人的事呢?我且说个比较给你听。

"那开光在竹林寺里，造下了一座销魂地狱，把四方的年轻貌美的女子弄到这销魂地狱里，真个销魂，有不肯遵从的女子，或者这女子得罪了开光，都送到什么血花洞里去处死。那皇帝老的三宫六院，和开光的销魂地狱有何分别？于今又苛敛民财，大兴土木，造下一座迷宫来。

"这迷宫的所在，还比那血花洞加倍黑暗，皇帝老暗地把四方弄来的女子，就挑精拣肥地逞他娘的兽欲，这类女子若目无君上，有不顺从皇帝老的，或有得罪皇帝老的，就将她们送进迷宫，一丝不挂地绑缚起来，或用赤铁烙她的嫩乳，或用开水烫她的肥臀，甚至把蛇头撩入她们的溺窍，挖心剖舌，破腹抓肚，什么严酷的飞刑都用得出来。可怜这迷宫的一班女子，谁也不是宦室名门的千金小姐，于今落到皇帝老手里，就这么把她们押入迷宫，活活地处死。那皇帝老有时还带着贵妃，听这班女子号哭的声音，她们越哭得声嘶气绝，那皇帝老越觉写意，越有精神和贵妃在那里看着取乐。

"这迷宫的女子却没有他们的旗人在内，像我们汉人的女子，就不是人生父母养的？就派陪他皇帝老睡觉，稍拂逆皇帝老的意思，就派受这般禽兽所不能受的罪。什么唤作迷宫？这才是人世间的活地狱呢！

"外面都知皇帝老新造这座迷宫，不过供他行乐的所在，哪里明白这迷宫中屈死的女子正不知有多少数目呢！

"这些话是一个侍卫告诉我的，并劝我不用多事，万一在京城里漏出一点儿风声，大家都要犯凌迟处死的罪。我因为这侍卫说话是靠得住的，起初我保荐他当这个差使，却平白无故对我扯这个谎，他又有什么用处？人各有血性，我看那侍卫说话的神情之间，声泪俱下，又说：'这件事在千百年后，清廷的国运告终，必有真实的证据，给后人知道，这证据便是把迷宫处死的女

子,赤裸裸地乱殓在迷宫里,都借金珠的精气,尸首不致腐坏,千载下须知我不是说谎。'

"我听了侍卫的话,是气得了不得,那北京的地方,再也存身不住了,所以我说那皇帝老才是个大强盗呢!"

祁佩符说到这里,杨德武早气得立起身来,脸上更是青一阵白一阵的,两条腿就像摇铃的一般,对祁佩符摇手说道:"请大人不要向下说了,我就此前去同那骚鞑子拼却这老命吧!"

祁佩符道:"老兄不用性急,于今那皇宫里添了许多的好手,却不比从前了。老兄白去送却这条性命,是没有用处的,何如留着身子,好干出一件伟大的事业?大家打到北京,同那皇帝老结账,才是正当办法,我们气也气不出道理来的。"

杨德武道:"我早有这样的志愿,但我们几个人有这样的志愿,能济得什么事呢?所以我每想到这种的办法,都有些顾虑不敢下手。难得大人肯来拉拢我做个帮手,我就粉身碎骨,听受大人的指挥,亦在所不计。"

两人各谈论了一会儿,忽然一个小童走近杨德武面前,说道:"外边有个孙士飙,穿一身很奇怪的衣服,说有要紧的事求见师父。"

究竟孙士飙何故到来,欲知后事,且阅下文。

第十八回

弄假成真孙士飙入教
舍身取义冯燕南就刑

话说杨德武听那小童说是有个孙士飙，穿一身很奇怪的衣服，有要紧的事前来求见，心里便踟蹰道："谁呀？莫非是当年在湖南道上称好汉的那个孙士飙吗？他怎么穿了一身很奇怪的衣服，千里到这里来找我呢？不拘他来做什么的，我这时却用得着他，何妨叫他进来，看机行事。"遂向小童点头道："就请他进来吧！"

小童去不一会儿，即见一个年纪在三十上下的汉子进来。杨德武一见面，还看出他是个孙士飙，但见他头戴一顶没有顶子的飞篷大帽，穿一件乾三连坤六断花样的八卦袍子，外罩一件天青缎的马甲，胸前后都镶着两个月亮，脚上踏一双花花绿绿金木水火土五星的鞋子，那种奇怪的装束，就在戏台上也没有见过。不是杨德武的眼力好，几乎认不得他是个孙士飙了。眼里见了好笑，心里想着好气，但面子上仍然神色自若，只得向他笑道："孙大哥好得很，这时发了福了，连相貌都变得好了。"

其时祁佩符看他这般怪模怪样，心里也是气恼得很，只好按定了性子，大家招呼孙士飙入座，问讯了一番。

这时，孙士飙便对杨德武说道："我那年蒙老师的教训，我们弟兄都改邪归正，不做红刀子案，早想到老师这里请安，但因公事忙得很，抽不开工夫来。这回奉史大哥的法旨，想请老师出山,在我们八卦教中做一番惊神泣鬼的事,好荣宗耀祖,名彪青史。"

杨德武觉得这类言语更是奇怪,又笑着问道:"什么是八卦教?史大哥是何等人物?你们干的甚样子名彪青史的事?请我出山何来?"

孙士飙道:"原来老师不知我们史冠芳史大哥是何等人物,就无怪不知八卦教是干什么的,更不明白我这番请老师出山的诚意。说来史大哥这个人,他是一个堂堂的秀才,这番组织八卦教,是利用教中呼风唤雨、撒豆成兵的种种法术,招徕四方的豪杰,灭满兴汉。他们满人当中,却不知我们八卦教中人物有这样的大题目、大志愿,及利用我们替朝廷除平匪乱。但我们史冠芳史大哥,表面上虽受他们满人的牢笼,骨子里却抱着这排满兴汉的志愿,始终不贰,除死方休。并且那允祚五王爷深信我们史大哥的神通广大、法力无边,把我们史大哥当作天神菩萨一般敬重,这也是我们汉人有天下,满人合当消灭,天地生材,才产生出史大哥这种人物。

"起初我也是不相信八卦教的,不知史大哥怎么知道我是个汉子,卑辞厚礼来请我,我就含糊答应了他,故意欢天喜地地随他入教,心里却想打破八卦教的法术,拿史大哥当面开销,栽他一个跟斗。岂知八卦教比不得白莲教,白莲教削木为人、剪纸为鸟,怕的是火铳,若用火铳,是打不倒八卦教的木人纸鸟的。白莲教是表面借着清白的教规骗人,暗地里却嫖龙画虎,什么昧良无耻的事都干得出来,八卦教是纯正的教派,专讲究用后天八卦的法术,复国救民。

"我入了八卦教原是假的,但看他们这种行径很有道理,却不容易打他们一个翻天印,假的却做成真的了,又把我们结义的弟兄先后介绍入教。我早就感念老师是个排满兴汉的人物,在史大哥面前给老师竭力吹嘘,史大哥便令我来请老师出山。这位大约是老师的自家人,也请和老师一起入教,这是我们要干大事的好门槛,不能错过机会,就请老师和这位一同前去,大家借此上台,好名彪青史。"

旋说旋从身边取出一包金锭、白玉出来,说:"这是我们史大哥的敬意,请老师含笑收了。"

杨德武听完,知是天地会一类的邪教,灭满兴汉虽然是有志男儿应做的事,但满人的势力不是这类邪教所能扑灭的,无论事机轻泄,不能成大事。假令他们就有这种能耐扑灭了满人,以暴易暴,这山河不要成了禽兽世界吗?

那祁佩符是何等胸襟的人,什么八卦、十卦的胡话,一句也听不来。当由杨德武向孙士飙道:"对不起孙大哥,这份礼完全璧还,我们都是要下土的人了,不想荣宗耀祖,和姓史的一同干事,灭满兴汉这个幌子轻易哄不动我们。尤其是我们凭着武术做人,不相信什么八卦教的法术。如果那姓史的不鄙弃我们,他会八卦教的法术,我们就凭着这点儿武术,他敢和我们拼个胜负,不拘在什么地方,我们是绝不回避的。孙大哥,我们对你斩斩截截说几句话,你是个没有什么机械心肠的人,可不必拿着这块火砖烫了自己的手,像这种骗人的邪教,有我们两个老头子在一日,便是你们八卦教里一日的厄运。就请你赶紧出这庙门,迟了可不用怪我的拳脚厉害。"

孙士飙见杨德武说这几句话的神情之间,来得十分严峻,说多了总是废话,走迟了要吃苦头,只得收了金玉,败兴而去。

孙士飙走去以后,祁佩符问道:"这姓孙的是在哪里结识老兄的?"

杨德武叹道:"说起这后生的一班党羽,都是直肠子人,我在江西新化地方,看见他们在那里耍刀,我就此显出一点儿手段,降伏了他们,劝他们不做那没有本钱的买卖,他们也答应我的话是不错的。但不做买卖,便没有饭吃、没有衣穿,那一身的本领加倍是闲得骨头疼,没有用武的所在,所以我离开了新化,他们依旧有些不安本分起来。但据我暗中探听的消息,以后他们却也称得起江湖上的侠盗。

"我听说他来了,就想收拢他干些事业,谁知他们已入了八卦教了。他受那姓史的欺骗,原是饥不择食、寒不择衣的行径,容易上人的圈套,我看他满脸的邪气,知道邪魔已深,如何能把他提醒过来,指点他一条明路?但我平素最痛恨的是这类的邪教,是用着这灭满兴汉的幌子招摇不法。他们越在外边招摇不法,一班小百姓们越不相信我们这真正灭满兴汉的人物了,莠草不除,终究是我们的心腹患害。"

两人又谈说一番,祁佩符忽向杨德武问道:"老兄有几个令郎?可在这里没有?"

杨德武听毕,不由洒下几点泪来,说:"锡庆已到别省去了,唯有锡甲是我如意的小儿子,我这个如意的儿子,都承受不了,还是那么的惨死。于今谈说起来,真比砍了我的头还痛。"

说至此,又将关于杨锡甲的终身惨史向祁佩符随即说了,复又向下说道:"他在公堂上被那姓冷的拷问的时候,事先若给我知道一点儿风声,我就拼却性命,也劫出我这儿子。锡庆是知道他兄弟这一回事的,因没有我的命令,就不敢生事闯祸。他将我寻回来的时候,锡甲已在公堂上拷死了。虽然我在夜间杀了冷知县,那东西的性命所值几何,怎抵偿得住我这个儿子?这不但是我的运气不济,亦是我汉人的气数有关。于今谈到他这段惨史,怎叫我不痛彻心肝呢?"

一面说,一面用衣袖揩拭眼泪道:"这时也哭他不来了,我们且说正事吧!"

祁佩符的来意，原是想请杨德武和自家共同举义。

那薛飞熊方面，已经接洽妥当。薛飞熊在两年以前，本不知满汉的界限，不过看破雍正帝不是一个仁厚的君主，却不肯明目张胆，做出一班大逆不道的事业出来，所以那时杨德武的意思，不好在薛飞熊面前直说出来。这回飞熊听祁佩符讲说雍正帝是怎样地虐待汉人，当初顺治入关的时候，是怎样地残杀汉人当中的爱国奇士，一颗心早被祁佩符说活了。至于钱乃刚、冯燕南、荀炳、薛云娘、荀珠珠一类的男女英雄，他们听了祁佩符的这般议论，好似晴天打了一个霹雳，一时公仇私愤，都从腔子里活活跳动起来。

其时祁铎、乃刚又分头出发访求江湖上的奇人侠士，共举大义，并由祁佩符和薛飞熊组织章程。他们这党就唤作铁血党，是凡铁血党里的党员，遇敌不前进的杀头，做满人眼线叛党的杀头，轻易对党外人走泄党中秘密的杀头，有动百姓一草一木的杀头，掳掠良民财帛的杀头，奸淫人家妇女的杀头，无辜残害人民性命的杀头，唆是弄非以致党员失和的杀头，侵蚀公款的杀头，仗党中的军力欺压人民的杀头，这十种杀头的条约，上至首领，下至弟兄们，均令出法随，不容宽贷。

铁血党的宗旨是专恃这白铁赤血，对待满人以破坏的手段，把这个大好河山重行恢复过来，凡有和满人同样的残暴，亦当以对待满人的手段转来对待他们，毫没有放宽的余地。经济的办法，由祁佩符暂时补垫，党员中有资产丰厚的，亦当自捐私囊，以急公难，嗣后大功告成，当选党员中富有德望的人，统一国权，实行宪政的法令，解除人民的困苦。这铁血党的名义，也就无形取消，铁血党的章程，或有未尽善的，亦当随时修改，但不可徇个人的私意，垄断党权。

祁佩符和薛飞熊组织这铁血党的章程，通过了一班男女英雄,这番佩符假托游览为名,到都阳山来,请杨德武入党,自然杨德武是情愿出山。他们秘密党的首领虽未选定,然入党的规矩,总须在临时的机关,歃血盟誓,祭告天神地神,这是神权时代的一种迷信思想,再也打不破的。

杨德武当时便随祁佩符来至福建,原来这铁血党的机关就在福建莆田乡下祁佩符的私邸,他们虽组织这个铁血机关,地方上人却没有一个知道,祁公馆里住了这许多大逆不道的人,要干出那一件大逆不道的事,都以为祁佩符做过两广制军的,门客三千,算不了一件蹊跷的事。

其时薛飞熊等男女英雄都住在祁公馆里办事,杨德武和众英雄歃血已毕,在党籍上填了姓名。大家正在划定党章,筹办基本军队的时候,这夜见祁铎回来了,众人看他满脸的愁苦之气,未开言先流下几行泪来。

首由祁佩符令祁铎拜识了杨德武,便问他是什么事。祁铎见飞熊、云娘二人在座仍然是神色自若,不由暗暗感叹,心想,可怜你们父女两人都闷在肚里,若知道冯大哥临刑的惨事,不知要伤痛到什么样子。

这时,便指着云娘,向祁佩符掩泪说道:"请云姊到我母亲的房中去坐一坐,我好把哭的缘故对我爷禀说出来。"

薛云娘是何等聪明的女子,见人说什么话,已知道这人是什么心事,瞧祁铎的言语神情之间,还有个猜不出来的道理吗,顿时花颜上也就失惊起来,颤声说道:"你有话快讲吧,我在这里是不妨事的。"

祁铎哭道:"好在这件事云姊迟早是知道的,燕哥燕哥,你的灵魂不远,须知这件事不是做兄弟的对不起你。"

众人听他这几句没头没脑的话,都觉眼角边流下泪来,咽住了一言不发。

飞熊、云娘不由失声哭道:"你这是什么话?可是你燕哥已失足吃人捉住砍了头吗?"

祁铎又哭道:"砍头倒是很爽快的,燕哥的死法比砍头要痛苦些。我和他分头出发的时候,曾劝他:'干正事要紧,世界不平的事很多,不是你我一刀一斧可以砍断的。我们有这造化,把偌大的河山从满人手里夺回来,大家齐心协力,改革风俗,不致再会产生出这许多不平的事。'

"他听了我的话很是佩服,后来我在湖南新化遇见他,他说:'并没有在江湖上干些侠义的勾当,中国有本领的人很多,然我窥探他们的行径,好像他们全是凉血,不知道什么叫作国耻,倒是一班做强盗的心术反可靠些。'

"我听他这话,觉得句句都从经验中得来,究竟他还未结纳一个党员,却与我同一困难的苦衷。后来我转到江西,听他已舍身殉党,被官里凌迟处死。死者共十六人,他的尸首早已铲成肉酱了。我们做党员的,有什么好结果呢?"

说到这里,那眼泪便同雨点儿般洒了下来。

究竟冯燕南是如何舍身殉党,欲知后事,且阅下文。

第十九回

浊流饮恨人血酒浆
危幕栖安风声草木

话说祁铎又哭着向下说道:"原是江西万载县里有一个侠盗,唤作张胡子,这张胡子手下有十六个徒弟,一个个都具有飞檐走壁的本领。张胡子在十年以前,盗案如山,向未破过一次,十年后便洗手不做了。张胡子作案不肯拖累别人,不拘大小的案子,做下来都留下自己的暗记,画着一个胡子。

"张胡子洗手以后,一班的小强盗自己做了案件,也画了一个胡子,推诿在张胡子身上。并不是张胡子代人受污,只因那班小强盗所做的案件都是搜刮赃官的囊橐、劫取奸商的资财,并没有发生什么奸杀案件,于张胡子的声名毫无所损。万载县有名的捕头情愿受官里的追比,不敢去踩缉张胡子破案。

"张胡子却可怜这班小强盗,谁也都有一身的本领,没有用他们的地方,只好让他们做盗,不好意思不替他们担当些虚名。

"燕哥在万载县时,就听得有张胡子这个侠盗,但毕竟因他是做过强盗的,不好介绍他入党,一路又探访过江西许多有声名的英雄好汉,无如那班英雄好汉,徒盗虚声,表面上扛着行侠尚义的招牌,背地里却是肮脏得很,什么瞒心昧己的事都干得出来,他们的人格反不若爽爽利利地做个强盗较为高尚。所以我在新化的时候,就听燕哥说江西的人物很少,不意污泥中透出一瓣莲花,仅有个张胡子。

"燕哥和我分别以后,对于江西的人物没有丝毫的希望,只好回到万载去访张胡子。

"张胡子有个老娘,已是七十多岁,张胡子的妻子拿着自己的乳头喂他老娘吃乳,张胡子的住宅很简单,是个三间矮檐屋子,张胡子的徒弟要拜张胡子,就先向他老娘请安。

"燕哥到张胡子那里,不知怎么似的,张胡子便预备同燕哥一齐入党,有人说张胡子先是不答应的,被张胡子的老娘唤张胡子到面前,很责备张胡子一番,勒逼张胡子出道,张胡子不敢不从。老娘见张胡子答应下来,就向床上一头碰死。张胡子号哭了一会儿,准备将他老娘殓葬下田,便领着一众的徒弟,同燕哥到福建来。

"这时,史冠芳在万载县传教,起初倒也很好,后来见万载县城里的人民多有不愿入教,史冠芳就用威胁的手段强迫人民入教。那万载尤知县的前程,原是史冠芳手里运动得来,狼狈为奸,他们在万载县地方行凶作霸,就闹得城里的居民不能安生。史冠芳越发肆无忌惮,对待一班未曾入教的居民,男人有用邪法将他们斩首,女人有用邪法将她们带到教里强奸,白日杀人,黑夜放火,瘴气乌烟,暗无天日。这消息便传入燕哥和张胡子的耳中来,一班城里的百姓都躲到乡下,有知道张胡子会打不平的,就访到张胡子家里请命。

"这时张胡子已将他母亲殓葬入土,做梦想不到八卦教中的术士竟坏到这样地步,自然肯出力打这不平。燕哥却不问这八卦教是如何的来头,竟从张胡子带领十六名徒弟,和史冠芳拼个死活,要替城里的百姓打这个不平。论燕哥和张胡子的武术,很是不弱,那十六名徒弟,本领也很可观,无如那史冠芳的妖法厉害,并且尤知县又调来防营的兵士助战,就这么把燕哥和张胡子等这十八个人,都被史冠芳用妖法活捉去了。

"那尤知县因为万载城里发生的奸杀案件太多,就同史冠芳商议,一股拢儿都卸在张胡子身上。张胡子有个徒弟,熬不住堂上的飞刑,便供出燕哥是铁血党里叛贼来。尤知县见张胡子的徒弟又认下这样的口供,连夜申详上宪。

"那江西抚、制、藩、臬各大衙门,都是祖护八卦教的,正因万载人民有到他们的衙门泣诉八卦教不法的行为,正苦没法敷衍下去,接连收到万载县先后呈文,谕令万载县严刑拷问叛党,就地正法,省得解至省垣,要担受许多的风险。

"尤知县接到上峰的公文,便快活得什么似的,和史冠芳商酌一番,把燕哥等各犯都带到堂上。这时张胡子的妻子和那怀抱里的三岁男孩,都已逮捕收禁,燕哥等的两边琵琶骨早被他们擒穿起来。尤知县照例又用飞刑拷问一番,张胡子和其余十五名徒弟都是大骂不止,忍痛受刑。最后又拷问燕哥,问他叛党共有多少,办事的机关在什么地方。燕哥总是咬定牙关,一言不发。

"张胡子那个不值价的徒弟,对于我们党内的关系知其然却不知其所以然,如何能指出我们党里有多少人员,办事的机关在什么地方呢?就把那尤知县又气得什么似的,喝令衙役,取一把钢锉、一碗盐卤上来。当由值刑的用钢锉锉着燕哥的两边琵琶骨,一时血肉迸飞,骨屑都锉下一大摊来,又用盐卤撒在燕哥锉伤的所在,燕哥也只有咬牙忍受。那锉越发锉得紧了,骨血纷纷飞落,落下来都是热的。"

祁铎说到这里,已不忍向下说了。

再看飞熊和一众的男女英雄都流下许多的血泪,云娘却一声不哭,一个白里晕红的粉脸已惨白得像个灰脸,向祁铎呜咽道:"我的心已没了,请你大略说几句吧!"

祁铎勉强说道:"燕哥经过这番严刑,仍然没有供出党中的秘密。尤知县按法将燕哥等都凌迟处死，连张胡子的老妻幼孩儿都犯了凌迟的罪。史冠芳又暗地把燕哥的尸首铲成肉酱，给他自家下酒。

"嗣后史冠芳离了万载，万载县的小强盗替张胡子报仇，暗杀了尤知县。后任的县官又是一个糊涂虫，将万载县的小强盗捉解到县，都寄在监里，专待上峰的回文到来，便执行斩决。

"我到万载时探出这样的风声，本想单身寻史冠芳给燕哥报仇，但怕自家失足，吃那厮捉住，这里又得不到一点儿消息，我死以后更有谁来给我们报仇呢？所以我左思右想，只好回到福建。燕哥的阴灵不远，也该原谅我的苦衷，我不是怕死的，怕死的人也算燕哥的朋友吗？可怜沿路上见一班受过八卦教伤害的地方，夜间看着天空飞起一群大雁，就怕是八卦教里的神鸟，听着外面有半点儿风声，便疑是八卦教的神兵。表面上虽像做危幕栖安的样子，各安其业，泯然无所知觉，其实是风声鹤唳，几疑草木皆兵了。无论我们和史冠芳有这海样深的私仇，即以公仇而论，也和这八卦教是势不两立的了。我说这八卦教中的术士，比满人还加倍残暴。"

祁铎说完这话，大家又哭了一场。

其时云娘仍然是神色自若，撤去簪环，洗去脸上的铅粉，走到里面，又换了一套纯素的衣服，见众人仍在那里痛哭，便急着嚷道："诸位伯叔兄弟姊妹，奈何专学我们儿女子的态度？哭是哭不出道理来的。冯郎这么惨死，就同拿刀割我的心肝一般，我哭他有什么益处？诸位伯叔姊妹能替中国除去这班的害马，我再随冯郎同到泉下，那么冯郎也含笑相迎了。"

众人哭了一会儿，便商议对待这八卦教的办法，其中议论纷纷不一，总以先扑灭史冠芳，然后再图驱逐满奴，恢复疆土。后由飞熊提说："欲扑灭史冠芳，我们这几个是办不好的，必须请我师父出山,才可以制那厮们的死命。因我师父剑术高深,不拘什么左道旁门的邪术,我师父总有扑灭的能耐。"

众人听了,都齐声附和。飞熊便到直隶飞龙岭来,求见他师父朱独臂。

这朱独臂原是大明崇祯皇帝的长公主,崇祯十七年三月十八日,京城已破,崇祯皇帝入寿宁宫,向长公主哭道:"你怎么生在我家?"一面说,一面便举刀砍坏了长公主的一只左臂。

长公主这时已十五岁了,生就花一般的容貌、铁一般的心肠,知道父皇砍伤自家的这只左臂,是为保全自家的名节起见。李闯入宫,见长公主受伤仆地,就不去糟蹋她的身体,将她救苏过来,送到嘉定伯周国丈那里调养。

顺治入关,求得故驸马周显,仍命尚长公主。

长公主向周显哭道:"国破家亡,何心再享同居之乐,君家亦世受国恩,纵无力恢复山河,岂忍便忘父皇的大德,强迫我这可怜的弱女吗?"

周显便不敢相逼。

那日,忽然来了一个化缘的尼姑,劝长公主出家。长公主早有这出家的念头,竟随那化缘的尼姑一路而去。

周显便上书奏报长公主已逝世了,这一宗公案,也就瞒过当代君民的耳目。

其时老尼把长公主带到山中,剃度已毕,老尼替长公主题了一个法名,唤作广慈。广慈见老尼一不诵《法华经》,二不念《梁王忏》,日间都在寺里和广慈同事从事补纫的工作,夜间便不见老尼的踪迹,很是诧异不小。

这夜,广慈兀自从睡梦里醒过来,一时心火上炎,翻来覆去,只是睡不着。这夜的月色甚是皎洁,从窗外射进来,把禅房照得同白昼相似。广慈穿衣下床,在禅房踱了一会儿,觉得这禅房太窄狭了,便走到后院,立在院中,向天空吐纳了几口清气。

陡然见一团黑影在月光下移动,渐移渐高。那黑影先前像风筝那般大小,以后,就小得如弹丸一般,一转瞬,那黑影已不见了。再仔细凝神向月亮下望了一会儿,好容易才望见那黑影又渐渐低落下来,在月下盘旋飞动着,但不及飞鸟飞得迅快。再一转瞬,已见那黑影从月光下飞落而下,恰落在那后院里面。广慈一看是自家的师父,再近前细看,不是她师父是谁? 便跪在老尼面前,求老尼教给她的飞行法术。

老尼笑道:"广慈敢是疯了,你坏了一只膀子,哪里飞得起来? 我看你的资质不凡,倒可学成了剑术。"

广慈道:"学剑有什么用处呢?"

老尼道:"这剑术是达摩大师父给下来的,剑术成功以后,大则能成金刚不坏的身体,小则可避免虎狼。但怕你是金枝玉叶的人,吃不消这般的辛苦,就坏去这一只膀子,学剑是不妨事的。"

广慈道:"只求师父能教给我的剑法,哪怕吃人所不能吃的苦,我都可以吃得下来,千年如一日。"

老尼见广慈的意志坚定,于是老尼把广慈一带,带到一处久经关锁的寮房里,开了房门,从房里射出灯光来。广慈走进房里,老尼又随手把房门关上了。广慈听关门的声音非常响亮,心里疑是铁门,仔细一看,不是铁门是什么? 忙走到一座小神龛前,把油灯剔得略亮些,再向四壁一看,都是铁板包成的。东边墙角落间,有一个鸡子般的窟窿,从窟窿射进月光来。

广慈出了一会儿神,看室里也铺着床帐、椅、桌、蒲团,一切什物,无不具有,四壁好像都悬着什么画图,遂近前一看,又因灯光低暗下来,看不清画的些什么东西,仍将灯再剔亮些,端起来向壁上一照,却见都画着熊经、鸟伸、华佗、五禽图的样子。广慈是何等聪明的人,从此便学着壁上画图中人的样子,按次做去,每天饥饿的时候,辄有果饵从那窟窿里送进来,蒲团下有个小洞,为每天出入汤水调换便桶之所。就这么练习了半年,自觉血脉流通,身体灵捷,气力膨胀,愈练愈精,愈精愈熟。

到了一年以后,竟能一跳跳到屋顶上。那天,竟使力向屋顶上冲去,只听得哗啦一声响,屋瓦冲破了一大块,随着身体纷纷从屋梁上掉落下来,头皮上却没有损伤半点儿,屋上冲出个斗大的窟窿。广慈冲了一回,仍将双足一垫,再向上冲去,身体已从窟窿里蹿到了瓦面。广慈这一喜,真是喜从天降。

欲知后事,且阅下文。

第二十回

朱独臂独辟太阳宗
邵继光继设三元会

话说广慈冲出了瓦面,翩然而下,无意间同一个人撞个满怀,见是自家的师父,慌忙跪倒。

老尼即一把将她扶起,笑道:"你的资格真够,可以随我学剑了。只我们学剑的人,要持守三戒,你的人格高尚,'淫盗'两戒是绝不会犯的。所虑者,剑成以后,难免不犯杀戒。"

广慈道:"世界上可杀的人很多,譬如杀一个人,能救出千百个人,不杀一个人,这千百个人却不免死在那一个人手下,这个人也不当杀吗?"

老尼道:"这不算是杀,还算是生。我不过戒你剑成以后,不可妄杀一人,以逆天数。"

广慈听了,便随老尼到佛前摩顶受戒,从此给广慈一柄宝剑,叫她静坐蒲团,养气一回,然后托剑在手,剑柄向内,剑锋向外,把全身的精气神都贯注到剑锋上,向剑柄呼吸着。每日照例早晚练习两次,每次要练两个时辰,余时静坐养气,收神摄精,眼观鼻,鼻观心,眼不妄视,鼻不妄嗅,心不妄动。

练到三月以后,别的看不出什么进境,只是心地也觉畅快,呼吸的功夫已有了成绩,一呼则剑上生晕,如罩了一层薄雾,一吸则雾散晕消,那剑光晶莹光润,如同新出硎的一般。

老尼又教她七出八反练气归神的功夫,如是练了五年,愈练愈精,愈精愈妙,气与剑随,剑随神化,精同剑合,精、气、神、剑练而为一,心有所思,剑即听命,从耳、目、口、鼻等窍露出一道剑光,如闪电临空,光芒万丈,能在百步以外,飞斩人首。剑光到处,金石为开。

广慈学剑已成,即拜别师父下山。那昆仑鹫岭,天外三峰,随处皆有广慈足迹的所在。男女的徒弟也收的不少,广慈总因他们的根基薄弱,成就亦复有限。

那吕晚村的孙女吕四娘也列在广慈弟子之列,广慈见四娘小姐的六寸圆趺,不曾受过包裹,周身的气脉流转行通,毫无阻滞。有诸内必形诸外,那四娘小脸发如黑漆,唇如绽樱,眉弯似新月,眼秀若明星,她那吹弹欲破的面庞,婉娜中露出刚健的神气来。就倾囊倒箧般,把自家的剑法完全授给了四娘小姐。嗣后四娘替祖父报仇,在乾清宫刺杀雍正,全仗这剑术的功用,干出那兔起鹘没的事体出来。这都是未来的文章,却非本回范围所及,且不去说她。

单言广慈曾在昆仑山顶,会见了一个和尚,法名唤作痛禅,也是前明的天潢世胄,原名却唤作朱德畴,因明室颠覆,剃发空门,不愿为满清的臣子。广慈和痛禅谈论剑功,非常投合,痛禅劝广慈替先皇立庙,好保全朱氏的一线香火,自然广慈也极表同情。但因在满奴的势力之下,心里虽要为先皇立庙,事实上却如何轻易办得到呢?因潜心冥索,却被广慈想出个办法来了。广慈因想日为君象,我何不创建一座太阳庵,再撰出一部《太阳经》来,表面上虽然是供奉太阳菩萨,实则是供奉先皇的香火。在这《太阳经》中,将先皇的德泽、先皇的忌辰,一股拢都隐含在这中间,不是最好的办法吗?

广慈想到这里,便择定直隶飞龙岭地势险峻的地方,建了一座太阳庙,这一宗就唤作太阳宗,广慈便做了太阳宗中的开山始祖。

那《太阳经》中,劈头就是一句:

太阳明明朱光佛。

痛禅却说这"朱"字太显然了,只得将朱字改作诸字。第二句便是:

四大神州镇乾坤。

这原是追颂先皇的功德,又说什么:

别个神明有人敬,无人敬我太阳神。

这却是鄙怨臣事满清的汉奸奴才,只知阿附满人,不复想念到先皇的德泽了。又说什么:

太阳三月十九生。

就是指定先皇蒙难的时期,虽死之日,犹生之年了。

这部《太阳经》传世以来,在自命明眼打破迷信的人,总以为这《太阳经》是信口胡谈,毫无根据,的确是太阳宗的佛门弟子打的诳语,就惹得一班的愚夫愚妇迷信起来,哪里知道广慈的一片苦心正没处可告天下后人呢。

话休烦絮。广慈自创筑这座太阳庵以来,凡有广慈、痛禅的俗家弟子,都做了太阳宗的护法,太阳宗的僧尼遍满天下,广慈的护法徒弟也就不少了。不过广慈对于祀奉先皇的志愿,除去痛禅及吕四娘而外,别个太阳宗的护法弟子、学剑的弟子,是没有知道的。

薛飞熊和苟建禄虽为广慈的剑门弟子,广慈的剑术,薛飞熊只学得十分之三,苟建禄竟学得十分之二,都以为广慈是佛门中的一个剑术大家,却不明白广慈是何等心肝的人,只知广慈是个独臂尼姑,俗家姓朱,却不明白广慈就是前明崇祯皇帝的长公主。不是薛飞熊等心粗,想不到个中的关节,实因广慈埋头隐迹,不肯把自家的秘密轻易宣泄出来,无怪乎薛飞熊涉世多年,只知仗义锄奸是剑客应尽的责任,却不会引动他的思想。

于今薛飞熊被祁佩符说明了大义,组织这个铁血党,方知独居首揆的骚鞑子,不但是我们汉人的仇人,他的祖宗还是我们汉人祖宗的仇人了。但飞熊又因八卦教里那个史冠芳将来的患害比满人加倍残毒,他爱婿冯燕南的大仇又没有不报的道理,只因八卦教中的妖法厉害,他们的剑术功夫毕竟有限,若轻易和史冠芳动起手来,是没有良好的结果的,所以决意到飞龙岭来,想请广慈出山。虽然广慈已遁迹空门,不闻国事,但请广慈替社会上除去史冠芳这种人妖,断没有不答应的。

飞熊决定这个主意,那天到了飞龙岭上,叩见了广慈,把自己的来意哭诉了一番。

广慈道:"你的来意老僧早已明白了,不待你前来请我,已令四娘前去帮你们办理那东西去了。但老僧有句要紧的话,你们和八卦教厮并起来,不得妄杀一人,妄杀了八卦教里的好人,就是老僧的罪过。你只知八卦教在江西地方扰乱得不成话说,你可知四川峨眉山上,有一个邵继光,在那里继设三元会,那东西才是你们将来的大敌呢!"

飞熊再问下去,见广慈在蒲团上合着双掌已入定了。

广慈身边站立的两个小尼姑各把纤掌向飞熊一扬,意思是叫飞熊退出去。飞熊是知道广慈性格的,广慈要说的话,你不问她,也可以对你说来,广慈不肯说的话,你多问了就嫌麻烦。

飞熊见势头不对,哪里还肯多问,又俯伏在那蒲团下,行了三拜九叩首的大礼,走出庙门,回到莆田祁公馆里。

众人见飞熊一个人回来了,很是惊疑。及至飞熊把广慈的话说了一个梗概,大家方才明白,然而毕竟未见到什么吕四娘。各人都怕广慈的话是敷衍飞熊出门的,但飞熊向来晓得他师父不打诳语,任凭众人不相信他师父,他总是觉得吕四娘必定要帮助他们出力的。

这日,忽然见杨锡庆来了,大家相见之下,见过了礼,各自问讯一番。

杨锡庆听说冯燕南遇害的事,也洒了许多同情的眼泪,坐下来说道:"冯大哥的仇是不可不报的,我听那史冠芳的妖法,恰与四川三元会是一般的厉害。"

飞熊听到这里,便向杨锡庆问道:"那三元会中的首领,可是邵继光?他们的厉害,比开光何如?"

杨锡庆道:"我打听他们三元会的妖法,坐上一张芦席,便可以飞到天上,撒一把豆子,就有无数的神兵从天而降。开光的妖法是吓得人伤不得人的,原是一般迷障的法术,哄吓几个没有眼睛的人,若是遇到真有本领的,开光总用剑法,不用妖法,这些话是你老人家告知家父,由家父转告给小侄的。

"若说起那三元会的首领,邵继光剑法比开光厉害,妖法能伤人性命,不是开光专用的是一种迷障法。但我在四川峨眉山左近的地方,打听他们这三元会,在康熙年间,已有人提倡天、地、人三教的主义,天教主张神权,地教超拔众生的苦恼,人教尊重人道,原是一个冠冕堂皇的好题目。那时尚未能十分发达,想不到那开光贼秃会假借这般好题目愚弄人民,暗地却趁此发扬他的凶焰,辅助他的淫威,究竟他的妖术有限,不能成事。

"这邵继光因比不得开光,也比不得那八卦教里的史冠芳。邵继光的妖法越是活灵活现,越近于左道旁门的法术。从根基上着想,自然论他也不是个好人。可是话又说回来了,邵继光在四川一带,仗着自家的法力广大,在峨眉山上设教收徒,很做了许多正大光明的事,官里都信仰他、保护他。那峨眉山左近的人民,有受过邵继光好处的,都称颂邵继光是万家的生佛。

"据说这邵继光的剑法也很厉害,起初很在别省做过许多锄奸杀暴的案子,后来遇到一个和尚,教他种种的法术。邵继光因想三元会的主义,后起无人,就设立了这个三元会。那一天,是三元会宣法的时期,听说宣法时的情形甚是热闹,小侄也挤在人丛去探问一番,方走到半山之中,已是万众如潮,挤塞得人山人海。有一班男教徒,手里都捧着一炉明香,分排两边,一个个都是纯诚笃实的样子。小侄挤进去一望,看会坛下面有官兵把守,闲人都远远站着,小侄也就不便进去。会坛前用松枝缠起一座高棚,高棚上横着一方白底金字的匾额,匾额上写着'天地人'三个大字,坛两边的会友们都像是入定老僧般,分坐在两边的蒲团上,嘴里叽里咕噜,不知念些什么,神案上点起两支大烛,烧着一炉檀香,案前还陈设了许多的印牌、法仪等物,使我们见了,也不因不由地肃然起敬。

"这当儿,忽闻乐声大作,凄婉悠扬,那许多的教友更是诚惶诚恐。便见坛后走出一人,云衣道帽,秉拂佩剑,飘然有神仙的气概。那人走到坛上,一时鼓乐齐鸣,异香馥郁,场中的万众顿时静默无声。小侄便估定这人是邵继光了。

"那邵继光先后绕坛三遍,顶礼三元圣像,然后和一班会友参礼已毕,徐行就位,便挥着拂尘说道:'众会友听着,我们禀受天地人三元之气,应当崇敬天神,庄严地狱,光明人道,不踏莲花归极乐,不翻筋斗避灾殃,寸心如铁血,四大是空亡。'

"众会友听了,都叩首受教,恍然若有所悟。邵继光将法牌一拍,其时法印已放在他的面前,遂又按剑说道:'承诸会友过爱,特命我邵继光主持会务,三元奥理,以后每逢坛会的时期,照例宣讲传布,我邵继光道法有限,此后会务,还望众会友群众一心,向正路上走去。我们会中道友都是平等的阶级,不分流品,不论疆界,千万众只如一人。休言众会友有违背天神、沉沦地狱、蔑弄人道等种种行为,在所不赦,即我邵继光有违蔑教会章程、自甘堕落,亦当死在剑锋之下,心力与共,法令相同。'

"坛下众会友听了,都肃然领受。

"又听得当啷啷法铃作响,邵继光又接讲许多的三元教理。就是一块顽石听了,也点一点头。

"这一回教会散场以后,小侄又悄悄到邵继光的卧室中探望几次,总见他峨冠博带,危坐案前,看不出脸上有一丝的邪气。小侄深惜邵继光这般人物陷入异端,只没法可以提醒他。但因他们这三元会的会友都是纯正不苟的人,那么借神道设教,也不是什么欺心蔑理的事。不过他们的妖法厉害,恐怕他们终不是纯正不苟的人物。

"小侄猜着这个疑团,解决不下,回到都阳山,听家母说我父亲已入了铁血党,小侄特赶到这里来入党,想不到我们的大功未成,竟折去冯大哥这条膀子。那史冠芳残暴行为,实在令人可恨。"

薛飞熊听到这里,很信他师父广慈的话大有来由,想这邵继光表面做得越好,骨子里越阴狠险挚,暂时虽探不出他的鬼蜮情形,日后自然会露出马脚来。这番也只好权搁置一边,扑灭史冠芳,才是我们要紧的事。

正想到这里,忽听得呼啦一声风响,在这响声中间,已从屋上飞下一个人来。众人见了,都大吃一惊。

究竟这人是谁,欲知后事,且阅下文。

第二十一回

纸人喷火焰狗血淋头
匣剑吐寒光伥灵授首

话说祁佩符、薛飞熊等男女英雄猛听得屋上那阵风响,大家很是诧异。随后见屋上飞下一个人来,这人仍旧穿着一身很奇怪的衣服,一落到祁佩符、杨德武的眼角落里,便认得他是孙士飙了。但看那孙士飙在青天白日之下,竟能使出飞檐走壁的本领,越发觉得八卦教的妖法铲除非易。就惹得众人提心吊胆,且看他来是怎样来,就预备怎样对付去。于今见他大模大样地走进门来,这回脸上的气色却比不得在都阳山那般和平了。

孙士飙站立阶下,向杨德武哼了一声道:"老师曾对我说,说:'我们学剑功的人,只练习剑术,不知道八卦教的法术,如果姓史的会法术,敢和我们剑术较量,随便在什么地方,我们是绝不避免的。'

"老师是江湖上的大好老,好像那圆通庙里,连我的站身所在都没有,走迟了就要给我个当面开销。我是八卦教里一个小喽啰,那时姓史的又没有将八卦教的法术完全地教给我,自然碰了老师这一鼻子灰,就把两个山字叠起来,赶快走出。于今我们八卦教中那个姓史的小好老,却偏不量力,要和老师这大好老较量较量,好在老师有话在先,断不好意思推诿,老师不到江西会姓史的,那姓史的也会到老师这里来,就请老师下一断语,让我好回去复命。"

祁铎、乃刚、荀炳听了,只气得两眼发直,一根根头发要从一根根毛孔里竖起来。云娘、珠珠更是柳眉倒竖、杏眼圆睁,就想舞刀使剑,要和孙士飙见个高下。但是佩符、飞熊、德武的神情自若,都又不便动手。

但听杨德武说道:"你是来替史冠芳下宣战书吗?用不着这般斗嘴拌舌的。你看我躲在这里,自然是怕这姓史的了,我若待姓史的前来找我拼个高下,我们都不是这样凉血,若姓史的不在江西待我们前去,也算不得是个汉子了。你回去叫那姓史的,预备对付我们,这番的厮并,不是他死,便是我活,不是鱼死,便是网破。"

孙士飙听毕,遂换了称呼笑道:"姓杨的,你是认识我的了,我还是在都阳山被你撵出庙门的那个孙士飙,我那时回去见我史大哥,本想得到了史大哥的教令,再遣我到你庙里,叫你再撵我滚蛋。我到你那里扑了一个空,好容易探访你到这里来,哈哈!我孙士飙仍是个孙士飙,并没有多长了两个头、四条臂膊。不过这回却经史大哥又教给我种种法术,自信我有这本领,能做你老师父了,这会子你可以容我再站一会儿吗?"

杨德武道:"我是不怕你的,你就多站一会儿,你有本领,只管使出来。"

孙士飙道:"我的来意,不是同你们使本领的,你要见识见识我们八卦教的本领,三天后自会使给你看。你这会子若撵我滚蛋,我偏不滚蛋,叫我多站一会儿,我偏不多站一会儿。"

孙士飙一面说,一面把身子摇了一摇,哪里还有个孙士飙呢?众人都知是他们八卦教中的迷障法,还疑孙士飙仍在这屋子里,未曾动身。及听一阵风声向西角而去,才知孙士飙是走了。

杨德武这时便向佩符、飞熊道:"这东西倒是天真烂漫的一条汉子,一入了八卦教,好像碰到瘟疫虫一般,已被史冠芳传染坏了。他约我们三天后去会那史冠芳,我们何妨今夜动身到江西去呢？他们八卦教的妖法我并不怕,就怕那姓史的剑功都还了得,但我深信我师父是不打诳语的,吕师妹既下了飞龙岭,那东西的剑法也不足虑了。不过我们这番前去,一半是出于全体的公愤,一半也为燕儿的私仇起见,却不能决定没有生命的危险。我只求祁大人和薛老英雄同我一起前去,云姐我是不勉强她,去也好,不去也好。我们此去,铲除了八卦教回来,同他们几个后起的英雄,再图大事。若我们此去不能回来,那么燕儿便在泉下等我们了。"

众人听杨德武说到这里,两眼都红了,嗓音也哽了。云娘更忍不住放声大哭起来。

祁铎、锡庆、乃刚、荀炳、珠珠齐声说道:"话不是这样的说法,凡事由我们小弟兄、小姊妹们奋勇当先,你们三位老人家当坐镇其后,这才是正当的办法呢！"

杨德武道:"我们大家都去了,若史冠芳一面派人杀到这里来,还了得吗？我们此去原是行险,若不成功,以后的千斤重担全在你们身上。假如大家没有聚在一处,我一个人还不前去吗？我们前去铲除八卦教,你们仍旧出去做你们的事,我们的事却不用你们过问。"

祁铎等听了,都不敢多言。云娘当然是准备前去报仇。大家商议办法,佩符令家人把村间的一群黑狗牵来,拣那毛色纯黑的宰了三四只,把狗血用竹筒盛起,各人都带在身上。晚间用饱了酒饭,佩符等男女四人,各穿了夜行的衣靠,连夜飞到江西。

道经建昌,忽听下面的哭声震地,看一班老百姓们拖男拽女,向丛莽间乱躲乱窜,好像反了兵马过江来的样子。佩符等见了,各打个哨语,一齐从半天间飞落下来,就吓得那些老百姓们,一个个同失了魂似的,奶妈抱着娃娃,媳妇带着婆婆,父号其子,兄唤其弟,拼命价向前逃去。嘴里都呐喊着:"八卦教的神兵杀得来了!八卦教的神兵又从天空间飞下来了!"

佩符听了,暗想,这八卦教不知在江西一带坏到什么样子,可怜一班老百姓们看见我们穿着这夜行衣靠从天空间飞下来,只把我们当作是八卦教中的神兵,便吓得屁滚尿流,真魂出窍。这里做官的人竟让八卦教的邪士闹得地方上鸡犬不宁,难道他们都没有脑子吗?

正想到这里,看飞熊已抓住了一个老百姓,问他嚷的哪里八卦教。

那人便抖着说道:"乞……乞……乞天……天……天神爷爷饶命,小的多久就想入教了。"

德武即从旁安慰道:"你听清白了,我们是专来除杀那八卦教的,你可知史冠芳现在哪里?"

那人惊定道:"原来老爷们是来剿灭八卦教的,谢天谢地,这可好极了!那史冠芳现住城外三元宫里,这八卦教到我们建昌来,闹得不像个话了。起初就设教堂,抓住我们不肯入教的男人就杀,女人就弄到他们的教堂里,勒逼同一班的教徒结欢喜缘。凡是我们村间不信教的,不知被八卦教中人奸杀了多少。我们都提心吊胆,不知怎样才好。村中不信教的人很多,今夜史冠芳遣神点将,据说要烧死我们这一村的人呢!我们就惊慌万状,就差要向坟茔里去躲避。我们村中有几人遇见过八卦教的神兵从天上掉下来,恶狠狠地拿着一把刀,说:'你们若不肯入教,男的杀了,把尸首带去祭八卦旗,女的奸了,将肚子划开来,挖起了心花五脏,血滴滴拿到教堂里。'说是挂红。地方上人人八卦教的,大半都是流氓地痞,都扛着史冠芳的旗号,在城里横冲直撞,若是不入教的,和他们若有嫌怨,就加你一个违背教会的帽子,这人家登时便烟消火灭,毫无理由可说,死了也没处申冤。"

那人方说到此处,忽见后村一把火起,像有无数天神天将都穿着八卦教的制服,在火光中飞来飞去。那时西北风大作,火得风而益烈,风助火以延烧。

一班村中逃难的人回看村里失了火,倒是小事,果然再迟跑一刻,这性命便滑在西瓜皮上了。

祁佩符看火光中那些神兵神将一个个都从口里喷出火来,火一着落在房屋上,便起了一道乌烟。那火光如万道金虹,有许多的火鸽、火蛇在空中乱飞乱舞,下风布满了黑烟,烟焰到处,熏得人抬头不得,把眼泪鼻涕都流出来。

祁佩符等男女英雄见此形状,也不向那人多问,各自一飞冲天,冲到火光上面,迎着那西北风向火场飞近。看村中要烧成了平地,一班神兵神将仍然是口中吐火,鼻窍生烟,当由云娘从身边筒里把狗血泼下来,运足了气功,对狗血不住地吹着,再经风气一吹,那狗血便成毛毛雨的样子,从天空落下来。佩符也照云娘的办法,一样炮制,把狗血向火光中泼下。说也奇怪,这狗血真有解除妖法的功用,一时北风顿息,火气全无,看那狗血都散泼在神兵神将的头上。再仔细向下一望,哪里有什么神兵神将呢?

佩符等好生疑讶,向下一看,从灰里搜检一会儿,都寻不出什么来。再逐细看来,见有无数的纸人不曾被火烧毁,狗血淋淋滴滴地粘在纸人的头上,大家方信这神兵神将完全都是提着纸人子上场的。

这当儿,忽听得风声大起,像似排山倒峡的一般。众人都疑惑是八卦教的妖人来了,果然在这风声当中,就听得空中的一片吆喝声、叱咤声,却见有五六道青色、白色、灰色的剑光在空中笼罩着,并看不出有什么人在那里厮杀。

佩符等都弄得莫名其妙,却见从半天间飞下一个人来,谁知刚看见这人飞落下地,却又不见了。

即听得有人大喝道:"哪里来的野种,坏我的法术,看我史教主的剑锋不快吗?"

佩符等男女四位英雄知道史冠芳是个劲敌,大家哪敢怠慢。说时迟,那时快,佩符早从鼻窍里泄出一道灰色的剑光,德武早从口窍里吐出一道黑色的剑光,云娘从耳窍里发出一道白色的剑光,飞熊在眼窍里露出一道青色的剑光,先把他们的全身罩住,便听得有人哈哈大笑,接连便见添了一道红色的剑光,在佩符等剑光上盘旋打转。那灰色、黑色、青色、白色的剑光,起初还能将那红色的剑光紧紧抵住,以后便支撑不住了。

陡听得当啷啷一声响,忽然减少了一道白色的剑光。原来是云娘的剑和那红色的剑光一碰,云娘偶觉浑身如火烧山的一样,剑功一坏,霎时间已玉殒香消,身首异处地躺死火场里。

佩符、飞熊、德武三人见了,都大吃一惊。在这吃惊的时候,他们都觉得浑身疲软,那灰色、黑色、青色的剑光越发低落下来,又听得当啷啷响一声,飞熊疑惑是佩符、德武的剑,两者必坏其一,不由大叫一声,自家的剑光已将入眼窍里。再看佩符、德武的剑光都不见了,并且那红色的剑光已不因不由地不知去向。看面前摊着一人,飞熊见是女尸,便估定是云娘无疑了。再仔细看那血淋淋的一颗人头,不是云娘却是哪个?飞熊便禁不住抱着他女儿的尸首,号啕痛哭起来。

这里德武一眼看见面前也摊着一具男尸,身上穿着八卦式的短袍,一颗头已砍成了两半个,什九估着是史冠芳的尸首,但不明白这史冠芳是如何的死法,心里很是诧异。

那边佩符听空中的吆喝声、叱咤声早已偃旗息鼓,听不出什么来,连那五六道青色、白色、灰色的剑光一齐都倏然不见。正在惊疑的时候,瞥见空间飞下三人,仔细一看,一个抓着一柄板斧,一个手里握着一把大刀,一个是武装貌美的女子,腰间佩着一支七星宝剑,在月光中看来,那女子虽然艳若芙蓉,却冷如桃李,佩符是不认得她的。

正要向前问讯,便见德武指着那两个男子问道:"铎儿、庆儿,可知这位剑仙是不是四姑?"

杨锡庆当时点一点头,便见祁铎向飞熊猛然叫道:"薛仁叔,吕四姑来了,她帮助我们杀了史冠芳的三个教徒,薛仁叔不必悲伤,快走过来和四姑见一见。"

飞熊正哭得一佛涅槃、二佛出世,陡然听说是吕四娘到了,却恨四娘到得迟了,以致害了女儿的性命,但又不好不近前和她攀谈。

及至吕四娘和祁铎等说明缘故,大家才知杀史冠芳的那位剑仙,却不是吕四娘。

究竟吕四娘和祁铎说出些什么来,欲知后事,且阅下文。

第二十二回

史冠芳病赚褚棣卿
闻万华怒激郭如海

话说荀炳从祁佩符等男女四位英雄出发以后，便和祁铎、杨锡庆、钱乃刚、珠珠等商量，荀炳的意思，因为这番到江西找那个史冠芳，反让三个老前辈和云娘前去冒险。祁铎等几个年少的英雄若不去援助他们，在情理上都不甚妥当。祁铎等也因荀炳的话大有理由，但荀炳的毛羽未丰，不谙习飞行术，去也没甚用处。钱乃刚是第一个要去，珠珠更想到云娘夫妇当日救她的恩情，如今是前去替燕南报仇，虽然这件事用不着人多，毕竟多一个帮手是好些。珠珠想到这里，便准备穿扎夜行的衣靠，和乃刚一齐出发，却留祁铎、锡庆看守本营。但祁铎、锡庆的理由，是因他们的父亲出发冒险，做儿子的不去援助父亲，还算得个儿子吗？祁铎、锡庆的理由十分充足，那么乃刚、珠珠也不好意思再向他们说第二句话，只好夫妻们留守门户，让祁铎、锡庆前去援助。

单说祁铎和锡庆二人，那时各展起飞行的法术，出了莆田。一到了江西建昌的境界，远远看见火光烛天。及至飞近火场的左近，向下一看，似乎见有好几个人在火场中寻些什么似的。祁铎二人这时尚不知他父亲和飞熊等男女四位英雄已用狗血破了八卦教的邪术，又没有看见有什么神兵神将。缘八卦教的妖法，所用的纸人、纸马，若在近处看来，竟与真的一般，假如在远处一看,并没有见些什么,其中的理由,本非局外人所能明了。

那时祁铎、锡庆正在盘旋辗转的时候,却听得风声响处,早看空中现出三道的剑光,却没有见到来的是什么人,便估着这也是八卦教的迷障法。二人都运足剑功,准备抵制。

诸君欲知这三人在八卦教中怎么一般地也有这样的剑功?谈到"学剑"两字,岂是八卦教的教徒能在咄嗟间体会得来?剑术若这么易学易精,这"剑术"两字也太没有价值了。

说起这三个人,都是剑门中的弟子,在达摩祖师面前都曾受过戒的,其中也有同那史冠芳是不共戴天的仇人,于今且抽出工夫来,叙述三人的历史,却把史冠芳做个蛇头,然后再写到蛇腹、蛇背、蛇尾上去,使看官见了,才不疑惑他们是作书的信笔拈来,都成了画蛇添足的人物。

这史冠芳原是江西龙虎山的人氏,八九岁时候,就有两臂的神力,被龙虎山上的净明和尚赏识了,把他带到庵中,教给他的剑术,一不许他做强盗,二不许他杀人,三不许他奸淫人家的妇女。史冠芳起初受了净明和尚的三种戒律,没有违拗。及至剑术练成以后,净明和尚已归真返本,这时,史冠芳是十六岁了,性的知识开得太早,又是孤苦人家的儿子,凭着他这身的本领,一时赚不到钱用,娶不到标致的小姑娘,便把剑门中的戒律置之度外。好在净明已死,没有人去管理他,便索性破了戒,在江湖做个强盗,很干了些折柳采花的勾当。淫、盗二戒破了,杀人是采花强盗的第二天性,但他在表面上很做了几件大快人心的案件,就有许多江湖上拍马屁的朋友,称赞他是个侠盗呢。后来他在茅山左近一个山洞里又遇见了一个妖僧,传给他种种的邪术。

史冠芳学成了剑术,已是吃人不吐骨头的老虎了,于今又会了种种的邪术,好比老虎身上长起两道肩膊来,白日盗库,黑夜劫女,也用不着他亲自出马,仗着他的神通广大,剪几个纸人,画几道符,念两句咒语,便能实行他淫盗的工作了。

  那天有一个三十来岁的人,到史冠芳家里找史冠芳说话。这时,史冠芳却比不得从前的史冠芳了,一般也起筑了华堂大厦,使婢呼奴,完全是个有身份人的样子,早由史家的仆人拿着一张大红的名片进来。史冠芳见那名片上写着"褚棣卿"三字,史冠芳暗想,这是安徽凤阳褚玉山的儿子,记得一月以前,自家曾与褚玉山意外碰面,在一家窑子里用法术杀了他,江湖上人十个有九个知道这件事的。听说这褚棣卿的剑功比他父亲要好得几倍,也曾到这里来暗杀几次,都被自家用迷障解脱了。这回褚棣卿却大模大样地到我这里,我要是躲避他,显得我是胆小怕事的人,便坏了我半世的英名,万一不度量自己的能力,能吃得住他,冒昧同他动起手来,这是何等行险侥幸的事。

  史冠芳想到这里,猛然眉头一皱,计上心来,便向那个看门的附耳叮嘱了几句。

  看门的人诺诺而退,出来见褚棣卿道:"褚老爷来得巧极了,我家的主人正病在床上,请褚老爷进去,有句话要当面告知褚老爷。果然褚老爷要打死他,比踏死一只蚂蚁还容易呢!"

  褚棣卿笑道:"好好的装起什么病?也罢,我就去会他,看他有什么本领要对我使出来?"

  那看门的便把褚棣卿一领,领到史冠芳的房外,兀自去了。

  褚棣卿刚要跨进房门,猛觉得背后刮起一阵冷风,飕飕飕吹得褚棣卿毛发直竖,几乎失口把哎呀叫出来。在这阵风声中间,似乎见一个人在褚棣卿面前闪了一闪。

  褚棣卿这一惊非同小可,再仔细一望,看那人千不是万不是,正是他父亲褚玉山。褚棣卿见他父亲颈项边有刀伤的血痕,两眼的泪珠一滴滴洒落下来,褚玉山拉着褚棣卿的手哭道:"好儿子,你爷死得真好苦呀!你不给爷杀了仇人,你就不是姓褚的子孙了。"

褚棣卿也不由得哭道："儿子报仇的心肠不是一天了,爷在暗中助儿子的一臂之力,杀了这姓史的,便完了事了。"

褚玉山道："畜生,休要鲁莽,你爷的仇人尚不得明白,怎么便能报仇呢?"

褚棣卿又哭道："这姓史的不是我爷杀身的仇人吗?明明我爷是他用妖法害死的,怎说不是?"

褚玉山道："你爷的仇人是云南李……"

褚棣卿听了,好生惊讶,再看他父亲的灵魂,已不知去向。直惊得倒抽了一口冷气,待要抽身便走,忽听得病房里有人在床上叫道："你这条命须不是我害的,到我这里来啰唣什么?"

褚棣卿猛听得这两句话,便停住了脚步。那病人又不向下说了,但听得一个女子的声音问道："你是怎么样了,竟是说出这般的谵语?"

那人又低低说道："我真糊涂极了,哎呀!你褚老教师是说的哪里话?只要做晚辈有这一口气,什么事都可以帮老教师的忙。万一这回一病不起,老教师须不能怪我了。"

"了"字未曾出口,却听得哗啦一声响,褚棣卿已踢起两扇房门,走了进来,抽出一支宝剑喝道："姓史的,你别要装神弄鬼地在我跟前撒清,看我的剑不快吗?"

史冠芳却不理他,从床上一骨碌跳起来,指着棣卿骂道："姓李的,我叫你认得……"

褚棣卿见他两颧骨上红得像火一般,房里又布着药炉茶灶之类,暗想,这可不是他用的法术了,就这么一想,不由翻倒虎躯,向史冠芳纳头剪拂。

原来江湖上人下拜,不叫作下拜,因为"败"字太不吉利,大家都说下拜是剪拂。史冠芳见褚棣卿已入了彀中,心想,哪里来的褚玉山？这原是自家纸人符咒的作用,因他看褚棣卿的本领不凡,很愿拉褚棣卿做个帮手,并且在江湖上也少了一个仇人。但这时尚不肯一拍即合,兀地从床头抓过一柄剑来,要向褚棣卿劈头剁下。

褚棣卿急忙退后一步,分辩说道:"我是褚玉山的儿子,我是褚棣卿。"

史冠芳听了,兀自抽回宝剑,出了一会儿神,便由那女子绞了一把手巾,在史冠芳头上揩抹一下,忽地史冠芳把剑撇在一边,抱着褚棣卿的头,放声大哭起来。史冠芳照例又说出一派的谎言,说他适才听褚棣卿来了,便想对棣卿把当日褚玉山被害的情形说个一明二白,不料顷刻间便有些昏糊起来。

褚棣卿问他昏糊时的情形,史冠芳却不明白是见些什么,说些什么。及至那女子对史冠芳说了个梗概,史冠芳却故意失惊道怪起来,又向褚棣卿道:"当日安徽李道生,暗杀了尊大人,却嫁祸在我身上。我和尊大人同住在玉玫瑰的私窝子里,各自走各的路,原没有什么争风吃醋的话。不料江湖上人硬说我害了尊大人,这才是斗大的冤枉。"

褚棣卿听了,毫无疑惑,从此便住在史冠芳的府中,看史冠芳的病一天一天地好了,便请史冠芳帮助他,到山东去杀了李道生。

这李道生原是江湖上一个独行的大盗,做的奸盗案件很不少,于今平白无故死在褚棣卿手里,江湖上人却不说他死得冤枉,也没有人替他报仇。但褚棣卿杀了道生,后来也察觉是受了史冠芳的欺骗,却为什么反颜事仇,不和史冠芳算这篇账?

因为史冠芳察看褚棣卿的性格,专喜欢玩女人,哪一夜没有俊俏的女人陪褚棣卿睡,褚棣卿便睡不着。若腻上了绝色的小姑娘,便把天大的事情却撇下脑后。

史冠芳看褚棣卿是这样的性格,其时史冠芳已做了八卦教的教主,索性把种种邪术传给了褚棣卿,是凡在外面弄来的小姑娘,和褚棣卿轮流取乐,实行公开的主义,有时还让褚棣卿独甘脔鼎。这褚棣卿不但不想给他父亲报仇,反把史冠芳感激得什么似的。

褚棣卿那时又介绍江湖上两个臭肉同味的好汉入八卦教,和史冠芳教主都是平等的称呼,没有尊卑的阶级。这两个好汉,一个姓闻名万华,一个姓郭名如海,原是江西吉安的两个地痞。郭如海的本领在闻万华之上,性格比闻万华略和平些。但闻万华本和郭如海称霸吉安,却没有和郭如海较量一下,眼见郭如海的势力比自己大,本来不知道郭如海的功夫好到什么地步,满心要同郭如海见过高下,想栽他一个跟斗,好显露自家的面子。但郭如海不肯在人多广众的地方轻易露出自家的本领,每见闻万华要和他比试,郭如海总是摇摇头不答应。

那天,闻万华到一个旅店里去赌钱,看迎面来了一人,一路行着,一路撞着,脚步底下跌跌撞撞的,像有了十分的酒意。闻万华认得他是郭如海兄弟郭如凤,这时郭如凤一眼看见了闻万华,早高叫起来,说:"闻老大,我们多久不见了,你这几天到哪里赌钱的,却没有请我吃过半杯老酒,把我郭二都想坏了,我若有半句谎,就是你养下来的。快去快去,我们再吃个三杯。"说罢,急扯着闻万华的衣袖不放。

闻万华怒道:"谁和你是老大老二的?老子闻大爷这两天输了几个钱,你挑老子的眼花吗?你要老子去陪你灌黄汤,就得把你妈叫出来,先陪老子到旅店去开房间,老子就依你。"

郭如凤慒慒懂懂地骂道:"姓闻的,你是抱着你的娘入昏了,臭烧酒喝在老子的肚子里,你在这里放的什么臭屁?"

闻万华听了,便举起右腿,向郭如凤腰眼里轻轻一踢,踢得郭如凤哎呀哎呀地怪叫起来。闻万华趁势把手一扬,那郭如凤直跌出一丈开外,口里还不住地嚷道:"闻万华打死人了!"

闻万华只向他冷冷地笑了一声道:"你这般脓包的样子,丢了你娘的脸面。老子还要重重地来打你几下,打你便是打的郭如海。"一面说,一面又捞衣卷袖般装作要打郭如凤的样子。

这时候,早有人飞也似的去报知郭如海,却气得郭如海一把无明火直冲脑际,早卸了外面的长衫,跑到这里来,向闻万华喝道:"你是好汉,就不该打他这醉汉子,常言道:'神虎不斗弱鼠。'你是好汉,怎么同他动手?"

闻万华怒道:"我本不当打他,谁叫他仗着你的威风来轻薄我、羞辱我?我和你不用多说废话,有本领只管使出来。"说着,便据着上风站了。

看的人都跑开了,恐怕拳头上没有长着眼睛。只有郭、闻二人的徒弟,看他们的师父是怎样动手,谁也不肯坍自己师父的台,上前帮助。

究竟郭、闻二人的胜负如何,欲知后事,且阅下文。

第二十三回

貂裘换酒名士襟怀
罗袂生寒美人肝胆

话说郭如海和闻万华各自站立了门户,走了十几个回合,郭如海急使了一个蝴蝶穿花的架势,猛地飞起一只左脚,向闻万华心窝里踢来。闻万华说好,一手将郭如海的左脚接住,郭如海的左脚被闻万华接住,那一只右脚又拔地飞了起来。闻万华知郭如海最擅长硬功,是这类的鸳鸯脚,他曾下苦功练习了一年多,就想接住郭如海的鸳鸯脚,于今见郭如海又飞起一只右脚,也用空着的右手接住了。郭如海被闻万华把双脚一提,就提在空中。

忽然闻万华觉得一阵心疼,知道不妙,慌忙把郭如海的双脚放下。

郭如海已拔地跳起,慌得闻万华向郭如海面前一跪,说:"外人都说我的本领比郭大哥大,我说他们乱替我吹牛皮,他们总不相信,早想同郭大哥见个高低,好禁止外面人的谣言。郭大哥总是一百个不答应,所以我不得已出于这条下策,好显显郭大哥的本领。于今可知郭大哥的功夫实在比我好,有人不相信,我袒开胸膛给他们看一看。"旋说旋解开胸前的衣服。

有人见他露出碗口大的两个紫瘢,才知闻万华的确是被郭如海打败了。

那郭如凤要从地下爬起来,狠狠地教训闻万华一顿,毕竟是多喝了几杯黄汤,哪里挣扎得起呢?众人看郭如凤腰眼里有一块红色的瘢伤,不甚危险。郭如海便信闻万华的话句句从心坎里挖了出来,便替他用伤药治好了伤痕,由郭如海的徒弟把郭如凤搀扶走了。从此郭、闻二人的交情更深一层了。

看官须知,这郭如海、闻万华二人也是剑门中的好手,这回捉对儿厮打,谁也不曾运用他们的剑功,这非是作书的有意躲闪,实因他们在青天白日之下,非到那必不得已的时候,却不肯胡乱使出剑功,给人看了惊疑。

郭、闻二人都和褚棣卿是呼同一气的人,褚棣卿已在八卦教里做起大头目来,便将郭、闻二人介绍入教。

那时祁铎、锡庆在半空间所见的三道灰色、青色、白色的剑光,便是褚棣卿、郭如海、闻万华三人,受了史冠芳的教令,先行到这里来的。却见前面已飞来两个穿着飞行衣靠的人,便各自放出剑光,准备抵制。

祁铎、锡庆也只好各运足了剑功,从口窍里各吐出两道白色的剑光,敌住他们三道的剑光,看看已是支撑不住,忽听得咔嚓嚓数声响,即见一个女子,手里正握着一支宝剑,剑光到处,已割了棣卿、如海、万华三人的首级,尸首都化成了血水,随风飘扬。

这女子正是吕四娘,当下便向祁铎、锡庆二人略说和自家师父前来助阵的话。及至飞落到火场下,广慈已杀了史冠芳,回到飞龙岭去了。

江西的八卦教自去了这个头目,所谓蛇无头不行,没几天工夫,其余的教徒都风消雾散了,所有孙士飙这一班小头目所能学会的几种妖法,都是史冠芳临时传给他们的,过了史冠芳所吩咐的时期,这妖法也就不生效用了。

薛飞熊因听受广慈所嘱托的话,并不敢妄杀一人,连夜带了云娘的尸首,一齐回到莆田。但据吕四娘说来,广慈已在三日以前,先令她到江西来,路上因为一件事情绊住了脚步,及至到了建昌,见广慈来了。广慈对她说,云娘这番万难脱险,那个史冠芳,却非自己亲自诛杀不可。四娘问广慈是什么缘故。广慈不肯说。

薛飞熊把自己女儿的尸首归葬在西溪祖茔之侧,墓前竖起一方石碑,上面题着"烈女云儿之墓"六字,从此四时八节,飞熊夫妇必到云娘墓上哭祭一番,这也不在话下。

四娘在莆田住了一日,因为几日前的那一件事,必须四娘前去再走一遭,好把那一对儿鸳鸯介绍入铁血党中做事。

看官欲问这两人的详细历史,不妨让在下捉笔写来。须知这是本书中最有价值的情史,断非在下捉风捕影,信笔拈成的人物。

却说安徽广德县西去十五里外,有一座曹家村,村中有二十余家姓曹,却有一家姓范。其时范家的主人名范百朋,原是从寿州逃荒到广德来的。范百朋是个不第的秀才,一家三口逃到了曹家村,靠自己肚子里的黑墨水,教几个村牛土马般的学童吃饭,不想回寿州去了。他的境况苦到极处,性格亦高到极处,他的诗文朋友在广德县里没有一个,因他是个异乡人,休言一班名彪虎榜、昂头八丈高的得志人物,不肯跌落自己的身份和他要好,就是芸窗失志的无名小辈,也不屑和他这个没脚蟹的朋友来往。

偏有一个怪物曹人权,还是个孝廉公,和范百朋比邻而居,觉得范百朋是个浊流时代中的清流人物,每趁范百朋在散学的时候,便来畅谈。两人气味相投,彼此畅叙之间,时哭时笑,悲喜无常。

这曹人权本来也没有个知己的朋友,一班知名的人士都是巴结曹人权不上,不料曹人权反同范百朋要好起来,可见诗文命脉,比骨肉妻孥还加倍真挚。

那天是地腊日,曹人权便邀范百朋到城里去,洗浴已毕,出了浴室,却见天上飘了些瑞雪。曹人权高兴,同范百朋在广德城里闲步,曹人权身上披着一件貂裘冒雪冲寒,又得范百朋结伴而行,不由雅兴勃发,看广德城中那几条街道,虽然没有极大的商店,却也有几家酒楼。因为天气严寒,那酒楼上的生意很好,曹人权却不肯一足便踏了进去。又看沿城的树木被东北风刮得像要倒下来的一般,范百朋觉得身上有些寒意,向曹人权笑道:"冷呀!这里有一家酒楼,倒僻静些,我们且进去买一壶酒吃,也好抵挡些寒气。"

曹人权也笑道:"我早已有这个兴致,因为那大街上的精致酒楼只插不进身子去,这一家倒可以去得。"

因走到一家可以居的酒楼上,拣一张台子坐下。一时堂倌早切了好些牛肉,成大盘地摆在台子上,开了一罐花雕,给他们来摆盏。两人谈谈说说,十分快乐。

饮至半酣,曹人权见左边一张台子上坐着一个年纪在五十开外的尼姑,穿着一件浑身油垢的破衲衣,咕嘟咕嘟地喝着一杯的高粱酒,尽性撕吃那牛肉。曹人权看她脸上喝得通红的,那两个眼珠子火一般地射出光来,心里就惊讶得很,一时和范百朋却吃了有三四分的酒意,便停杯不饮了。伸手向自家口袋里一摸,那只手伸了进去,便缩不出来,原因身边所带的钱银少,已在浴室里用光了。

范百朋的袋子里向来又没有带过分文半钞,曹人权不由笑了一笑,索性叫堂倌多切上几盘牛肉,又打上一壶的好酒,两人又浅斟低酌地吃喝起来。约吃了有七八分的酒意,曹人权便从身上脱下一件貂裘,抵押在酒店里。

那掌柜的却不认识他们,问曹人权几时来赎。

曹人权道:"你这家子的酒倒好得很,貂裘我是不赎了,下次再到你店里吃几杯便完了事了。"说毕,便指那尼姑问堂倌道:"那师父的酒资也归我会账,你们也可用不向她要钱了。"

那尼姑听了,只向曹人权盯了几眼,也不说什么。

堂倌把舌头伸了一伸,暗想,我们做了十多年的生意,没有碰到这样的傻子,估量这一件貂裘,起码要值得三五百两,怎么说吃两回酒便完了事了?

曹人权同范百朋走下了酒楼,见天色亦已向晚,那雪势倒止住了,一路上只觉得寒风凛冽,像个晚晴的光景,破云里已露出半边的冻月。一直走向曹家村上,各人都回去安歇。

那夜,曹人权正在沉沉酣睡的时候,耳朵里仿佛听他妻子喊了一声:"强盗!"

曹人权便清醒过来,披起了衣裳,睁眼一看,却见日间在可以居酒楼上的那个尼姑,明刀执仗,已到了房中,从被窝里拖出他的三岁女儿,转瞬间,那尼姑已不见了。

曹人权的妻子便要呼人捉盗,却被曹人权一声喝住:"不许声张!"

他们都穿好了衣服,走出来一看,看庭中积雪空明,如现出一个玻璃世界,檐前的冻箸,垂下来有一尺多长,大门是关得紧紧的,雪上也没有丝毫的足迹。

曹人权暗暗点头,曹夫人瞒着他遣兵调将,着人分头寻找,终是石沉大海,消息全无。

光阴好快,转瞬间已过了十五个年头,曹人权已死了。一日清早,曹夫人才起床,忽有一个年轻的女子,背上驮着一个包袱,曹家刚开了大门,那女子就走到曹夫人的房内,向曹夫人跪拜下去。

曹夫人看那女子生得一副鹅蛋脸,两道眉毛削得齐齐的,左鬓角上有一粒朱砂的红痣,不由把那女子搂在怀里,"乖乖心肝"地乱嚷起来。

原来那女子正是十五年前被尼姑盗去的红瑛姑娘,于今虽是十八岁的人了,容貌和孩提时是没有多大的改变,所以曹家的人一见面都认得出来。这十五年间,家里的情形,红瑛都知得非常详细,不过曹夫人问红瑛在这十五年中被尼姑带到什么地方,红瑛都是支吾其词,不肯说出真情。

红瑛归家以后,事母极孝,每日帮助她母亲料理家务,并且知书识字,能写得一篇好信,打得一手好算盘。夜间都和她母亲在一床上睡着。

这日是三伏的时期,红瑛陪着曹夫人在院中纳凉,一时树梢微动,觉得有薄薄的凉意。红瑛身上只穿了一件绯红色的杏罗衫子,觉得身上凉快了许多,正拟陪她母亲回房安歇,忽听隔壁有妇人啼哭的声音,由微风送入耳鼓,知是她父执范百朋的儿子范杏生因百朋死去以后,哀愤成疾,已经奄奄一息地病在床上,听那哭声,准许是范夫人看杏生是不中用了,所以才哭得这样的沉痛。

平日间听她母亲说这范杏生不但是个孝子,并且很有一点儿学问。红瑛想,杏生的人格在这浊流时代算得是个凤毛麟角,于今杏生病了,本拟同自己母亲前去探问一番,并且自己也懂得医学,自信有这本事,能医好杏生的病。只碍着男女的嫌疑,有些不便。但听到杏生的娘发出这般的哭声,不由触动了义胆忠肝,急欲去给杏生医治,欲向自己的母亲禀明。未开言脸上已红了一阵。

又听那哭声渐渐低微下来,哪里还耐得住,便走到她母亲面前,低低说了几句,那一朵红云早由耳根直涨到鬓角上面。

曹夫人点头笑道:"你有这本领,能医好杏生的病吗?娘看杏生是不可挽救的了。只是范夫人在家里痛哭,我们在桂树荫下乘凉,良心上觉过不去,你就把杏生当作是你的亲哥哥,娘同你去探问探问,却不可胡乱用药,促短杏生的寿命。"一面说,一面便挽了红瑛,走到范家这边来。

这时,范夫人倒在杏生的病床上,只是呜呜地哭,见曹夫人同红瑛来了,指着杏生说道:"曹太太,你看这孩子已昏沉了三天,浑身瘦得剩了几根骨头,脸红红的,都是火热的现状。到了极昏糊的时候,好似疯癫了一般,没口子说谵语。曹太太,他老子死了没有百天,看他又病到这个样子,他这条性命是在艳阳天气冻块子上呢!可怜我只有这个儿子,还要陪他老子一块儿去,我这老运,怎么坏到这般地步?"说罢,不由又干哭了一阵。

曹夫人道:"杏生吉人天相,未必就有了什么不测。"

说到这里,又望着红瑛向范夫人道:"这孩子说能医好杏生的病,我怕她的话有些靠不住。"

范夫人破涕道:"你家这女华佗,果有回天的本事吗?死马当作活马医,就得请瑛姑娘成全我范家一线的宗支。"一面说,一面便拿过几本书来,搁在杏生的手下。

红瑛低着头,便按定杏生的手腕切脉,忽然杏生扯脱了那只手,拉住红瑛的手臂,不住地唤着"姆妈"。红瑛两手被他拉住了,耳根上红了一阵,心窝里酸了一阵,看他这样的狂热,也太可怜了。

究竟杏生的病势如何,欲知后事,且阅下文。

第二十四回

见情书呆儿受谤
论国耻侠女惊心

　　话说红瑛吓得缩住了手，羞答答地抬不起头来。不料杏生又直嚷起来，向红瑛怀里扑去，说道："姆妈，怎忍心抛撇了我？我们母子死也要死一块呢！"

　　红瑛怕他这一头若扑了个空，少不得要跌个脑浆迸裂，又看他病得可怜，便也顾不得害羞了，伸开两臂，紧紧地搂着杏生那一颗头。

　　曹夫人只是皱着眉心摇着头，看这年纪轻轻的小子，若从此送掉了性命，岂不可惜？想到这里，鼻孔里不由得酸湿起来。

　　范夫人怕红瑛面子上太难为情，她的人格是如何宝贵，平日间若被一个野男子把手指去触一触她的千金贵体，这便是莫大的罪过。于今看杏生狂热得不像个话了，便一面呜咽着，一面来捧着杏生的头，让红瑛缩回双手。

　　范夫人即揩着眼睛说道："杏儿，你姆妈在这里，适才是曹小姐替你切脉的，你别要乱七八道地说胡话，得罪了小姐，不是当耍的事。"

　　杏生只把两个大眼睛死盯在红瑛的面庞上，忽然有些清醒过来，便不住嘴向红瑛道谢。

　　曹夫人见杏生狂热渐退了，便把他在狂热的时候，如何扑在红瑛怀里，唤她"姆妈"的情形说了出来。杏生只是惭愧无地地不住向红瑛拱手道："对不起小姐啊！怎么我病得连人事都不知了？"

倒把个红瑛招得恨无地缝可入，一句话也回不出来。嗣由红瑛给杏生切脉已毕，范夫人又倾箱倒箧般拿出一大把药单给红瑛看。

红瑛道："杏哥的病是脾经的损症，缘由忧思伤脾，内风舞动，又感伏许多的风邪。一般医生，不以发汗的重剂泄伤他的脾阴，即以甘温补剂助长他的风邪，以致风邪愈补愈热，脾阴愈泄愈虚，风火相煽，竟酿成这般狂热的损症，下午总是昏昏糊糊的，一到半夜子时的时候，这狂热便渐渐退了，这正是伏邪的见症。"

几句话说得杏生母子不住地点头。

当时红瑛便开了药方，是补益脾阴祛涤风邪的轻剂。杏生服药以后，神气略好些，从此范夫人每天请曹夫人带红瑛来，给杏生切脉，有时红瑛却不待范夫人前去邀请，竟同她母亲到杏生这边来。杏生的病看看一天一天地好起来了。

那天，红瑛竟独自一人走到杏生的房里，范夫人早到厨下烹茶红瑛吃。红瑛看杏生的脉象安静得很，料知病势已痊，用不着吃药了，便陪着杏生谈天。杏生见屋子里静悄悄的，只有红瑛一人陪伴着，何况红瑛又是天生的绝色，就是个铁石人，也不由不动情了，又觉得一阵阵的脂香、粉香，那女儿身上特有的香气送进鼻管来，杏生便情不自禁地心旌摇摇起来，那肝、肺都在腔子心里开着跳舞会。忽然想到她是我救命的恩人，并且称得起是个千金的闺秀，我这般和她亲近，已是该死了，怎么便存着轻薄的心肠？我算个什么人呢？

想了一会儿，早把一颗活跳的心又立刻安静了，郑重其词地和红瑛谈了许多古往今来的事。忽然红瑛哇的一声哭了，杏生便想去安慰她,不因不由要拿丝巾给她揩擦眼泪,无如那只手竟伸不出来,便问:"小姐,你好好的哭些什么?"

红瑛欲要说出,那舌头竟像缩短了二寸一般,桃花面上,早堆起朵朵红云,那一种女性的愁态美,我作书人这支秃笔正说不出、写不出、画不出。

其实红瑛心中的痛苦,于今被杏生一问,也是说不出,写不出,画不出。

杏生见红瑛只是哭着,并不回答什么,急嚷道:"大热的天气,哭出病来,这是怎么好?好小姐,你只当我看作嫡亲的兄弟一般,快快地实说了吧!"

红瑛怕杏生又要急出病来,用衣袖遮着脸说道:"我本当把我的隐情对你说出来,请问那些话叫我是如何的措辞法?欲要不说出,看你又诚恳,又忠实,我若不对你说明,这苦衷又向谁去告诉呢?你说只当我看作嫡亲的兄弟一般,我只好把这话在我嫡亲的哥哥面前说了。不瞒哥哥说,我随那尼姑去了一十五年,这一十五年之中,我除去读书、学剑而外,向没有和面生的男子谈过一句话,不知怎么似的,我听哥哥的人格好、学问好,我就恨不能也变个男子,好同哥哥亲近些,做个朋友。所以哥哥病了,我不怕花羞不怕月妒,给哥哥医好了病。你我相处多日,哥哥的人格我可知道了,学问也领略一些,我何忍在我哥哥面前说什么害羞的话?

"我母亲有个内侄,唤作什么唐文瑞,是一个黉门的秀士,他家的财产比我家大,脸蛋子也生得不弱。他听说我回来了,到我家里来看望我,今天又请出人来,到我家里说亲,我母亲对我说:'文瑞的学问是怎样好,脑袋上既顶着一个秀才,笔底下又会作几句状子,将来女儿嫁给了他,你的后福正不可限量呢!做娘的已替你做主,准许他这亲事了。'

"我听了母亲的话,如同兜头浇了一盆凉水。我的志愿,就是嫁人也要由我自己看中了的人物,依得我的条件,我才欢喜。但我瞧文瑞的人格,走路没有正相,坐没有坐相,吃没有吃相,两个眼珠子只是偷偷地睃着我,说几句话,更是志高气大,好像他是普天之下从古至今的第一个才子、第一个大人物,实则满脸的尘俗之气,肚子里只包藏些毫无根据的学问。我哪肯便愿意嫁他呢?无如我母亲硬要把这事做成,威逼利诱,要讨文瑞的欢心,竟不惜将女儿半生的幸福付之流水。

"我要是答应了母亲,我的前途即不堪设想,我要是不答应母亲,我就是个不孝的女儿了。想来想去,我只是还她一百个不答应,可是我母亲的主意已定,叫我有甚方法,能避免这不愿意的勾当呢?所以我今天独自到你房里来,替你看病,再则把这肺腑里话,老实对你掬示出来,请你给我解决一下。"

杏生听了,沉吟不语。忽然翻着眼珠子嚷道:"好好的一个女孩儿,怎么胡乱地要嫁了人了?你母亲不是埋没了你这颗心?"说罢,不由眼眶一红,那眼泪早从颧骨上纷纷滴落下来。

红瑛方要再问下去,范夫人已走了进来,看他们眼上都哭肿得像红桃一般,范夫人也不问他们是哭些什么,拉着红瑛去吃了几杯茶,便送红瑛回去。

杏生从这天和红瑛泪别以后,有一个月不见红瑛前来。这时杏生病已起床,特地到曹家去面谢红瑛,适值曹夫人不在家中,红瑛见了杏生,手里正拿着一张紫色信笺,蓦地向杏生面前一掷,指着杏生骂道:"你可要死?你瞧这上面是说些什么?"

杏生吓得黄了脸,把那信笺仔细一瞧,那脸上越发红一块白一块起来。原是这信笺上面,头一句是写着"红瑛爱妹妆次",末了又写"妹之爱人杏生顿首",满纸都是儿女琐屑的私情,肉麻当有趣的,赤裸裸将病里相思、梦中颠倒,大胆披露出来。还

163

说:"我从此若娶了妹妹,贴肉沾皮,好实行补报妹妹的恩情。"

其时杏生在那里愣了一会儿,不由泪如雨下,颤声问道:"这是从哪里得来?这上面的字迹就像我写下来的一般。"

红瑛见问,便怒道:"你还问我是在哪里得来?这样东西,大天白日,明摆在后院花阶上,用瓦砖压住,被丫头拾来送给我的。我且问你,把这东西如何丢在那里?"

杏生听说,便含泪诉道:"你说是我丢在那里,我不能辩,我并不敢做出这猪狗不如的事体出来,这其中还求小姐细想。我虽是年轻,却也明白道理,小姐是怎样的人格,我是怎样的人格?我若这般地轻薄小姐,使小姐瞧不起我,我有什么意思?再则我要寄这封信,也该悄悄地送给小姐,小姐的后院,我向来没有到过,何苦来把这信放在花阶上?倘或露出来,不但你母亲把我不当人,我还有面目见小姐吗?我也不敢断定这信是谁人写的,总之我没做此事,小姐请细想。"

红瑛听完这一篇话,低头叹道:"我也知道你是个好人,何至于这样地轻薄我?不过这是我激你的话,生怕你万一做出这件事来。那天见了这封信,把我气了个死,及听你说出这派话来,我才想到这必是文瑞用的离间计了。你的学问虽好得很,这样的字体,寻常人也模仿得来,何能便一口就指定是你的亲笔呢?于今已和你对问过了,文瑞的奸计自然一揭即破。想他因我不肯嫁他,我母亲起初是劝我嫁他的,后来见我的志愿已定,又一口回断他这头亲,所以他才使出这般的离间计来。"一面说,一面把那信接了过来,随手撕成粉碎。

这时候,杏生忽然想起一句话来,便向红瑛问道:"我此来一则面谢你救命的恩德,再则我有句话,多久想问你,总被别的岔开了。你曾说在这十五年中间读书、学剑,可否将这其中的经过情形告给了我?"

红瑛笑道："这事的关系不小,因我师父不许我告给别人,我听受师父的吩咐,连在我母亲面前,总是藏着骨头露着肉的,不肯说了出来。哥哥欲问这其中的经过情形,日后有缘,可转问我师父,我不敢说。只有两句话,我师父在临别时说给我的,说出来谅无妨的。是两句什么话呢?第一句是不遇姓范的男子,休与认交,第二句……"说到这里,把脸飞红了。

杏生了知这话里有些碍口,不便说出,便接着笑道:"我只问你读书、学剑是干些什么来,你不妨对我宣示明白。"

红瑛绝不思索地回道:"读书要明道理,学剑专打不平。"

杏生道:"目今的世界,还有什么道理可讲?你是抱打不平主义的,别人受了人家的欺辱怎么样?你受了人家的欺辱怎么样?"

红瑛道:"别人受了人家的欺辱,如同我们身受的一般,我们剑客打不平,打的就是这个不平,又有谁来欺辱我们呢?"

杏生道:"今有人竟敢欺辱你,这人不但是你的仇人,还是全国的仇人,还算是全国人祖宗三代的仇人,你打算对他是怎么样?"

红瑛听到这里,心里不由一愣,便转问杏生道:"谁是我们全国人的仇人呢?"

杏生道:"我说出这些人来,我就该凌迟处决。"说至此,不由又洒下几点泪来,便低声道,"我们这般斯斯文文的酸丁,是不能替我们已死祖宗雪耻了,不能替我们现在的诸姑伯叔兄弟姊妹雪耻了。小姐学成剑术,又禀赋得侠肝义胆,大略是古来红线、隐娘这一类人,为什么谨守深闺,不给全国人打这个大不平?

"我说目今的世界,没有道理可讲,并非过甚其词,小姐可知那些狐群狗党的满洲人,自从定鼎中华,把我们全国人当牛马一般看待,当猴狲一般玩弄,当鱼肉一般菹醢。我们汉人当中,哪一个不受蒙古人的欺凌？盗窃我们国人的主权，奸淫我们国人的妇女，搜刮我们国人的钱财，不但毫没有道理可讲，于今我国人还能算是个人吗？譬如你一身受人的欺辱，已属终身的大耻，奈何全国人都受了人家的欺辱，全国人的祖宗都受了人家欺辱，你们做剑客的，不想给全国人雪耻，不想给全国人的祖宗雪耻，专要在社会上打些不平，这岂是读书懂得道理的人所说的话？我不知你师父是个什么人，大略你师父绝不是一块顽石，你既随你师父读书、学剑，难道你师父不将这读书、学剑的作用教给你吗？

"我把这些话横在心头，不是一天了，难得今天又没有别人在这里，所以斗胆对你说了出来。我父亲就因这国耻的关系，终其身不列仕籍，你父亲也因我父亲知道这'国耻'两字，才肯和我父亲结交，做个朋友。我若有功名的思想，就早已拖翎子、穿补服了，那么我就把'国耻'两字撇向脑后，还算得是我父亲的儿子吗？但愿我善承父志，好替全国人、全国人的祖宗报仇雪耻才是正理。"

红瑛听完这话，不禁暗吃一惊。

欲知后事，且阅下文。

第二十五回

巨眼出裙钗妇随夫唱
寸心矢天日眼笑眉开

话说红瑛听完范杏生这一篇话,不由大吃一惊道:"怎么你这话就同我师父亲口说出来的一般?我本要助我师父干这般大快人心的事,但我师父因时机未熟,且因我老母在堂,劝我回家再住三年,自有人前来请我们出山做一番事业,好名留千古。我师父那时有两句话,第一句我已告诉你了,是勿遇姓范的休与论文;第二句我也说了吧,你可别要藐视我,是勿遇姓范的同志休与论婚。

"当时我问师父道:'姓范的男子是多得很呢,毕竟是哪一个姓范的?'

"我师父又对我说:'便是在可以居同你父亲在一张桌上吃酒的,那个范百朋的儿子范杏生。'

"我师父是个独臂的老尼姑,那夜盗我去的尼姑,是我的师兄悟明,不是我师父。

"前日唐家人来说亲,我不好意思把实情显露出来,加之那唐文瑞是个麻木虫,我就推说不愿嫁他这般虚有其表的麻木人物,要请你给我解决一下。其实这件事,我早已有了解决,我师父所嘱咐的话,岂是诳语?和你解决就要与你当面论婚。后来我见到那一封情书,就转想,我师父怎么令我结交你这外君子而内小人的人物?我如何不转恨我师父气了个死?及至听你分辩那情书中可疑的关节,我才懊悔我以小人之心度君子了。

"那丫头本是我舅母送给我的,今天已随我母亲烧香去了,我看她同文瑞在眉目之间,有些靠不住,所以我这时又联想那情书必是文瑞和小丫头上下其手,送给我的。我不看在我母亲的分上,就要将那东西一剑两段,如果他再用出什么离间的手段,我是绝不肯随便过去的。唉!这也是我一时气愤的言语,嗣后我借小丫头口中去警告他,叫他死绝了这条心,谅他也不敢再轻视姓曹的姑娘是胆小怕事的。

"你的孝服未满,我这时可以和你结个朋友,婚姻的话,三年后再履行吧!不过我这颗心是牢牢地放在你腔子里了,你的意思怎样?"

范杏生听了,破涕笑道:"我读书十年,求不到一个知己,不意巨眼反出裙钗,我将来便为国而死,死有何恨?"

两人又谈论了一会儿,各自洒泪而别。

当晚,曹夫人同小丫头烧香回来,红瑛心想,这件事是不能再隐瞒母亲的了,因把日间对杏生所谈的话也向曹夫人说了一遍。

曹夫人道:"什么叫作剑功?你可做出一点儿来,使娘开开眼界。"

红瑛看来看去,恰没有一件可以试验的东西。忽看见庭角间放着一个大石鼓,约有一尺多高,五尺围圆,她登时便有了主意,向那小丫头喝道:"你是漂亮些,把文瑞写信的事逐节细说出来,如果不肯吐出真情,那石鼓便是你现成的榜样。"

红瑛话才说完,曹夫人已见她口中吐出一道电光,像流星一般快,正触在那石鼓上。只听得砉然一响,那石鼓已劈成了两半边。红瑛收回剑光,喜得曹夫人把红瑛搂在怀里唤"乖乖"。

小丫头脸上早变了颜色,向红瑛磕头道:"姑娘是个天人,我敢瞒姑娘吗？那唐少爷因姑娘不准这头亲，唐太太叫我去劝劝他，他就赠送我一只戒指，我是做奴婢的，怎敢违拗他，容容易易被他玷了身体。他打听姑娘给姓范的看病，便写了那封信，托我暗给这里的太太。适逢唐太太已察破我们的私情，将我送到这里来，我因姑娘待我好，不忍把这信送到太太面前，使太太见了气恼。但我不将这信拿出来，给唐少爷知道了，又要埋怨我，那么我只好将信送到姑娘面前，把这事敷衍过去。其实唐少爷听这里没有发生那一件事，早已死了心，又想娶别个姑娘了。"

红瑛听完，便问曹夫人道："娘听见的吗？须不是做女儿红口白舌地冤赖文瑞。"

唐夫人这时也把个唐文瑞恨入骨髓，索性和范夫人说穿了，预备将来将红瑛嫁给杏生。便请杏生不时到红瑛这里，学习剑术。从此红瑛以未婚妻的资格，教给杏生的剑术，杏生以未婚夫的资格，教给红瑛的文学。

驹光易逝，转瞬间已过三年，杏生终丧以后，剑功已学有红瑛的十分之五。在结婚前三日，逢吕四娘前来讯问，因谈论些复仇的办法，四娘在曹家住了两日去了。

这天是天喜的良辰，一时曹、范两家忙做喜事，杏生将新娘亲迎进门，照例做了许多结婚的仪式，夫妻二人同入洞房，交杯酒落了盏，他们这一对儿铁血鸳鸯便真个销魂了。

三朝以后，吕四娘又来将他们新夫妇介绍入铁血党中做事，他们在铁血党里签了名字，仍旧回到曹家村来，准备在暗中援助。因他们各有老母，不忍长离膝下，每过数天，范杏生必偕红瑛到北京的地方，干些暗杀的勾当，但因宫禁中戒备森严，不敢到雍和宫冒昧妄动。

这里祁佩符等都忙着招集党员，暗举大事，大家分头出发，有的扮作江湖上卖艺的，有的扮作郎中医生的，有的扮作乞丐的,有的扮作游方道士的,他们的行踪没有一定,装束也没有一定,却始终抱着这主义向前做去。无如那时著名的英雄志士,大半都在醉生梦死之中,不知道什么叫作国仇,什么叫作国耻,就惹得铁血党中的人物,东飘西荡,仆仆风尘,而入党的党员实属寥寥无几,反使他们在江湖上牛刀小试,干了许多侠义的勾当。有时他们在中途碰面的时候,都是把剑看刀,暗暗地洒了许多的伤心眼泪。

就中单说钱乃刚、杨锡庆两人由铜山泣别以后,分道扬镳,不图却又在德州碰见了,他们都缘打听得王大鹏是德州有名的讼棍,因刁笔起家,该家财足有数十万。

王大鹏的妻子原是他父亲王丽阳的第三房妾,因和王大鹏发生了关系,王丽阳死了,王大鹏便实行和他父亲的这个三姨太作成了结发的夫妇,生下一子,在政界里也是个红人。所以乃刚、锡庆两人要剪去这一对儿禽兽,却有些畏惧徐志骧的眼睛厉害,将来不便在德州行走。再则,访问徐志骧,也是一个富有血性的人物,很想拉他到铁血党中做事,怕他不肯轻易拍合,却大明大白地到徐志骧家里来,给徐志骧的母亲拜寿。

乃刚、锡庆见徐志骧已心心相照了,连夜杀了王大鹏夫妇,却没有劫取分文半钞。王家所告盗窃金珠的事,是借此吓诈官府的。及至徐志骧失陷狱中,乃刚已打听是石伯群干的那件把戏,然探石伯群的天性纯孝,就因这石伯群在孝道上毫无亏损,若把石伯群杀了,却叫他八十岁的老娘如何生活,这岂是大英雄所能做出的事?

乃刚、锡庆见徐志骧已失陷牢狱中了,各拎着王丽阳夫妇的一颗人头,在街市上行走,就这么毫不费力地吃官里捉住,收禁在监,相机行事,把徐志骧从监牢翻劫出来,说明缘故,连夜令徐志骧杀了他妻子吴氏,不许杀石伯群。后来又将徐志骧的母亲劫出德州，介绍徐志骧入了铁血党。

徐志骧便拜给杨德武为师，青出于蓝，徐志骧学剑五年，本领反在杨德武之上，便在都阳山麓之下，开了一所饭店，隐藏着自家的行径，好在暗地里给铁血党中做事。

徐志骧因访到新疆有一个姓钱的英雄，排行第四，是个江湖上的侠盗，黑夜不出来作案，专在白日剿劫镖银，外人随口替他起个诨号，唤作白日鼠钱四。

钱四这个强盗，不拘谁家镖行里押解的镖银，一落到他眼角落里，都有这本事把镖银劫下来。唯有北京岳家的镖银，钱四连眼皮瞧也不瞧，因为岳广义是个仁义过天的人。

岳广义死了，钱四如丧考妣般痛哭了数日。这回徐志骧去访问钱四，自然钱四看徐志骧是个汉子，很愿同徐志骧做朋友，不过对于徐志骧谈及请他入党的事，钱四总回一句"再说"。徐志骧只不知是什么缘故，问及钱四的徒弟，才知钱四因信仰岳广义过深，曾到北京去看问岳绳武，想将岳绳武带到新疆做买卖，不料岳绳武已在一月前出门访友去了。钱四扑了一个空，恨不在一月前到北京去，所以钱四对于入党的意思并不十分拒绝，必俟岳绳武回来，将自己的买卖卸给了岳绳武，才到铁血党里干事。岳绳武一天不回来，钱四便一天不肯入党。

徐志骧探问得钱四是这样的意思，便在钱四面前扯了一个谎，说岳绳武已入党了，只因在党内练习剑功，分不开身子来请四爷入党。钱四不相信，钱四的徒弟想入党的，就悄悄在徐志骧面前说道："如果岳爷不能前来，岳爷身边有把缅刀，是岳爷在抓周的时期，我师父送给他做礼物的。那刀柄上还嵌着'岳绳武'三个小字。徐爷若将他的刀带来，做个见证，我师父就随徐爷入党了。"

徐志骧听了，便辞了钱四，一路探问岳绳武的行踪所至，在六合遇见了岳绳武，不便向前招呼，看岳绳武的刀是放在箱子里的，钥匙在岳绳武的身边。徐志骧却乘岳绳武闲步的时候，出其不意，在他腰间劫去了那把钥匙。及至岳绳武回至凤仪旅馆，徐志骧已盗了缅刀，转到新疆去了。实则这件事，凤仪旅馆中人是明白的，大家生怕要说出事故来，总回一百个不知道。

在徐志骧盗刀的时候，岳信因为身上有些困倦，伏在桌上打瞌睡。及至惊醒过来，已见箱子上的锁开了，恰好岳绳武走进房间。岳信便假托其词地对岳绳武说了一会儿，却把岳绳武惊讶得什么似的。

徐志骧盗了缅刀，到新疆会见了钱四，竟将钱四诱到了福建。钱四的徒弟有几个也准备随后入党，钱四会见了祁佩符等男女英雄，虽然没有碰到个岳绳武，停顿他入党的时期，然也在铁血党中帮助他们一起办事。后来徐志骧在都阳山下又遇见岳绳武，却不肯轻易露出自己的行径，仍把他当作普通的酒囊饭桶一般看待。

徐志骧那时脸上瘦得脱了一个形，却因他母亲在一月前死了，哀痛过甚，身体上就吃了亏，却也丝毫不肯放弃他党员的责任，功夫也不因身体受伤，以致中道跌落。所以他到圆通古庙，先和乃刚、德武等接洽一番，便把岳绳武诱入那地室里面，白马盟心，共力合作，仍将那把刀还了岳绳武，向岳绳武说明当时盗刀的缘故，便将岳信留在饭店里，令他管理店务，便和乃刚、锡庆、德武、绳武三人到了莆田。

大家相见之际，自然钱四、岳绳武两人都毫无推诿地在党籍签了名字，由祁佩符读过党章，讲说国仇的痛史，钱四、绳武都指天誓日，终生不渝，在慷慨流涕之余，便忙着摆酒庆贺。

岳绳武和众英雄饮至半酣，偶然谈到岳武穆当年的英雄气概，岳绳武便不由得眉开眼笑起来。但铁血党中的干事人员向来都是分力工作，不曾决定各党员的专职，并且首领没有选定，将来工作前途，恐发生许多的障碍。当由薛飞熊在席间提议，先举首领，挨次选择办事的专员，众英雄都极表赞同。

当日，由祁佩符订定正、副首领各一名，其余如暗杀员、侦探员、敢死员、继死员、谋报员、宣传员、招集员、留守员、军法员、军需员、参谋员、文书员等，亦复按部就班，各有专职。众英雄见了，又齐声赞好。

欲知后事，且阅下文。

第二十六回

德州城钱四卖拳
武夷山齐五得马

话说杨德武等男女英雄,当推选祁佩符为首领,佩符即起席说道:"我们在党诸君,谬荐佩符为首领,佩符不敢应命,一则佩符年耄,精力衰颓,二则佩符智不若德武兄,勇不若飞熊兄,佩符虽不肯暴弃自谦,亦不肯尸居要任。我们义气为重,一众党员各抱着复国救民的主义向前做去,同生同死,那宗旨却一定不移。自是以后,我们铁血党的主要责任,全权都交给德武兄、飞熊兄分力办理,当推德武兄为首领,飞熊兄为副首领,大家悉听二兄的调度,有不从我的,我祁佩符先同他拼个你死我活。"

佩符说完这话,将面前一杯酒喝个干净。

一众男女英雄见佩符的神色之间,显得十分严峻,大家都因佩符名高望重,才推他做个首领。但佩符的智谋实不及杨德武,勇武又不及薛飞熊,于今见佩符热心让贤,大家都面面相觑,便随着他的意思,也都一饮而尽。唯有德武、飞熊二人坚不肯饮,一会子,二人方才举起酒杯,起身说道:"大人说哪里话来?兄弟都是有国难投、有身难保,承大人高谊,发起复国救民的主义,不把兄弟等推诸大门之外,就算大人厚待兄弟了。至于将一切事权推归兄弟等掌握,兄弟等宁死不能遵命。"说至此,二人也把酒杯子里的酒一饮而尽。

佩符见他们十分坚拒,转侧着脸坐下,不答一言。

席散以后，佩符回到寝室，和祁铎商量。说："我看德武、飞熊二人智勇十倍于我，有他们撑着铁血党的局面，将来的成绩必有可观。但我实在苦心让他们一条贤路，都十分推拒，不答应我的话，你有甚法子，和我计划计划。"

祁铎也想了一个法子，佩符觉得不甚妥当。后来还是佩符定了一个张本，父子便照这张本做去。

再说德武、飞熊两人，那夜在一间密室里对面谈心，锡庆也侍立一边，忽见祁铎奔来嚷道："二位仁叔快来，不好了，不好了！"

德武、飞熊听了，还道出了什么乱子，只得如飞地随着祁铎向佩符寝室走来。但见佩符袒开胸膛，将一把锋利无比的刀捆入心口有一寸深，因为佩符运着气功，不曾捆入心脏。其时寝室里已挤满一众英雄，因祁铎等跑得厉害，只不知出了什么变故，故不约而同地都到了佩符房中看个明白。

但听祁铎向德武、飞熊哭道："二位仁叔听着，日间我父亲是苦心诚意要求仁叔等担任我们党中的全权职务，二位仁叔决定推让。我父亲却寻这一条死路，以让贤能，万望二位老叔大开恻隐之心，一定承认我父亲的要求。万一有一字含糊，我父亲立刻收回气功，死于非命，看二位仁叔还有甚推许？"

德武、飞熊听了，半晌不能回答。却见佩符怒目而视，将那刀又捆深半寸，吓得众英雄都提心吊胆，不敢近前。

祁铎便扑地跪在德武、飞熊面前，说："二位老叔还推辞吗，怎忍心叫我父亲死于非命？"说毕，便放声大哭起来。

德武、飞熊见此形状，不由都向佩符拱一拱手，齐声说道："大人快抽下刀来，一切我们都遵命了。"

祁铎道："诸君都听见的吗？大丈夫出言，谅不反悔。"

德武、飞熊又齐声道："我们若再反悔，就该天雷击打。"

佩符方才抽出那把刀,随手捆在床柱子上,烛光下,越见那刀光闪闪烁烁,摇跃不定。佩符跳下床来,向德武、飞熊大笑三声。

德武、飞熊都流下泪来,向佩符说道:"大人如此厚爱,兄弟们虽肝脑涂地,亦所不惜。"

从此杨德武做了铁血党的首领,薛飞熊便做了副首领。当派钱乃刚、杨锡庆为暗杀员,祁铎、岳绳武为侦探员,祁铎的部属李忠为谍报员,荀炳、珠珠为宣传员,钱四、徐志骧为招集员。请祁佩符主张军法,兼任军需。所有文书一员,委祁铎的授业先生云汉三暂理。参谋员因认识无人,暂设位以待后进。留守由二首领相机肩任。敢死员、继死员俟军队组织后,再行支配。各该员固不能放弃职权,然在必要时,亦可越职行事。范杏生、曹红瑛因老母在堂,不能在党中担任专职,然为党效忠,亦得在暗中随时辅助。

组织已定,所有暗杀、侦探、谍报、宣传、招集各员,一齐分头出发。徐志骧奉命出发西南各省,钱四奉命出发东北各省。

单说钱四奉命以来,将自家的部属,先招集入党,然后又到各处招集江湖上的豪杰。那天到了德州,钱四原装江湖卖解的人,既到德州的地方,仍然拣一个所在,打开了场子,看场中已围拥了一圈子人,钱四便哇了一声道:"诸位伯叔兄弟诸姑姊妹,请听在下几句粗蠢的话,在下姓金,排行第四,原不是老吃这把式饭的人,原因流荡到此,身边没有盘川,要求诸位帮助赏几个钱。在下曾一知半解地学得一些功夫,拳头上也立得人,臂膊上也跑得马,想在诸位面前献丑,诸位肯包涵些,就赏赐在下几个钱。若说在下的功夫太不好看,不妨请下场指教几手。"说毕,便向大家拱拱手,拽好了衣服,施展了几趟拳脚子。

众人见他施展得太不上眼,便走了一半,其余的人也没有肯丢一个钱。钱四一眼见到看客当中有一个二十来岁的少年,眼光如电,看了钱四的拳法,也不说什么,只望着钱四发笑。

钱四道:"在下申明在先,这拳功不入诸位的眼,就请诸位指教几手,若在下的功夫看得上眼,就请赏光帮几个钱,诸位大约有不能白看在下的武艺。"

钱四的话才说完,那人急挤了进去,指着钱四的鼻子笑道:"好武艺,自然是卖得到钱,你说拳头上立得人,臂膊上跑得马,这牛皮就吹得大了。于今都用不着当场坍你的台,我有一匹瘦马,你这条臂膊能吃得住它,用前蹄一扑,随便你要多少钱,我便给你多少钱。"

钱四听了,很是诧异,便向那少年抱拳说道:"在下的武艺,恐怕敌不过老兄的那匹瘦马,在下这拳术本来是卖不到钱,凭什么叫老兄掏腰包呢? 但在下想要求老兄把那马带来,给在下见识见识。再则在下随老兄去,看是一匹甚样的神马。"

那少年笑道:"看是可以看的,就请你随我去看。"

钱四听了大喜,向少年问道:"老兄的马在什么地方呢?"

那少年道:"不在这德州城里,你要看,请你就辛苦一趟,不要看,我也不勉强。"

钱四道:"可以可以。"

便随少年出了德州,已是天晚。

那少年忽向钱四笑道:"你会飞行术吗?"

钱四点一点头,两人便运足了飞行的功夫,如腾云驾雾般,耳边只听得呼呼作响,那前村的树木一瞬息便过去了。天边看见一群飞雁向前飞去,刹那间那群飞雁都飞落后面去了。刚有一个时辰,那少年已落下了一座山头,钱四也随着他轻轻落下,但已气吁口喘,不及那少年态度安闲。

那少年说:"这山唤作武夷山。"

他们在山顶间坐了一会儿,那少年忽然站起身子,一声长啸,霎时山鸣谷应,风声萧萧,那沿山的树木吼得同潮水一般。月光之下,看见一样纯黑的东西,龙腾虎跃地奔到山头,见了少年,便把前蹄向下一跪,吼了三声。

这时,钱四才看清那东西是一匹瘦小的黑马,那马浑身毛色黑得同漆一般。最惹人注目的,是全体的黑毛都倒生着,高不及三尺,浑身瘦得剩了骨头。据少年说,那马日行三千里,的是一匹龙驹。

钱四至此即请问少年的姓氏,那少年说是姓齐,广东惠阳人,排行第五,就叫作齐五。这齐五毕竟是个什么人,诸君参观本书第十回的文字,便知他是岳绳武的师父齐毓生了。

齐五自从仇惕安将他带出岳家的义记镖局,辞了岳广义,便随仇惕安到武夷山下,日间看着山景,夜间便宿在一座山神庙里。

这天,齐五清早起来,不见了仇惕安,只摸不着半点儿头脑。在山前山后寻了半天,哪里还寻得到呢?

忽然在半山间来了一个老者,是农人的模样,问齐五道:"你可是惠阳齐五吗?"

齐五见那人问得奇怪,便欣然回道:"老丈从哪里认得我是惠阳的齐五呢?"

老者道:"毓生来得正好,前月惕安兄在我舍下盘桓了数日,我送他一匹龙马,惕安兄说,龙马当令它效命疆场,驮着我游山玩景,岂不辜负了这骝筋神骨?昨夜惕安兄又到我舍下,忽向我说道:'龙马我给你转送一个人了,这人便是我师孙齐五。明日你到山上去走一趟,自然和他有见面的机会。'

"我当时便问惕安兄,齐五是怎样的相貌,多大的年纪,名字唤作什么,是哪里的人氏。惕安兄都一一告诉了我,便告辞出门,又到别个山头游览去了。所以我今天亲自到山上寻你,看你的相貌和你师公所说的一般无二,故敢冒昧问你一声,果然你便是惠阳的齐五。龙马锁在那里,就请你牵去用吧!"

齐五听了,好生惊讶,便请示那老者的姓名。

老者道:"我姓卞,野人没有名字。"

当由老者把齐五领到一座小小的山村,入内坐定。早见一个三十来岁的人向卞老者面前请安,又对齐五行了个半礼,彼此讯问一番。齐五知他是卞老者的儿子,也没有名字,就唤作小卞。卞老者遂令小卞领带齐五去看马。

齐五看一个铁栅棚里关锁着一匹瘦小的黑马,在那里流泪。小卞开了铁锁,即见那马从栅棚里跳出来,舞动前蹄,向齐五的肚腹上扑去。齐五觉得那马的气力来得厉害,登时肚皮上有些疼起来,便一翻身跨上了马背。那马四蹄腾空,有三丈多高,便从空中倒栽下来。齐五忙用两腿把两边的马胯紧紧夹住,那马翻落在地,四蹄恰站在原处。齐五便从马项上拍了三下,说:"伙伴伙伴,你的腿子走运,我的肚子倒运。"

那马一声长叫,便匍匐在地,把身上倒长着的毛一根根都竖起来。齐五因骑着那马,出了山村,向山头上驶去。只觉那马履险如平地,涉涧如腾空,驶得像箭一般快。马蹄到处,便觉山树上风声萧萧,花叶都落满一山。

齐五在山上遛了一会儿马,便兜转缰绳,仍然回到山村之上。跨下马背,把马拴在一株垂杨柳下,看它那一副神骨骚筋,却也怡然自得,不似在铁栅里出来时那般桀骜不驯。撩开上衣一看,肚皮上红肿起来,但伤势并不危险。进门再见卞家父子,拜谢赠马之德。

齐五因想,卞家父子必是两个大有能耐的人,及至仔细诘问一番,却是武夷山的农人,不通武术,据卞老者说,那马是一匹小牝马所生，马棚里没有养着牡马。这天是芒种日，天气异常烦热，热得人喘不出气来，看空间赤日炎炎，青云万里，山风不动，树木无声。忽然凭空响了一个大雷，片云头上黑，那东一块西一块的云头，眨眼间便渐渐合拢起来。一时风声大作，白果般的雨珠子，像密麻似的穿了下来。看雨云中有一条一丈多长的乌龙，从空间飞落在马棚里，便不见了。

却听得那小牝马大叫了三声，霎时间风声顿止，雨势全无，日出云开，青天复见，从此小牝马的肚子便渐渐大起来了。一年以后，便产下这匹马来。

这马初出娘胎，异常肥大，因小牝马产后生病死了，这马竟知道孝顺，有三天不吃草料，渐渐地瘦小下来。出世才一个月，气力大得骇人，三股绳的笼头，一使劲就断了。同槽的马匹都被它连踢带咬，被它踢死了一匹很高大的马，什么人都不敢近它，近着它就要吃它一脚踢倒。

小卞的气力也很不小，四百斤的磙子，一举手就扳起来，肩膊上能挑三百斤的担子。那天小卞不相信出娘胎一个月的东西，就凶恶到这般地步，就做了一个铁笼头，要给它套起来。它也让小卞套上笼头，小卞高兴得很，把它牵出大门，谁知它登时放开四蹄，向前便跑。小卞身体觉得悬了空，两手却紧紧地握住铁笼头，被它吊跑了半里多路，跑到一个山涧，它便低头向涧中吃水。小卞才得脚踏实地，怕它是服软不服硬的，便给它除了铁笼头。说也奇怪，它立刻又自由自性地跑了回来。卞家就制造这座铁栅棚，把它关锁在栅棚里面。

欲知后事，且阅下文。

第二十七回

盗草人误陷水家寨
卖花斧活捉刘汉升

话说卞老者见那马桀骜得不可驾驭,早知是一匹龙马,因在村后造下一座铁栅棚,上面都盖着丝丝的铁网,把那马诱入这铁栅棚里,关锁起来。

那马被关了三个月,竟像一个龙拿虎掷的英雄,饱尝那铁窗的滋味一般,给它的豆料它也吃,在表面上看来,反而是非常柔驯。小卞是吃过亏的,见了它总有些魂惊梦怕,但日久因它渐渐地柔驯了,看那马悲鸣的时候,便也放大了胆子,把豆料送到铁栅棚里,又从棚格里伸进扫帚,扫除棚里的粪秽。

那马见小卞这样地服侍,小卞来时,总把头点了几点,好似表示亲近的样子。夜间小卞听得铁栅棚里有一种蹦跳的声音,起来看个仔细。那马像行若无事般,又不动了。那马在表面上越是十分柔驯,骨子里却越是十分凶狠,身上的筋骨一天坚硬一天,气力也一天长大似一天。

卞老者是个识货的,知道那马受一番挫折,必增一番的勇气,经一回痛苦,必长一回的精神,常要替它择一个良主,才不辜负它这副骦筋神骨。看仇惕安是个不凡的人,可以骑得住它,便在仇惕安跟前输口送赠这匹龙马。

仇惕安因齐五的为人的确是这浊流时代一位热血英雄,将来名成身退,也算得一个神仙的伴侣。虽然对齐五说是天数已定,非人力所可挽回,然大丈夫做事在百年前,成功在百年后,原不因这"天数"两字,力阻齐五的雄心。不过暗示齐五将来退隐的神机,不得不在事前指点一二。其实仇惕安亦何尝不问国事?人但知神仙是消受云山、餐饮风露,殊不知他们凭着这金刚不坏的身体,好造就一班后起的大英雄、大豪杰,如果上食膏壤,下饮黄泉,与物无争,与世无补,那么神仙不成了世界上一个废人吗?纵然与天同寿,也不过是龟狐一般的妖物。

仇惕安的志愿是这样,很想齐五在世界上干出许多惊神泣鬼的大事出来。齐五既是效命疆场的一个铁血男儿,夜间虽能飞行,日间岂可无马?看这龙马虽属异类,却和齐五是天生的伴侣,所以把齐五带至武夷山上,收服了这匹龙马。

那时齐五听卞老者叙述龙马出世前后的情形,齐五便给那马起个名字,唤作追风乌龙马。齐五因一时未能效命疆场,仍将这追风乌龙马寄在卞家。齐五每逢登山长啸的时候,那马必应声而至。

卞老者见那马已经有主,且懂得齐五的话,服从齐五的命令,便拆了那铁栅棚,仍将它放在马棚里。那马再也不踢咬同槽的牝马了。

齐五在卞家住了数日,便想起岳广义来,辞了卞家的父子,向那马嘱咐了几句。那马却悲鸣万状,像似依依不舍的样子。齐五好生惋惜,当日便向北京而来。路过德州,齐五偶见钱四的拳功,深得字门拳的精微,非比一般花拳绣腿的角色,舞起两个拳头,总是中看不中用的,不由触动爱才的观念,相机行事,将他带到武夷山顶。

看过龙马,两人在山顶上谈得十分畅快,齐五才知钱四不叫作金四,就是新疆白日鼠钱四。但齐五曾听岳广义说,钱四也是一条汉子,可惜做了强盗,一做了强盗,任他有百件好,也不能说他是个好人了。岳广义越不赞成钱四的为人，钱四却越感激岳广义，因此岳广义对于钱四的感情之间，却也不将他当作寻常人一般看待。

岳绳武的性质，却和岳广义不同。岳绳武常说有本领人，当使用没本领人替人家保镖，是受没本领的人使用，反不若那班强盗，惯盗没本领人的金钱，不肯受没本领人使用，倒有志气，因此岳绳武都不轻视钱四的行径，但因自家本领在钱四之上，所以岳绳武千里访问师友，却想不到那个新疆钱四。

齐五那时同钱四畅谈之间，已知岳绳武和钱四都入了铁血党，难得有这么一个团体机关，心里很愿随钱四一同到莆田去。因先引钱四到卞家村上，仍将那马寄放卞家，便随钱四同到莆田，会过杨德武等男女英雄。杨德武欲将首领的重责让给齐五，齐五不肯受，自愿也加入暗杀一部，一众英雄都顺从了齐五的志愿。

那时太湖水寇水天雄、水地雄、水人雄等，都被邵继光招集入了三元会，一般地做起三元会的大头目来，仍在太湖一带搜集党羽，招摇惑众，简直又闹得太湖左近的人民不能安生。所有八卦教的余孽，如孙士飙这一类人，亦被水家三雄搜罗部下，做了个小头目。这消息早被祁铎侦探得来，便回莆田报告德武、飞熊二人，请示办法。

祁铎说："这水家兄弟三人，前次在太湖落草的时候，很知道江湖上的义气，羞见我父子，故而我父子那时不伤一人，不用一矢，竟平了水家寨。月前水家兄弟都入了三元会，仍旧盘踞在太湖地方，却不做强盗了，借着三元会的名目，欺骗居民。居民有不愿受骗的，水家兄弟也不用武力强迫他们，那班未曾入教的居民，不是白日里失火，就在黑夜里不见了幼孩儿。

"据说那水家寨有个姓刘的，是邵继光派来的传教委员，声色一无所好,专喜欢吃人肉,尤喜欢吃小孩子肉。这姓刘的唤作刘汉升,是四川绵竹的人氏,善使两柄短斧,他说这小孩子的肉比熊掌、豹胎还肥嫩可口,哪一日刘汉升不吃小孩子肉,哪一日便不能下咽,吓得太湖左近的人家,都把他们心肝肉的幼孩儿藏在柜子里,外面用锁锁起来,以为这孩子可避免刀砧烹醢的苦恼了。谁知到了夜间,门不破锁不开的,这孩子却不见了。

"我听了这样的消息,便到水家寨去会水氏三雄,用和平的口吻劝他们改邪归正,把刘汉升献出来,给太湖人家的小孩子申冤。水家的弟兄不听信我的忠告,倒也罢了,陡然间掉转了面皮,和当初的行径迥然不同,第一由水地雄劈口向我怒道:'我们刘法师和你家父子向无仇恨,他在我们太湖弄小孩子吃,又没有到你们福建去吃小孩子。现在我们中国的人数太多,要是放着这般小孩子成人长大,生番不已,那人数就会一天一天地多起来了。就因人数多了,会产生出许多的劫数,不若把全世界的小孩子吃了一半,才可以避免兵燹灾荒的劫数。你是知趣的,就去各干各的事体,不用管问我们这篇账。赶快给我们滚蛋,滚蛋,滚你的十七八个蛋!'

"水天雄、水人雄二人更是气冲斗牛,早有人去报知刘汉升。那刘汉升急令厨房烤好了一个未满三岁的小孩儿,送到厅前,由孙士飙劝我吃,说是替我送行。这'送行'两字,原是江湖上一句黑话,我虽有这区区的本领,可是虎落深坑,怎抵得他们这一班狐群狗党?但事情到这一步,已将生死祸福置之度外,看他们到底怎样开发我,我就预备怎样地对付。

"这时候,还是水地雄从中打梗,放我出了水家寨。我便在离水家寨十五里,在一个姓袁的人家吃了夜饭,陡觉得浑身如千百口针乱戳的一般,但心里却十分明白,知道是中了刘汉升的妖术。那孙士飙说替我送行的一句黑话,于今可恍然明白了。

184

"幸亏那姓袁的是太湖的良民,见我的形状有异,由他的女儿袁彩屏,将我服侍到病床上。我那时痛得说不出话来,一夜不曾合眼。第二天,越觉得痛得要命,又像那千百口针在肌肉里乱钻乱窜的一般。晚间便觉神思恍惚,只觉那袁彩屏父女在我病床上坐定,都流着眼泪。

　　"似这么过了两日,忽然清醒过来,见一个七十多岁的老者站在我的面前,向我拱一拱手便去了。我这时还疑是已死了,身体上便不觉有丝毫的痛苦,腹中偶觉有一股的热气,直冲颠顶,精神上就畅快了许多。起身下床,走出房门,却见那老者和袁家父女在客堂里谈话。我这时才知并不曾死。

　　"那老者招呼我入座,对我诉说一番。原来那老者是清江的人氏,姓秦名子明,是一个身怀绝技的老前辈。他儿子秦得海,本领也很有几分家数,和这里主人袁雨生是中表的亲戚,秦子明因同袁雨生表兄弟之间有好多年不大往来,带了得海到太湖来,拜访袁雨生,却见我被刘汉升的妖法所害,秦子明便令得海到水家寨里探个明白。

　　"得海也具有飞檐走壁的功夫,假借入会的名义,混进了水家寨。刘汉升那厮因得海是从清江来的,他们这三元会的声名尚未播到江北一带地方,得海不惮跋涉到太湖来,刘汉升加倍和得海十分客气,却没有存着防范的心肠。虽知得海有点儿本领,都不明白他的本领是好到什么地步。因此得海见到水家寨里有一座法台,广有三亩,高有五丈,台下摆着法座、法牌等物,有许多的小喽啰在法台下轮流巡守。法台上曾绑着一个草人,看那草人似乎也有眼睛鼻子,手足乳腹俱全,只有些看不清楚。得海心里有了主意,知道这是一种魔魇的邪术,日间不便下手,在半夜的时候,看刘汉升和水氏三雄等都安歇了,其余的巡风小头目,得海也不把他们放在心上。

"这夜的天气非常黑暗,对面看不见人,伸出手来也不见五指。得海好生欢喜,便蹿上了屋脊,恰没有一人知觉,看前面高高地点起十来盏灯,闪闪烁烁,光如渔火,便知是法台的所在,缘檐走角,飞也似的上了法台,看法台上有两个道童看守,法台下却因光线昏暗,看不清下面的人。得海冷不防抽出一把刀来,先砍了一个道童。这边一个道童方要呐喊,早被得海劈手揪住,低声喝道:'嚷便吃我一刀,你可知上面是绑的什么玩意儿?可赶快地告诉我。若有半句含糊,看我这一刀!'说着,急将刀搁在那道童的脖子上。

"那道童抖着回道:'这……这……这是刘法师用的法术,害那个姓祁的。那草人的身上写着姓祁的名字,浑身都捆满一例的绣针,渐渐窜入里面,七日以后,那姓祁的便要死了。若把草人放下来,去了他身上的绣针,大叫三声祁铎,这姓祁的便无事了。'

"得海听了,便嗖地一刀把那个道童的头割下来,滚在法台上。得海便走近草人面前,灯光下,见草人胸间写着'祁铎'二字,却不见捆着什么绣针。便把草人解下来,只一抖,那绣针纷纷抖落下来。得海便提高嗓音,才喊出一个'祁'字,说时迟,那时快,得海似乎听得法台上有些风响,便觉得浑身轻飘飘的,手不能动,耳不能听,目不能视,口不能言,却不知自家堕落在什么地方。

"恍惚间也不知经过许多的时辰,忽觉有人在他肩背上一拍。睁眼一看,原来已到了袁家,见他父亲正绑着一个人,再仔细一看,不是刘汉升是谁?

"这时,得海的五官、四肢都恢复了自由,却不明白刘汉升怎么会绑在这里,看他父亲拿着刀子,向刘汉升骂道:'你这吃人不吐骨头的囚攮,左道伤人,妖言惑众,专取人家的幼孩儿做自己的菜料,丧心病狂,已达到极点,看你这颗心是如何安着!'说着,便褪了刘汉升的上衣,一刀向刘汉升心口里只一剜。

"忽然听得一声风响,说时迟,那时快,这风声飞入室中,如同天旋地转的一般,只见一个野人飞进了他父亲的身边,张开了血盆似的大口,把刘汉升活吃入肚子里去。眨眼间风平气静,那野人便不见了。

"原来他父亲的一把尖刀正剜在庭柱上面,余劲未衰,还在柱子上闪闪摇动。

"得海便向他父亲问明缘故,据秦子明说,只觉得这野人来得离奇,去得古怪,也许是他们三元会里的妖人用的邪术。但因为捉了这个刘汉升,秦子明却费了许多的心机。原是秦子明那夜没有见得海回来,吃惊不小,秦子明访知刘汉升善使两柄短斧,刘汉升房里的陈设品,除去法牌、符箓而外,满设着一例的短斧,花样却各有不同。有人送卖花样精美、锋口尖利的短斧给刘汉升,刘汉升特别欢迎的。秦子明却以送卖花斧为名,把刘汉升诱出了水家寨,因此便活捉了这个刘汉升。"

祁铎说到这里,便呷了一口茶,接着便细说下去。

究竟秦子明如何把刘汉升活捉到来,欲知后事,且阅下文。

第二十八回

鬼能为厉酒后失金刀
诚可通灵涧边遇神虎

上回书说到，秦子明活捉刘汉升一事，已在祁铎口中叙了个梗概。其中的详细，祁铎尚未说得了然明白，不若在这回书细述出来。

这刘汉升对于剑术一途是个嫡亲的门外汉，若是用十八般兵器和人动起手来，虽未能操必胜之券，却也称得起马上马下的一员战将。尤善使两柄的短斧，他把这两柄短斧舞起来，不亚于《水浒传》上的黑旋风。但他防身的兵器却不专恃这两柄短斧，他有一把七寸长一寸宽的金刀，最是锋利无比，什么吹毛不过，斩铁如泥，杀人不见血，这许多的功用，尚不足证明金刀的锋利。据说这把刀是用三千串钱，在一个达官子孙手里买来的，任你对方人是剑门中的好手，并不畏刀避枪，但他这把刀出了鞘，只需刀尖向你面前一搠，登时便显出一道寒光，使你周身纯阳之气不能运足，立刻便死在他的刀光之下。所以刘汉升把这把刀看得同性命一般珍贵，无论在起居饮食之间，总是从来不离其身，将这把刀佩在腰间，轻易不肯使用。必须到了必不得已的时候，才将这刀从鞘子里拔出来。因为这刀有一种特别的性质，杀一回人，必听这刀有鬼哭的声音，那锋芒也就挫折一次。刘汉升在这把刀上，也发了不少的利市，不过在短斧和妖术上所杀的人，比这把刀要多得十倍呢。

这天,刘汉升正在后寨和水氏三雄饮酒作乐,向来水家寨所弄的幼孩儿,总是刘汉升的专利品,别人从未曾分甘一脔。这天却弄了三个幼孩儿,厨房里大司务把这三个幼孩儿的肉烤得像猪仔般,给刘汉升一人下酒。刘汉升便快活得一个毛孔里都要钻出一个快活来,一时酒兴甚豪,便和水天雄等五呀六呀地划起拳来。那盘盏间的小孩子肉已吃得皆空,刘汉升脸上也红得像个小阳春天的雄狗卵子。

众人见刘法师喝醉了酒,已是支撑不住,即令小喽啰将他扶进了寝室。刘汉升心上已有些蒙蒙眬眬起来,倒在床上,便也寻做他的清秋大梦。昏糊间听得有许多鬼哭的声音,睁眼一看,便见有无数的小孩子,挤满了一室,向他索命。刘汉升勃然大怒,忙从身边拔出金刀。再仔细一看,哪里还有这许多小孩子呢?那哭声又渐渐停止了。却又听得一阵叱咤的声音,有十来个奇形怪状的厉鬼,有的将头发披满一肩的,有的赤条条一丝不挂,浑身都染着许多血污的,有的拎着血淋淋人头的,也有缺了一只膀子、少了一条腿的,也有抓出自己的心肝五脏掼在他面前的,一时叱咤声,接着又是哭泣声、苦笑声、怒骂声,耳朵却听不过来。那一班厉鬼都在床前围绕,眼睛也看不过来。

这时,刘汉升并不害怕,仍然按着金刀,危坐床上,那刀光忽而如秋水一泓,忽而如炊丝半缕,忽而如烟云出没,忽而如闪电临空,忽然又是一阵阵怪哭的声音,如犬吠,如马鸣,如雁叫天空,如猿啼两岸,那把刀便脱手而出,倏然不知去向。便见一班的厉鬼一拥上床,如古树攫人,如寒鸦扑水,如春蚕食叶,如猛虎穿山。

刘汉升却不由得战栗起来,口中不住念着真言,喝一声:"疾!"那班厉鬼却截然不见了。

忽听得当头顶上又是一声鬼叫,似乎一把刀从刘汉升的脑后搠来,刘汉升便大叫一声,霎时间如清风过岭,如万箭攒心,似乎有一个道童在耳边低低唤道:"法师醒来,醒来,敢是做了什么噩梦吗?"

刘汉升登时便醒转过来,浑身却惊出许多的冷汗,把酒意也惊得醒了。自家按定心思,暗想,这是从哪里说起?一面想,一面从身边一摸,那金刀真个不见,连刀鞘也不知跑向哪里去了。

刘汉升这一惊,更是不小,不住用手在颈项里乱摸,深怕这颗头已在梦中被厉鬼割去了。后来捞到一条小辫子,还牢牢地圈在头上,方知这脑袋不曾割掉,却把这话瞒得紧紧的。

道童早斟出一杯醒酒汤来,刘汉升吃了半杯,便走下床来,看外边天气尚在申初未末的时候,刘汉升兀自在房里踱了一会儿,好生不乐。忽见一个喽啰进房报道:"启禀法师,外面有一个老头子,拿着一柄短斧,到法师这里求售呢!"

刘汉升便吩咐把那老头子带进房来,喽啰去不一会儿,果然带进一个神采惊人的乌须老者,手里抓着光闪闪、寒嗖嗖的一柄短斧,笑容满面地走进房来。

刘汉升一见,也知这老者是个不凡的人,连忙转身行礼道:"老丈从何而来?带着这一柄斧头,有何见教?"

那老者便向刘汉升笑道:"法师喜欢这东西吗?红粉送与佳人,宝剑赠予烈士,老夫已上了一把年纪,把这东西带到土里,是没有用处的,特地从山东到太湖来,好将这东西卖给法师,也了却老夫的一件心事。"

刘汉升见老者这一篇话说和太甜蜜了,不由得心里惊跳起来。看那柄短斧是百炼钢煅成的,斧柄用白金镶裹着,上面嵌着二龙抢珠的花样。刘汉升看了这柄斧头,便向那老者问道:"这斧头究竟要卖多少银两呢?"

老者道:"这斧头的价值多至五千两,至少也要二千五百两。"

刘汉升笑道："那么就给老丈五千两银子。"

边说边从箱子里取出一大包金条、银锭出来。那老者看刘汉升的神色之间太显然了，倏地摇着头微笑道："哪有这般容易？我的斧头带到土里是没有用处的，难道这五千两，就令随我到土里去吗？我看你的武艺价值在五千两以上，我这斧头便算卖给你了。若你的武艺价值只有二千五百两，我这斧头也只算是半卖半送，如果你的武艺价值一万两，我还有一柄要卖给你的。你把武艺献出来，给我看看，献得好，便把斧头卖给了你，献得不好，我是上了一把年纪的人，难道还笑你不成？"

刘汉升听完这话，略低头思索一会儿，知道这老者功夫高深，心里又是狐疑，又是畏怯，当时便把话岔开，请示老者的名姓。

那老者即笑了一笑道："你不买我的斧头，我又不见你的本领，对面终属无缘，我哪有这工夫和你多说废话？"一面说，一面提了斧头，抽身便走。

刘汉升失了那把金刀，心里正懊悔地说不出来，于今见了这一柄花斧，早已动了失鹿得獐的念头。但有几分疑惧老者的行径蹊跷，有些不敢鲁莽，虽然自家能使用三元会的种种法术，但在这青天白日之下，纵能用法术欺害愚人，恐怕不能逃过这老者的法眼，何况自家的法术尚未到最高的阶级呢。然又不能随便放那老者自去，送上门的大礼，哪有不受的道理？

想到这里，便也有了主意，再走出房来寻那老者，已不见了。转来问及厅前水氏弟兄，都说："这老者已走出寨门去了。"

刘汉升随后也出了寨门，看那老者在前面十步远近，一颠一簸地走着，厅中的小喽啰都因水家三雄说这老者的本领了得，吩咐他们不用干涉，也只是白白地看那老者走了出去。

其时刘汉升即奔至老者的面前,打躬作揖地说道:"晚辈不是爱上你老人家的这柄斧头,实在因为你老人家远道而来,把晚辈当人看待,岂可白埋了你老人家的好意……"

老者不待刘汉升说完,便接着笑道:"对呀!你我见面很不容易,适才的话,原是和你打趣玩的,你的武艺,老夫早已知道了,你越是不肯轻易献出几手来,老夫越佩服你功夫了得。老夫本意就送这柄斧给你的,但因你的功夫价值在一万两以上,索性把一对斧头都送给了你吧!你有胆量,就得随老夫去取那柄斧头,若怕老夫不怀好意,就带几个帮手,和老夫一同前去。"

刘汉升听了,登时把疑惧畏怯的念头都撇向九霄云外,回头向众喽啰说道:"你们去通知三位首领,就说我随这位老丈去,有机密话相商,不多时便回来了,却不用他们随我前去。"

众喽啰答应了一声。这里老者和刘汉升一同到了一个人家,手挽手地走进了门。刘汉升只觉老者的手来得十分起劲,吓得向后便缩,哪里还来得及呢?那右手上的寸关尺三部命脉早被老者紧紧捏住,任你有通天的妖术,一将这手脉紧紧捏住,便觉浑身软了半截,哪里能施出半点儿妖术?

刘汉升也是一个有本领的人,这回被老者只一捏,不但所有的妖术都施展不出,浑身又是酸麻痹痛,头脑更涨得发昏,手不能动,足不能行,只是耳能听,目能视,口能言。

当由那人家走出一人,把老者的一柄斧头递了过去,早取三根花针。那老者把这三根花针,一根根捆在刘汉升的右手腕三部脉上,遂将他绑在柱上。

正要拷问的时候,忽见一个五十来岁的人,背上驮着一个少年,像似飞将军从天而降,见了老者,便拱一拱手说道:"对不起子明兄,我们卫、秦两家向无仇恨,可恨小徒犯了戒律,又用邪术陷害令郎,实在令兄弟惭愧得很。于今兄弟已将令郎带到这里,乞老兄仍将这小徒给我带回惩办便了。"

这老者正是秦子明,看那少年,却不是别人,就是他儿子秦得海,也便向那人拱手道:"原来是卫教师,绍祖兄,我们这般能耐,传徒弟不是一件当耍的事,徒弟犯了戒律,是不应该曲徇私情的。若戒律可以随便破坏,我们学这能耐做什么呢?徒弟有犯戒的,应该自己值价,早为动手处死。万一被人捉住,再向人要回从轻办理,哪有这样便宜的事?你绍祖兄凭良心说一句,你这是个什么徒弟,这会子还承认他是你的徒弟吗?"

卫绍祖道:"这东西在我手下,何尝犯过戒律?但他被峨眉山的妖人迷惑了本性,所以才堕落到这般地步。"

秦子明不待卫绍祖接说下去,早已板下了面孔。

卫绍祖看秦子明的风势不顺,即从身边取出两粒红丸,向秦子明道:"我这时实在没有面子再向老兄说二句话,但令郎和那个姓祁的被这东西的妖法所伤,性命都危在顷刻。这丹丸是我师父谛禅上人交给我的,却可以解救令郎和姓祁的性命。"

边说边将秦得海从背间放下来,先将一粒红丸度入秦得海的腹中,然后再将其余的红丸交给了秦子明。又从身边取出一把金刀来,向秦子明道:"凭老兄这般能耐,不是我在暗中取了他这把金刀,怕他是不容老兄出那水家寨了。"说着,便飘然而去。

少刻,得海已醒,看刘汉升真个是被妖人摄了去了。秦子明诧异了一番,便到房里将红丸度进祁铎的腹中。这时祁铎出来,和大家相见之下,秦子明略略和他谈说了一阵,祁铎感激得什么似的,想邀秦子明父子一同入党,秦子明不答应。祁铎便回莆田,报告在太湖侦探时的经过情形。

德武因水寨既去了这个刘汉升,那水氏三雄都也容易征服。大家便商议对待水家三雄的方法,我今且按下不谈。

单说秦子明那日便对袁雨生说:"这地方将来不久要成涂炭,何况那刘汉升又在你家没了。我走以后,你父女绝不能安生,不若到清江去避一避风头为妙。"

袁雨生相信秦子明的话是不错的,便由秦子明将他们父女送到清江,秦得海因那时听祁铎说及有这么一个铁血党,早已快活得什么似的。因他父亲不愿入党,秦得海面子上不敢违拗,尽让他父亲一人押送袁家父女到清江去,自己假托游览的名目,想法招集几个朋友入党,便算他报效铁血党的一片热心。

那天到了陕西秦岭,准备访那岭下一个姓米的,无如这姓米的已不在原处,秦得海访了半月,终打算这姓米的是在秦岭的,无如秦岭面积很大,哪里能在咄嗟之间,便能访到?

这夜星光遍野,百步见人,忽觉得松风怒号,从山涧边扑过一只披发的猛虎。秦得海看这猛虎好生面熟,不由暗吃一惊。

欲知后事,且阅下文。

第二十九回

报父仇单身搠四虎
急国难午夜走三山

话说那虎从山涧边扑近秦得海的身旁,把虎牙在山石磨砺了一会儿,秦得海拍着那虎的项背问道:"你主人在什么地方,你可能驮着我去吗?"

那虎像似有了灵性一般,登时把身子向山石上一伏,让给得海来骑。得海一翻身跨上了虎背,那虎便张开前爪,追风逐电般向西而去,只觉耳边一阵阵风声,呼呼啦啦响个不断。虽然一班有本领人不怕在虎身上翻跌下来,但因那虎跑得比飞的还快,秦得海已觉得有些头晕眼眩,把身子稳在虎背上,两腿却紧紧夹住虎两边的前胯骨,动也不敢一动。

约莫有三个时辰,已到了陇西的乌鼠山上,那虎在山谷间一个小小人家的门口,仍将身子伏下。秦得海便定一定神,飞身跳下了虎背,这虎便睡在那人家的门口。却听得砰的一声,门开了,从门内走出一个三十来岁的黑脸汉子,笑容可掬地站在得海面前,说:"好兄弟,今天是刮的一阵什么好风,把你兄弟托到这里来?快请到里面坐一坐地。"

那汉子于是不由分说,立刻将得海拖进一间小房里坐定,第一句先询问他怎会找到这里。

得海笑道:"我在秦岭访问米大哥,访问了半月,却访不出米大哥。米大哥要问我怎会找到这里,我做梦总不打算在这里会到了米大哥,你问那门前的尊价便明白了。"

那汉子扭头笑道:"这又奇了,难道是它请你到来不成?"

得海点了点头笑道:"谁说它不是夜间在秦岭上把我请到这里来呢?"

得海于是将祁铎所说铁血党的情形一一告诉了黑脸汉子。那汉子听了,不禁跳起来,拍着大腿,没口子嚷道:"做哥哥早有这样的志愿了,我们要入铁血党里做事,第一个我先赞成。我在三年前,就同老弟谈说过的,我们都是有血气的好汉,怎容那满人在我们中华国里自大为王,把我们汉人简直践踏得猪狗不如。我们凭着这口气,要杀到北京,那才是第一开心事呢。但因我们这几个人出头打倒满人,有什么用处呢?我就怕独木不成林,所以有些退后不敢鲁莽,于今难得有这一条门路,我们这副身子便交给那个杨首领了,叫我们火里火去,水里水去。但是我们把兄弟共有五人,若只是我二人入党,不前去通知他们,他们就得说我不把他们当人看待。我今天就陪你去请他们出来,强如放着他们去做强盗,干那种丢尽祖宗脸面的事。"

得海道:"做兄弟的何尝不想到他们?停会子我便同大哥走吧!"

那汉子笑道:"他们尝谈到满奴的事,也要使起性子,将那班骚鞑子杀个一光二净。只因力量不敌,他们都在那里把眼睛哭肿了。我们此番前去,把这好机会说出来,也叫他们快活。"

两人当时用完了早饭,拟定在晚间前去是妥当些。

在下趁这时候,得海没有同那汉子出门,先将那汉子的来头履历表白一番,因为这几回书中所叙的人物都是突然而来,并没有将他们的历史交过排场,不但看官见了生疑,就是在下也觉这里边有许多的突兀。但因每一个铁血人物出场,照例要铺叙二三万字,这部书照此推算,至少也要写上六七十万字数,对于卖价的问题,太不经济,这其中就要难坏了出版人了。所以在下对于各个人物出场,大半略而不详,却不能照例是千篇一律,何况这汉子也是《铁血健儿》中的重要角色,在下固不能略而不言,却又不能过事描写,个中的苦情,要求诸君鉴谅。

原来这姓米的唤作米石丹,母亲早亡,父亲米维柱是个法师,却有降龙伏虎的本领,住在秦岭山坡之下,务农为业。

这日清晨,忽来几十个衣服整齐的人,要见米维柱。米维柱认得这班人都是地方上的人物,接进来宾主坐定,就中有一人向米维柱开口道:"我们这回来拜请法师,实迫于不得已的苦衷,非求法师劳动一次,不能救我们许多人畜的性命。我们山那一边,不知哪里来了几只吊睛白额的恶虎,在我们山那边乱吃人畜,吃了许多行路的人。我们那边人家所养的牛羊猪仔,每日总有好几头饱充虎腹。打虎的猎户共死有十多人,都是有名的壮士,其中也有独力杀过虎的。

"这十多个猎人伤死以后,简直就吓得我们不能安生,就去禀呈县署,请下一营的大兵,一个抬着鸟枪,把山头围住,像似到前线上打仗的一般。谁知这几个的孽畜却大明大白地在山石上奔跑,兵士才举起鸟枪,来不及拨扳机,即飞扑过来,连扑带咬,很伤害了几名兵士,也有放枪向那几个孽畜上身打去的,那般孽畜就像能避免枪炮的一样,枪子都打它不着,反而有许多的兵士,及围着持械助威的人为流弹所伤的,惨不忍睹,那几个孽畜都蹿得不见踪影了。

"营官见打不着那几个孽畜,徒使兵士吃亏,竟自嘀嘀嗒嗒地吹起归队号,带兵回县去了。

"以后那几个孽畜格外凶横到了极处,大家出来设法商量。明知法师是不肯再开杀戒,但兄弟始终认定法师是个热心人,有降龙伏虎的大本领。于今实在没有处置孽畜的方法,特集这许多的绅士前来请命。"

米维柱听完了这人的话,早有许多的绅士齐向米维柱作了个兜头大揖。米维柱也还礼道:"兄弟出世以来,曾杀过成千上百的毒蛇猛虎,若在平日,兄弟也容不得这几个孽障闹得六神不安,早已下手了它们的账。无如近年以来,受敝家师的戒律,说兄弟杀业过重,如若再开杀戒,兄弟这性命便保不住了。所以兄弟在这三个月的时候,都是躲在家里,连门边都不肯出,就怕和那班孽障相逢狭路。于今虽蒙诸位老先生枉驾光临,别的事都可以慢慢计较,唯有这事,只好恕兄弟不能遵命罢了。"

众人听了,都是垂头丧气地徒嗟奈何。复由众人向米维柱说道:"兄弟们非不知法师这为难的意思,但那边山下数万生灵的性命都操在法师的掌握,法师摇摇头,则数万生灵的性命将先后被那班孽畜吞噬无余。法师点点头,则数万生灵的性命又从虎口里夺了回来。这回无论如何,总望法师凭着这一腔热血,救未死的数万生灵性命。"众人说罢,便急得流下泪来。

米维柱原是生就的一副侠义肝胆,想着恶虎害人到这样光景,这未死的数万生灵性命,唯一之生路,非得自己出头不能保全,哪怕自家就丢了性命,只要能为地方上生灵除害,其余的祸福,也不暇顾及了。

想到这里,便向众人说道:"也罢,既然如此,就请诸位老先生回去,兄弟随后便到山那边,给几个孽畜了账,却别人帮助,反使兄弟有了干碍,不便下手。诸位老先生别要疑虑兄弟是推诿之词,大丈夫一言既出,虽死不悔。"

众人听毕,都说:"好极了!"就此向米维柱拱手告辞。

米维柱俟众人出门以后,便将他十三岁的儿子米石丹唤来,哽着嗓音说道:"适才山那边有几十个绅士到我这里来,请我出山诛杀了那几个孽虎。论我的法力,没有诛不掉的,我师父说我的杀业过重,嗣后若再杀害一人一物,我这性命便难保了。我因欲保全山那边数十万生灵性命,尽我的法力干去,我今天能够回来见你的面,是我的造化,我今天若不回来,那么你便给我纪周忌了。"

米维柱说罢,便不由得放声大哭起来。石丹也跟着流泪。

米维柱忙拭干了眼泪,换了一身的法衣,佩好了牛耳师刀,把头发打开来披满一肩。他平时是不喜欢吃酒的,这番却取出一大壶酒,提着壶口一吸而干,酒壮人胆,人助酒雄。吩咐石丹看守门户,向祖师面前祷祝一回,烧了符咒,就一个筋斗打出门外,如疾风迅电般地向那一边打来。

再说米石丹见他父亲出门以后,一时耳鸣肉颤,心里便急得疼起来。

米石丹时常见他父亲出门诛杀毒蛇猛虎,向不准他前去窥探,所以他虽具有千斤的气力,都不曾帮助他父亲杀过一只猛虎。又因他父亲出山,向不曾有这般悲壮淋漓的样子。自己心里又急得疼起来,生怕他父亲这番前去是凶多吉少。因将身上找扎了一番,拿了一把锋利的尖刀,把大门反锁着,使出平生的本领,上了山巅,转过山那边一条山路。

陡然间看见松林下一颗吃不完的首级,淋漓的血发,差不多要黏成了血饼。旁边又抛着一把牛耳尖刀,一套撕碎的血衣,血衣下露出半条血肉模糊的小腿。米石丹明知是他父亲已被那几个猛虎残害到这样光景,不由得直抖起来。但他并不害怕,沿着那一路点点滴滴的血迹寻去。又兜折了一个山坳,远远便见有四条白额猛虎在那里狂吞乱嚼,开他们的聚餐大会。似乎那四条猛虎已有了知觉,不待米石丹前去办理它们,一个个都扑动前蹄,直向米石丹扑来。

米石丹只闻得一阵阵腥风,看那四只猛虎先后扑来,米石丹却有了主意，蹲着身子，把刀举过了头顶，似乎觉有一只吊睛白额，在米石丹头上扑了过去，米石丹趁势用刀向上一搠，觉得淋淋的鲜血滴满一身，知道那虎已破腹而死，刀尖上把虎肠子都钩了出来。说时迟，那时快，接连便见其他的三只猛虎，却专用虎爪来扑米石丹。米石丹大叫一声，退后了三步，举刀乱搠。忽觉得眼前漆黑了一阵，那刀却舞得像泼风的一般，却见一个人身穿法衣，手舞师刀，口里不住地念着咒语，夹在群虎中间，用师刀向群虎身上乱搠。那三只猛虎都慑住了，不能动弹，伏在山石上。米石丹便叫了一声："阿父阴灵不远！"就这么毫不费力地把这三只虎的虎肚子上都搠了个窟窿，倒死山上。

　　米石丹杀了四只虎，又觉得腥风过处，拔地跳过一只披发的老虎出来。米石丹方要举刀向那虎搠去，看那虎却是纹风不动，即听他父亲吆喝道："畜生休要鲁莽，这是华山的神虎，和你有主仆的名分，它不伤你，你怎么反伤起它来？"

　　米石丹便收了尖刀，看那虎甚是柔驯，已跑过山巅去了。米石丹便带了他父亲残缺不全的尸首，回到家中。那只猛虎却当门而立，像似现今的巡捕先生，替外国人看门的一般，米石丹却和它人畜相安，两无忌惮，一面将他父亲殓葬下田，哀丧尽礼。

　　山那边的绅士人等因为米石丹家有这只猛虎把门，吓得不敢到米家祭奠。米石丹不怪他们胆小不敢前来，秦岭的虎患就此告一结束。

　　单说米石丹本来是天生的一位热血英雄，从此又随明师学成了种种绝技。江湖上很有许多人知道米石丹是个后起的英雄，因此米石丹结识了清江秦得海、梵净程勋、娄山辛有节、苗岭韩锦这一班江湖人物，拜成了把兄弟，不时往来，性格也非常契合。

　　于今石丹却因乌鼠山的山势险峻，人烟稀少，遂迁居在乌鼠山上。那日因披发神虎把得海在秦岭驮来,两人商论了一番,当夜用饱了酒饭,各穿了飞行的衣靠,飞到贵州梵净山上去会程勋。适值程勋出门去了,因折转飞至娄山,到辛有节的住址,也扑了一个空。两人焦急非常,复到苗岭去访韩锦。原来韩锦也不在苗岭了,两人急得没法。

这时,天色已亮,腹中都觉得打起饥荒来了。恰好那山坳尽处,有一条小小街市,却还有几家的居民此时尚不曾关门打烊。两人刚待向人寻问店铺,恰见有一家酒面店,面幌子高高挑在檐外,便由石丹在前,得海在后,跨进了面店。谁知石丹、得海不跨这面店里倒也罢了,跨进了面店,他们的性命怕要滑在那西瓜皮上。

欲知后事,且阅下文。

第三十回

品香楼英雄割舌
聚义厅强盗盟心

话说秦得海、米石丹二人跨进了那面店去,拣当中一张台子挨次坐下,石丹因五脏庙里闹得嘈杂不安,坐下来便叫堂倌下面。这时面店里的生意并不忙碌,堂倌因见他们穿着这夜行的衣靠,好生惊讶,听石丹嚷着下面,答应了一声。

停了半会儿,还没有见那堂倌送上面来,石丹不由把两个黑漆也似的眼睛,只顾向那堂倌瞅望,一时气得把牙齿直咬起来,便破口骂道:"瞎了眼的乌龟,老子们吃你的面,还你的钱,使你把老子们搁在这里做甚?"

那堂倌却不去和他多说,便招呼着替他下面。得海便向石丹劝道:"大哥的性格,仍是这样风风雨雨的,看你头上的青筋都急得暴起来了,你怎么和他们做堂倌一般见识呢?"

堂倌听了即含笑道:"这位爷倒似识得我们做下人的苦衷呢,锅不是铁打的,总要我们下人忙得过来。"

石丹见堂倌胆敢回话,若照平时性子,早要举起拳头,把这堂倌打了个扁。但因得海劝他,也只好捺着火性,不发一言。

一时堂倌端上两碗汤面,切上两盘牛肉,两人啖了一阵。堂倌便绞了手巾,算过了面账,两人不约而同地伸手向口袋里摸钱,不由都急得耳红面赤。原来他们的钱都放在便衣里,因昨晚换去便衣,穿了这飞行衣靠,匆忙间忘记带钱出来,都一文也摸不出。

当由得海向那掌柜的笑道:"我们身边忘记带钱,请你将面账赊一赊吧!"

那掌柜摇头道:"你说吃面要给钱的,你不给钱就得把衣服剥下来。你们也不打听打听这铺子是谁人开的,容你们在这里吃白食?"

石丹听了,再也按捺不下,不由向桌上拿起一只盘子,劈面向那掌柜的脸上打去,那掌柜的连忙躲开去了。一众堂倌和吃面的也都一齐溜之乎也。

石丹便向得海笑道:"我这脾气是吃软不吃硬的,他越向我硬要钱,我越没有好颜色给他看。他若是用和平的手段招呼我,我反觉得自家太过不去,太没有面子,对不起人。"

说罢,竟使起性子,把桌上的盘、碗都推到地下,打个粉碎,兀自仰脸大笑一阵。

得海知道这回是免不了纠缠,劝他是没有用处,两人却不离开店,看有什么人来,都准备攒拳以待。

不一会儿,便见那掌柜的领来一班汉子,为首的是个白净面皮,掖着杭绸的短褂,跨着兜裆杭绸的裤子,后面施着光润润油滑滑松三花毛五缕的一条辫发,迎风呼哨而来。走进店中,向得海、石丹一打量,不禁哈哈笑道:"原来是我们江湖上同道的朋友,叵耐这店里一班瞎眼囚驴,他不先跑去通知我,迎接老哥们的大驾,已算推板我的朋友,怎么转得罪老哥们?这些囚驴,就该各扫一个耳光,才对得起远道的朋友。"

得海、石丹都换了笑容,转向那人招呼不迭。那掌柜的早走得上前,向得海、石丹二人赔罪。

石丹反觉得不好意思,忙慰问他道:"你没有被盘子碰伤了哪里吧?"

掌柜的连说:"没有没有,都怪小人闪眼不识英雄,乞你老包涵一点儿就是。"

其时那人早一手挽着得海,一手挽着石丹,领着一大群人,向他的家里而来。

得海看那人也是一条汉子,心想,他既这样地巴结我们,我们何妨借此和他结识一番,劝他入铁血党?石丹的意思也同得海是一样的,很喜欢地随着那人走进一座华屋里去。那人又将他们请上一座最精致的楼上,分宾主坐下。得海看中间高悬着一块匾额,上写"品香楼"三字。茶话中间,一时讯问姓名,那人说是姓宇文,单名一个杰字。

宇文杰当时便笑着说道:"老哥们的大名,久嵌在我宇文杰的心坎儿上,只恨没有相见的缘分,兄弟这边一众的把式汉子,也没有个不晓得老哥们是江湖上两个大拇指,他们虽及不得梁山泊的那些好汉,至于同生同死,大家总以义气为重,兄弟都很相信。难得老哥们到兄弟这边来,大家不拘形迹,好同老哥们拼个三杯。"

说罢,急吩咐厨房安排着酒饭,大鱼大肉,摆满了几张桌子。众人挨次坐定,欢呼畅饮,甚是欢乐。席间得海偶说起铁血党的情形,宇文杰听了,也随口应承了他们。当令由众人向得海、石丹二人轮流敬酒,得海、石丹都因为向来的酒量不大,于今酒入欢肠,不禁左一杯右一杯的,都吃得烂醉如泥。

其时宇文杰忽然起身说道:"一众兄弟听着,我师父和这个姓秦的向无仇恨,因为他欲干涉我师父的行为,致我师父被峨眉山玄化真人拘去,伤了性命。于今冤家相逢狭路,这正是给我们师父报仇的机会。我们若饶了这两个东西,还算得是刘汉升的徒弟吗?"

众人听了,都齐声说"好"。宇文杰便推杯而起,吩咐把这两个东西上了绑绳。可怜得海、石丹二人,做梦也想不到受了人家的欺骗,何况他们所吃的酒都是回龙酒,又叫作酒做酒,这酒的麻醉性,比什么酒都来得厉害,他们已吃了有十分的醉意,身体总觉虚晃晃的,如腾云驾雾般,任凭他们有冲天的本领,也没有抵抗的能力,只好让这班狐群狗党上了绑绳。但他们心里并不糊涂,口里都不住呢呢喃喃地骂着,骂卫绍祖不当瞎了眼睛,收了刘汉升这个徒弟,又纵容刘汉升收了这许多鬼蜮心肠的人,又骂那玄化真人,既除杀了那个刘汉升,怎不索性把这班鬼心肠的王八羔子一个个都拘到峨眉山上杀个净尽?

得海、石丹在那里骂着,宇文杰在这里笑着,便令一个弟兄把那妮子带上来。那人去不一会儿,早由一个大姐,抱来一个美人儿,那美人儿兀自香梦沉酣,脸上红得如醉芙蓉一般。得海睁眼一看,不由暗暗叫了一声苦,看这美人儿,不是他表妹袁彩屏却是哪个!

得海这时越看越气,便向宇文杰道:"你这囚驴,快快地把老子们砍了吧!"

宇文杰冷笑道:"我砍了你倒便宜你了。兄弟们,快把那厮的舌头割下来,给我下酒。"

便有一个紫糖脸的汉子,拿了一把五寸长的解手刀,捞起了衣袖,走近得海的身边。忽然,淋淋的鲜血染满了得海的满脸满嘴,谁知得海的舌头不曾割掉,那汉子的一颗尊头已和他身体脱离了关系,却沾了得海一脸一身的血,尸首跟后倒在地下,那把五寸长的解手刀也抛在一边。

说时迟,那时快,便见有六条好汉从楼窗外飞进来,一个提着一柄板斧的,从那大姐手里夺过了袁彩屏,双脚一蹬,已蹿到楼外去了。一个提着两柄花斧的,用手在得海身上按了一会儿,那绑绳便不因不由地解散了,即背着得海,也就飞出了窗外。一个执着缅刀的,早给石丹解断绑绳,趁势也飞出了窗外,和两位使斧的好汉一路去了。还有三位英雄,一个是梵净程勋,一个是苗岭韩锦,一个是娄山辛有节,各使着一把单刀飞进窗来,便逢人即杀,刀风到处,纷纷地人头落地。

那宇文杰的师兄弟们都是吃饭不中用的家伙,逃得快的,早已闪到楼下去了,万一跑迟了半步,就得请他们各吃一刀。程勋、韩锦、辛有节等舞刀直前,如入无人之境,早由辛有节和宇文杰杀作一团。韩锦、程勋见众人都杀的杀、跑的跑,便帮助辛有节大战宇文杰。

那时楼上的四张红漆台子早已歪倒一边,椅子也没有一把不破坏的,台子上的杯、壶、碗、碟、酒、肉、鱼、鸡、油、汤,都一股脑儿倒泻在楼板上,那一阵嘈杂声、厮杀声,直闹得开不了交。

论宇文杰的刀法,倒也十分了得,因为身边没有大刀,只有一把七寸长的小攘子,在这楼上又没有施展的身儿,又是三个人杀他一个,全身纯阳之气又被一阵寒飕飕的刀风紧紧逼住,精气神不能会合一处,纵有内功也施展不来,看看已是招架不住。就这么把一个混世魔王,杀死在程、韩、辛三位英雄的刀风之下。

三人杀了宇文杰,一齐走上楼来,看楼底下已逃得没有一人,也不必去搜寻那些没有担当的鼠辈,大家便施展飞行的功夫,直向关索岭飞去。

原来程勋、韩锦、辛有节等,都因天生就他们的一副铜筋铁骨,又不肯投营效力,闲得没有事做,便聚集一班党羽,在关索岭上落草为王,他们都不拦劫客商,专在别省地方做些盗库劫饷银的买卖,各把家里的老小一齐安顿在关索岭上,所以得海、石丹二人都在他们的住所扑了一个空,黑夜间又没处访问他们,哪里明白他们一班也称孤道寡,在这关索岭上,坐起虎皮交椅来了?

话休絮烦,那时程勋、韩锦、辛有节等三位英雄一齐飞到关索岭上。这岭势十分险峻,黑魆魆驾起一座棚房,有好几百喽啰,都是生气虎虎的健汉,寨中戒备森严。

大家进了寨门,把门的喽啰向他们行了个劈刀礼。程勋等走到聚义厅上,看厅上摆列的虎皮交椅,看秦子明、岳绳武、祁铎、秦得海、米石丹等都坐在虎皮椅上,还有寨中的二位首领,一个是一支梅余成龙,一个是赛要离封庆。

原来余成龙、封庆两人都是关索岭上侠盗,程勋等因他们有招集之功,请余成龙坐了第四把交椅,封庆坐了第五把交椅。今晨秦子明等老幼英雄到来,由岳绳武、祁铎、米石丹等人劝得海、余成龙、封庆入铁血党。入党是得海的宿志,本用不着岳绳武等相劝,但因秦子明没有输口,所以他们不得不做这一回圈套。但秦子明这时自己虽不肯入党,只好令得海听受岳绳武三人的要求,把他这心爱的儿子赠送了铁血党。

成龙、封庆二人听岳绳武谈说复仇救民的大义,一句句都送到他们的心窝里,生怕岳绳武疑惑他有什么变故,两人都在聚义厅前拈烛焚香,折箭为誓。于今正坐在那里陪着秦子明等谈话,小喽啰报说:"三位大王回来了。"

秦子明等正要起身出迎,程勋等已穿到了聚义厅上。向秦子明报告,说那宇文杰已砍掉了,秦子明听了大喜,大家复挨次坐定。

看官要问,那宇文杰如何得知玄化真人杀了刘汉升,如何把袁彩屏带到苗岭,岳绳武等六位英雄如何到苗岭去救出得海、石丹、袁彩屏男女三人?其中的关节,不妨一一细写出来。

那玄化真人原是峨眉山上一个羽士,精通符咒等种种法术,刘汉升本来是卫绍祖的徒弟,听玄化真人的法术高强,遂投入玄化真人门下,学会了种种法术。起初倒也很好,后来刘汉升入了三元教,在邵继光那里做了传教的委员,邵继光因他是玄化真人的徒弟,看待得和别人不同,自家的秘密独不瞒刘汉升。刘汉升因想三元教里还是这么一个机关,本想铲除了邵继光,为人民除害。但因邵继光的法术比自己高强,有些不敢下手,加之邵继光又引诱他破了杀戒律,便迷失了本性,反和邵继光十分知己起来。

一日,邵继光和他共桌而食,桌上摆满着八碗八碟,都是珍馐上品。刘汉升觉得有一碗肉异样肥美而可口,问邵继光是什么肉。

邵继光道:"这且不必问它,但是老兄喜欢这东西,我便天天令厨房弄这东西给老兄吃。"

刘汉升听了,正要再问下去,邵继光便把话岔开了。接连过了数天,刘汉升每天吃这碗肥美可口的肉,好像同吃鸦片烟般吃上了瘾,又暗暗苦问邵继光。

邵继光附耳道:"这肉若是烤了吃,比弄汤吃还觉有味儿,你道是什么肉呢?说出来请不要见怪。"

刘汉升不待邵继光说下去,便诧异道:"难道这是人肉吗?"

邵继光道:"不是人肉是什么?这是当年易牙蒸给齐桓公吃的那样小孩子肉。"

刘汉升听了,不由脸上变了颜色。

欲知后事,且阅下文。

第三十一回

秋雨滴梧桐风吹叶落
茜窗留楮草楗在人亡

话说邵继光见刘汉升脸上出现难为情的神气，便笑道："这肉是可口得很，天生这肉是给我们吃的，我们如若不吃它，未免暴殄天物了，老兄有甚难为情，不妨对我说个明白。"

刘汉升道："吃这肉我并不觉得难为情，只是教主这样地厚待我，叫我心里如何过得去呢？"

邵继光却笑了一笑，后来刘汉升到太湖水家寨里传教，却把一班小孩子弄来烤吃。他的烤法，先用酱油、麻油度入小孩子的腹中，放在锅里。这小孩子被妖法绊住，身体不能转动，浑身烧烤得要命，口里是渴得很。复将那酱油、麻油送给小孩子喝，就这么把小孩子烤熟了，那酱油、麻油也就完全度满小孩子的皮肤肌肉之间，吃来更觉可口。似这种惨无人道的吃法，其罪非一刀所能了结，所以玄化真人把刘汉升用法术拘去，即以其制人之道，仍制其身。玄化真人也用刘汉升烤小孩子的烤法，把刘汉升烤死给众徒弟看。

内中有刘汉升的心腹人到苗岭来，把刘汉升死时的情形告给了宇文杰。这宇文杰本来是个探花的强盗，近在苗岭地方也算得一霸，但他表面上不轻易露出自己的马脚，就有许多人疑惑他不是采花的路数，还说他是个侠盗呢。

宇文杰听说他师父死了，本要寻他的师公卫绍祖，请给他师父报仇,无如自己的行径做得太不是了,哪里敢去见卫绍祖一面,却又没有这本事,能怎样那个玄化真人,那么退开一步作想,却将秦子明转恨入骨。

本来秦子明在江湖上混了一辈子,不知道苗岭上有这个毒蛇。宇文杰却晓得秦子明是清江道上的一尊大佛,料想凭他这样的能耐,给秦子明了账,最是一件不易的事,只得在黑夜里下手,趁秦子明不备,单刀直入,能够将他暗杀了,师父的大仇也算报了。万一吃他惊觉,临时却也有许多的变通方法,好保全自己的性命。宇文杰打点了这个主意,到清江来,访知秦子明的住所是在清江东门城内,住的是一所很高大的房子。

宇文杰日间不敢下手,在夜间三更向后的时分,便悄悄跳上了屋脊,在瓦面上施展蛇行雀跃的功夫,直绕到秦子明的后堂上面。看地下黑洞洞的没有一人,宇文杰很不放心,从屋上拾起一片碎瓦,轻轻向地上一掷,觉没有半点儿动静,便放下心来。下了平地,看东边窗槅里露出灯光来,宇文杰早探得这房是秦子明的卧房,悄悄走到那窗户跟前,点破了窗纸,向里一看,不由心里跳动起来。看房内的陈设艳丽十倍,对面床上的锦帐光彩夺目,纵无人在,看了也令人销魂,哪里像个老头子的寝室?分明是千金小姐的一个卧房。

宇文杰越看越摇摇心动,他本是江湖上的一个采花强盗,岂有放着这口馒头不吃的道理?遂轻轻推开了窗槅,一飞身跃进房中,掀开了锦帐,看见一个天姿国色的千金小姐和着衣服,严严地裹着一条红罗夹被。

这小姐在宇文杰推开窗槅的时候,早已惊醒,猛然间见一个提刀的男子跨上床来,正要提高嗓音喊出一个"贼"字,宇文杰一面用刀闭住她的樱口,一面从怀里取出一个小瓶子来,拔出塞口,放出闷香来。这小姐忽觉得一股腥膻气味钻到鼻孔里,顷刻间如同受了催眠术一般,依旧闭起了一双娇眼,转到睡乡去了。

宇文杰心里像似开了欢喜花,也就放大了胆,轻轻地揭开被角,待要消受那温柔乡里的温柔好梦。在这个时候,蓦地听得屋上有些作响,接连响个不住。宇文杰生怕是秦子明前来厮杀,急忙跳下床来,穿出窗外,那响声已到了面前。星光下看得明明白白,哪里有什么秦子明,分明是两只猫子在那里打架。

宇文杰看了,好生惭愧,不敢在顷刻间便实行其事,仍然转进房内,看梳妆台上安放着笔砚纸墨之类,宇文杰技痒起来,在一张笺纸上写了一大篇,便将那小姐放在肩上,一个垫步,早已穿出窗外,依旧使用他的飞行技术,回苗岭去了。

看官要明白,这是秦子明的卧房,怎么让给那位小姐?宇文杰在秦子明家停留多时,怎么秦子明还没有惊觉呢?

原来秦子明自从将袁雨生父女带到清江,便将自己的卧房腾给了袁彩屏,又给她房里收拾得齐齐整整,自己却同袁雨生在前面一间客厅里睡。

这天,秦子明听袁雨生说:"因为祁铎那时病在他家,由屏儿服侍祁铎的茶汤,屏儿常说,像姓祁的这位小英雄,本欲替太湖地方除害,却反要伤害他自家的性命,眼看他昏糊到这个样子,皇天菩萨这是怎么好。祁铎病了四日,屏儿总是衣不解带地服侍他,有时还对着祁铎流出许多的眼泪,孩子的意思,我岂有看不出的?我想将屏儿许配祁铎,也了却我做父母的一件心事。"

子明道:"我何尝不想到这里?不过那时因祁铎欲回莆田,没有这工夫向他说来。于今我当到莆田一走。"说罢,便使雨生向彩屏说明此事。

彩屏听了,并不回答什么,面子上好像表示十分赞成的意思。于是子明便到莆田,和杨德武、薛飞熊、祁佩符等一众英雄相见已毕,大家都谈说些倾慕的话。

适值德武因太湖的水氏三雄猖獗非常,预先令岳绳武前去侦探水氏三雄的动静,再作剿除的方法。

这日,岳绳武回来报告,说水氏三雄自从不见了刘汉升后,没有地方泄气,即将太湖左近的居民烧的烧,杀的杀,简直闹得惨雾黏天,哭声震地,却怕有能人前去办理他们,早回到峨眉山上去了。

众英雄听了,也就把水家三雄的事暂且搁置一边,便替秦子明把酒接风,直饮至天黑,方才尽欢而散。

这夜,秦子明兀自睡在房中,暗想,祁铎虽然也算得是个热血英雄,但不知他的功夫到了什么地方,我何不前去试他一试?主意已定,便悄悄走出房来,看外面洒着点点滴滴的小雨,便悄悄趸到一座梧桐树下,树东边一间密室,恰是祁铎的卧房。

这时祁铎兀自坐在房里,猛听得梧桐树下一声猫叫,祁铎不由愣了一愣,从窗眼里向外一望,隐隐约约地看见树底下有一条黑影,便运足了气功,从窗眼里吹出来,悄没声息地吹到那梧桐树上。

这时是五月中旬的天气,子明猛听得上面一声风响,落下一片树叶子来,沾着雨珠,落在子明的当头顶上。子明觉得这树叶落下来十分沉重,不是自家的功夫了得,险些被这树叶子打破了头,却也不动声色,思想对付的方法。

这里祁铎因那片树叶落下来,听不见什么动静,只有那一滴一滴的雨声,疏疏落落,从梧桐树上滴下来。

在这当儿,忽觉有细如轻丝的一缕白光吹进了窗眼。祁铎猛吃一惊,慌忙避开,却不觉得眼上有什么伤痛,接连便听得袁子明的笑声。

祁铎在窗内说道:"好好,做长辈的,倒和做晚辈的开起玩笑来了。我说旁人怎会来捉弄我?"说着,便把门开了。

秦子明已走入室中,两人畅谈多时,就此秦子明才知祁铎的气功将来很有造就。前次失陷在水家寨上,原为妖人所惑,非战之罪。第二日,便在祁佩符及德武、飞熊众英雄面前,极力赞扬祁铎一番,才将自己前来给祁铎做媒的话说了出来。

祁佩符是那古董时代一个开通人物,见祁铎诉说袁小姐是怎样的贤淑、怎样的贞静,自然佩符没有多话,准下了这头亲事。祁铎因和子明有了亲戚的关系,便同岳绳武商量,想再邀秦子明入党。

子明实在拗不过少年人的颜面,便笑着回道:"老夫有了这把年纪,不想做事了,那么我只好介绍几个人来入党。"

岳绳武听了,连忙到大厅去报告德武、飞熊两人。祁铎仍在房里陪秦子明谈话,不一会儿,德武、飞熊带领一众英雄到祁铎房里,请子明把那几个英雄招来入党。

其时党里新进了一位党员,是曹州有名的侠盗红胡子,名唤宋大来,是钱四招集来的,都派在侦探员之内。德武即令绳武为招集员,同祁铎陪着子明,把子明所说的米石丹、程勋、韩锦、辛有节等四位英雄招集入党。子明因袁雨生在清江盼望得很,巴不得一时转到清江,给雨生报喜,叫他听了快活。遂将岳绳武、祁铎挽到清江。走进家门,便听得一阵阵号哭的声音,就像号丧一样沉痛。

子明和岳绳武、祁铎二人都暗吃一惊,便见一个娘姨跑来哭告道:"你老人家怎么到今天才回来呢?可怜袁小姐在昨夜已被苗岭强盗盗劫去了。"

子明等猛听这娘姨哭诉的话,错愕了半晌,心想,这事真出人意外。

看祁铎已急得流下泪来,正要止住祁铎莫哭,打算进去问个明白。只见袁雨生已泪流满面地走了出来,见面就跺脚叹气道:"老表,你看这是从哪里说起?我只有这个女孩子,凡事都能如我的意,我都承受不了,还是被那宇文杰盗劫而去。这孩子的性格我是知道的,准许此去是死多活少,要见她除非是在梦里了,真比拿刀砍我的头还痛。"

秦子明也两眼流泪道:"谁也料不到有这样的岔事,偏巧我和得海都不在家里,叫我如何对得起侄女呢?究竟你怎样知道我这侄女是被那苗岭的强盗盗得去的呢?"

袁雨生咽得不能说了,连忙拉了秦子明的手,拉到彩屏的房里,又向岳绳武、祁铎招一招手,众人一齐坐下。祁铎望这房里像似一个锦绣窝,却不见他那个如意人儿,那眼泪越发如泉水般涌下来了。

当由袁雨生取出一纸花笺,那花笺上的字体狂草,比《十七帖》还难辨认,子明却仔细看那花笺上写道:

> 姓秦的看明白了,我刘师父虽死在玄化真人之手,推原祸首,我未尝不衔恨你。本意前来给你了账,但我看在这花朵儿似的美人儿身上,权寄下你一颗头来。你是漂亮些,大家就此桥不管桥,路不管路,万一找到苗岭,我宇文杰一不怕人,二不让人,有这本事,把你的牛黄狗宝掏出来。

秦子明看了这样不伦不类的信,心想,鼠辈胆敢放肆,竟想在太岁头上动起土来。想着,便向雨生、祁铎二人劝道:"你们心里快别要如此难过,如果是那个无名鼠辈把我侄女盗劫去了,凭我们三人的能耐……"

说到这里,忽然一个大姐奔来禀道:"客厅上来了三个人,有三张名片在此,要见你老讲话呢!"

子明接过那三张名片一看,却是梵净程勋、苗岭韩锦、娄山辛有节,子明便说:"他们来得正好,这件事却也用着他们帮一回忙。"

便和袁雨生、岳绳武、祁铎三人,一同来到客厅,彼此相见之下,谈说了一会儿,子明才知他们已在关索岭上落草为王,因为多久不来请安,所以三人抽出工夫到清江来看望看望。

接连子明便介绍雨生、祁铎、岳绳武三人和他们厮见了,便诉说宇文杰盗劫彩屏的情形及岳绳武等招集他们入党的事。

辛有节道:"我多久就猜度那东西不是个正路,韩阿哥总是一百个不相信,于今可闹到我们自己人头上来了。我们此去,便给那东西个白刀子进,红刀子出。"

韩锦道:"江湖上借刀杀人的事很多,安知这案子便是宇文杰做出来的?我们此去总须探个水落石出,才好给那东西了账。"

程勋道:"那东西的字迹我是认得的,且把那笺纸给我看一看,便明白了。"

秦子明忙从身边取出那笺纸来。程勋道:"可不是这东西的亲笔吗?我们看他这字,哪一个不是倒着笔头子写的?他的草字并不上谱,写得总叫人有些认不出来。"

一句话提醒了秦子明,看那字果然像似倒着笔头子写的,就佩服程勋的眼力不错。

大家计议停当,当夜六位英雄一齐出发,飞奔苗岭而来。

欲知后事,且阅下文。

第三十二回

白璧幸无瑕儿膏虎吻
黄金能解厄幸免鸿离

再说宇文杰那夜把袁彩屏背在肩上,施展飞行的功夫,出了清江,约有一个时辰,已到了苗岭。便听得山村的啼鸡一递一声地啼个不住,论理强盗所用的闷香,一至五更鸡鸣的时候,便没有效用了。但宇文杰所用的闷香迥与寻常五更鸡鸣香不同,这香的药料比今之催眠术还加倍奇妙,凡中着这闷香的人,非有解药,是不能醒转过来。

其时宇文杰把袁彩屏背到那品香楼上,便有一班臭肉同味的朋友,他们大半是刘汉升的徒弟,见宇文杰此去尽背了这个香美人儿来,不知那秦子明是否被宇文杰暗中杀害,大家都围拢过来,向宇文杰问个明白。

宇文杰一面令大姐把彩屏送到自家的卧房里,一面便向众人说道:"师父的大仇没有不报复的道理,不过我这回到清江去,却扑了一个空,没有看见那秦子明的横眼睛竖鼻子。这美人儿是在秦子明那里弄来的,并且我在那里已留下自己的地址和姓名。秦子明若来寻我们厮杀,我们就准备对付他。我们的人多,他们的人少,却比在他的虎窟里,用暗杀的手段和他拼个死活,还要稳当些。秦子明果是怕事的,不肯前来,我们再作第二步的办法。须得将秦子明诱到这里来,方好下手。"

这一众没有脑子的十七八个英雄好汉,他们心里本没有什么张本能奈何秦子明,于今听得宇文杰这一段话,他们都赞成宇文杰的思想是不会错的,大家都是诺诺连声而退。

宇文杰便转到自己的房里,看这香美人儿躺在床上,如同一朵醉海棠般,宇文杰便在箱子里放出解药来,用小指甲挑一点儿,挑入彩屏的鼻孔里。

忽然彩屏接连不断地打着喷嚏,已是苏醒过来。睁眼一看见自家睡在一张床上,那个提刀的强盗又现到她的眼前来了,那强盗便不由分说,放下了大刀,伸手去把她的腰轻轻一拢,便搂着施起轻薄来。袁彩屏便急得珠泪双流,看房门已关得紧紧的,自家毫没有抵抗的可能,不由大声哭喊起来。

宇文杰看了,便露出狰狞的微笑,立刻拿起那把大刀,向彩屏香颈上一捆,喝道:"好不识抬举的疯丫头,这里是苗岭,离你们清江有好几千里路,这一村的人,哪一个不是我的心腹?莫说你是个可怜的弱女,便是秦子明那厮前来,我们随便怎样,总可以处置那厮的性命。你不乖乖地陪我宇文爷爷睡这么一觉,哭喊些什么来,难道你这头是铁打的不成?"

彩屏便跪在床上,叩头哭求道:"爷爷饶恕了我吧,我既被爷带到这里,我也不想到清江去了。爷爷的年纪比我大一倍,我情愿做爷爷的女儿,爷爷若不许我,那么就叫我做丫头、做大姐,服侍爷爷,我没有不愿意的。只有我的身体已不是我的了,我虽没有和那姓祁的订成了婚约,然我的意思,除了那姓祁的,我是不嫁第二个人。我总要替他守着贞节,保全我的身体,不能再陪伴爷爷了。爷爷在江湖上见多识广,体面的姑娘,爷爷要玩多少就玩多少,何必来逼迫我?将来我同那姓祁的会面的时候,我们总得供着爷爷的长生禄位牌子,天天替爷爷磕头。爷爷实在要强迫我,我除了一死,并没有第二句话可说。"

由来一等的硬汉,禁不起女孩儿家三句软话,当时宇文杰看彩屏这可怜的样子,又听她说出这可怜的话来,早说得心软了,便慌了张本,说道:"好个不知死活的贱丫头,我权且寄下你这颗头来,回来看你再有什么推三阻四的话。"

说着,便唤上一个大姐,向她打了一个哨语。大姐含笑点着头,宇文杰便出房去了。

大姐便来盘问彩屏,可是袁雨生的女儿。彩屏却把自家的身世对大姐说了,又央告她道:"好姐姐,你给我在爷爷面前求求他吧,我在爷爷这里什么都来得,只要保全我的身体。"

大姐接着笑了一声道:"奇呀!你的身体还没有被爷试用过吗?我不相信爷爷在昨夜的时候,放着这朵鲜花不采的道理。"

一句话吓坏了袁彩屏,心里突突地乱撞起来,暗暗伸手插进身上去一摸,竟与往常无异,那颗心也立刻稳住了,便红着脸向那大姐连说:"没有没有。"

大姐道:"横竖你是爷爷的人了,用没用倒没什么关系。我劝你看穿了吧。爷爷是一个盖世的英雄,配着你这好模样儿,并不辱没你,你心里那个姓祁的,你对他有意思,他不爱你,这苦衷又向谁去告诉呢?再则那姓祁的是要娶你,我敢说一句死话,今生今世,你也没有和他会面的机会了。你若顺从了爷爷,就做了爷爷的大夫人。爷爷在江湖上混了半辈子,做的采花勾当是不少,却没有娶回一个做大夫人。就因为那班女人不能完全如爷的意,这么铅刀一割的苦痛,我们不幸做了女人,迟早是免不了的。你陪爷爷睡觉,爷爷就爱了你,拣好的给你吃、给你穿,给你戴,给你受用。在你,原不觉身上就少了什么,你又何苦而不来呢?可知我们做奴婢的,哪一个不会挤眉丢眼地巴结爷爷,引逗爷爷浪火,图爷爷的一个高兴?爷爷轻易连动也不一动呢!"

彩屏听大姐越说越不像个话了,忙掩住耳朵回道:"姐姐这嚼的哪里的蛆？我耳朵都听得腌臜了。我们女孩儿家，最要晓得羞耻，保全自己的贞节，死也做一个清白鬼。如果打破这羞耻的心肠，把身体给别人糟蹋坏了，自己也对不住自己。在那三更半夜心问口，口问心，懊悔也来不及了。再看一班三贞九烈的人在世受人敬重，死了也像天上的神仙菩萨一样，你看是好不好？我这时候若不抱定了从一而终的意思，损失了贞节，纵生得个孝子贤孙，也洗不清这样的污臭了。"

那大姐向来没有听过这一段光明正大的话，自己心里也觉得惭愧，一时良心发现，粉腮上早羞得通红，不由也流下泪来，向彩屏附耳道："我何尝不知我们做女子的要保全自己的贞节？但落在厕坑不如的地方，所听的都是龌龊的话，所见的都是龌龊的事，便把这颗心弄得有些朦朦胧胧起来。如今听姑娘这一篇话，又把我这颗心说得活了。亏得姑娘还没有损失自己的贞节，我总想和姑娘逃出去，再不愿留在这畜生不如的地方了。不过我身边没有银子，任你逃出这天罗地网，没有金钱，就觉得寸步难行，那么又如何是好？"

彩屏听了大姐这一派话，不由诧异起来，但看她虽然沦落到这个样子，却也是天真烂漫的女孩儿，并没有机械的心肠，便从颈项里除下一副金锁片来，说："大姐，你拿去吧！这金子是换到钱用的，我身边还佩着一个金麒麟，却不愁变不出钱来。我们趁机会逃走要紧。"

大姐道："机会倒有一个，明天是爷的母舅生日，爷明天是照例要去的，后天也回来了。不过怕爷恋着姑娘不肯前去，再则今夜又怎样编排爷爷，叫他不来逼迫姑娘呢？"

说到这里，便低头思索了一会儿，忽然又低声说道："有了有了！"便紧紧地来咬着彩屏的耳朵，叽里咕噜地说了一阵。

彩屏羞答答地回道："这个不怕难为情吗？"

大姐道:"姑娘只当耳无闻目无见罢了,好在姑娘的心是纯洁的,唯今之计,也只有这一招了。"彩屏无奈,只好依着她的张本做去。

一会子,便见宇文杰来了,看彩屏的神气之间,好像已被大姐说得活了,暗暗向大姐眉心里一戳,大姐也挤眼巴做手势地给他看,意思是叫他不要猴急,须待晚间上灯的时候,再到这房里来。宇文杰也就一笑走出房去。一会子,又见一个老婆子端上一碗桂圆汤来。彩屏是不肯吃的,后来被这大姐左劝右说,彩屏也只得吃了。

那宇文杰便快活得没处搔痒,一会子由房外走进房内,一会子又由房内走出房外,简直成了热锅上的蚂蚁,大姐也没法再禁止他。

那房外檐前的砖影驶得像飞马一般,看看天色已晚。宇文杰便用饱了战饭,笑嘻嘻地走进房来,灯花下看着彩屏那般又娇又羞的样子,恨不能把这朵花似的人活吞下肚子去,忙挨近彩屏身旁,嘘寒问暖,甚是殷勤。彩屏也不是先前那般地抗拒了,只顾低着脸弄衣角,并不回答他什么。宇文杰也顾不得大姐看着,仍然搂着彩屏求欢,口里不住地心肝肉儿乱叫。

这时彩屏兀地皱起了眉头,好像有许多的苦衷说不出来的样子,脸上更加红得厉害,向大姐望了望,那两眼转过来又水汪汪地望着宇文杰,眼皮上好像有千金的石头压下来一般,说:"你这人真是狠心,难道就顾不得我的性命吗?就是我依了你,这两天里也没有别的想头,你不相信……"

宇文杰只笑得哈哈的,周身的魂魄已脱离了躯壳,忽听彩屏说出这般的话来,连忙松手,愣了一会儿。

大姐忙说道:"姑娘的老毛病发作了,我是亲眼验过的,爷爷就是这样猴急,迟过两个日子,还不是爷爷来受用着吗?"

宇文杰听了，如同兜头打了一声霹雳。原来他们采花强盗的规矩，这女子在月信先后，他们不要说实行其事，就是和她贴肉沾皮，同衾共枕，事后总要触一回大霉头，轻则挂红，重则就有生命的危险。据说这般忌讳，他们江湖上的强盗没有个不熟烂于胸，若有犯着这般忌讳的人，也没有个不生危险的。

当时宇文杰转口说道："我这人难道就是个猪狗，两天的工夫都不能相让？我在这两天以内，若用手指触一触姑娘的身体，便是我的罪过。但我这时已浪上火来，就同姐姐在这里睡一夜吧。"

大姐道："爷逗引奴，就像似下了圣旨一般，奴逗引爷，总是答一句下回再说。奴是做下人的，何敢推诿？但碍着这位姑娘在房，爷要奴办那么一件公事，奴觉得有些怪不好意思似的。"说着，便向宇文杰乜了一眼。

宇文杰点一点头，忙不迭地取出闷香，轻轻地挑在彩屏的鼻孔里。彩屏毫不抗拒，吸着闷香，顷刻间便沉沉睡去，真个是目无见耳无闻了。

作书的也不管问那大姐同宇文杰办了一件什么例行的公事，但他们办完这回公事以后，宇文杰便搂着那大姐说道："我母舅离这里有五百里路，明天是他老人家的生辰，我照例每年去拜一回寿，只因此番挂着这位姑娘，我倒忘记了，想不到这位姑娘月信适至，我在这两天以内，已断了妄想，只得在明天午后，到我母舅那里去一趟，后天一早就回来了。请你小心看护这位姑娘，回来我还预备再陪你这么一个小心。"

那大姐便哧哧地笑道："爷爷别要说这疼人的话，看护这位姑娘是我的责任，爷爷就过了河拆了桥，我不敢怨爷爷。但这姑娘并不是秦子明的女儿，却是那姓秦的表侄女，据她说是姓衰，是一个名门大家的闺秀，她的脸蛋子美到极处，身材苗条到极处,性情也就柔和到极处,心肝也就脆弱到极处。如果成天成夜地老是关在这里,给她闷出毛病来,那还了得?"

宇文杰道:"这倒可以通融些,不过只许你带他在我这各房各户里坐坐谈谈,若出我的大门一步,这是行不得的。"

大姐听了,也不便再说下去。

那宇文杰岂是个省事的,这回少不得又预先陪那大姐一个小心。但宇文杰因一日夜没有合眼,再则经过这两次大阵仗,身体也不由渐渐地困倦起来,两人更不搭话。

宇文杰在蒙眬间,也不知过了几多时刻,一觉醒来,便听得房外警铃一响。宇文杰忙将那大姐推开一边,捞了一条裤子套在腿上,掖着上衣,走出房来问个明白,才知面店里被两个外乡人闹得不像话了。

宇文杰即带领一班的党羽,直奔那面店而来,一眼见到面店里有两条好汉在那里拭目以待。宇文杰仔细看那两人的气派,心里便有了计较。

究竟宇文杰有什么计较,欲知后事,且阅下文。

第三十三回

钱乃刚孤身入督署
岳广义杯酒刺枭雄

　　话说宇文杰见了秦得海、米石丹二人的气派,便知他们的能耐不凡,很想用手段巴结他们,好使自家将来在江湖行走,也多了两个朋友。却不明白他们一个是秦子明的儿子,一个也是秦子明呼同一气的人。及至得海、石丹在品香楼上,各把他们的历史显露出来,宇文杰便换了主意,想处置得海、石丹二人的死命,也算替他师父报了仇了。

　　宇文杰忽然又想起袁彩屏昨夜受了闷香,没有苏转过来,便令那大姐将彩屏抱到品香楼上,使得海见了羞恼,借此也泄一泄胸中的余愤。再则这件事彩屏是没有知觉的,不怕唐突了彩屏,将来情好方面,另发生一重障碍。谁知秦子明等六位英雄到来,救去得海、石丹、彩屏三人,却把这宇文杰砍了。

　　那大姐见势头不对,早没了主意,幸亏她是个女人,众英雄的兵器虽没有长着眼睛,然而却不肯妄杀到她女人身上。便趁势溜下楼下,早脱离这地方回到她家乡去了,我今也不去说她。

　　且说众英雄那时已商酌在先,因为日间不便高飞远走,便就近先后转到关索岭上。彩屏虽中了闷香,然而关索岭上这五位侠盗,他们寨里也藏着解药,由祁铎将彩屏抱至一间房中,将她解醒过来。

彩屏从微弱的声息里抽了一口冷气，睁眼见是祁铎，便哎呀了一声，说是："苦坏我也！"

祁铎忙含泪说道："小姐不用哭了，可怜你曾被那厮污了没有？"

彩屏听了，不由一阵红云直涨到耳根上，低头将自家的衣服上下打量一遍。忽见她深深的腮窝里微微地现出笑容来，羞答答地向祁铎把头摇了一摇，那粉脸随后就低到心口上。

祁铎见她这个样子，像似一块石头从心窝里掉下来，因不忍向她再看下去，便转身到聚义厅上，同一众英雄谈叙一番，见余成龙、封庆两人却在神前发咒，情愿入铁血党，做一番事业，不再干这没本钱的买卖了。接连程勋、韩锦、辛有节到来，大家又商议一番，自然程勋、韩锦、辛有节三人也算得是江湖上的热血英雄，很情愿在铁血党里效命。

这里彩屏听秦子明说，已将她许字了祁铎，彩屏面子上虽是羞得无地可钻，心坎里却有说不出来的快乐。

当日寨中杀猪宰羊，备酒联欢，甚是热闹，大家都准备晚间出发，却令余成龙、封庆督率一众喽啰，都扮作贩夫走卒的模样，混到莆田。岳绳武先带领得海、石丹、程勋、韩锦、有节等人到莆田销差，秦士明仍请祁铎背着彩屏，一齐回到清江。

袁雨生父女见面之下，搂抱着痛哭了一场，彩屏只是哭着说："我险些没有脸面见我的父亲。"

雨生才转悲为喜，回到厅上，便对祁铎说道："小女和公子有负背之嫌，如果公子不弃寒门，当令小女婚配公子。"

祁铎未及回答，子明早笑起来说道："这头亲我已向老大人和公子说准了，我的意思，公子就在清江和侄女结婚，所有一切行采纳币的虚仪假礼，却用不着做这样圈套，老大人也以为我这话说得不错，满心欢喜，一切结婚的手续都听我主张了。"

说着,急请祁铎抹下了一只戒指,由雨生给与彩屏戴上。彩屏又从腰间摘下一个金麒麟来,交给雨生,转送给祁铎佩在身边。既是婚姻上没有障碍,自然这一对儿生死鸳鸯,容容易易就在清江配成眷属,结了个小团体。

当在成婚的那天晚上,夫妻同入香衾,便由彩屏向祁铎央告道:"我虽是十九岁的女孩儿,哪里经过这般的痛苦?好哥哥,你须要怜惜我一下吧!"

祁铎也笑道:"我听孔老夫子讲说这夫妇之道,是人之大伦,却也想不到人之大伦中间,这样的玩意儿,简直是我有生以来不曾尝试过的一种快乐。这种快乐,真叫我说不过来。"

彩屏含笑道:"你们男人总要爱惜这身体,做那顶天立地的事业。如果老是贪图这样的快乐,你将来成个什么人,到头来能做得什么事?我因爱你是世界上一等的英雄,不是给你做快乐玩具的。"

祁铎道:"小姐说哪里话来?我祁铎岂是拿小姐做玩具的人吗?我是一个爱国若狂的人,小姐便是我心坎上第二个国,国亡我不顾生,小姐在我不愿死,只望小姐可怜我为国效命,无一日的安闲,有终天的苦痛。再不有小姐给我些快乐,岂不苦杀了我啊?"

彩屏听他这可怜的话,便不忍违拂他的兴致,只好忍着痛苦,任凭他畅所欲为。

来日三朝,祁铎和彩屏双双拜过雨生、子明二人,从此祁铎便带了彩屏回莆田去。雨生因家乡已遭涂炭,又挂记彩屏得很,也到莆田住下。

这时,杨德武组织敢死、继死二队,命米石丹为敢死队队长,程勋为继死队队长,所有关索岭的喽啰及钱四的党羽,都派入敢死、继死二队。秦得海却派为招集员,韩锦、辛有节加入米石丹部下,余成龙加入程勋部下,调齐五为敢死、继死二队指挥员。适值广德、范杏生、曹红瑛夫妇二人因伊等老母已经逝世,来党服务,由祁佩符力荐杏生夫妇为参谋员。齐五从武夷山把追风乌龙马骑来效命。米石丹亦到乌鼠山去看望神虎一次,嘱咐它看守门户,那神虎因米石丹是不回来了,悲号了数声,早已奔驰得不知去向。米石丹好生惊讶,但不因神虎的行径有异,阻止它的雄心,反而觉得毫无牵绊,在铁血党里做事。

这时,铁血党中上下人员,首领有杨德武,副首领有薛飞熊,军法军需有祁佩符担任,参谋有杏生夫妇二人,暗杀有钱乃刚、杨锡庆,侦探有宋大来、祁铎,敢死、继死二队指挥官有齐五,敢死人员有米石丹、韩锦、辛有节,继死人员有程勋、余成龙、封庆,招集有徐志骧、秦得海、岳绳武分任,宣传有荀炳、珠珠分任,谍报有李忠,文书仍由云汉三暂理,大小职员,共计二十三名。他们的行踪甚是秘密,又在祁佩符府中造下一座很大的地室。

那天,据李忠前来报告,福建新任军统克斯木林,是兵部克斯胄的儿子,手下的军官大多数已吃上了鸦片烟,刀枪都扛不起来,可是欺压小百姓的本领却来得甚厉害。他们好像都似天皇帝胄,地方官都不能奈何他们,无论他们对小百姓怎样地蹂躏凌辱,闯出天大的祸事,横竖有他们的军统做主,就纵容得他们无法无天,专在地方上奸淫妇女,敲诈钱财,做强盗是不怕犯案,杀死人又不怕抵偿性命。城中的妇女,在庚申日到庙里焚香的时候,他们便成群结队地假托到庙里随喜的名目,胆敢在青天白日之下戏辱闺门,也有在妇女的胸前捞一下的,也有蹲着身子将妇女的三寸莲脚紧捏着不肯放松的,也有伸手插进妇女裤子里去的,这班妇女,纵然狂嘶乱叫,请问一班被满人压迫的汉人,谁敢出头管这些闲事?

有妇女的家属告到克斯军统部下,那克斯木林不惩办他的部属,倒也罢了,反将这一班告发的人加一个诬陷官长的罪名,轻则拘押,重则徒刑。并且那克斯木林有一种怪脾气,专喜欢强奸未成年的幼女,不拘是什么名门望族的小姑娘,克斯木林纵有这本领将她强奸上手,那小姑娘的身体被他奸污了,以后他也不去算这笔账,当时他若有稍不如意的地方,这小姑娘准许在被他奸污以后,还要吃他用刀把肚子划开来。据说这克斯木林每夜要破坏十来个幼女的贞节,伤害几个幼女的性命,若是已成年的女子,他怕这女子的身体靠不住,任她生就得花儿一般的容颜,克斯木林都不去奸污她,就吓得城里的小姑娘们都出躲到乡下去。据说这克斯木林的本领也好生了得。

一众英雄听了,都气得直抖起来,当因杨锡庆出发未回,杨德武即命钱乃刚到省垣一行。乃刚装作叫花子的模样,到了福建省城,果有一班穿制服的武装旗人在街市上横冲直撞,满眼却见是男子,却见不到一个女人,乃刚便相信李忠的话没有说错。

当日拣一个旅店住下,到了夜间,乃刚已在事先访知克斯军统的营门所在,便藏了佩刀,悄悄上了屋顶,飞檐走壁,直向军统大营而来。却探得克斯木林已不在营中,被署里请去了。

那时福建总督铁伯华,原是克斯胄的门生,倚靠这克斯木林若泰山之尊,这番署里传出话来,请克斯木林进见,原没有什么要紧的公事,不过彼此去寻些快乐,显得他们师兄弟要好的行径,却不防备入如处女、出如狡兔的钱乃刚已如飞而至。

乃刚伏在上房瓦屋上面,屏声息气地听了一会儿,却听不出什么来。看署中警备森严,又不便轻易吃那厮们惊觉,即轻轻挨近离他们谈话不远的所在,伏下身子张望。只见一间陈设最艳丽的房子,凉榻上躺着两个满脸晦气色的男子,一个年已五十开外,一个约有三十来岁的光景,对面躺着说笑。榻下有两个十五六岁的美貌女子,都赤着上身,一个握着粉团一般的小拳头,给那五十开外的男子捶腿,一个拿着一柄轻罗小扇,给那中年的男子扇风。

钱乃刚看他们两人的气派,便估那年纪在五十开外的男子是铁伯华,那三十来岁的男子便是克斯木林了。房里并没有戈什哈,倒茶、敬烟的,都是年轻的女子。

却听克斯木林低低地向铁伯华说了几句,铁伯华不由失声叫道:"哎呀!这人已被我放了,我只是很……"

克斯木林冷笑道:"我不料总督如此大量,就这么释放了他,究竟是什么用意呢?"

铁伯华道:"我和你是说的一句玩话,哪里便轻易释放了他们?"

说至此,又向克斯木林低声说了一会儿。

克斯木林讶道:"是啥子姓岳的?可是那岳广义的儿子不是?"

铁伯华道:"这姓岳的不知他是不是岳广义的儿子,但知道他的名字唤作岳绳武。"

克斯木林不由皱着眉头说道:"糟了糟了!这岳绳武正是岳广义的儿子,那岳广义的一把大刀好生厉害,简直是名震公卿,声倾朝野。这姓岳的既是岳广义的儿子,本领虽不及乃父,然而家学渊源,恐怕不是我们这些徒盗虚声的好手所能对付的。"

铁伯华道:"任他是一个生龙活虎,敢和我们十万的官兵抵御吗?"

克斯木林道:"总管休倚仗这十万的官兵能奈何一个姓岳的,果然这姓岳的能学得乃父的本领,那还了得?我们营里的大小军官,只有抽大烟的本领比人高强,假如令他们打个仗,唉!我怕他们舞烟枪还舞得动,若是用真刀真枪和人动起手来,总要

228

将刀枪夹在屁眼沟里飞跑,何况那姓岳的却未必明刀明枪地来对付我们呢。"

铁伯华道:"你怎知那姓岳的决定用暗杀的手段对付我们呢?"

克斯木林道:"那姓岳的既是岳广义的儿子,暗杀的本领必然了得,那岳广义就是当初暗杀党里的一个首领。听说在康熙四十三年,山东的提督党士强,强占他表弟徐燮阳的老婆,这徐燮阳原是一个文弱的书生,势力是敌不过党士强,却访得岳广义是个专打不平的暗杀党,黑夜到岳广义家中诉冤。那时岳广义且不对他表示什么,留他在家里吃酒,命自己的徒弟相陪。徐燮阳哪里有心吃酒,眼看岳广义那般置而不理的样子,且躲避得不见了,便叹了一口气,向岳广义的徒弟起身告辞。却禁不起岳广义的徒弟左劝右说,徐燮阳忍不住对岳广义的徒弟说道:'我与你师父非亲非故,山东的好手很多,为什么到你师父家里来?你师父虽非是请我来,却比请我的还加倍诚恳。我不访知单刀岳好侠尚义的声名,怎骗得我跑这么远的路程,来求你师父雪仇?你师父不但不给我雪仇,反将我搁在这里做甚?''甚'字才吐出口,岳广义已如飞将军从天而降,一手握着大刀,一手提着一颗血淋淋的人头,向徐燮阳面前一掼。"

欲知后事,且阅下文。

第三十四回

盗印章威胁铁制军
送人头计赚余知县

话说钱乃刚接着听克斯木林对铁伯华道:"其时岳广义把那颗血淋淋的人头横在桌上,杯盘都震得跳动起来,向徐燮阳道:'老兄看这东西不错杀吗?'

"徐燮阳一看就知是党士强的人头,便对岳广义拱一拱手道:'很对不起教师,那贱人可一并诛掉没有?'

"岳广义笑道:'老兄只恨这东西一人,何能连带恨到尊夫人手上?世间不贞的女子,像尊夫人这般怜新弃旧的很多,我哪有许多工夫管这些糊涂账?不过因为这东西在山东城里恶不止强占人家的妇女,奸不止占尊夫人一个,我多久想替山东人除去这只害马。难得老兄又前来告诉,所以我非得立刻间把这东西杀了,再吃下酒去,老兄且和你痛饮三杯,到官里投案。'

"徐燮阳哪里肯依,立起来说道:'承老教师给山东人除去这只害马,这东西的死罪擢发难数,教师的性命更不是一文不值。'

"岳广义听了,把头点了几点,这案子从此便无形地消灭了。岳广义在酒后常对人谈及此话,北京人知道这件事的很多。

"总督细忖那岳广义在杯酒之间,由天津飞到山东,竟在万马营中杀了那山东总督党士强,这种暗杀的本领,简直是虬髯客一流人物。这岳绳武是岳广义的儿子,有人说岳绳武曾拜一个姓齐的为师,学剑多时。那姓齐的本领又比岳广义大,这些话虽属是吹的牛皮,但我想岳绳武必得到乃父家传的武术,暗杀的本领绝对了得。如果有岳绳武出力帮那姓杨的忙,我们都要小心这一颗脑袋。"

钱乃刚听到这里,只摸不着一些头脑。忽觉有人在他背后拍了一掌,钱乃刚几乎把一颗心吓得从口里呕出来,忙缩转身子,在星光下仔细一望,却见一个人伏在身旁,一手捉着一把缅刀,一手抓着一个方方的东西,用红绫子包裹着的,不知究是什么。但因那人的面貌熟得很,再凝神看来,可不是岳绳武是谁?

钱乃刚方才按定了心神,却又听得岳绳武在他身边朗朗地说道:"姓铁的,像你们这班入娘贼,依老子起性子,就得一股脑儿给你们个当面现开销。这印把子老子取去一用,你休要再想吃这碗天鹅肉了。老子明人不做暗事,你若问老子是谁,老子是天津人,叫岳绳武的便是。"

那上房外面一班穿制服的警士早听得屋上有人说话的声音,向拿着刀枪,不问好歹,一窝蜂搭扶梯向屋上冲去,口里不住地嚷着:"拿强盗!"

这当儿,便见有两个人影从屋上滚下来,众卫士都拍手打掌地仍由扶梯下来,说是:"强盗有了!这强盗还想有性命吗?"谁知那两个人已跌得皮开肉绽。

大家再仔细向那两个人一望,又直着喉咙怪叫起来,原来这两人是署里的戈什哈,因为在屋上抱奋勇要捉强盗,上得太急,一脚上不稳,跌了个倒栽葱,便在屋上直滚下来,头上都已跌得鲜血模糊,在那里哼个不住。大家都说:"这强盗真个厉害!两位戈什哈老爷因为上屋捉拿他,反被他踢倒在地。"

说话之间,大家又吹起一声警笛,那前署的禁士一个个都像到战场上打仗的样子,直向上房蜂拥而来。

这时房里铁伯华吓得抱住了头,那班女孩儿同声都叫着哎呀,克斯木林早翻身起来,问:"那姓岳的可走了没有?""有"字不曾说出,只听得哗啦一声响,那玻璃窗门已打得碎了。只见一颗方方的东西和一把大刀,在房里闪了几闪。

铁伯华早吓得喊说:"强盗要杀死人了!"

哪里还见到什么强盗不强盗的,只听得一声嘈杂,弓箭手早括弓搭箭,向空乱射。他们分明看见两条黑影在他们头上飞去,比箭还快,所以他们对着那黑影射去,以为这么多的箭朝着两条黑影射去,距离又近,总没有射不着的。谁知空放了那么多的箭,再看黑影已不知去向。

却听得对面屋脊那边有人打着哈哈笑道:"老子少陪了,改日再会,你们大家都休息吧!"

众警士听了,都瞪着两眼发愣。铁伯华还怕这两人再来,吩咐众警士把上房团团围住,便和克斯木林商量办法。

再说岳绳武怎么会来盗这铁总督的印章?其中的情节,圭角已露,尚未逐节叙明,不妨在此补足一笔。

原来岳绳武早打听得福建光泽县里有一个儒侠,姓卜名益如,家资很是富足,为人颇有朱家、郭解的气派。岳绳武一则因卜益如这种人物,却能介绍入铁血党里做事,二则卜益如有这一笔家财,很可以补助党里的开支。

及至到了光泽,在一家旅店遇见了杨锡庆,两人在房间里对面谈心。

杨锡庆道:"老哥来得正好,这事我们好协同办理。于今这光泽的地方已发生了一件大案,老哥可知道吗?"

岳绳武道:"兄弟是才到光泽来的,不知是发生了什么案子,要兄弟怎样给老哥帮忙呢?"

杨锡庆道:"不瞒老哥说,这案子便是兄弟做的,于今事情已闹大了,却非兄弟去投案不可。

"原是这光泽县知事余佩瑚,本系捐班的出身,花了无穷的钱才弄了这个县知事,为人很是能干。他在福建总督署中奔走多年,好容易巴结铁总督的欢心,拜给铁总督做干儿子,仗着有这个泰山之靠的干爷,自己便在地方上有些差错,只要铁总督对藩台说一句话,也就可以大事化小事,小事化无事了。

"不知怎么的,这余佩瑚访知光泽的大户卜益如使侠任性,喜欢结交江湖上的朋友,如走马卖解等人,卜益如时常留在家里款待,去时还要赠送几文盘川。江湖上的侠盗犯了案,被官里追捕得没处容身,就投到卜家来,说出作案的情形,求卜益如将他窝藏在家。卜益如却不问案情重大,多是竭力收留。其实卜益如是一个文人,不过仗着家里的食客好手不少,由来的官吏都畏惧卜益如的势力,都不敢拿他栽个跟头。

"偏是这余佩瑚智多胆大,他访得卜益如有反叛的嫌疑,密报到省,请下了五千官兵将卜益如的全家都捉到县里来。这卜益如的门下食客,好的也有几个,可恨这时都出发去了,其余的无名闲汉,眼见卜家遭了这般的横事,大半都远走高飞。他们不想再到卜家来吃白食,至于卜益如全家的死活存亡,他们也在所不顾了。

"卜益如有个妹子,名唤翠锦,年纪只有十五岁,生得玲珑娇小,秀丽绝伦,一般也铁锁银铛,到堂听审。谁知余佩瑚看中卜翠锦如初开的一朵鲜花,便倾倒得了不得,胡乱讯问了一堂,都看在卜翠锦的颜面上,不用飞刑逼问卜益如报出实供,一面请统兵的提辖传下大令,巡哨城门,防有反叛前来劫狱,一面请出人来,分头到男女监号,探试卜益如兄妹的口风。如果卜益如肯将妹子给余佩瑚做进见之礼,送给铁总督做姨太太,或者卜翠锦自己输口,肯嫁给铁总督做姨太太,余佩瑚总有这担当,可以开释卜益如全家反叛的罪名。无如卜益如兄妹二人,异口同心地都情愿杀头,不肯做这丢尽祖宗脸面的事,任凭一班的男女说客说得怎样的天花乱坠,卜益如兄妹总不答应。

"兄弟在光泽县里,探听得这样的消息,只恨独力难救出卜益如的全家,没有法子,打算在夜间悄悄趸到县衙,结果了余佩瑚。也怪兄弟一时冒昧,前夜趸到余佩瑚上房,掀开锦帐,但见一个男子抱着一个妇人在那里盘肠大战,兄弟打算这男子便是余佩瑚了,不由冲起了三千丈无明业火,先给那男子个一刀两段。在兄弟那时的意思,原不想结果这妇人的,无奈她该和这男子死在一块儿。她见兄弟杀了人,不由喊了一声:'凶手,捉拿凶手!'

"兄弟被她喊得气往上冲,也就不暇思虑,又赏了她一刀,便将他们这两颗人头藏在一家大户的天花板上。再细细打听出来,那妇人是余知县的姨太太,那男子却不是余知县,他是福建军统克斯木林的堂弟克斯亚夫。

"这克斯亚夫本是克斯军统面前一个红人,余佩瑚因走上克斯亚夫这条门路,才巴结到一个克斯木林,却因克斯木林的介绍,才得拜给铁总督做干儿子。据说余佩瑚在听鼓省垣的时候,这姨太太已被克斯亚夫勾搭上了,他们在衙门奔走的旗人,和一个候补县知事的姨太太发生了关系,并不算一件奇事,这余佩瑚都很情愿戴上这一顶绿头巾,让克斯亚夫同这个姨太太,竟公然云雨起来。

"余佩瑚见这案子弄大了,却要掩藏他的家丑,连夜将这两个死尸拆散回来,便具文申详到省,呈诉夜间同时被叛党杀了克斯亚夫和自己的爱妾许仙仙。谁知克斯木林疑惑这克斯亚夫是被余佩瑚因奸杀害,很在总督面前说余佩瑚的坏话,要请总督将余佩瑚定成死狱。偏是铁总督这个老杀才,平时见了克斯木林总是低心下气的,于今因佩瑚既犯了这样滔天的罪,就想将佩瑚允送他自家做姨太太的那个卜翠锦转送给克斯木林,克斯木林也答应承受铁总督的这份大礼。但因克斯亚夫死得太惨,非得责成余佩瑚捉羊抵鹿,弄几个人头销案不可。

"老哥可知这案子是兄弟做的,一则兄弟不能使无罪的人代兄弟受罪,二则兄弟趁此投案,也好和卜益如暗通声气,好借此想个方法,救出卜家的全家。

"于今有了老哥这个帮后,就得仰托老哥按机行事,好里应外合,乘那厮们不备,好使我们从牢监里翻劫出来。老哥的意思怎样?"

岳绳武听了,沉吟半晌,两人又商酌一番。

这时,余佩瑚正坐在堂上,责成捕头捉拿凶手销案,忽见一个人拎着两颗血发模糊的人头直进大堂,把这两颗人头向公案上一掷。余佩瑚猛然间见这人来得稀奇,吓得向后便退。两边的衙役如老鹰抓小鸡般,遂将这人捺倒在地,更用脚在他身上一踏。余佩瑚见这人的本领有限,方才恢复了呼吸,仍然危坐堂上。

早听得这人怪叫了一声,便破口地骂道:"你这狗官,不知道杀人的凶手是大盗杨金,反要责成他们当捕头的胡乱弄几个人头销案,依吾神性起,就该取你这颗首级去。但因你顽福未尽,该做二十年的太平宰相,你下次办案要小心些。"说到这里,便不向下说了。

余佩瑚听完这话,愕了半晌,看那人又像在梦里才睡醒的一般,便问那人道:"你方才是说些什么?"

那人直顾光翻着两眼,一句话都回答不来。

余佩瑚又问那人:"你唤作什么名字?"

那人才诧异道:"奇呀!老子什么地方不走,偏会走到这死路上来？也罢，算老子杨金的末日到了，再过二十个年头，谁说老子不是这福建道上一条好汉？"

余佩瑚还怕其中有诈，便向杨金说道："你是福建道上一条汉子，应该上为国家效命，下替祖宗增光，方不辱没你是个好汉。何至于自贬人格，做出那般违条犯法的事体出来？生前对不起你的妻子，死后对不起你的祖宗。你手下的党羽多少，命盗案做过几次？请你当堂直供出来，本县当替你出力，开脱你的死罪。"

杨金随口辩说几句，说自家在青红各帮，有了资格，都没有做过红案，卖私盐是自家的惯技，并没有做过强盗。

杨金方说到这里，忽见公案上放着两颗人头，不由又吓得脸上变了颜色，转指着余佩瑚笑道："你翻穿着皮马褂，在老子面前装样儿。这两颗人头已到你手，老子也不想活命了。福建各府、各县的盗案都是老子做的，这一对儿狗男女也是老子杀的。"

余佩瑚道："他们和你向无仇恨，你杀他们干什么呢？"

杨金道："杀人是一件很平常的事，你问我怎样杀了他们，我怕死人肚里也不能明白。总之我是做强盗的，做强盗吃人惊觉了，不把那人杀了，还有第二句话可说吗？"

余佩瑚听了，便又接问下去。

究竟余佩瑚再问些什么，欲知后事，且阅下文。

第三十五回

劫法场力救小英雄
打擂台气走大力士

话说余佩瑚复向杨金问道："你们做强盗的目的,是要到我衙里盗几件东西,何以我衙里并不被你盗去什么?"

杨金道："你们这些衣冠禽兽,只晓得搜刮地方上的油水,做个官盗,其实你们这样地不知进退,就不配和我们同行,做这个买卖。我到你衙里来,一不想捉奸,二不是给你请安,不过是小强盗来偷大强盗的。事情已弄糟到这样的地步,被你官衙里人惊觉了,我纵有吃雷的胆,还想再转这个妄念,在你衙里停留,匆忙间盗一两件不值钱的东西,却吃你衙里的狐群狗党捉住了,送掉性命。我若是这般少不更事,就不配在绿林中混,同你这东西是一样的糊涂了。"

余佩瑚怕他越供越没有好话了,急命报房舞文弄墨,编好了供词,一面将案情申详上宪,一面将杨金收禁死牢。却不疑惑他是用的诈计。谁知天下事直出人意外,杨金进牢以后,因在事先受了寒暑杂感,便在牢里生起病来,谵狂大热,简直痛得连人事都不知。

那卜益如恰好和杨金同押在死牢里,看杨金也是一条好汉,自家只没法可以救他,只望着杨金流泪,反把自家的祸福置之度外。但牢里的褚龙头在穷困的时候,很得卜益如的周济,于今卜益如的全家寄监,男犯都得褚龙头的照顾,日间一概替他们松去刑具,只有脚上的镣铐不便除卸。非得管狱官前来查夜的时候,褚龙头才将卜家的男犯,把刑具上起来,所以卜益如囚在死牢,身体上不觉有过分的痛苦。

那天,有卜益如的朋友,访知褚龙头是卜益如的心腹,到牢里来探望卜益如。那朋友悄悄进了铁窗,其时牢里的囚犯很是不少,东横一张铺,西堆一卷席,大家闲着无事,有谈天的,有歌唱的,有呻吟不绝哭泣一团的。那朋友虽然混入里面,却没有人来注意。

这时候褚龙头正猴在一个三条腿的竹榻上吃水果,似乎觉得有个人在他面前一闪,接连便听得那人低声问道:"谁是卜先生?卜先生在哪里呢?"

褚龙头吓得从床上跳起来,向那人一望,便附着他的耳朵说道:"你大约是卜先生的朋友了?你胆子却也不小。"说着,便将他一领领到卜益如的所在。

看卜益如虽然是满脸的狱气,脚上扣着一副十斤半的大镣,眉目间却露出十分英挺的气概,便知他不是徒盗虚声的人物。正要待向卜益如诉说什么,谁知卜益如向那人仔细一望,觉得面生得很,不由怔了怔,走过来同他行礼。那人忙向卜益如丢个眼色。

卜益如向四面望了一望,低声道:"老哥有话,但说不妨,这里褚大哥是兄弟的知己人,不知老哥有何见教?"

褚龙头道:"这地方不是久谈的所在,就得同请到我那房里坐一坐,有什么事再从长计议。"说着,便引着他们两人,仍到褚龙头那房间里坐下。

其时天色已黑,壁上已点着一盏油灯,褚龙头便让他们坐下,请问那人的姓名。那人说是天津人,姓岳,名绳武,因访知卜先生是光泽县的一个人物,意思想请大家趁个机会出狱。

238

卜益如便笑着回道:"我们北方的朋友,都知道岳小爷的大名,难得今夜肯来援助,真使兄弟喜出望外。方才那一番话,兄弟是感激不尽,但是兄弟不愿出这死狱,万一依着老哥的办法,兄弟的家小固然不易救出。尤其是有一个姓杨的朋友,叫作杨金,可怜他已病得不像个人了,做兄弟实在不忍和他分手。"

岳绳武猛然间听说那杨金病了,早吓得三魂出窍,便轻声向他们说道:"那姓杨的不叫作杨金,是兄弟的要好朋友杨锡庆。"

说至此,又把杨锡庆如何误杀克斯亚夫、许仙仙一对儿男女,以及到案自首的缘故。

卜益如未及回话,褚龙头早开口说道:"原来那姓杨的还是为的卜先生一件事才到这里来,幸喜卜先生将他当作朋友看待,吩咐我好好地照顾他。他一踏进这个地方,便病得昏糊不醒,哪里能够同卜先生把肺腑里话诉说出来?劫狱的事自然要另外设法,这时却请岳小爷看一看那个姓杨的要紧。"

当下褚龙头又将他们引到一处黑魆魆的地方。岳绳武仿佛见屋角落间一个短床上,直挺挺地睡着一人,岳绳武便横到那人的身边,低低地唤了一声:"杨大哥!"说是:"你兄弟绳武来了。"

一句话才说完,早看见杨锡庆劈面就向岳绳武一拳打来,说:"入娘的,我叫你认得。"

岳绳武吓得向后退了三步,又听杨锡庆直着嗓子乱嚷道:"叫你认得,认得!"

褚龙头急道:"不好不好!他越发昏糊起来,我们快寻找姜汤来,服侍他吃下去,看是怎样,过后再同他说话。"

大家方要走离那个地方,那杨锡庆嘴里还嚷个不住,说:"翻牢劫狱的话,怕是不中用的。入娘的,有朝一日犯到老子手里,老子叫你认得认得!"

在这嚷声中间，忽然夹着一阵摇铃声，接连便听有人叫："褚龙头！"

褚龙头这一惊非同小可，原是管狱官前来查夜，今夜来得太早了，褚龙头不由得有些仓皇失措起来。早见那管狱官儿走近面前，一眼看见牢里有一个面生的人，又见卜益如手上没有上着铁铐，便向褚龙头冷笑道："奇呀！这个人是几时进来的，这死囚手上怎样又不上着铁铐，你们敢是要干那样的歹事了？"

"了"字才说出口，又听杨锡庆怪叫道："不要再说什么翻牢劫狱的话，我是不中用了，我是不中用了。"

这时把褚龙头越发要吓得真魂出窍。卜益如见岳绳武用指指着他的鼻子，向管狱官道："你认得老子吗？老子就是前来劫狱的一个岳绳武。这时候老子不要和你多说废话，且到省城里打一个翻天印。"

管狱官正要喊一声"来人"，便见那姓岳的从当头顶上飞掠过去。回头一看，连人影子都没有哨见。只得据实报告余佩瑚，由余佩瑚据实详禀督署。

再说岳绳武连夜到了福州，想盗出铁伯华的印章，假造一道公文，另用别一个人装着驿马的模样，诱惑余佩瑚放出锡庆及卜益如的全家。在督署的瓦屋上面，暗探了七夜，恰没有盗到那颗印章。第八夜，才在铁伯华第十二房妾的房里把印章盗出来。原由那妾和铁伯华的随员发生了关系，居然在一张铜床上云雨起来，却没有心防到有人来盗了大印。

岳绳武既将那颗大印盗到手里，他早见一条人影从空中飞掠过去，不免前去探个明白。不料恰碰到了这个钱乃刚。

两人出了督署，连夜飞奔光泽而来，便做好了一道公文，铃过大印，即请乃刚如法投县，自家却在乡间一座荒庙里坐听消息。

乃刚带了公文,走进了光泽县城门,便见一班的武装兵士,一个个都是弓上弦刀出鞘,在城门里盘查行人。猛然听得起了一声霹雳,乃刚心里便七上八下般跳动起来,亏得他身边带有公文,混进城去。便见得街上的人,情形十分紧张,说是今天出斩反叛卜益如的全家,并大盗杨金、褚龙头褚虎。乃刚直吓得魂飞魄散,猜知余知县已得了督署的回文,才将他们就地斩决,虽然自家带有假造的公文,已没有效力了,不容易弄余知县一个迅雷不及掩耳的手段,但将心头一横,随着大众看热闹的人来至法场。半路上,恰又听得轰天的大炮从头上响了过去。

看日影已近午时,一口气挤到法场,恰见法场四围却是兵戈森列,一班看热闹的更是人山人海,挤塞得水泄不通。刑台下绑着十来个人,都是穿着赭衣,带着亡命牌。监斩官坐在那刑台不远的地方,刽子手已执刀在手。

乃刚睹此情形,看刑台中间绑的一人,依稀看出是个杨锡庆,这时候只好想救出杨锡庆一人,其余也不暇顾及了。拿定了主意,早将身子飞在空间。

一众看热闹的人恰又听得霹雳似的第三声大炮从耳边飞过来,看刑台下的人头纷纷落地。四围兵士又吹了一声警笛,大家只不知法场上是出了什么岔儿,那一班兵士有许多的弓箭手,只顾拈弓扣箭,向东南射去,一时箭如飞蝗,从众人的头顶上飞落下来,众人都吓得一哄而散。还有许多人被流矢伤害的,还有许多人被挤出的人将身子踏成肉饼的。

回来再一打听,那监斩官余知县和张提辖两人都被一班飞行的大盗砍了,刽子手也死了十来个,官兵中被杀及带伤的不计其数,所有一干的男女斩犯都被那班飞行的大盗抢劫去了。

看官要知,这般的飞行侠客,须不是钱乃刚一个,究竟他们是哪一路的朋友,这时候不妨粗枝大叶叙述出来,按部就班,自然还在卜益如身上说起。

这卜益如原是一个身怀大志的人,平生以排满兴汉为唯一的宗旨,专结交江湖上的落魄英雄,暗行大事。其中最为卜益如所赏识的,如合肥孙泽、马当、张鼎,阜宁苏大错,天长吴焯,新华黄士龙,新会秋平,中山徐燮,扬州滕海鹏,萍乡傅勇、傅猛、傅一鸣,凤凰宁焕南、宁焕中、宁焕东、宁焕章、伍德、伍爱珠等,这一班热血的英雄,一个个都有飞行的本领。

据说这班英雄当中,以苏大错的年纪最小,亦以苏大错的本领最低。苏大错在七岁的时候,便从明师练习了种种武艺,到十六岁上,苏大错的功夫已大有进益。

那时阜宁乡下有个姓古的人家,曾聘了一个有力如虎的教师,唤作什么大力士。据说这大力士原是曹州的响马,因犯的奸杀盗案过多,又与同伙闹了意见,不得已一路逃到阜宁乡下,隐姓埋名,不敢再回曹州去。只是他的气力出众,五百斤的石担子,一劈手便举过了头,他的气力虽没有上秤称过,能装五百石米的载船,只需潘大力士爬到桅杆上,运足了气功,那船登时便沉到河底不能起来。

阜宁乡下有许多的地痞无赖,都求他教武艺,称他作大力士,大力士的绰号就此叫出来了,他也居之无疑。他在阜宁原是用的假姓名,于今连假姓名也不用了,居然自称是大力士。

阜宁古曙东是个大户,因羡慕大力士的力气出众,请到家里教授他儿子古慕侠的本领,大力士从此便大红特红了。因请古曙东摆下一座擂台,表面上虽说借此访求天下的大力士,意思是欺负阜宁的人没有个能敌得过他这样的大力士,借此好大摆其英雄谱。阜宁有气力的人,在擂台上和他较量,都被他打败了。

苏大错闻得大力士的大名,总觉得他是个大力士,不和他较量几下,好像有些不放心似的。苏大错那时因为年纪很轻,又常在外边就师学艺,声名不大。他和大力士在擂台上会面的时候,大力士看他身上像似打熬不出四两气力的样子,不由得面上现出藐视的神气,不情愿和苏大错较量。有几个地痞,在苏大错跟前吃过亏的,就想趁此栽他一个跟头,就在大力士面前说苏大错的气力怎样了得,苏大错趁此又激怒了大力士几句,把大力士激起火来,两人就在擂台上立了个架势,伸出一只拳头,和苏大错的两拳相抵。不知怎么似的,大力士觉得拳头上麻痛了一阵,浑身的气力都使不出来,就此抵敌不住,被苏大错直抵到台柱所在。苏大错便趁此向后倒退三步,竖起右手的大拇指,对着自己的胸脯说道:"你佩服我吗？我才算是一个大力士呢!"说着,便飞也似的下台去了。

台下的看客,内中有被大力士打败的,不由一齐拍着巴掌笑道:"大力士真好气力,要是我们这般不中用的东西,早被苏大错打得扁了。"

大力士又羞又恼,好半会儿工夫,才恢复了原状,看古曙东父子脸上都红了一阵,大力士越觉自己没有面子,不能见人,便向古曙东告辞作别。

欲知后事,且阅下文。

第三十六回

血肉横飞狂风惊怪客
梦魂错愕古寺杀人妖

话说古曙东父子遂将大力士请到家中，用好言安慰了他，无如大力士实在不能坍这个台，哪里还有颜面在古家做教师呢？一时半刻都不能停留，回房收拾了行李，任凭古家怎样竭诚地慰留，大力士发誓要去寻访名师，好报苏大错的大仇，便从此离开了阜宁。

其实大力士哪里有这勇气，敢再找苏大错报仇呢？看苏大错那般的本领，便是自家再练一辈子的气力，恐怕也不是苏大错对手了，这不过说的一句下场话，看官休要吃他骗了。

古曙东从大力士走开以后，便拆了那座擂台，这也不在话下。

且说苏大错听大力士已经滚蛋，便有地方上许多的地痞，拿出平时趋奉大力士的面孔，转来趋奉苏大错，一个个都要拜在苏大错门下为徒，都以为苏大错是个打尽天下无敌手的人。苏大错看这班地痞，体格虽是强壮，天分都愚钝得很，无论不能学出一手的好武艺，就使他们有这造化，能练出一些把式，不过替地方多制造些淫朋恶棍，收徒弟岂是一件当耍的事，都对他们说很难很难。即使这班地痞跪在地下替他磕头，整百的银子送给他，他是一概拒绝，绝不肯承认的。

有人问苏大错这是什么缘故，苏大错道："没有什么缘故，珷玞像玉,你可以拿它当玉琢吗?"

苏大错不肯吃这碗教师的饭,他又是个种田的人家,生活并不宽舒,从此落魄风尘,干那走马卖解的勾当。大凡好武艺人,自己的功夫到了什么程度,看人的眼力也随着到了什么程度,好本领人与好本领人萍水相逢,用不着实行领教,只看他的神情举动之间,便能断定他本领做到怎样的地步。所以苏大错奔走江湖,与孙泽、张鼎、吴焯、黄士龙、秋平、徐燮、滕海鹏、傅猛、傅勇、傅一鸣、宁焕南、宁焕东、宁焕章、伍德等这一班热血英雄,却成了知己的好友。

伍德闻苏大错没有妻小,又将妹子伍爱珠许配苏大错为妻,择日结婚。伍德又因自家的房屋太狭窄了,本来他伍德是光泽卜益如好友,便将苏大错介绍到卜益如庄上,同卜益如商议妥当,伍德便送妹子到卜家庄和苏大错结婚。

当结婚的这日,吴焯等一众英雄都在卜家参观大礼,晚间苏大错因被大家闹着多吃了几杯酒,不觉沉沉大醉,由喜娘将他扶进新房睡下。苏大错一觉醒来,酒意已退,看房门已关得紧紧的,房内高烧着手臂粗细一对儿红烛,照耀得同白昼一般,却不见了新娘。苏大错好生诧异,起身在房里搜寻一遍,哪里还有个新娘呢?那窗门却依然关着,上无瓦缝可出,下无地洞可钻,这新娘却到哪里去了?并且自己在酒意模糊的时候,仿佛见新娘侧着头坐在床上,曾伸手替他把被掖严了。看这新娘平日的神情,早和自家心心相印,却不能冤赖她有意逃婚,不愿和自家实行同居之爱。但是新娘已不在房中,这事就觉得蹊跷,便开开房门,将众人惊醒,轮流讯问一番,众人都被他说得莫名其妙。

据喜娘说来:"在送新郎进房的时候,新娘曾向奴努一努嘴,意思是叫奴立刻走开,怕有人趁这时候来闹新房。奴才跨出了新房,已听得呀的一声,新娘把房门关了。"

苏大错听了喜娘这话，心里越发焦急起来。

伍德也是失魂落魄般，望着苏大错出神。忽然拍着大腿嚷道："是了是了，我妹子准是被那妖人用邪术勾摄去了。"

众人忙近前询问缘故，第一由苏大错劈口问道："舅兄怎么知令妹是被妖人勾摄去的？"

伍德道："我确知妹子的生性贞固，这回不见的缘故，并非是有什么难言之隐。记得那一天，我妹子对我说，五日前我不在家，曾有剑锋山观音禅寺的尼姑，法名唤作真如，到我家里来见我妹子，诉说她闻名前来，知道我妹子的夙根很好，想邀我妹子到剑锋山出家修道。我妹子见那真如满脸的邪气，一望便知她不是修行中人，怕受了她的欺骗，只用好言谢绝了她。那真如听我妹子的口风不顺，临行的时候，向我妹子正色说道：'小姐若不随我到剑锋山落发出家，管许你的大难便临头了。'

"我妹子听她说出这骇人的话，也只好付之一笑。谁知到了夜间，我妹子兀自和着衣裳睡在床上，因为想着日间真如的行径，不由越想越疑，翻来覆去，只是睡不着。

"忽然听得呼啦啦风声大作，像似排山倒海的一般，差不多把屋子都要刮倒下来，那窗早被风吹得开了。霎时灯焰已熄，房里床榻箱桌等物都被这阵风摇得咯吱咯吱价响。

"在这响声中间，仿佛觉有千军万马在外边杀来的样子。我妹子诧异不小，便从床上拗起来。那阵风都越刮越狂，把屋子要刮得倒塌下来。我妹子即一纵身，穿出了窗外，月光下，果然见有无数的彪形大汉，那个挥着大刀，这个舞着佩剑，猛地都向我妹子扑来。我妹子的剑功本来也有几分成数，当时便运足了剑功，从两眼里射出两道剑光来。那许多的彪形大汉见我妹子的剑功厉害，早逃走了一半，还有一半中了剑光的，一个个都已身首异处地死在地上，一时血肉纷飞，雨点儿般洒落下来。

"不一会儿，风声已平，我妹子便收了剑光。月光下仔细向一班死尸上望去，哪里是什么彪形大汉呢，分明是死了一群的山羊，羊头、羊身都已脱离了关系。我妹子恍然悟到是真如用的邪术前来恫吓自家的，只不知她是从哪里弄来这许多的山羊。陡然间觉得眼前又漆黑了一阵，看不清什么。我妹子忙镇定了心神，却仍见月光照在地上，如铺了一层严霜。再看那一群的死羊，不知是到哪里去了。

"我妹子很觉这件事奇怪得很，待我回家时便告诉我。我妹子从此提心吊胆，谨防那真如再使出第二步骇人的邪术出来。日久没有见到什么第二步骇人的事，以为真如再不敢来纠缠了，也就把这防范的心思渐渐地松懈下来。不料我妹子今夜倏然不见，不是那真如又用邪术将她摄去，我妹子却到哪里去了？"

苏大错和一众英雄听了，大半在将信将疑之间，当由众英雄分头寻找。苏大错便同伍德到剑锋山去，探个水落石出。

这剑锋山在剑门山之南，和鹿头山脉相连，因为这山脊形如剑锋，故名为剑锋山。山上并没有许多的人家，却有两座古刹，一座唤作观音禅寺，里面都是尼姑，一座唤作开明古寺，里面都是和尚。

我今且按下伍德和一众英雄方面，单叙有一个英雄，这回曾在开明寺里做下一件惊人的奇事。这人便是铁血党里白日鼠钱四。

原来钱四访知这开明寺里的和尚，大家却懂得一些武术，像似少林寺里的和尚，上至住持，下至火工、道人，都学得一手的三峰拳术般。并且这寺里很是富足，寺里的和尚都严守清规，方丈唤作德省，年纪只有二十岁上下，品行甚是端方，然待人却十分和气，有人到开明寺里随喜，要是男子，德省大和尚总得竭诚招待，如果遇到女人，却一概婉辞拒见。并见寺里的上下和尚见了女人,都不肯抬头,望也不敢一望。假如无意间望见了女人,那和尚就要羞得满面通红,以故一班女人,反不好意思到这开明寺来,却不约而同地都情愿到观音寺里,和真如尼姑去结欢喜缘。

　　开明寺里的和尚真好,每日早晚照例要做两堂的功课,闲时都练些拳功剑术。就因他寺里有钱,怕盗贼垂涎,学武艺本为防范盗贼起见,论理有钱的和尚虽不吃荤,然而素鸡素肉,一般地也会饱饫口腹。开明寺里和尚却大不然,他们的食品都是粗恶不堪,便是叫花子也不肯轻易下咽,所以远近的人听得开明寺和尚的行径,都把他们看作佛菩萨一般。有人在开明寺里顶礼三宝,也不由油然会生皈依之心。但德省大和尚却不肯许人到寺里出家,他的理由,是说出家人在世界上吃白食,上不能为朝廷立功,下不能为士民生利,已成天地间一种废物,罪过很是不小。自家是个沉沦苦海中人,何忍再将天地间有用的人再拉到这苦海里来?故而有人要到开明寺里出家,任你是何等有身份、有学问的人物,是绝对办不到的。

　　钱四听得开明寺和尚的行径,他的见识却与寻常人不同,估定这寺里的和尚并不是一班的闲云野鹤,借这一片干净土,好为他们将来证道的阶梯,却是一班秘密的运动人物,假借出家的名义,阴藏复国的大仇。而且寺里很是富足,他们并无寺产,这笔钱却从哪里得来?可知他们真个不是严守戒律的清修和尚了。

　　钱四既看破开明寺和尚的行径,很情愿到开明寺去会一会那个德省大和尚,看风下棹,好拉拢这班的方外遗民到铁血党里干一番惊神泣鬼的事业。

　　钱四动了这个念头,那天到开明寺来,看寺里的房屋共有五进,里面的陈设也极其庄严。德省大和尚的方丈室是在最后的一进,由知客僧将钱四请进方丈室里。

　　那德省大和尚见钱四仪表非俗,豪杰心胸,虽在仓促间没有谈到国仇的事,然而德省一见面,就羡慕钱四是一个彪壮年轻的英雄。钱四看德省面如冠玉,说话总是平心下气,没有高大的声音,字句间很露锋芒,果然不是一个严守戒律的清修和尚,越发自诩眼力不错。同德省又谈了许多武术中的门径,甚是投机,两人都有相见恨晚之势。

晚间禅门已关,德省便留钱四住在寺里,和自家同榻而眠。钱四却巴不得德省和尚肯留他过夜,好同德省把心腹间事吐露出来。他们一面吃着夜饭,虽然食品粗粝,有些吃不下去,但钱四因德省是个方外的英雄,越谈越投机,钱四却忘其所以,狼吞虎咽地吃了一会儿,但看德省把那饭菜略吃了一些便不吃了。

一会儿,沙弥收过饭菜,听禅堂里的鱼磬声、诵佛声已宣告停止,众和尚大略都已就寝了,德省忽向钱四笑道:"请居士到贫僧卧房里安歇吧!"

一面说,一面用手拉着钱四的手,又用那只手在壁砖上敲了三下。钱四忽然觉得眼前的景物移转了方面,身子更像腾云驾雾般已升到了一座高楼,这楼轻易没有外人到的,有人要到这楼上观光观光,德省总推说这楼上作怪,于今实在爱钱四是个英雄,才把他带到这个秘密的所在。

钱四看那楼东厢房里,铺设得虽不十分富丽,却也不像个和尚的卧房。德省却陪着钱四大碗酒、大块肉地啖食起来,有两个小和尚在那里添着酒菜。钱四却越发佩服德省这种和尚,实有洒落的气概,固然非一班清修和尚能望其项背,亦非酒肉和尚所可比拟,这种行藏秘密的人物,如何不令钱四五体投地呢?渐渐把自家的来意对德省诉说出来。德省也对钱四极表同情,把个钱四快活得心花怒放。

一时酒入欢肠,约吃有六七分酒意,两人遂灭烛就寝。钱四因为多吃了几杯酒,合眼便睡,蒙眬间觉得德省由那一头爬过这一头来,把他紧紧地抱着了。钱四不由惊醒过来,暗中略一摸索,才知这秃驴是个女子,暗想,这是哪里的胡话?我以为他们都是正经的人物,把她当作英雄看待,原来却是这样不要脸的淫尼。万一我反被她强奸了,还了得吗?

想到这里,早已有了主意,便和德省调笑起来,暗中伸手在被外想摸一件东西。德省见钱四毫无抗拒,待要欣然就教的时候,忽然德省大叫一声,钱四已摸了一把解手刀,将德省的一颗粉头已劈面成半颗了。

欲知后事,且阅下文。

第三十七回

白日鼠三探太子府
红胡侠火烧剑锋山

话说钱四挥刀劈了德省，连忙披衣而起，点灯一看，谁说这德省不是尼姑呢？不谈别的，单论她两瓣红菱，这时已翘然并举，才恍然悟到德省那时话说的声音极低，并走路时总是右脚向前，左脚落后，到底不如男子来得步履稳健，暗忖，天下事真出人意料之外，想不到一个戒律精严的和尚，竟是一个淫荡无耻的尼姑，这偌大的一座庄严禅寺，却腌臜得不像个话。看德省既然是这样的路数，管许寺里的众僧也是这样的路数了。自家的来意，原是看这开明寺的僧人行踪诡秘，武术精奇，都具有亡国遗民的气派，很要拉拢他们出山干一下子，哪里知道还是这样的行踪诡秘。我此番虽没有为铁血党招集一群方外的英雄，倒也替方外除却这个人妖。他们的武术，我虽没有领教过，大略是虚有其表，这地方谙习武术的人极少，所以才把开明寺人妖直捧到青天云上。我于今索性一不做二不休，把这寺里的人妖且杀个一干二净。

钱四想到这里，因为不明白楼上的机关，不敢从机关上走下去，便推开了窗槅，使了一个鹞子钻空式，钻出了窗门，跟后又换了一个蜻蜓点水式，轻轻落下平地。看西厢房里灯焰未熄，正要前去探问一番，好下手将他们完全结果，陡然听得有一阵哭泣声音，这声音远远送入耳鼓，像似女子的哭声。心想，这寺里难道还有什么和尚强奸人家的女子吗？这声音哭得十分凄痛，就是铁石人听了也要伤心，看来这其中还有一件的冤情。

钱四这么一想，随即提了佩刀，悄悄向那哭声的所在趱去。幸没有人知觉，瞬息间便到了。再听哭声，又戛然中止了。

忽见一座庭梧下面，仿佛有许多光头的和尚在那里谈话，无如谈话的声音甚微，有些听不清楚。钱四又趱到梧荫下面，不由无明火冲出顶门，看有几个和尚把一个年轻的女子预备要在梧荫下掘土活埋。这女子紧闭着双目，身子动也不动，听众和尚摆布，像似已经死了的样子。

钱四便哕了一声道："好大胆的秃驴，你们的事，犯到四爷手里，也不问你们是男是女，须各吃四爷一刀！"

众僧听得这声喝来，看钱四已提刀直前。此时众僧手中都没有兵器，而且都是开明寺里的下等执事，谁也不肯吃他的眼前亏。三十六招，只有走为上招，也就各自避开去了。

钱四待要前去抓住一个僧人，问个水落石出，忽然那女子也动起来，忙又抽回了脚步，向那女子面上仔细一看，却看不清是否身死。但面貌亦颇动人，浑身衣裤已撕破了几处。钱四忙伸手插进女子的胸间一摸，觉得还有一丝气息，方想要把那女子唤醒过来，问个明白。忽听得寺里一声钟响，接连又嗡嗡嗡响个不住，钱四是何等机警的人，知道这是他们的警钟，像铁血党里的警铃一样，至此却转怕寺里的和尚戒备森严，只好捺定性子，忙将那女子背在肩上，飞出了寺门。离开明寺五十里外，才将那女子放下，似乎见那女子的身体又动了一动。

钱四便附着那女子的耳朵说道："我是来救你的，你若能说话，请你在这里说出来，不妨事的。"

钱四问了一会儿，那女子并没开口。钱四便想来搭救她，忽地那女子将身子翻转一下，喉咙里仿佛叫出一声："苦呀！"

钱四这一喜非同小可,便向那女子正色问道:"我是来救小姐出难的,小姐姓什么,叫什么,家住在哪里,怎样失陷在开明寺里?请小姐说出来,要我替你帮忙,凭我的力量做去,虽死不悔。"

那女子忙坐起来,睁眼向钱四一打量,不由哇的一声哭了,一面哭,一面说道:"我是句容的人,父母只生我姊妹两个,同时被那开明寺的和尚将我们姊妹劫到寺中,有一个执法和尚勒逼我姐姐同他参什么欢喜禅,我姐姐誓死不从,被那德省方丈察觉了,便报了那执法和尚,连夜将我姐姐送到北京太子府去。却又有一个知客和尚,又来磨缠我,那知客和尚是德省所爱的,都任凭德省把我关在一个寮房里,软骗硬喝地转我念头,我仍是誓死不从。就被那知客和尚将我的两腿用火铁烙得寸骨鳞伤,我哭得晕转过去。耳中犹依稀听那知客和尚唤上几个贼秃,将我接引到西方去。以后的事,就不得明白了。恩公要问我姓什么,我姓闻,父亲闻人凤,是个不第的秀才,姊名唤巧姑,我的名字唤作芸姑。请恩公先将我送到家里,我的苦衷却不好意思对恩公说来,只好来世变犬变马,补报恩公便了。"

钱四道:"小姐不要多虑,我不是无赖的人,刻下送小姐回去要紧,慢慢再设计救出令姊便了。但小姐是住在句容城内,还是住在城外乡下呢?"

芸姑道:"是住在西门城内。"

钱四不待芸姑接说下去,仍将她背在肩上,施展飞行的功夫,耳中却听得芸姑一阵阵呼痛的声音。及至到了句容,问明芸姑的住址,将她送到家中。闻人凤夫妇自然是感谢不遑。

钱四听闻人凤说芸姑已经字人,是曹州宋大来。钱四听了,才想到芸姑所说来世补报的话大有缘故。曹州红胡侠有这么一位贞烈的未婚妻子,也是一件赏心乐意的事,但芸姑虽然出险,巧姑失陷在太子府中，生死未可预卜，我凭着这副铁肝侠胆做去，必须将巧姑救出了牢笼，才了却我一件心事。想着，遂不待闻人凤请求，慨然以救出巧姑为己任。

闻人凤慨叹之余，预先向钱四说明，若钱四能救出巧姑，便将巧姑婚配与他。钱四也含糊答应下去。

当夜无话，来日二更向后，钱四便流光闪电般向北京飞去，不上两个时辰，已飞到了。禁城是钱四的熟路，遂缘橡飞壁，悄向东宫飞去。无如宫中警跸森严，有些不敢鲁莽，眼看东方已吐出鱼白的曙光，钱四不敢逗留，遂回到城外乡下一家大户的天花板上，睡了一日。接连到太子府里又探了一夜，仍然不敢轻易近前。

直到第三夜上，钱四预先用饱了夜饭，悄没声影地飞进了禁城，蹿檐跃脊向东宫飞去，瞬息间已到了。便在宫上一座飞凤双珠阁下伏定，静听了一会儿，却也声息全无。看一班护卫的禁士，一个个仍是弓上弦刀出鞘似的，黑夜间越看出那刀光弓影，闪摇无定。陡然听得叮当当一声警铃响，那一班侍卫，大家都一声呐喊，有许多弓箭手只顾拈弓搭箭，那箭像飞蝗般向空中乱射。

这时，便见一道红色的电光直向南方飞去。这红光一落到钱四的眼角落里，便知是红胡侠宋大来了。

原来这宋大来仗着他一身的本领，行为又正大，江湖上怕他的人很多。他见剑侠中人在夜间行动，多穿着青、白、黑三色的飞行衣靠，他觉得不甚光明磊落，不足以代表做剑侠的一颗火热的心，还有几分怕人看见的意思，他就改用红色的衣靠，使人远远一望，便知是曹州宋大来到了。

钱四和宋大来同是铁血党里热血英雄，又艳羡宋大来的本领比自己了得，这回见是宋大来在太子宫中干下一件事来，知道他这事大略已干有几分的把握,却也毫不迟疑地便随着那红光飞去。论理宫中所放的箭,必然要射中钱四的,无如钱四飞得太高,众卫士又各把个目标都注向红光射去,反让钱四毫无危险地出了皇城。

钱四看那红光在前,约有十里多路,只那红光飞得太快,不一会儿,已觉离自家略远了些。哪知越来越远,钱四只飞赶不上,渐渐见那红光小于红丸,落在一座山头上面。钱四估定那山是剑锋山,便抖擞精神,直向剑锋山而去。约飞有四百多里的路,却见山上的红光直冲霄汉,映得半天通红,一望便知这是火光。钱四尚以为是宋大来放火烧了开明寺,只不明白宋大来如何到北京太子府去,如何烧了这开明寺,心里委实猜度不出。

及至飞到剑锋山头,那火光越发烧得烟焰全无,一时西风大作,火得风而益烈,风助火以延烧。钱四便拣上风一座松林上坐下,瞥见松林那边闪出三条好汉,各自握着一把闪电似的大刀,向钱四迎面杀来。钱四也架刀相迎,觉得三人的刀法同自家是一样的路数,刀风一到,便使人不寒而栗,所有浑身的气功都施展不来。钱四左冲右突,只有招架的气力,不轻易在重围中杀出一条血路。

那三人却越战越有精神,钱四越招架越觉得有些招架不住,便一面招架,一面向那三人喝道:"你们这三个鸟人,杀我一个,我与你们面生得很,只不知你们与我有何冤仇?若是有意要和你动手,就仗着这样以多为胜的行径,便杀死了我,也算不得好汉。我们必须捉对儿厮杀,方才可以见个高下。"

那三人听了,忽然各按刀守定了门户,便由为首一人向钱四问道:"好汉做事要爽截些,休说我们以三个人杀你一个,这观音寺里的僧侣,谁不是你的党羽?我们以十来个人杀你们观音寺一百多人,还算是以多取胜的行径吗?"

钱四笑道:"这是从哪里的话?不瞒诸位说,我此来一不是帮你们抵制观音寺的僧侣,二不是和你们为难,我是来寻问一个人,不知你们这十数人当中,可有宋胡子宋大来没有?"

钱四方说到这里,即听那人劈口向钱四喝道:"原来你就是宋大来的党羽了?我们前来却是和那宋大来为难,杀死你便是杀的宋大来。"

说罢,又挥刀来战钱四。其余两人也各舞刀杀来。钱四好生诧异,这时也只好拼着性命,和他们决战下去。

正在开不了交的时候,忽然火光中飞下一人,冲到树林下面。

钱四一眼看见那人是宋大来,不由张开喉咙喊道:"宋阿哥快来助我一臂之力,他们这三个鸟人要同我拼命呢!"

那三人听说是宋大来到了,各自让开门路,仍然按刀而立。

却听宋大来哈哈笑道:"大水冲到龙王庙,自家人闹到自家人头上来了。老四,你怎会也到了这里?"

那三人听宋大来和钱四是朋友相称,各自放下大刀,向钱四抱拳说道:"我们都对不起老哥,却疑惑老哥是妖僧呼同一气的人,冒充宋阿哥的朋友欺骗我们。于今既已证明是宋阿哥的朋友,不是我们自己掩护自己的不是,这真叫作不知者不罪。"

大家从此又略叙一番,钱四才知那三人是萍乡的人氏,为首的唤作傅猛,傅猛的兄弟唤作傅勇,还有一个初成年的侠士,便是傅猛的族弟傅一鸣。他们都是为伍爱珠的事体而来,伍爱珠已被她丈夫王大错带回光泽去了,连带又救出一个落难的女子。这女子正是句容闻巧姑。大家因匆忙之间,不暇多说。

钱四又把自己在开明寺杀死德省的事约略对宋大来说了个梗概,宋大来道:"那开明寺已被我放了一把火烧了,老四只知那开明寺的方丈是个尼姑,可知这观音寺的尼姑真如却是一个和尚呢?"

　　宋大来说到这里,看火光渐渐低落下来,霎时烟焰腾空,简直把一座剑锋山烧成了一片焦土。宋大来就此便吹了一声警笛,便见有十来个英雄迎风呼哨而来,大家都会合一处。

　　其时火焰渐低,众英雄却懊悔这回前来,预先打草惊蛇,把一众的僧尼惊得走了。大家就此便回光泽去了。

　　看官要知宋大来如何会集傅猛等一班英雄,如何单身到太子府,所干何事,宋大来如何烧了剑锋山,众英雄如何救了爱珠、巧姑二人,观音寺里的住持尼姑真如如何走脱,开明观音寺里的僧侣是什么路数,闻芸姑如何许字宋大来,将来钱四、巧姑二人是否得成眷属,众英雄如何在光泽城里大劫法场,这其间的事实颇繁,须用珠帘倒卷的笔法,逐一叙来,使看官见了,不致闷破肚子。

　　欲知后事,且阅下文。

第三十八回

割发留头热忱救难女
架梁换柱只手运神功

话说上回书中所有未了的事实,已如匣剑帷灯,有跃跃欲出之势,这回不妨用倒卷珠帘的笔势,粗枝大叶地叙述一番。追源溯本,第一却在宋大来说起。

三年前宋大来在曹州做侠盗的时候,在本地方做的案件极少,江南一带所发生劫盗各案,大半都是宋大来做的,但他并没有做过采花的大案,总是盗窃富绅显宦的私囊。他说显宦的银子都从小百姓身上搜刮得来,用着小百姓的银子,欺压着小百姓,复用这银子去逢迎上官,从小百姓身上搜刮的银子越来越多,那官儿就越做越大,搜刮小百姓的脂膏,却越发来得精奇。不若把他这银子盗劫而去,暗中却用强迫的手段威胁他,既可以警戒他下次改悔一二,又可以借此给小百姓胸中出一口怨气。富绅的银子虽未必是尽从小百姓身上搜刮得来,但他们的银子太多,藏在家里毫无用处,殊与通财的道理相悖。且有许多纨绔子弟,仗着他祖上的资财雄厚,任意挥霍,不务正业。到头来挥霍得精光光的,连随身吃饭的本事都没有,往往变成了个游民乞丐,他祖上所遗的资财,适足以造成他乞丐的根底。这富绅在兴高采烈的时候,以为有一分资财,即替子孙造一分幸福,哪里知道这资财却是他子孙承受自家的遗毒呢?所以宋大来每遇资财雄厚的富绅人家,非得将他们无用的资财盗来周济穷苦,这资财却花在有用的地方上去。

江南最是一个富庶之区,宋大来这次到江南来,住在句容城外乡下张仙祠内。祠中的庙祝看宋大来是扮作商人的模样,囊橐丰足,就特别招待得和平常的寓客不同,在祠里腾出一间又精致又秘密的房间,给宋大来住下。

那夜宋大来因月色甚是光明,从窗外射进来,不由胸襟豁然开朗,从箱中取出一把宝刀,在月光下细看,如秋水侵人,肌肤起栗。忽听窗外有脚步的声响,看是一个人影子伏在窗外窥探。

宋大来便喝问:"是谁来探头探脑,想偷我房里的东西吗?"

那人急在窗外回道:"我在这里经过,实在不知这是老兄的寓所,一时忘了避忌,看老兄对月赏刀,求老兄不加罪责,就说我兄弟一切都知罪了。"

宋大来听着,便从容笑道:"用不着这么的客气,你我相见,多少总有一点儿缘分,请到房里来坐一坐,是不妨事的。"

那人不待宋大来再说下去,即应了一个"是"字,反手推开了窗槅,一头向房里钻了进来,虚心下气地站在宋大来面前,遂分宾主坐下。

宋大来忙问他的姓名,那人也只得实说出来:"是扬州人滕海鹏,因落魄在句容城内,设厂收徒,无意间收了几个强盗徒弟。那几个徒弟都失脚吃官里拿住,绑出法场砍了。衙门里的差役有知道他们是兄弟的徒弟,就想将兄弟拿办到案。论兄弟这种脓包的角色,是不怕吃官司的,不过怕闹出事来,所以逃到这里,冒昧惊动了老兄,岂非笑话?"

宋大来听了,即笑问道:"他们所犯的是什么案件?既失脚吃官里拿住,绑上了法场,无论如何,你总该设法将他们救出,才不辜负和他们做一场师徒。"

滕海鹏摇头道:"我若干出这种无法无天的事,真个算是强盗了。并且他们不听我的忠告,想盗尹知县的私囊,以致弄到了这般地步,还算是我的徒弟吗?不过我是做师父的,既冒昧收下了他们,又不能劝他们改邪归正,我总觉自己对不起自己。"

宋大来听毕,笑了一笑,看他身上的衣装不大漂亮,越发相信他不是绿林的朋友。再向他讯问一番,知道他身边已没有一文,欲逃到别省的地方,哪里能有饭吃有衣穿?

宋大来因他穷困得太可怜了,慨然取出二十根蒜条金来,托说:"是自家从贩珠宝生意上得来,这点子东西,算不了什么,请老兄曲意收下,也不枉彼此结识了一场。"

滕海鹏自是欣然应受,遂向宋大来拱手告别。

宋大来自从滕海鹏去了以后,打算祠中的庙祝等都已深入睡乡,因将那把刀叉拂拭了一番,暗想,一个做知县的,竟有许多油水,也劳动强盗光顾,我今夜倒不可不去会一会那个尹知县,趁势去干一下子,看他能奈何我。想罢,便换了一身红色的飞行衣靠,提了大刀,反锁了窗门,飞电临空般地直奔句容县衙而来。

其时谯楼上正打着第三通鼓,宋大来便伏在句容县上房屋脊上窃听。却听得一个很尖嫩的声音说道:"你祖上很积了许多的阴功,才会生下你这个读书种子,你的职位虽卑,将来未尝没有极大的希望。你应该怎样地洗心涤虑,不爱钱,不徇私,为这句容一县的人民造福,你才不愧是个读书人。我看你近来利禄熏心,把本来的书生面目完全改变了,不论别的,单说闻家的这样案件,你硬要将人家贞烈的姑娘定成死罪,你凭良心说一句,你这是什么道理?"

接着,又听得一个男子的声音回道:"夫人,你是个呆子吗?一个人只要有官做,有福享,什么阴功不阴功、道理不道理的话,还顾得许多?唉!起初我也像夫人这么呆,看着白花花的银子不要,落得好的人情不做。于今已恍然明白过来,什么是阴功,什么是道理？这不过是书呆子自欺欺人的话。夫人，你适才所说的那个闻芸姑，实在拒奸格杀了城里的蒋大少，我岂不知王道不远人情，我若是存心开释了她，没有开释不了的。无如干碍着蒋若愚的情分上面，又受了蒋家一千两银子，这一千银子是什么做的？要是换成铜钱，不要堆满这一座上房吗？将别人的性命和这一千两银子比较，在我这方面着想，究竟是谁轻谁重？"

宋大来听到这里，直气得一根根红胡子直撅起来，便轻轻落下平地，踢开了门。那尹知县正在上房里检查案牍，旁边坐着一个少妇，愁眉苦脸地默默不语，正是尹知县的妻子洪氏。

尹知县陡见得这两扇大门要踢得飞起来，一眼看见一道红光闪到面前，看看分明是个奇形怪状的武装人物，一手提着大刀，一手来提尹知县的辫发。吓得尹知县一颗心险些要跳出口来。旁边坐着的那个洪氏夫人更惊得手足无措。

即听那人低声喝道："不要嚷，嚷出来就吃我一刀。我问你这个鸟官，为什么不凭道理，曲法徇私，硬将人家贞烈的女子定成死狱？依我的性子，就该给你个当面现开销。你是漂亮些，懂得一些道理，赶快把那女子开释出来，如果违背我的教训，明年今日，来吃你的抓周饭。你若要问我是谁，我红胡子坐不改名，行不改姓，曹州宋大来便是。"

这时候，忽听得咯吱一声，洪氏夫人不由失声叫了一句："哎呀！"再一抬头看时，哪里还有什么红胡子绿胡子呢，只见她丈夫用两手抱着头颅，向她抖着问道："我这颗头可有了没有？"

洪氏对着尹知县出了一会儿神，忽然看见他背后一条小辫子削成了个鸭屁股式，那三绺头发已抛落一边。

洪氏也抖着回道："头虽没有被他砍掉，你的辫子已被那人用刀削了。"

尹知县这一惊更是不小，这宋大来的声望，没有个不畏惧他的,尹知县久经知道他的大名,又觉得他这一回亲自光降敝署,剪去这一条辫子,格外是一件可怕的事。他在平时,原听说是个杀人不眨眼的混世魔王,此番饶了我这性命,还算是他破例的恩典。

尹知县越想越怕,反从惧怕之中生出一线的天良,便向洪氏说道:"夫人的话真是字字金石,我若凭良心做去,何至今夜连带使你担惊受怕?我这时也不好收下蒋若愚的银子了,休说死的是他的儿子,就是我自己的亲生骨血,被人家贞烈的女子拒奸格杀,我也不敢曲法徇私了。于今第一件要紧的事,必须赶快设法,将闻芸姑开释出去,横竖她没有滔天的大罪,不过我迎合蒋若愚的意思,方才这么去办的,少不得那闻秀才以后要感激我。那红胡子既然前来救芸姑,想必同闻秀才多少有点儿关系,准许还要在那红胡子面前替我说几句好话,以后那红胡子可以不再来光降敝署,我这性命,就可以保得住了。"

尹知县同洪氏商论一番,当由洪氏替他梳上了一条假辫子。

当夜无话,第二日,尹知县起来,也不将这事告诉第三个人知道,只悄悄地唤上一个家仆,将那一千两银子放在一张柜子里,抬到公堂,一面从女监里提出了闻芸姑,一面将蒋若愚传到公庭。谁知蒋家在昨夜三更的时候,被强盗劫价值二万以上的金珠首饰,正要到衙门里呈报被盗时的情形,请拿办赃贼到案。却见两个县差请他到堂讯案。蒋若愚便随着县差,摇到大堂,先将报单呈上公案。

尹知县看毕,明知这案子是宋大来做的,登时就诧异不小。忽见蒋家的小厮一口气跑到公庭,暗向蒋若愚丢个眼色。尹知县当向蒋若愚讯问了一番,蒋若愚便退下堂来,和那小厮略谈了几句。

忽见县差前来,又请蒋若愚到堂对审。尹知县却不待蒋若愚开口，便向芸姑问道："你所供招，是因拒奸格杀蒋秀文，你有什么见证？"

芸姑回道："青天太爷在上，犯女是没有见证的，太爷硬说我不是这样的情节，为什么杀了蒋秀文，也该还犯女一个见证。"

尹知县道："本县就给你一个见证，好吗？"边说边喝令公差把那柜子开了，露出白花花的银子来。尹知县又接着笑道："拒奸格杀，在法虽杀人者死，在情却有可原。这银子便是你拒奸格杀的见证。"

说至此，又将蒋若愚前日行贿的事当堂宣布出来，早吓得蒋若愚脸上变了颜色，只有求饶的份儿，哪里还敢多辩，并说："昨夜家中被盗是实，但因那强盗在敝内面前哄吓治生不用声张，治生也不愿请老公祖将赃贼拿办到案。得罪了他，治生这性命就保不住了。"

尹知县听毕，急喝退了蒋若愚，便将这案从权判结，把闻芸姑开释出来。

芸姑回到家中，见过父母，据她父亲说来："前夜五更时候，为父正拟准备上控省垣，不料那夜有一个红胡子宋大来到来，劝为父不用麻烦，他已威胁尹知县开释了我儿。至于蒋家方面，谅也不至于有意和我儿为难。原由那夜宋大来到蒋家去盗劫金银珠宝首饰，共值二万金以上。适值蒋若愚不在家中，蒋若愚的妻子王氏兀自睡在床上，满面泪容，只顾哭着她的儿子。不料宋大来门开户不破地进了王氏的卧房，盗劫蒋家一只皮箱。王氏出房方要呐喊，看宋大来已不见了。陡听得屋上一声作响，王氏抬头一望，见宋大来伏在一根梁柱上面，用手托住上面的一根梁柱，接连又听得哗啦啦一声响，屋上的瓦片飞落下来。

"宋大来左手将上面梁柱抽出，竖在地上，那屋却险些要扑倒下来，复又抽出上面第二根梁柱，仍用左手将屋梁托定，把第二根梁柱换放在第一根梁柱上面。复把中间第一根梁柱换放在第二根梁柱上面，一时安顿已毕，像似行若无事般，口不喘气，面不改容，仍然蹲下平地，向王氏低声喝道：'你见过我的本领吗？这屋子若扑倒下来，怕不要将你压成了肉饼？箱子里的金珠，我带去花用，以后可告知你的丈夫，你那个不肖的儿子死固其分。万一倚仗着你家钱多势大，硬将人家的孩子定成冤狱，我有本事，把你们两个牛黄狗宝掏出来。'

"这件事不但是宋大来告知为父的，我们句容城内的人却没有个不佩服宋大来有这般神勇。为父因羡慕他有这么了不得的本领，又生得一副侠肝义胆，做强盗怕什么？为父看一班腌臜不堪的富贵人物，反不若一个做强盗的高尚，所以为父已将我儿许字那宋大来了。"

芸姑听罢，不由暗吃一惊。

欲知后事，且阅下文。

第三十九回

剑光惊一瞥石破金开
战血沃九江云翻雨覆

话说闻芸姑听说宋大来有这么了不得的本领，心里又是艳羡，又是惊异，本来自家对于嫁人的这个题目，满心想嫁一个读书的君子，再则必须由自己拣中的英雄之士，若嫁得个薄幸王郎、纨绔子弟，宁可做一辈子老处女，立誓不肯随波逐流，如世俗所谓嫁鸡随鸡、嫁狗随狗，把自己的清白身体轻易给人糟蹋一场，便算订下了白首鸳鸯，却辜负香衾，消磨那多愁多病的岁月，亦复有何趣味？于今据我父亲说来，那姓宋的虽未曾与自己会过一次，总之他是一个仁勇兼全的乱世英雄，哪怕他丑得同戏台上大花脸一般，自己心里是情愿嫁他的，唯恐他不答应。想着，不由粉脸上羞红了一阵，待要讯问自己的父亲，究竟这姓宋的有多大年纪，他可曾留下表记来没有。毕竟这些话对自己的父亲说来，总觉有些羞人答答，想来想去，还是不说的好，但不探问个明白，好像这颗心又没有放处。

闻芸姑虽不好意思将这话向她父亲问明，却在背地里私问她姐姐巧姑。

那巧姑便笑着回道："别要说了，你将来嫁了这个姓宋的，那一嘴红胡子，才刺破你的小吻呢！"

芸姑扭头道："人家同姐姐谈正经，倒惹得你说出这样的胡话来了。"

巧姑笑道："依得你的心愿就得了,难道你这次有了什么变卦吗?"

芸姑听罢,便不再问下去。

且说宋大来那年离了句容,对于闻家的婚姻问题已经面许过了,但因芸姑是个初成年的女子,预备再迟后三年五载,方可实行将她娶进门来。嗣后在铁血党里充当侦探,每因国仇事重,却把这儿女的私情,也就暂行搁住。

那天在天长县乡下一家酒店里,遇见一人,那人见是宋大来到来,连忙将他拦腰抱住问道:"宋大哥,你是在哪里来的?可把兄弟要想杀了,难得在这里相聚,且请和兄弟拼个三杯。还有一件要紧的事,要仰仗哥的鼎力。"

宋大来仔细向这人打量一番,兀地拍着屁股嚷道:"你不是滕海鹏老哥吗?记得我们在光泽会过一次。我们都是义气的朋友,老哥有甚紧要的事,要兄弟帮忙,兄弟没有不答应的。但老哥就请把这事对兄弟说出来,不说出来,兄弟就吃不下酒去。"

海鹏附着他耳朵说道:"借一步说话。"

大来会意,随着海鹏走到店后一棵槐树底下,另有两个少年的武士,跟后也随着一同前来。海鹏指着那两人说道:"这位是伍德伍大哥,这位是阜宁苏大错,都是兄弟的要好朋友,这伍大哥的妹子伍爱珠,便嫁给这个苏老弟。原是苏老弟和爱珠成婚的那天晚上,新娘忽然不见,伍大哥便想起以前有个剑锋山观音寺住持尼姑真如,曾逼勒爱珠妹妹剃发出家,又用妖法恫吓爱珠,却被爱珠破了她的妖法。这回爱珠忽然行踪不见,便猜着是真如趁这机会,将爱珠用妖法摄去,大家都将信将疑,分头寻找。他们郎舅俩便到剑锋山去,却窥破那真如的秘密,却是一个淫毒不堪的妖僧。她那三寸金莲,原是安的一对铜脚。

"这观音寺里少年尼姑完全做了真如淫欲的器具,外人却不甚了了。他们两个在那里藏身窥探的时候,却见真如同一个和尚说话,这和尚却是开明寺的方丈德省,所谈的话大半皆是嫖经赌谱,没有一句正经。及至两个贼秃都登床就寝,各脱得一丝不挂,说也奇怪,那德省却是一个尼姑。

"岂但德省是个尼姑,据他们情话时无话不谈,那开明寺的一众僧侣,却有好几个尼姑在内,那德省淫欲的功夫了得,当和那真如宣战已毕,复又换上十来个青年的尼姑,轮流交媾,说是换新鲜,结他们的佛缘。直闹了两个时辰,那德省复和真如穿衣下床,开怀畅饮,并坐在一条凳上,口对口地灌酒。

"这时候,方听德省向真如笑道:'伍爱珠那个贱骨头,于今是怎么样了?依我的意思,还是杀了的好。'

"真如摇头道:'这个是不能的,杀了她再找不出像她这般的美人儿来,像我这里的少年尼姑,谁不想沾一沾我的福气?偏是那副贱骨头,要刺在那石牢之内,活活地叫皮肉吃苦。如今还绑在那神仙凳上,咬着牙关装好汉呢!'

"德省道:'依我的意思,她既不肯顺从你,也是无益,不若收她送进太子府中,进献皇上。好在太子和我十分投契,贪图我一块佛菩萨的招牌。我们若将这丫头送进了太子府去,我就可以博得个国师的徽号。'

"德省方说到这里,忽然有两个贼秃前来叫道:'老师父,不……不……不好了,伍爱珠已逃出石牢去了。'

"伍大哥郎舅两个正伏在一株白果树下,听说爱珠已出石牢,这一喜非同小可,两人同时看见当头顶上一道电光闪了过去,不由各展动飞行的功夫,向那电光的所在逐去。一会儿已到了,可不是爱珠是谁?

"爱珠见是他们郎舅到了,看后面并无有什么和尚、尼姑追来,便落在一个郊野的所在,把自己出险的事约略说来。

"原是那夜爱珠看苏老弟喝醉了酒,兀自坐在床沿,忽然觉得头脑晕眩了一阵,两眼更像被什么东西蒙着的一般,身不由主地恍恍惚惚,已到了一个所在,才觉浑身被铁索绑着的一般。好一会儿,有一个年轻的尼姑到来,用药汁在爱珠面上一洒,爱珠醒来,睁眼一看,却见自家押在一个石牢里,身上用三道铁索绑起,那尼姑软劝硬说,劝爱珠不要把贞节的一关把紧,爱珠总是骂不绝口。曾被真如用法术勒逼几次,终不曾吃那贼秃的欺骗。但因一个人身上加了三道铁索,又押在天造地设四路无门的石牢里,若是常人,如何有解脱的希望?然爱珠的剑功也甚了得,她明知这里的恶僧淫尼邪术厉害,一时不肯轻易逃脱,怕吃人知觉。

"这夜忽然监守的人离开了石牢,爱珠便打定主意,从口中吐出一道剑光,却运足内部的元气,那剑光在她身上打一个转,一道一道的铁索顷刻解散开来,身上却没有一些伤损。接连又运足了剑功,那剑光向壁上射去,便听得咔嚓作响,那石壁却被剑光穿成了个窟窿,即见外面的星光从窟窿里穿进来。

"爱珠大喜,将身子偏过来,穿出石牢外面,已现出一条生路,就此便凌空而去。

"下面值夜的尼姑看见剑光,还在那里呐喊。爱珠却就此出了石牢,想不到在那个郊野的所在,正同他们郎舅谈话的时候,他们郎舅都觉头脑晕眩了一阵,再看爱珠,却又倏然不知去向。

"复转到剑锋山去,探问爱珠的消息。无如那里防备得甚是严谨,去了三次,却探不出个所以然来。他们也就无法可想,回来寻我们大家商量。却好在各处寻到我们,大家都拼着性命,要去救出爱珠。约在这酒店里聚齐,难得老哥到来,就得请老哥今夜一行,老哥其勿辞。"

海鹏说到这里,忽然树荫那边走出一个老翁,向他们喝道:"你们真好胆量,这也难怪,你们都是后起的英雄,哪里把这两个鸟寺的和尚、尼姑看在眼里?你们打算去救出爱珠,却不问一问那淫僧是怎样的来头,这还了得?"

海鹏四人见老翁突如其来,又听他这一派话,声音更像似铜钟一般,各自向他打量一遍。看他鹤发童颜,岸然道貌,一望便知他是个不群的人物,不由各自翻倒虎躯,向那老翁纳头便拜,请问那老翁的尊姓大名,究竟那剑锋山的和尚是什么路数。

老翁便哈哈笑道:"你们年纪都轻得很,不认得我三十年以来躲在家里不问事的老头子,我的姓名说出来,大略你们都还晓得。我姓卫,名绍祖,知道那淫僧的本领有限,但他的法术却十分厉害,你道他是什么路数呢?他们都是峨眉山玄化真人的门下,那玄化真人,说来也是一个正经人物,不过脾气是怪得很,两个眼珠太不识人,所收的徒弟,其中也就良莠不齐。这淫僧、淫尼却是玄化真人的两个叛徒,他们的邪术,不假借符咒的功用,意之所到,形必随之,要怎么样就怎么样。你们的本领本可以处置他的死命,唯有他的邪术厉害得了不得,你们只需身边各佩着'玄化真人在此'的朱书篆文,那邪术就不奈何你们了。不过想借此在明地里和他斗斗,要杀了他们,替人民除害,我怕是一件很不容易的事。"说毕,海鹏四人方要再问下去,那卫绍祖却倏然不知去向了。

四人都诧异不小,他们本来都知道卫绍祖的大名,因为三十年以前,卫绍祖曾在江西起义谋逆,很杀了无数的官兵,看官要问,是怎样杀了无数的官兵呢?

卫绍祖这个人物,在第二十八回书中已经出场,但他手下的党羽大半都深通国仇的主义,所以卫绍祖能够在三十年前做出那大逆不道的事体出来。

那时九江的提督唤作萨勇,是镶黄旗人,旗人掌大权的,用不着有怎样的能耐,只要他的官运亨通,哪怕文不能识之乎,武不能执刀枪,好在公事有属员办理,打仗有部下争先,做长官的不过是坐大轿、骑高马,文的剥皮吸膏,武的当兵吃饷,终日和附在身上的一班寄生虫,饮食宴乐,吆五喝六,会结乡绅,夜间陪着他们心爱的姨太太办几回交涉,他们这一天的公事也就完全交过排场。哪里打算一个下流人物卫绍祖,居然胸怀大志,以侠士资格会有国仇的思想,竟敢背反朝廷,勾结叛党,为隆治时代的秘密的运动家,竟会在庐山发难,一封宣战书下到九江。吓得萨勇心惊梦怕,一面详文告急督署,一面和九江道尹吴其德商量。一时没有办法,把各城门都关得紧紧的,无如卫绍祖领着手下的一班热血英雄,每日到城下搦战。

萨勇差人探得卫绍祖的军队尚未成形,军械不全,旌旗不壮,不免又转存着轻视的心肠。那卫绍祖因连日搦战没有效用,城门又一时攻打不下,下令退回三十里下寨。

萨勇见卫绍祖已经退兵,疑惑卫绍祖的粮饷不继,早点起部下的人马,杀出城门,不料中了卫绍祖的诱兵之计。那卫绍祖的兵勇何尝退回三十里下寨,官兵在半路间见卫绍祖的伏兵齐起,如饿虎扑羊般杀得官兵丢盔卸甲,死者不计其数。

萨勇当见伏兵夹攻的时候,正拟引兵退回城内,哪里还来得及呢,前面却有一标的军马拦住去路,吓得萨勇气阻神丧。

正在危难的时候,忽见后面的飞尘大起,萨勇这一惊更是不小,却见逆兵纷纷乱窜,四散奔逃,原是督署发下大队的人马前来,解九江之围。却在逆兵的背后抄杀一阵,将萨勇救出重围。

卫绍祖手下的一班健士死者甚多,始知清廷势大,原不可行险侥幸,以图恢复万一,遂领着一班败兵残将,逃到别省,匿迹销声,另作计较便了。

再说萨勇被省垣大队的人马救回,四路遣兵巡哨,还怕卫绍祖再来背城一战。及至日久无事,遂至省垣面谒总督。

那时正是粉饰太平国运正隆之际,总督不便把卫绍祖谋逆的情形奏闻朝廷,一则触了皇上的忌讳,再则把案子弄大了,这卫绍祖却不易捉拿,怕部里责成他将卫叛拿办正法,要惹得许多的麻烦,只得敷衍其事,奏说九江发生土匪,现已剿除,所以清史略而不详。苟非街谈巷语,传说当日的故事,后人固不知有这么一件事,还不知有卫绍祖这一个人。

欲知后事,且阅下文。

第四十回

惨雾连天风云大变化
秽尘滚地时势造英雄

话说卫绍祖那时只能谙习马上马下的功夫，不懂得什么叫作剑术，只仗着一时的血气之勇，不明白什么叫作战略。这回失败以后，经一回挫折，便长一回见识，从此藏形灭迹，不露锋芒，又得名师的指授，学成了剑术，才知清廷的气数未终，时机未熟，如何可以逆天行事？嗣后又到处游览江湖的名胜，来如狡兔，去若游龙，他的行踪非寻常人所能捉摸。

于今宋大来、滕海鹏、伍德、苏大错四位英雄谈说卫绍祖当年的故事，因卫绍祖是个异人，相信他的话是不会错的。三人转到酒店，不一会儿，滕海鹏所约的一众英雄已先后到这酒店里聚齐，当由海鹏对一众英雄和大来一一介绍已毕。那班英雄是合肥孙泽，马当张鼎，这酒店里的主人吴焯，新华黄士龙，新会秋平，中山徐燮，萍乡傅猛、傅勇、傅一鸣，凤凰宁焕南、宁焕中、宁焕东、宁焕章，及宋大来、滕海鹏、伍德、苏大错四人，共是一十七位英雄。当日便依着卫绍祖的办法，用朱笔写成"玄化真人在此"六字，这六字写在白绫上面，各人佩挂身边。夜间用了酒饭，已是一更时候，遂一齐向剑锋山飞来。

适值开明寺的僧侣，因德省在前日被一个路过的人杀了，一时纷纷地号丧起来。宋大来怕吃开明寺的和尚惊觉了，遂呐一声哨，众英雄都轻轻飞落平地，便在开明寺上风放起一把火来，吓得开明寺的僧侣忙运用反风灭火的妖法,哪里还有半点儿功用呢?大家只好借着火遁,逃之夭夭。

这观音寺距离开明寺只有一箭多路,真如正拉着一个尼姑,在云床上结欢喜缘,恰听得开明寺里失火,便撇下那个尼姑,领着寺里的众尼,出了山门。恰遇众英雄杀来,真如并不害怕,心里不知是作何计较。忽然半空中布满了愁云惨雾,像似要落雨的一般。众英雄被云雾罩定了目光,对面看不见人,仿佛都觉有两三点雨落在他们的头顶上,不意各人的脑间都觉得有些跳动,再有天空间的愁云惨雾消灭无痕,片云头上黑,却刮起一阵的狂风,风声过去,转现出一天的星斗。却见真如和一百多个尼姑同时都不见踪迹了。

众英雄当中有几个曾看见真如等都从山下飞去,因一时辨不清方向,真如等飞得又快,所以没有追赶。众英雄走进了山门,果然里面不见一个尼姑,竟变成了一座空寺。

伍德、苏大错郎舅两人第一先放不下一个伍爱珠,和众英雄在寺中寻觅一会儿,并没有寻到。伍德忽然看见后面院落里有一群山羊在那里咩咩地叫,那一群山羊见了伍德,哀鸣不已,一个个都是摇尾乞怜的样子。伍德忽想起那时山羊变人的一回事实,忙从香积厨里取水给山羊一一饮毕,那一群山羊一个个却又变成粉白黛绿的女子。

这时,众英雄都已前来,众女子当中,有一个向他们说道:"我们都是山下的良家妇女,被这寺里的妖僧弄来,将我们奸污了。我们稍有违拂妖僧的意思,就将我们罚变山羊,我是昨日曾受妖僧罚变的。"

众英雄听了,便由苏大错问道:"你知道有一个姓伍的姑娘,可落在这寺里什么地方呢?"

那女子道:"有三个年轻的姑娘,被妖僧用邪术迷了心窍,据说预备将她们送到皇宫里。现今都押在鼓楼上面,我可不知哪一个姓伍。"

苏大错听了,如得了纶音佛旨般,忙和伍德同到鼓楼上面,恰没有看见一人,两人同时都暗暗地叫了一声苦。伍德见那鼓高有五尺,约有一丈开外的团圆,抓住鼓耳,将鼓轻轻举起,觉得有些沉重。因一拳打碎了鼓皮,见鼓里卧着两个女子,有一个却是他的爱珠妹妹。

苏大错在伍德提鼓的时候,见鼓下面有许多线香粗细的小孔,于今却见爱珠昏沉若寐,同一个女子卧在鼓里,忙在身边取下朱书"玄化真人在此"的绫布,紧挂在爱珠的胸间。说也奇怪,爱珠登时便醒转过来。

伍德也照苏大错的办法,把自己胸间佩着的绫布摘下来,也挂在那女子的胸间,那女子登时也清醒了。两人同时都走了出来,因一时眼下模糊,爱珠便紧抱着大错唤了一声:"哥哥!"那女子却无意间搂着伍德,唤了一声:"爱珠妹妹!"

及至苏大错、伍德将她们苦苦挣开,她们同时再凝神一望,都羞得粉脸通红。大家就此下了鼓楼,见了宋大来等一众英雄。

大来猛然间向那女子一望,不由诧异道:"你不是闻……"

闻巧姑见了宋大来,也不由哭着诉道:"我妹妹芸姑前夜在开明寺里,据说被一个人救劫出来,并杀了那个德省妖僧,不知这件事可是妹夫干出来的?"

宋大来听毕,把头一摇,转向巧姑问道:"你们三个人困在鼓里,为什么少了一个?"

巧姑道:"有一个姓钮的女子,名唤闺臣,已被这里的淫僧送进太子府去,生死尚未可预定。乞妹夫去救出她要紧。"

宋大来听完这话,同一众英雄商议一番,一面着人分头押解一众女子送交山下的人家,一面请爱珠负了巧姑,和伍德、苏大错先至句容一行。

大来连夜到太子府中，探听一番，探得那钮闺臣已是新承恩泽时了，遂仍然回到剑锋山上，放火烧了开明寺。

傅猛兄弟那时疑惑白日鼠钱四是真如的党羽，所以有那么一场的误会，及至宋大来和钱四各把来意约略说明，大来才知芸姑已经出险，遂和一众英雄回到光泽，看卜家门前已粘了光泽县的封条，遂问及左邻右舍，知道卜益如全家都收押囹圄。

那夜，伍德、苏大错、爱珠三人也回到光泽。第二日，宋大来和一众英雄猛听得城内一声炮响，大家吃惊不小，遂各运用飞行的法术，路间又听得第二通大炮在头上响了过去，因此飞到法场，由伍爱珠救出了卜翠锦背在肩上，遂飞向天长而去。众英雄杀了监斩人员，各刽子又都吃了一刀，遂救出卜益如的全家。

那时钱乃刚也背着杨锡庆出了光泽城门，钱乃刚看众英雄当中，有宋大来、钱四二人在内，便随着他们向天长一路而去。大家都在天长乡下吴家酒店里住下，卜益如既已无家可归，难得宋大来等又介绍他们到铁血党里，众英雄无不欣然应诺。卜益如尤其是第一个赞成的，就这么容容易易都入了铁血党。

众英雄到了莆田，那岳绳武已回来了，且言曾回到省垣，暗杀了铁伯华及克斯木林两个衣冠禽兽。伍爱珠怕闻家姊妹再吃那真如用妖法劫去，遂到句容将闻人凤全家都带至党中。闻人凤欲践前约，想先给大来和芸姑合卺，连后再令巧姑和钱四作成了眷属，哪知大来陡然变卦，说自己情愿绝嗣，不肯和人家的姑娘配成了伴侣。

卜益如遂问他道："你既不愿意娶芸姑，就不该在当初许下了这头亲事。"

大来道："当初我许下这婚姻的时候，原没有看见芸姑娘生得这样俊，于今见了她，回想我这副鬼脸子，竟娶了人家美而有德的年轻姑娘,我不怕促寿吗？我是没有骨肉至亲的,很情愿和芸姑娘结成了异姓兄妹,我的意思,要作成钱老四和芸姑娘的一段良缘。诸位疑惑我有鄙弃芸姑娘的心肠吗？诸位既许我是个爽直的汉子,也该明白芸姑娘是个贞烈的女子。假如芸姑娘被我鄙弃,我肯和她结成异姓的兄妹吗？"

卜益如笑道:"好,我们都不必纠缠他,凡人的良心都是随感而发,宋大哥在先未见芸姑娘的时候,却想不到这一篇话,也就把一头亲允许下来。于今见了芸姑娘,恍然惊悟,若是勉强劝他,并没有用处,反令他心中不安。世界上的人一念成仁,都是这个道理,我们就随着他的意思便了。"

这里大来不肯娶芸姑,那里钱四又不肯娶巧姑。钱四的意思却与宋大来不同,钱四说:"我日前到剑锋山的时候,本具我这副肝胆做去,没有丝毫觊觎人家姑娘的心肠,况巧姑娘和伍兄正是天成的一对儿玉人,却硬生生走上我这个人来,拆散他们这一对儿鸳鸯,我心里实在过不去。诸位若再提这话,是不把我钱四当人,反使巧姑娘心中不安。"

众人听他的话很有道理,适值卜益如到来,将大来的意思当众宣布一番,钱四也就俯首无词。

伍德因巧姑误认自家为爱珠的那一回事,也不便推卸,就此宋大来和芸姑结成兄妹,钱四和芸姑、伍德和巧姑都谐了花烛。苏大错自然也做了两度的新郎,和爱珠合卺。

不到几日工夫,宋大来病了,都是芸姑侍奉汤药,俨如嫡亲的兄妹一般。宋大来不依道:"这是使不得的,即兄妹也该远避嫌疑,做哥哥的宁可病死床上,却不敢劳妹妹夤夜侍候。"

芸姑无奈,只得在日间侍候他,及至大来病体痊愈,因杨锡庆和卜益如两人的交情加倍真挚,即从中提媒,致使杨锡庆和卜翠锦又配成了眷属,这也不在话下。

且说铁血党里新进了十八名男女党员，杨德武欲将首领的位置让给卜益如，卜益如不肯，自顾能力薄弱，愿担任军需一席。祁佩符听了大喜，因他自家兼任军需，总觉对于理财一事，不甚明悉，很愿以这个兼职，让给益如，众英雄都极端赞成。卜益如便从此做了军需处的要人，又将家里窖藏的资财，着人取到莆田，投效了铁血党。杨德武便请吴秋、黄士龙、徐燮、秋平加入暗杀部，傅猛、傅勇、傅一鸣加入侦探部，宁焕南为敢死第二队队长，宁焕东为敢死第二队副队长，宁焕中为继死第二队队长，宁焕章为继死第二队副队长，孙泽、张鼎、滕海鹏加入招集，苏大错、伍德、伍爱珠加入宣传。

这十八位党员，起初并不知什么唤作国仇主义，因痛恨当时满人专制的手段，做官的都是热焰熏天，以致地方上会产生许多的地痞地棍，秽尘滚地，满眼中都见有许多不平的事，一班富有血性的侠义男子，专喜欢在社会上铲除不平，推原祸首，未尝不恨那独揽政权的大皇帝？若有人提醒了他们，这皇帝老是个满人，满人和我们的汉人是祖代的仇敌，他们便再也按捺不下，那皇帝老威焰越高，他们仇视的心肠越发来得激烈，以这样不平的时势，所以会造成这样的铁血英雄。

君子不以成败论人，这班的铁血英雄，倘使当时真个把一座大好的山河从满人手里夺了回来，洗净得风清月皎，又何至使胡人盘踞中夏，竟有二百七十八年之久？论他们的能力，是没有办不到的，到头却弄得一败涂地，真如仇惕安所说，凡事之不可理解者，不谓之天数，即谓之天命。

天数已定，人力断无可挽回的吗？卜益如等都在铁血党担任专职，连同杨、薛二首领，及旧有的重要党员，共是四十名。

那天，忽有一个年纪在二十开外的男子到祁府来，言有机密事要见祁佩符，见佩符家人持着一张名片到来，那名片上写着

"许仁阶"三字,因问家人道:"那姓许的是什么装束,哪一省的口音?"

那家人回道:"他说的是一口北方话,好像山东人,读书人的装束。"

佩符把头点了一点,不一会儿,许仁阶便走到厅前,向祁佩符行礼已毕,口里唤了几声"年伯"。佩符向他问讯一番,果然是当初两广藩台许鉴堂的儿子。

许鉴堂在两广做藩台的时候,和佩符要好得很,早结成金兰的契友。许藩台病死任上,官囊萧然,由佩符资助丧金,许仁阶才替他父亲搬柩回葬。

这回许仁阶前来,自然祁佩符以故人之子相待。那许仁阶却来不及和祁佩符寒暄,便将佩符衣袖一拉。佩符会意,向仁阶笑道:"这里都是我的心腹家人,有话但说出来不妨。"

许仁阶便对佩符说出一番话来,佩符不由猛吃一惊。

究竟许仁阶说出什么话来,欲知后事,且阅下文。

第四十一回

生机存一线烈女卖身
雄辩惊四筵伧夫割舌

话说许仁阶其时对祁佩符说出那一番话,究竟这话和祁佩符有什么关系,不妨先将许仁阶的历史略叙一番,逐节归落到本题上面。

许仁阶自运父柩回归原籍,安葬已毕,他深感得做官人是没有良好的收场,他父亲贵为二品大员,饱经宦海的波涛,到头来只落得清风两袖,宦橐萧然,死了连搬柩费、殓葬费都是亲戚朋友借的,许仁阶既因此看破官场味同嚼蜡,便逐渐消磨他的功名思想。他平时因羡慕古小说上所载虬髯客一流人物,私衷向往,就恨不能立刻成一个剑侠的人物,他说:"做官的人是一班汉奸奴才的奴隶,凭着这副忠心赤胆,处处为汉奸奴才效命,要是做个清官,我父亲便是现成的榜样,要是做个赃官,那么还能算是一个做官人吗?反不若拿着这一把刀、一支剑,好做个剑侠的人物。身体既不受任何的束缚,一般也可以为地方上除莠安良,比较做官人要高尚得多了。"

他既存心想成一个剑侠,无如他是一个文弱的书生,连弓都拉不起来,心里虽这么想,事实上如何能办得到呢?山东人会武艺的虽多,然大半都是一班花拳绣腿,中看不中用的角色,求其有真实本领的人很少,除是绿林道中几个有名的响马,如康海华、董玉山这一类人,就没有一个能称得起是个有本领的人物,但做强盗的人品,同做官人相去只隔一间。许仁阶因羡慕剑侠之士,连带信仰到会武艺之人,无论如何,却不会信仰到这两个强盗身上。不过许仁阶读书不成,转而学剑,虽没有遇到一个名师,一般也慢慢地打熬着气力,身体已不是先前那般孱弱了。他虽是个无产阶级的人家,可是乡党邻里之间都敬重许仁阶是个爽直的人。山东的民气,几千年以来,孔教的流风未泯,不似别省的人心险诈,以至许仁阶很得地方上人资助,生计上尚不致感受到十分支绌。许仁阶却也落拓不羁,每在城市间同一班下流人到酒市中开怀畅饮,有时也逛堂子、打茶围,纵是席前有妓胸中无妓的襟怀,发咒和一班粉头没有丝毫的沾染。

那天早晨时候,许仁阶从城内回来,看着他妻子郁氏在房里梳头,郁氏猛然间向许仁阶脸上一望,不由点着头笑了一笑。许仁阶不明着他妻子笑的意思,忙拉着他妻子的手,问什么事这样的好笑。郁氏即扑哧了一声道:"我笑你吃了那婊子唇上的胭脂,连幌子都带出来了。你自己拿镜子照一照看,须知我不是冤赖你。"

许仁阶真个拿镜子一照,果见唇上如涂上了一层的胭脂。许仁阶便想到夜间曾在城内玉芙蓉家多吃了几杯酒,便倒在玉芙蓉床上睡去,昏沉间也不知睡了多少时刻,醒来窗上已吐出鱼肚白的颜色。见玉芙蓉坐在床沿,向他笑道:"许老爷睡觉,同死了的一样,依我性起,就该涂你一脸的黑墨。"

嗣后匆匆回家,想不到玉芙蓉在自己嘴唇上竟涂了一层的胭脂。因将这话对郁氏说了,一面打了一盆水,在唇上洗抹几下,哪里能洗得去呢?那嘴唇在前,红得像胭脂般,谁知越洗越红,越红越肿,竟肿得像红桃子一般。

许仁阶不由失声叫痛起来,转不明白这嘴唇上究竟被玉芙蓉涂些什么,竟致红肿得这个样子。

许仁阶便想到城外白莲寺的涤净老和尚能治一切的怪病，正要着人到白莲寺去将老和尚请来医治，谁知老和尚已带着缘簿到许家化缘，来要修他的五脏庙。许仁阶见老和尚来了，便请老和尚看他的嘴唇上究竟涂了什么毒药。

老和尚向他唇上一望，现出很诧异的颜色问道："不是被人涂些什么，你已受了人家的重伤，这会子还不明白吗？"

许仁阶被老和尚一句提醒，便向老和尚实说道："昨天在城内吃酒，晚间便准备到玉芙蓉私窝子里去。恰走到一条僻巷，一时下部尿急，解开裤带，在一处没人的所在撒尿。忽见有一道白光在面前一闪，即听得一个女子的声音，莺嗔燕叱，握着寒飕飕、光灼灼的一支宝剑，向我低声喝道：'你这人无礼极了，依我的性子，就得割下你这颗头来。你去吧！'转瞬间已不见那女子向何处去了。据她说话的口音，好像余杭的人氏，模糊间似乎觉得这唇上被她轻轻弹了一下，并不觉有什么痛苦。嗣后到玉芙蓉家追欢作乐，却也忘其所以。于今被老师父提醒了，我只得实说出来，求老师父给我医好了。"

老和尚摇头道："你说得太容易了，你知道那女子是个什么人？你的性命正滑在西瓜皮上呢！"

这时，郁氏正避在房中，听老和尚的语气，知道她丈夫的性命危险，暗暗地弹了几点眼泪。许仁阶更是低着头一言不发。

老和尚接着向下说道："你以为这伤势是没有治法吗？其实又大不然，老衲从没有这本事治你的重伤，却有人能将你的伤势医好。你以为医好了伤势，便能保全这性命吗？那女子是不来再寻你了，也许有替那女子来害你的人，你可知道那女子已在今晨自刎死了。话出在老衲的口里，贯入你的耳朵，千万别再告诉别人，你若告诉别人，就同杀了老衲的一样。

"那女子你道是谁？却是聊城董玉山的生女，董玉山在山东道上专做没本钱的买卖,去年失脚,被官里关起来。论董玉山的本领,绝不在人之下,何以不冲监逃走呢?不过硬功夫好的人才可以冲监逃走,董玉山完全学的软功,无非是驱神役鬼。狱神的威权极大,任凭董玉山有怎样的软功,法术好到什么地步,一关在牢狱里,有法术也施展不出了。看看秋决有日,只存一线的生机。

"董玉山这个女儿,名唤爱凤,软功夫虽不及董玉山,但硬功也有了几分的成数。劫狱的事,在济南府的地方,势力上尚办不到。爱凤向来是个贞烈的女子,立志不嫁,侍养董玉山终年。想不到她会在济南探得花知府的脾气,乔装一个卖艺的女子,到花知府那里卖艺。花知府不知道她是董玉山的女儿,见她生就得一副倾国倾城之貌,想收她做自家的妾小。爱凤便对花知府说出,非得将她父亲董玉山释放出来,才肯任凭花知府逞所欲为。花知府看在爱凤的分上,舞文弄墨,又花了无穷的钱,才将董玉山开脱了死罪,放出牢监。

"哪知董玉山出了牢监,爱凤已不知去向了。把个花知府弄得莫名其妙,魂梦为劳,还不忘董爱凤,终不能和爱凤有一夕之缘,已害相思病想死了。

"董玉山出狱以后,三十年大盗,一朝洗手,很在江湖上干些抑强扶弱的勾当。老衲很喜欢他悔过悔得勇锐,和他便做个朋友。

"昨天爱凤到我寺里寻董玉山,半路上受你那么的羞辱,一见董玉山,便哭得什么似的。董玉山很愿将计就计,将爱凤嫁给你,爱凤也只得依了。后来问及老衲,才知你已有了妻室。

"爱凤得到这个消息,取出一支宝剑,向颈上一搁,可怜可怜!

"董玉山丧死这个爱女,推原祸阶,未尝不恨你。依他的意思,便要立刻来结你,却被老衲劝止一番。董玉山虽拗不过老衲的情面,因你已受了重伤,去死路只隔一间,落得做个见面的人情。你有这造化可以不死,那么董玉山能轻易和你甘休吗?"

许仁阶听得完话,更是惊讶万分,心里不由突突地乱撞起来,向老和尚问道:"这话可当真吗?"

老和尚正色道:"有什么不真?"

"真"字才吐出来,忽有年纪在五十开外一个满脸泪容的老者,同着一个赤面的少年,走了进来。老和尚向那老者脸上一望,千不是,万不是,正是爱凤的父亲董玉山。

那少年是董玉山的外甥康鲵,原是历城康海华的侄孙。说到康鲵,也是绿林道中一个不群的响马,那一回,康鲵在山西做了几次大案,竟闹到太原府的衙署,很盗了数十万的金珠。后来被太原的捕头探访他宿在私娼马月红家里,这捕头本来和马月红有些首尾,就暗令马月红拿出全副迷人的手段,将康鲵劝醉了。就这么毫不费力地把一个生龙活虎般的江洋大盗拿办到案,擒穿了他两边的琵琶骨,任你有冲天的本领,一擒穿了这两边的琵琶骨,便没有丝毫抵抗的能力了。

康鲵收禁以后,见牢里有个囚犯是淮南的人氏,这人姓席名璜,游学到天津来,天津道尹张人吉,因爱慕席璜是个名士,招入署中,以上宾的礼貌相待,摆酒接风,恭维得了不得,四座的陪客都是天津的名人政客。席璜在筵间谈说古来学术变迁的大势,及近代人品的高下,滔滔雄辩,独有千秋。

张人吉因问席璜道:"似我的为人,何如?"

席璜道:"大人亦可称为妩媚之士。"

张人吉听毕,怏怏不乐。

席璜道:"大人以席某的话冒犯了大人吗?其实大人只能当一'媚'字。璜因大人是二品的大员,所以妄加上一个

'妩'字。"

张人吉听毕,把头点了一点。在座的宾客莫不替席璜捏一把汗。席璜仍然在那里高谈阔论,大有旁若无人的气概。

接着张人吉又向下问道:"足下的所论,我不欲辩,不知足下的人品何若?"

席璜道:"我嘛,君不得以我为臣,父不得以我为子,天地虽大,却没有我的容身所在,却是一个漂泊的游魂。"

张人吉道:"目今圣天子垂拱于上,文武臣僚平治于下,大好的乾坤,怎说没有足下的容身所在?"

席璜道:"不是席某吃酒说醉话,席某不知那皇帝老凭什么称圣天子,席某敢说一句大话,不但那皇帝老不是圣天子,大清国里三代的皇帝,哪一个不是强盗?譬如盗劫一人家的资财,奸污了一个女子,这人便说他是个采花的强盗。大人看大清三代的皇帝,盗中国的资财,据为己有,他们的满人都到处会奸淫妇女,皇帝老更有什么妃嫔媵嫱,后宫的佳丽,谁不是好人家的女儿?都被那皇帝老玷污了。他不是个大强盗吗,怎反说他是个圣天子呢?"

席璜这一番话,说得众人无不咂舌,把耳朵掩起来。

张人吉因席璜侮辱了自己,又说出这番大逆不道的话,便将席璜谳成了叛狱,按例割舌收禁府狱。幸喜雍正帝因席璜是个狂士,所说的话未尝不打入自己的心坎,在这歌舞太平的时候,想不到中国竟会产生这样矫时的狂士,杀之恐怕激动海内的公愤,不足以牢笼中国人的人心,一道圣旨,竟将席璜赦免下来。

及至康鲵被康海华约同董玉山将他劫出禁狱,那席璜已在天津被人暗杀了。

这回康鲵和他舅父董玉山到白莲寺中,见涤净老和尚,因爱凤含羞而死,晨间见涤净已不在寺中,便寻到许仁阶的家中,向许仁阶说话。一眼见涤净同许仁阶对面坐下,董玉山便愕了一愕,和涤净略说了几句闲话,便向许仁阶喝道:"冤家相见,须还我女儿的性命来!"

许仁阶知是董玉山来了,吓得躲在涤净的肘下,喘吁吁地说道:"难得老师父在我这里,求老师父替我排解排解。他要同我来拼命呢!"

涤净即趁势将许仁阶紧紧抱住,匍匐在地,扯着谎说道:"这是贫僧故人许鉴堂的儿子,求老英雄看贫僧的分上,饶恕了他。贫僧自有调解的方法,叫老英雄心里过得去。万一老英雄决定要杀了他,就得请老英雄先将贫僧杀了,过后随便怎样地处置他,贫僧就不必多事了。"

董玉山听毕,便叹了一口气道:"罢了罢了,于今我也没有别话可讲,死了我这个爱凤女儿,我心里痛得很,这总怪我的老运不济,连一个女儿都没福消受,还要怪谁呢?我也预备跟着老和尚剃发,遁入空门去吧!"说毕,便带着康鲵,抽身便走。

涤净急从许仁阶身上拗起来,扯着董玉山的衣袖道:"老英雄,且请在这里坐一坐,我有话说。"

究竟涤净说出什么话来,欲知后事,且阅下文。

第四十二回

莽男儿轻身入虎穴
疯道士飞檄掷人头

话说涤净将董玉山拉坐在一张竹椅上，康鲵紧站在董玉山的背后，这时许仁阶也从地下站起来，也站在涤净的下首，心里又是惭愧，又是懊恼，总觉自己对不起爱凤，对不起董玉山。

却见涤净指着他向玉山说道："冤仇宜解不宜结，何况仁阶和君家父女毫没有一丝的仇恨。凤姑娘的性情褊窄，这回殉烈而死，莫不替老英雄洒一掬之泪。依贫僧调解的方法，仁阶虽知一时失于检点，得罪了凤姑娘，已是懊悔不来，就杀了他，他心里也觉过不去。我的意思，要恳求老英雄，不但把这事置之腹外，还望老英雄将仁阶收作义子，在老英雄固然是后起有人，在仁阶亦当将老英雄当作重生的父母，才对得住凤姑娘，那么凤姑娘也含笑九原了。"

董玉山听完这话，向仁阶面上端详了一会儿，也只得依了。

许仁阶平时最鄙弃董玉山的为人，因今晨听涤净说董玉山已洗手不做强盗，很在江湖上干些抑强扶弱的勾当，并且爱凤自经已死，正所谓"我虽不杀伯仁，伯仁由我而死"，很情愿地向董玉山拜了几拜。又将郁氏唤出来，以子媳的礼容，向董玉山请安。

董玉山遂不待别人的请求，在许仁阶嘴唇上略拂拭了几下。说也奇怪，许仁阶唇上如敷了灵丹妙药般，登时红消肿退，没有一些痛苦。董玉山一面将他女儿收殓入土,一面便请涤净老和尚教给仁阶武术。仁阶才知涤净是个方外的英雄,本领还在董玉山之上。后来董玉山死了,许仁阶如丧考妣般,亦复哀伤尽礼。

许仁阶从涤净学武三年,青出于蓝,徒弟的功夫比师父高。他在先欲学成一个剑侠的人物,于今如愿而偿。他的性格,虽然是落拓不羁,但在江湖上干那些侠义的事,总装作读书人的本来面目。

这回许仁阶到福建来,在一处田野的所在,见迎面来了一人,摇着膀子走过来。许仁阶看那人的气派,便估着他不是寻常小辈,脸上红通通的,好像吃醉了酒的样子。正想抢先一步,向那人问讯一声,不料那人的一只左膀子正碰在许仁阶的右膀子上。

那人便扭住许仁阶喝道:"你这东西,走路没有带着眼睛吗?不是我让你一步,看你这样冲撞过来,你想要将我撞到田里去吗?"

许仁阶笑了一笑道:"我若打算能将你撞到田里去,我就没有长着眼睛。你我相见,总该客客气气地畅谈一面,用不着这样的厮扭。"

那人又喝道:"我人是客气的,这个拳头却不肯和你客气了。"

这时路旁正竖着一块石碑,高约七尺,厚有八寸,那人旋说旋用拳打在那石碑上。只听得咔嚓作响,那石碑已打塌了一大角。许仁阶看那人像似行若无事般,手皮上红也不红。许仁阶知道那人有意现出这样的硬功给自己看,不是真个吃醉了酒,来厮缠路人的。口里也喝了一声"好"。那人才转怒为喜,释手让许仁阶自去。却见许仁阶猛然间飞起一脚,向那碑阴踢去,把石碑踢得拔地飞起,飞有三四丈高才落下来。

那人转发出春风满面的笑容来,向许仁阶拱手问道:"硬功做到老兄这般地步,真个不易。老兄可是涤老师父的弟子吗?就是涤老师父,也没有老兄这般的气力。"

许仁阶听毕,便从实将在山东白莲寺从涤净老和尚学艺的事向那人说了。那人自说姓卢,名恩,也是涤净老和尚门下,论位次还是许仁阶的师兄呢。真所谓自家人闹到一处来了。卢恩见路上悄没行人,便将仁阶带到一处竹林下坐定。

卢恩忽向许仁阶问道:"福建有一个人,师弟可认得他吗?"仁阶问是何人。

卢恩道:"这人数年前在政界里大有名望,曾做个封疆大吏,便是莆田祁佩符老大人,我和他素不认识,若提到他老人家的大名,我们江南人没有个不知道的。前几天,我因有个朋友李植三在福州开设茶叶店铺,我到福州去拜访他。李植三本不懂得武艺,但和我的交情却非常浓厚,蒙他殷勤招待,迥与别个朋友不同。他在背人的所在告诉我,说:'福建新任的军门姓邵,名继光,这人原是三元会的首领,在北京五王爷跟前是第一个红人,手下的党羽甚多,一半皆是绿林中的害群之马。邵继光到任一月,日间一概不问军事,专在城内开坛设会,一班没有知识的愚夫、愚妇,一则信仰邵继光的法力无边,二则羡慕邵继光的威权重大,争先恐后地堕入邵继光的术中,在三元会里做了信徒。兄弟虽是一个商人,只知道圣贤的学问,不明白什么叫作法力。于今前任的军门克斯木林虽被人暗杀了,可是前门杀虎,后门进狼,将来我们这福州地方,怕不要闹出大乱子来吗?'

"我听了朋友的这话,想起数月前三元会的教徒在我们江苏太湖一带,扰乱得鸡犬不宁,于今三元会的首领邵继光竟在福州做了军门,我不知道他究竟有怎样的法力,想前去探个水落石出,好趁势下手,替福州人除害。夜间便运用飞檐走壁的功夫,悄悄进了军门的衙署,见邵继光左拥右抱,都是青年有姿色的女子,在上房里和一班部下的属员谈话。

"我那时正躲在一株桂花树下,即听邵继光说道:'我们这回第一步办法,先要扑灭那莆田祁佩符的党羽,一则可以给黄教师报仇,二则也除去我们的眼中疔毒。连后我们这三元会的势力,才可以布满福建全省。凭我们的法术、军力,扑灭了那个祁佩符是没有办不到的。但必须一网打尽,免致后来再生出意外的祸变。我有一言,要同你们商量商量,你们的见识若比我高,我就照你们的张本做事。'

"说至此,又低声向众人说了一会儿。众人也你一言我一句地又向邵继光低声谈说多时,邵继光把个头摇得同拨浪鼓般。

"我虽听不清他们这会子是谈说的什么,但是看出邵继光的神情,都以为众人的张本不甚妥当,众人却服从邵继光的见识,毕竟高人一招,一齐拍手称好。

"邵继光现出很得意的气派,又低声嘱咐了几句,向众人笑道:'我们三日后便按计而行,但你们要紧守着这个秘密,千万不要给外人知道。第一机密,第一机密。'

"众人就此散了。我怕吃他们惊觉了,看邵继光坐在上房,扶着那两个女子走出来,已倏然不见,正不知到哪里去了,估定他这是用着隐身的妖法。

"接着便有一人指着桂树说道:'那里躲着什么朋友,好汉休使暗箭,不妨请出来见个高下。'

"我那时急中生智,口里学作鬼叫,一跳有三四丈高,上了屋脊。听得地下哇呀呀的声音喊个不绝,我才趁这机会,飞墙越角般出了这样的龙潭虎穴。一路上还听得一阵阵吵嚷之声,放了许多的送行箭,哪知我已安然无恙地出了城门。

"我今天正想去访问那祁老大人,不知师弟可认识他老人家吗?"

许仁阶道:"祁老大人和先父的交情如同手足,于今那邵继光既同祁老大人为难,我们就一同前去告知祁老大人,好吗?"

卢恩道:"既然祁老大人是师弟的父执,师弟一个人去告诉他便了。我到福州,再去暗探邵继光的消息,在暗地里帮助祁老大人的一臂之力。事不宜迟,我们就此分道而驰吧!"说毕,即向许仁阶握手作别。

许仁阶到莆田来见了佩符,将卢恩的话对佩符说了一遍。

佩符惊诧万分,想起当日广慈曾对薛首领谈及邵继光这一个人,说这邵继光是我们铁血党里将来的大敌。当时将信将疑,果然这邵继光却不用我们前去寻他,他转要来下我们的毒手。广慈的话,怕验在此时。

祁佩符想了一会儿,即将许仁阶带到德武、飞熊面前,诉说一番。

德武听毕,气得目裂发竖,唤令:"孩子们,快将许仁阶斩首报来!"

薛飞熊即从旁问道:"这许公子何事当斩?"

德武不待飞熊接说下去,便向祁佩符道:"大人也该明白,这姓许的是邵继光的奸细,前来摇惑我们的军心。别人怕邵继光的势力和妖法,我杨德武是不怕的。"

佩符听毕,才知德武一时疑惑许仁阶的来头不正,所以发生这样的误会,便将许仁阶的身世对德武一一说了,并在德武面前力保许仁阶不是邵继光的奸细。德武才换了笑容,将仁阶延之上座,安慰了一番。

祁佩符便将复仇救国的大义一一对仁阶讲说出来,介绍仁阶进了铁血党,担任暗杀事宜。杨德武便集齐众党员,开了一个秘密的会议,一面飞檄福州。

那福州军门邵继光听说各城门纷纷贴着铁血党的檄文,那檄文上面将满人凌虐汉人的罪恶宣泄无遗,以唤起同仇的公愤,连带便诋斥为虎作伥的汉奸奴才,并布告三元会种种不法的行为,早晚当倾师动众而来,先扑灭了三元会,连后粪除一班的城狐社鼠,一齐杀到北京,将这铁血换出了一个花花世界。

早有人将这样檄文抄来,进呈邵继光,一时福州的文武官僚,纷纷麇集军统衙门。邵继光便和总督孙士骥秘密商论一番,便密奏朝廷,一面按兵不动,吩咐各城门特别戒严。当晚,邵继光便传集部下的将领,如水家三雄这一类人物,其时都在邵继光部下做了统领。

邵继光便发言道:"前日本督已着令心腹要人,暗投铁血党,好引诱这班不法的叛徒倾众而来。我们好用我们的法术,杀他个一干二净。于今他们已自愿前来送死,这不但是皇上的洪福,也该我们三元会合当肇兴,众将校都有升官的希望。"

水家三雄听到这里,便说出一声:"好呀!"两边的校尉及站在外面的千百把总,忽然都吵嚷起来。

邵继光突见有飞来一颗血淋淋的人头,向面前一掷,众将校都喝着:"拿人!"谁也没有看清有个人影,只见一缕剑光一闪,便闪得不知去向了。

邵继光向那人头仔细一望,可不是卢恩是谁?

原来卢恩这日到莆田来,因许仁阶的介绍,见过杨德武、祁佩符、薛飞熊等老少英雄。卢恩略言:"回转到定州,探知邵继光并没有什么惊人的妖法,数日后当倾发人马到莆田来,要扫平你们的铁血党。"

杨德武听了,向卢恩微微一笑道:"你和许仁阶是什么关系?"

卢恩回道："小人和许师弟都是山东白莲寺涤净老和尚的门下。"

杨德武道："你是建昌的响马孙耀华，说什么卢恩不卢恩的？你是不曾见过我的，我却能认得你。你说是涤老的门下，这句话可哄骗别人，却骗不得我。涤老是我的朋友，两年前到我那里，他曾说，一辈子没有收过徒弟，想不到他已是要下土的人了，忽然肯收姓许的后生做徒弟。你要骗人，也该问问这人可受你的欺骗。你大略也知道我的大名，对我说是涤老的徒弟，欺我没有眸子，打量我肚皮里毫无几句春秋，来替邵继光将我诱进福州。休说你不能栽我个跟斗，便是仁阶到我这里，若非祁大人仔细说出他的来历，仁阶的性命也险些被你伤掉。老实对你说，你若在福州邵继光那里，我就让你舞爪张牙，没有这工夫同你算账。难得你自投罗网，我不能和你客气，漂亮些，快将你的来意实说出来，说岔了多是废话，我自有用你的去处。如果执迷不悟，信口支吾，须不能怨我的心肠太狠。"

杨德武说这话的声色并不严厉，铁血党里在座的党员也没有一个现出有本领人的样子。

那卢恩登时脸上变了颜色，跪在地下，不住价叩头，浑身抖得像筛糠般，口里不住地求饶，不由得哭泣起来。

究竟卢恩是什么来意，欲知后事，且阅下文。

第四十三回

公仇私愤众志竟成城
剑雨刀霜三军同歃血

话说卢恩旋哭旋对杨德武实说道："小人该死，不该假冒白莲寺涤老和尚的门下，不该受了邵继光的指使，来哄骗老英雄。小人在先原不想投效邵继光的，原因水人雄将小人拉拢到邵继光的部下，也怪小人不听孙士飙的话，受了水人雄的欺骗。那孙士飙曾对小人说什么是八卦教，什么是三元会，他们有多大的法术，就有多大的罪恶。说：'我孙士飙同事兄弟十三人，都堕入他们的奸谋，嗣后跳出了迷圈，深恨自家一时失足，羞见杨英雄一面，我们在先的鞋子便是你后来的样子。好兄弟，你千万别要听信妖言，仍然干你的勾当去吧！'

"小人那时若听孙士飙的话，亦何至有今日？那邵继光因小人是新进三元会的信徒，说小人的心术可靠，吩咐小人将老英雄们诱到福州，他自有处置老英雄的办法。如今这一面西洋镜子已被老英雄拆穿了，小人还敢在老英雄面前撒一句谎吗？老英雄若有用小人的去处，转去引诱邵继光，小人无不极力效命，求老英雄高抬贵手，饶恕了小人吧！"

杨德武听完这话，向卢恩说道："我本预备留你一用，无如你这个东西太无用、太不值价了，你在邵继光面前要来引诱我，又在我面前说要引诱邵继光，似这种反复小人，留之必贻后患。我的心最是仁慈不过，平时人杀鸡杀鸭，我总觉得是很可怜的。

但你罪有应得,你死须不能怨我,早点儿送你回去吧!"

德武说完这话,早有人将卢恩上绑绳,割下首级,献到德武面前。德武不由把眉头皱了一皱,想我早预备许多的狗血,防着邵继光前来,又在先令人传贴檄文,表面上虽说是兴师动众,其实使邵继光不欲到莆田来,等我到福州时,便趁势用妖法陷制我们的死命。果然邵继光按兵不动,好让我腾出工夫来,制造些军械马匹,党里的人员就此也好教给他们许多马上马下的战术。于今已杀了这个卢恩,我何不如此如此?在邵继光面前,好显一显身手,越发使他畏怯我们铁血党里的人武术厉害,不敢到莆田来。我们好集会党内的人员,准备乘那厮的不意,先占了福州。

主意已定,晚间俟众党员退出室外,兀自穿了一套纯白色的飞行衣靠,带了宝剑,拎着卢恩的人头,飞进福州军门的衙署,惊虹掣电般,将卢恩的人头掷在邵继光面前,立刻便如飞而去。

果然邵继光畏怯铁血党里的党员功夫了得,并知杨德武机警如神,眼睛也非常厉害,还怕铁血党有破坏自家法术的能力,一面派员密探铁血党里的动静,一面令军中特别戒严,将各城门封闭起来,令许多的弓箭手巡哨城门,遇有各色的飞电流星,只顾拈弓搭箭,向那目的所在射去。邵继光也亲自领着一班三元会的头目,终夜披发仗剑,防铁血党再有人前来。

过了数日,邵继光不见铁血党里有一个人到来,心里好生诧异。恰有探事官探来,说:"铁血党的势派好生了得,党中的叛徒到处纷纷散布邪说,说:'皇上是本国人的公仇,军统是本国人的私仇。莆田的人民有许多进了铁血党,大有众志成城的气概。莆田县里文武的官吏已降入铁血党,据说不日要杀到福州,从此长驱直下,直捣到北京,杀尽了国仇方才罢手。'"

邵继光听报,心里愈加诧异,便聚集城内的教徒,大半都是商人,邵继光当众宣言道:"诸君都知道我凭着这副忠心赤胆,为朝廷效力,只因近来的浩劫临头,发于不忍之念,所以才设立三元神会,自愿将神人的法术完全公开,为的就要诸君有这法术,可以避免临头的浩劫。唯是这种举动,越发招铁血党叛徒的忌,难保他们不来攻我们的城池,万一城破,那时必有'城门失火,殃及池鱼'之惨。诸君等待浩劫临头,恐避免也避免不来了。那铁血党的叛徒须比不得一班的跳梁小丑,乌合些地痞流氓,他们也有他们的纪律,什么打倒国仇、扫灭三元会种种大逆不道的话,他们虽强逆天数,违叛神教,像这样大逆不道的话,也可以固结人心,但固结的都是一班不忠不义的人,可怕而不可怕,他们虽各有惊人的武术,我们也有我们的法术可以抵制。我的意思,想请诸君协同军校,把守各城门,诸君有愿意共襄义举的,我当极力欢迎,不愿意的,也悉听诸君自便。"

当时到有一百多个教徒,他们平时都信仰邵继光的邪术过深,并知道忠君报国,他们都在那里打算仗着三元会神人的法术,可以陷置铁血党叛徒的死命,大家痛痛快快干一回,好名彪麟阁,青史流芳。于今听邵继光的话说完了,都说:"情愿听候大人的差遣。"

那福州的城池虽不能抵挡近代的机关枪、迫击炮,然铁血党的叛兵想用刀剑戈矛来攻,是不易攻破的,何况邵继光又拨来弓箭手,防范飞行的党员。那一班教徒都懂得一知半解的水火风雨等种种邪术,那邵继光还准备些石灰、石子,及滚水、火蛋之类,总使铁血党的叛徒不能近前。

不到几日,果见有铁血党的叛兵在各城门下纷纷叫骂,城上的官军及教徒等众,有的在那里呼风唤雨,有的撒着石灰石子,滚下水火蛋来,那叛兵都像发了狂似的,不懂得害怕,争先爬上城来,这分明是拿着鸡卵碰石头。他们来的意思,早已预备拼着性命,好实行杨首领胸中第二步计策,就这么毫不费力地被官军及众教徒捉住了,解到邵继光帐前。

邵继光看那班被捉的叛徒都恃着一时的血气之勇,没有什么惊人的本领,遂亲解其缚,加以慰劳,便问:"那夜到我营中掷人头的那人是谁?"

有一个被捉的叛军回道:"他是我们的首领杨德武。"

邵继光又问道:"杨德武既到处飞布檄文,为什么不亲自兴师前来,却令你们到我这里送死呢?"

那人听了,只是低头不语。

邵继光道:"我知道了,杨德武是怕我们前去攻他,却故意飞布檄文,暗令我们不去攻他,好用以逸待劳的方式,来等他落我们的罗网,好让他抽出工夫来,养精蓄锐,再和我们动手,我们此后却偏不上他这当。"

那人道:"这圈套宁可由大人想出来,若由我们说出,我们就背负了杨首领了。"

邵继光听了大喜,欲将被捉的叛军收留部下听用,恰又值探事官飞报前来,说:"铁血党在莆田城内,制造些军械马匹、刀霜剑雨,俨如临大敌的一般,上至首领,下至众党员,无不歃血盟心,指矢天日,决定在五日以内攻打福州。"

邵继光听了,不由愕了一愕,勃然大怒,遂将那一班被捉的叛兵绑出辕门砍了。那一班叛军在临刑的时候,总是骂不绝口。邵继光遂将心头一横,即令水天雄兄弟三人,领带一班的官军把守城池,夜间便带着几个三元会里的大头目,悄向莆田而来。

再说杨德武那夜由福州回到莆田,一面着人分头将各路各部的党员寻了回来,不上三天工夫,众党员已到祁公馆里会齐。杨德武一面令杨锡庆领带众党员的家小,发袁彩屏、卜翠锦、闻巧姑、闻芸姑这一类文弱的女流,都带到广西都阳山圆通古庙居住。

296

那时崔大寡妇的女儿乳燕,因矢志非钱郎不嫁,崔大寡妇到莆田来,和薛飞熊商量,欲将乳燕嫁给乃刚做妾。乃刚在先是不肯的,却被飞熊再三撮合。

崔大寡妇说:"我女儿情愿嫁一个英雄,不情愿嫁一个腐气冲天的衣冠人物,何况我女儿的性命是铁爷力救下来,铁爷若不愿娶我女儿做妾,那么我女儿便去做尼姑了。"

并且荀珠珠又从中劝她丈夫,荀珠珠对乃刚说:"我和你结婚三年,并未养过一男半女,我心里总觉过不去。难得乳燕妹妹愿意嫁你,你若一味拘执,祖宗的嗣续,我怕由你而斩,却叫那乳燕妹妹真个去做尼姑吗?我不相信你这心是怎么安着。"

乃刚就此允了崔大寡妇的要求,便实行将乳燕讨了过来。于今乳燕却不愿意到广西去,她曾对钱乃刚说:"钱郎不愿舍我而生,我也不愿离钱郎而死。"

乃刚听了,不由喜得心花怒发,说:"燕妹的心,就像安在我胸膛里一样。我不知什么缘故,在先我未和燕妹婚配的时候,我觉得再用这一个指头触着燕妹的身体,便是我的罪过,于今却很愿一辈子不同燕妹拆散开来。何况珠姊又是疼爱燕妹的,越发令我感激珠姊宽厚的去处。那么我就为国民复仇而死,闺中有你们两个知己,死了亦无所遗憾。"

乳燕笑了一笑,这也不在话下。

且说杨德武那时准拟令人到莆田城里去,游说县知事柏其怀及游击王云虎一齐入党。恰好余成龙、封庆二人去年因请假回里,如今已各销假回来,在铁血党里服务。那柏其怀、王云虎二人,和余成龙有同乡的关系,并深知他们两人的性格,就此由余成龙、封庆前去疏通关节,就这么容容易易地将柏其怀、王云虎介绍入党。铁血党的机关便迁移到莆田城内来,共计男女党员有四十六名,由杨德武临时调拨齐五为第一大队队长,钱乃刚、祁铎、岳绳武、秦得海、徐志骧、许仁阶，都听由第一队调用；钱四为第二大队队长，孙泽、张鼎、滕海鹏、苏大错、伍德、傅猛、傅勇、傅一鸣，都听由第二队调用；宋大来为第三大队队长，吴焯、黄士龙、徐燮、秋平、宁焕南、宁焕东、宁焕中、宁焕章，都听由第三队调用；米石丹为第四大队队长，程勋、韩锦、辛有节、余成龙、封庆、荀炳、李忠、王云虎，都听由第四队调用。其他如曹红瑛、荀珠珠、伍爱珠等三位女侠，亦在军中听候差遣。祁佩符、卜益如、范杏生、柏其怀、云汉三、闻人凤等，都在军中各有专职。薛副首领为临时指挥，军事全权，悉听首领杨德武掌握。

　　杨德武调拨已毕，即在莆田制造军械，人多容易办到，不到几日，那军械等物已经备齐。杨德武先令小军骂城，意思是哄骗邵继光到莆田来，却预先令齐五领带本队的人员，在城外巡哨。

　　那时，适逢江苏一班应时而生的乱世英雄已在青浦揭竿而起，和铁血党的党员志同道合，声势亦复不弱。于今欲叙那一班乱世英雄，须在全富春的历史上叙起。

　　这全富春原是一个富商，手里有几个钱，又生得一副水晶心肝，小时便无求仕进，在青浦开设典铺。他的志愿，原非寻常人所能窥伺，他的性格，也算得一个痴情的种子，他在十六岁读书的时候，父亲全式阳已经死了，他母亲胡老夫人因一辈子只生他一个儿子，心里最是疼爱他，着令一个雏婢，唤作邱四姐，专服侍全富春的茶水。

　　这邱四姐生得玲珑娇小，艳质如仙，原是一个好人家的女儿出身，和全富春主婢之间，两小无猜，男看女如芙蕖映日，女看男如玉树临风，那一缕情丝，早将这一对儿痴男怨女牢牢缚定。全富春每天放学回来，读书读得唇焦舌敝，正想吃一杯茶润润喉咙，邱四姐早将茶壶里热腾腾的雨前茶倒好了送到富春面前。早晨到书房去，床上的被窝乱摊着，桌案上的书籍纸片更是杂乱无章,好像乱柴堆一般,幸亏这邱四姐见富春上学去了,便跑来替他把书籍理好,叠好了被窝,又将房里收拾得窗明几净,因此富春越发疼爱起四姐来。

那晚,富春因功课忙得很,辛辛苦苦地温习到五更鸡鸣的时候。猛然间向四姐一望,同四姐的一对儿眼光碰个正着,富春忽哇的一声吐出一口血来。

欲知后事,且阅下文。

第四十四回

碧鬟红袖儿女情长
青浦黄旗风云气壮

话说邱四姐见富春吐出一口血来,吓得小鹿只在胸间别别地跳,忙来用手扶住富春,那眼泪几乎从眶子里流下来了,说:"大少爷,你是怎么样地吐出这般的红血来?"

富春便在怀间掏出一块手帕,替四姐揩抹了眼泪。四姐也不推拒,脸上不由得晕红起来。

富春道:"四姐,你打算我心里是怎么样了?"

四姐道:"你们读书的人用功过度,我每见你像个书呆子般,只顾诗云子曰地读个不住,我怕你要得书痨病病死了呢!"

富春笑了一笑,忙伸出舌尖来,直伸到四姐的樱唇上。四姐见他舌尖上鲜血淋漓,才恍然悟到富春方才所吐的血原是他自家咬破了舌尖吓人玩的。

这时四姐也忘了忌触,在富春头上轻轻拍了一下,说:"我把你这死促狭的小少爷,你吓得我心里生疼的,这会子还是跳得慌,我怕你的舌头终究要嚼烂了呢!"

富春道:"你心里疼得慌,我是很相信的,你可知我每天在书房里想你,我不怕得书痨病病死了,所怕就是要害相思病想死了呢!"

四姐红着脸道:"我们做丫头的,你想我做什么?"

富春急道:"我不是个猪狗,说话就不能使你相信,我若撒一句谎,就该……"

四姐急得用纤掌掩住富春的嘴唇说道:"我和你说玩话,惹得你要认真发誓起来,清清早上,也该避些忌讳。"

富春道:"什么丫头、少爷的话,我是一句听不来的,譬如你四姐有了钱,不是一般地养尊处优,做起闺中的千金小姐起来?天生出人来,本来要一样尊贵的,丫头、小姐,不过是哪个有钱,这个没有钱,说到眼、目、鼻、舌,五官百骸,丫头不见得比小姐少些什么。你别要对我说是丫头,假如我贫穷下来,我也同你们做丫头的一样。于今我的心已牢牢地系在你腔子里去了,不说别的,我日间在书房里想你,虽然抱着这书本子,低声浅诵地温习起来,总觉有些心不在焉,不容易把书读得滚瓜烂熟。晚间有你在这里陪伴我,我不知是什么缘故,好像吃了你的玲珑膏一般,一晚的功课足抵平时七天的成绩,我心里已舍不得和你顷刻离开。你还要说什么丫头、少爷的话,真正要恼死人了。"

全富春的这一篇话,一句句都嵌入四姐的心坎,花颜上越发红得像醉海棠般,在烛光下看来,越显出她娇羞满面。富春更是情不自禁地低下头来,更觉心旌摇摇无定,不由放开色胆,猛地在四姐小腮颊上吻了一个甜吻。这一来,简直羞得四姐恨无地缝可钻,急挣脱了富春,用两手将两边的小腮鼓紧紧掩住,乜了富春一眼道:"你这样子轻薄我,越发把我当作一个丫头看待了。你想我有什么用处?你那些话,只好留着将来和少奶奶温存吧!"旋说旋流下泪来。

原来富春这时已订下他舅父的女儿胡采蘋,以表兄妹关系,订为婚姻。因双方俱属初成年的孩子,全家尚未将采蘋聘娶过门。

邱四姐这句话,在先想那全少爷真似痴情的种子,能体贴我做丫头的苦衷,百般地怜惜我,说出话来,却与自家痛痒有关。

要是将来有这造化,竟嫁了他做一名妾,却不知那位未来的少奶奶能够容得我?要是那少奶奶的脾气严厉,我就下了十八层地狱了。唉!总是我们当丫头的,生就了奴才的命,不能和这个如意郎君名正言顺地做一对儿结发夫妻。自家若不拿定了主意,撞到别人手里,或者配一个小厮,那才苦杀人呢!

四姐在那里胡思乱想,又对全富春说出这派话来,那眼泪越发流个不住,两眼泡上又红又肿,只不敢哭出声来,意思是怕惊动后堂的胡太太。可是这种无声之泣,愈哽咽愈觉伤心。全富春忙用嘴来吮着她的眼泪,问她为什么伤心到这个样子。

四姐这时喉咙里已哽咽得哑了,眼包着泪,向富春轻轻回道:"好少爷,请你安静些吧,我们女孩儿的心事,你再也猜不出的。我若对你说出来,请问这些话,叫我如何说得出口?"

全富春急得顿脚道:"我好苦呀!我只是恨……"

四姐道:"你苦的是什么,恨从何来?"

富春道:"我苦的是你四姐偏做了一个低三下四的人,我又恨老天不将我生在贫穷之家,和你四姐做一对儿正式的夫妻。我几番用真情待你,你总是说出半吞半吐的话,是你看不起我。你是我一个最知己的,尚且看不起我,我还有什么念头要活在世上?但愿我死了化成灰,就算和你勾去了这篇账。"

全富春说到这里,那眼泪也不由流了下来,点点滴滴,流在四姐的衣袖上。吓得四姐用两手的大拇指将富春两眼的泪痕擦干了,脸偎脸地说道:"好少爷,只要你不把我当丫头看待,哪怕叫我比做丫头再低贱些,都情愿服侍你一辈子,不肯分拆开来。我又不是个傻大姐,难道你的心,我看不到吗?好少爷,你别要哭了,你哭起来,我越发觉得心伤。"

富春听了四姐这几句宽心的话,如得了纶音佛旨般,才笑起来说道:"我的生命,我的事业,全在你一人身上,你且把自己伤心的事告诉了我吧!"

四姐被富春厮缠不过,便羞答答地将她腹中的心事吐露出来。

富春道:"只要你愿意做妾,发咒我不把你当妾看待。胡家妹妹的脾气我是知道的,她并不像一只雌老虎,何况我已对我母亲说明了此事,你放心就是了。"

四姐听完这话,那一寸芳心也就有了着落,这一对儿青年男女,不由山盟海誓起来,作书的一言表过。

从此,全富春和胡采蘋成婚以后,这邱四姐也被全富春实行收进房来。哪知不作美的天公,偏要使全富春感受情场的痛苦。邱四姐和胡采蘋相继夭殁,全富春便把功名的思想抛向爪哇国里,他说:"贤如采蘋,美如四姐,我尚没定可以消受,还想去读书求功名吗?"

全富春遂弃儒经商,开设同和典铺。其实他还有什么心肠逐什一之利?这不过是表示他有了职业,不肯做世界上的游民。但他因想念妻妾的心未尝忘怀,不免想出病来,身体又是孱弱不堪,遂提起精神,学些拳脚功夫,那身体也一天强似一天。就此却结交得江湖上许多武夫剑客,如姜林、卜怀德、郭淮、观性和尚这一类人,得解国仇的大义。他的老母已死,他孑然一身,并没有其他的牵绊,便和这四位豪侠,在青浦揭竿而起,杀了青浦县知事,却也电闪旌旗,风吹鼙鼓,声势十分雄厚,终致卵不敌石,自取败亡,空牺牲了一班热血健儿,无量的精神、无量的血,才能保全他们五人性命。

那时他们五位豪侠,探知杨德武等在莆田起义,难得海内有这班同仇的志士,遂准备到莆田来,好投在杨德武麾下,再干一回。哪知他们到了莆田,杨德武和薛飞熊、祁佩符三人已为三元会妖法所害,众英雄死的很多,其余的党员也就从此花飞云散。

原来邵继光那天到莆田来,远远便见杨德武军中戒备森严,有些不敢轻进。他有个心腹的教徒,唤作熊奇,在邵继光面前自告奋勇,情愿单身到杨德武营中,暗杀了杨德武。

邵继光道:"我们的法术虽然高人一等,然而杨德武等一班叛徒,与那飞龙岭广慈尼姑是呼同一气的人,广慈是个剑仙,大略这回也在杨德武营中,我们这法术却用不着了。这些话我向不曾在军中谈及,怕淆惑了军心,知我的法术不足一恃,士气从此而馁,须与军事上大有关系,你是我的心腹教徒,我故把这心腹事对你说穿了。但我们的法术虽不能取必胜之势,若用着长枪大战,兵和兵打,将对将杀,虽不能决定处置那厮们的死命,只需不发生意外的祸变,亦绝不致败在那厮们手里。你要一个人前去暗杀了杨德武,法术既没有用武的地步,你凭什么单身到人家万马营中,取杨德武的首级呢?"

熊奇道:"大人所说的话,我不敢辩,但我的意思,那杨德武虽和广慈呼同一气,广慈却绝不在杨德武营中,因为探事官曾探得杨德武营中预备着许多的狗血,用前次对待八卦教的故技,来对付我们三元会。我们的法术,岂仅仅是这狗血所能破的?广慈若在他们的营中,亦绝不出此下策。他们既不能破坏我们的法术,我就借着隐身法去走一回,有甚打紧?"

邵继光道:"你知道些什么?军中实实虚虚,可疑之处甚多,安知杨德武之用狗血非诈?我前次要将杨德武诱到福州的缘故,是要在别处旁观杨德武是否有破坏我们法术的能力,我们敌得过他就动手,敌不过他就远走高飞,不谈军事。至于人民涂炭不涂炭呢,我们哪里还顾得许多?我这回到莆田的意思,是自信我的剑术敌得过杨德武个人,却不须用法术去暗杀他。哪知他军中防范极严,你看那城中天空间流光闪电,不是一班的叛徒在那里飞行巡哨吗?我一个人敌杨德武一个,还要趁杨德武的一时不备，才好下手。若使我一个人敌铁血党全体的叛徒，我又不是三个头、六条臂膊，纵有吃雷的胆，我却不敢拿性命冒险行事。你的法术虽大有进步，本领却比我差得多了，与其冒险而行，不顾一己的性命，不若仍同我回去，好慢慢再作计较便了。"

熊奇道："大人既言军事实实虚虚，又安知杨德武多备些狗血，不是诈中之诈？我随大人多年，没有在大人跟前出过一番死力，我此去约在明日回来，倘明日仍不回来，大人便知我已被那厮们擒住。广慈真在那厮们的营中，那厮们真个有破坏我们的法术的能力，所用的狗血是诈。大人得便宜行事，敌得过那厮们就动手，敌不过那厮们就远走高飞，才是正当的办法。好在我这个起码会法术的人，在三元会中本无关轻重，这是大人瞧得起我，把我当心腹人看待，所以才不许我冒险行事。其实我每逢大敌当前，心里有些痒痒的，哪怕前面有座刀山，我也想去闯它一下。这回无论如何，我总想冒一次险，大人其许我。"

邵继光听了，沉吟一会儿，遂允许熊奇的要求，带着其他的心腹教徒，仍回福州而去。

再说熊奇，那时借着隐身的法术，混进了莆田城中，看一班铁血党叛军，一个个都是弓上弦、刀出鞘似的，空间飞行巡哨的人，往来同穿梭一般。这熊奇却如入无人之境，果然他这隐身的妖法倒可行得，城中将校兵卒并没有看见他一个人影子，让他踏着脚步，混进了大营。

其时，杨德武坐在自己的卧室里，和薛飞熊、祁佩符等人商议。

杨德武道："邵继光的妖法虽然人所共晓，但古今传说种种剪纸为马、撒豆成兵的法术，大半都吓得人伤不得人，军中的武士，我已对他们演说过了：'若敌人用着妖法来伤害你们，大家总要镇定心神，抱定大无畏的精神，像似行若无事般，那妖法就不能伤害你们。因为各人都具有元神,元神一旺,能使妖魅现形,妖法亦无能为害。如果你们见敌人使出妖法,如同群羊遇见猛虎般,不由有些心惊胆怕起来,就在这惊怕的时候,元神便不能充旺,那妖法便乘虚掩入,那还了得?'一众武士听我这样说来,他们此回加入战团,都基于一时的公愤,已将生死置之度外,不知道什么叫作害怕。大家都一齐竖手,都赞成我的话大有理由,无论敌人使出怎样的妖法,他们总像耳无闻、目无见的样子,敌人的妖法既可怕又不可怕,但那邵继光的剑术也非常厉害,这倒不可不防他一招。"

"招"字才说了口,忽见飞熊、佩符二人七窍流血地躺死地下。杨德武也不由得向后便倒,室里的护兵都一齐怪嚷起来。

欲知后事,且阅下文。

第四十五回

呕余血泪三侠喜诛仇
拼着头颅千军争杀贼

话说众护兵见德武、飞熊、佩符三人忽然七窍流血地躺死地下，不由一齐怪嚷起来，早惊动外面的一众男女英雄，听得这阵怪嚷的声音，知道里面有了变故，大家前来看个明白。

祁铎第一看见他父亲和杨、薛二位首领满脸的鲜血，流个不住，都卧在血泊里，祁铎便抱住他父亲的尸首，放声大哭起来。钱乃刚是薛飞熊的师侄，平时都将飞熊看作嫡亲的师父一般，也不禁伏在飞熊的身上，泪如泉涌般哭个不住。众英雄感杨德武知遇之恩，又见飞熊、佩符两位老英雄和德武是一样的结果收场，一时室内室外的哭声真使天地为悲、草木含愁。

众英雄一面哭，一面想到三位老英雄死得蹊跷，待要向护兵们问个明白，忽见室内有一缕的黑气在空中盘旋转绕，一时人多火旺，那黑气却不能在空中笼罩下来。众英雄一见，便知是三元会的妖人，到这里来兴妖作怪。大家不约而同地忙镇定了心神，各自从眼、耳、口、鼻等窍里放出一道一道的剑光来，那青、白、黑各式的剑光都向那黑色的妖光射去。

这时，祁铎、乃刚二人听见屋里咔嚓咔嚓的声音如同放连串爆竹一般，各停止了哭声。看那黑色的妖光被青、白、黑三式的剑光紧紧围住，那妖光虽然厉害，毕竟寡不敌众，就如一杯水泼不了车薪的火焰，那杯水反为车薪熬干的样子。

众英雄看这妖光又同点火的爆竹散开来一般,已不能整个地成一缕黑色,渐渐那黑光已乌有了。接着便见地下蜷着一个道装模样三十来岁的黑脸汉,在那里抖个不住。

众英雄知道他是邵继光派来的教徒,刺杀三位老英雄的,首由祁铎将那人捺倒了,一个摆膝,用双腿跪在那人的小肚子上。这一摆膝跪下来,那人的肚皮上如压下千斤闸般,大小便早从前后阴中激了出来,口中更是上气接不上下气,连哼也哼不出来。

众英雄各收了剑光,依祁铎那时意思,便要立刻给那人一斧了他的账。众英雄都劝祁铎不用鲁莽,祁铎也因为众英雄的意思不错,给他一斧,也算太便宜了,便从小军手中夺过一把尖刀,撕开那人胸前的衣服,在他两肩窝里搠了两个透明的窟窿,用铁锁锁起来,绑在柱子上,又用刀剜去他的双目,把两只耳朵割下来。那人也装作硬汉,忍着疼痛,任凭祁铎怎样摆布。

一时室内已恢复了秩序,那杨、薛、祁三位老英雄的尸首早抬到后营,三军纷纷穿着孝服。当夜杨锡庆由都阳山回来,陡听得这样的凶耗,杨锡庆便奔到后营,一声不哭。这时,众英雄将那人也牵到后营,令小军们点起香烛,准备问明那人的供词,摘下他的心肝,活祭杨、薛、祁三位英雄。

当由卜益如岔开了话题说道:"军中不可一日无主,于今二位首领已回归仙界,当先选定了新首领二名,首揆既正,方对于公仇私愤有统系的实权。"

众人听了,都齐声说"好"。范百朋当选为正首领。百朋目视齐五,齐五道:"范首领休要把这千斤的重担子推在我齐毓生身上,我齐毓生自信能做一个冲锋杀敌的勇士,且无将兵之才,何能将将?先首领平时向我说:'假如自家不幸马革裹尸,流血五步,五弟知继我的要责,究属谁人?'

"我听了这话,心中好生不乐,一时没回答。先首领大笑道：'五弟的学、术两科，固属做哥哥的心佩意服，然而做哥哥的终觉五弟的本事不及范百朋先生，我久要将首领的重职让开一条贤路，推给范先生全权掌握，所怕的就是范先生绝不肯承认，反因此使众同志的党员有所疑虑，因此不敢向范先生轻易启口。我死以后，范先生可以继我。'以下的话，齐毓生也不能再说下去，这是先首领的私衷，常对我说出来。皇天后土，实所共鉴。"

祁铎也流泪道："岂但先父对五爷说，要将这首领的重职推给范先生身上，并且先父尝对我说，终觉自家的才力不及范先生。先父平时已有这样的话，众英雄又不约而同地推选范先生，若范先生再有所推辞，无论对于党中的大事，不能尽完全的责任，那么先父也含恨九泉了。大家还要说什么家忧国忧，问什么公仇私仇？就此好放了妖人，大家解散了吧！"

范百朋听了，把眉头皱了几皱说："五阿哥，做兄弟有几句话要交代明白，非是做兄弟说这不吉利的话，但兄弟近日以来，常有些目眩心荡，像似失魂落魄的样子，虽勉强镇静，总觉有些镇静不住。依兄弟的愚见，兄弟心荡，恐怕兄弟的天年尽了。兄弟和红瑛谈及这事，红瑛也以为不祥，然兄弟苟为国民而死，死又何恨？只怕不得死所，既承先首领和五爷及众英雄的错爱，兄弟也只好鞠躬尽力，以挽此无可奈何的天命。至于成败利钝，非兄弟所能预知，也一时在所不计。先首领死后，兄弟无论如何，总替五爷临时代肩一下，万一兄弟的生命上有了危险，这担子也只有推卸在五爷身上，五爷其无负我。"

齐五听毕，不由伤心起来，说："范首领，这是哪里的话？事情做到哪一步说哪一步，若言将来的危险，我们这班铁血的党员怕不前仆后继，死了一层，又要起一层吗？我们虽不能决定铁血党成功，在我们生前，但数十年后或百后年，人心不死，也终有成功的一日。万一范首领生命上有了危险，我齐毓生自然要访求一位英雄,以全先首领的遗志,总不忘范首领的话就是了。"

杏生说:"阿哥的为人,诚如淮阴侯对汉高祖说:'将兵则多多益善。'好在做首领不是做皇帝的,只求有将兵之才便得了。若再由五阿哥选中的人物,兄弟也就放心不下,却同五阿哥以后身当其职的一般。"

杏生说了一会儿,众英雄便将他拥到大帐坐定,复选齐五为副首领,红瑛仍为参谋。

杏生令杨锡庆执掌军法,祁铎便将那妖人的上衣剥下,推倒帐下,杏生向那人问道:"你姓什么,叫什么,用什么妖法害了祁大人及二位首领的性命?你是汉子,就得供招出来,不要硬叫皮肉吃苦。"

那人大笑道:"你站稳了,咱老子把这些话说出来,要吓你一大跳呢!咱老子姓熊,单名就是一个奇字,咱老子在四川峨眉打柴,本领也和你们差不多。只是你们今天仗着人多势众,杀咱老子一个,你们果是好汉,就不该如此来对付着咱老子。于今不幸落在你们的网里,亏得咱老子随着大人多年,学了一些的法术,已能闯进你们的贼营,打一个翻天印,杀了你们三个老头子,咱老子死也值得了。

"你要追究咱老子是用的什么法术,咱老子那时借着隐身的法术,混进你们的贼营,在那里吐出一道的黑烟,这黑烟便是玄武之精,是我们三元会中练成法术的一种,中毒的人自然要七窍流血而死。若咱老子那时单想结果那三个老东西的性命,早回到福州去了,也该咱老子今日要返真还本,得超升无上的天界。所以想将你们这些不值价东西一网打尽,却不意你们的剑光也很有一些道理,把咱老子逼得浑身寒战战的,一些法术也使不出来,连隐身法都不灵了。

"这是碰到咱老子的,要是碰到咱们的邵大人邵首领,怕不要将你们一个个都弄得扁扁伏伏的,听他老人家的摆布吗?他老人家既有那样的法术,你们人再多些,他老人家的只当作一群蚂蚁般,看你们有什么本事,在他老人家面前显一显看。

"咱老子在三元会里是个十七八等的人物,一死本无关轻重,你们欺负咱老子,自有替咱老子报仇的人,不要咱了,就此请你们打发咱老子回去吧!"

杏生听毕,仍然从容自若地向他问道:"什么叫作玄武之精,你不妨说个明白,好使我们佩服你们三元会里的法术厉害。"

熊奇道:"你是个傻子吗?咱们三元会呢,六耳不传道,你要探悉其中的底细,你不是三元的信徒,邵大人的门下,无论怎样的处置,咱是不肯说的。就是随口诌几句谎言,于你有什么益处?"

杏生听到这里,也不向下问了,便带领一众的英雄,在杨、薛、祁三位老英雄灵前哭祭一番。杨锡庆、祁铎、钱乃刚三人更哭得呕心镂骨,呕出来的痰是泪,流出来的泪是血,最后由杨锡庆用刀剜下熊奇的心肝,放在三位老英雄的灵前。祁铎、乃刚两人又将熊奇的尸首铲成肉醢,在他身上又翻出女子的裤裆出来,那裤裆上红水已冰,什么是玄武之精,这原是清初三元会中流传的纯阴袭阳法。据说这纯阴袭阳法,系用女人的月经炼成,仗着三元的妖法使用出来,阴极格阳,能使中毒的人周身的阳气立刻间泄发无遗,以致七窍流血而死。若欲破这妖法,非用火气不可,若在赤日炎炎之下,这妖法也使不出来。

众英雄见从熊奇的身上搜出女人的裤裆来,那裤裆上红潮黏湿,才恍然悟到这熊奇用的是纯阴袭阳法害了三位老英雄的。杏生即令人将三位老英雄的尸首暂且厝葬已毕,又开了一个追悼会。

那天正在下午的时候,追悼会尚未散场,杏生猛听得当头顶上一阵鸦叫,杏生不由愣了一愣,忙执着令箭升坐大帐,追悼会也草草散场。众英雄都立在帐前,听候范首领的差遣。杏生即令米石丹带领本部的将士,吩咐如此如此,又令宋大来带领本部的将士,低声又吩咐一番,然后令钱四领一班党员看守本营,齐五领一班党员攻打头阵,专等邵继光前来接战,又令红瑛、珠珠、爱珠三人从中接应。众英雄都欣然应命,似乎觉得鸦雀有先见之明,那邵继光立刻便杀来的样子,各自带领三军,拼着头颅,准备同邵继光孤注一战。

再说邵继光回到福州,过了两日,却不见熊奇回来。邵继光不由暗吃一惊,心想那广慈果在贼营,我们三元会的法术恐怕真个没有用武的余地了。嗣后由探事官回报,说熊法师已被贼人擒杀,广慈却不在贼营,营中杨、薛、祁三个老东西都先死在熊法师的手里,据说那薛飞熊在一月前曾到太阳庵中请广慈的,广慈不答应。邵继光听报,一惊一喜,惊的是熊奇果然死了,喜的是铁血党中并没有什么好手有破坏我法术的能力,不在这时倾动本部的人马杀到莆田去,还拘守用兵的旧法,使铁血党慢慢养成羽翼,那就迟了事了。兵贵神速,如何肯失了这般的机会?

邵继光这么一想,立刻打了点将鼓,令水天雄、水地雄、水人雄等各领着五千大兵,先后向莆田杀来。邵继光也亲领五千大兵,带着几个心腹的教徒在后接应。

水天雄的大兵行到地台,瞥见山坡下飞尘大起,一声呐喊,拥出一标军来,远远看正红色的大旗上,写着一个"齐"字,那一班将士一个个都像初生之犊不怕虎的样子,奋勇直前,争先杀贼。水天雄见当头拥出一将,手执飞缨银杆笔头枪,大叫:"岳绳武在此!"

水天雄即令千总张嘉出马迎敌,张嘉善舞方天画戟,和岳绳武战不三合，岳绳武手起一枪，刺张嘉于马下，一班铁血党里的军士趁势复掩杀过来。水天雄见了，并不害怕，亲自提动钢叉，和岳绳武战了十个回合。岳绳武忽见水天雄猛地从口里喷出一道火焰来，霎时间空中便现出无数的火鸦火蛇，都落在铁血党里的军士身上，死者不计其数。

　　岳绳武见势头不妙，忙运足了剑功，护住全身，虚闪一枪，抽身便退，水天雄便乘势向前追赶。忽然前面又是一将杀来，接住了水天雄，那将正是许仁阶，无如他的剑功有限，敌不住水天雄的妖法，看看有些招架不住了。

　　欲知后事，且阅下文。

第四十六回

蓦地起风波血流漂杵
漫天撒渔网惨被鸿离

话说许仁阶见水天雄的妖法厉害,一时招架不住。忽然官军中纷纷自乱,却有一标铁血军从水天雄后阵掠来。当先一员小将,身穿白色的短靠,手执大斧,如同饿虎扑羊般冲杀了一阵,官兵中死的很多。

水天雄看后面的阵脚支压不住,那小将已穿到他的面前,大叫:"姓水的,你认得我吗?"

水天雄一望是祁铎到了,想起当年的祁制军征服太湖的情形,很感受祁制军的深仁大德,于今却同祁铎各处敌对地位,心里也有些惭愧,但他已深入邵继光的彀中,迷而不返,就不屑助桀为虐,为邵继光效命疆场,只好把当初祁制军的仁德付之行云流水,便挥动了钢叉,一面敌住许仁阶,一面把火焰收纳口中,向祁铎喝道:"姓祁的,我人是认得你,这钢叉却认不得你了。看我撤了这厮,好和你捉对儿战个三百合,给你一个白进红出。"

祁铎也不答话,向许仁阶喝道:"许兄且退后一步,让我挥动了斧头,把这厮砍到森罗殿去。"

仁阶忙虚闪一刀,闪开了门户,让祁铎和水天雄接战。祁铎和水天雄战了十合,祁铎使的短斧,水天雄使的钢叉,使短兵器毕竟吃亏,祁铎虽越杀越奋勇,水天雄也越战越有精神,看看使短斧的有些抵敌不来,最后的胜利竟仗着剑功和妖法了。

314

许仁阶看见祁铎的剑光与水天雄口中火焰接触起来,铁血军即令连忙把所带的狗血用水龙盛着,一时龙管扳动,那狗血便从管中直喷出来,正喷在火焰上。谁知那火焰遇着狗血,如同现今火烧煤油的一般,那狗血越喷射得紧,那火焰越发如万道红蛇盘旋空际。许仁阶见势头不妙,忙停止了水龙的工作。

这时候,便见祁铎焦头烂额般躺死沙场,许仁阶看祁铎已被水天雄的妖法所害,便奋不顾身,将生死的问题置之度外,复来和水天雄接战。其时水天雄和许仁阶又接十个回合,便没有这闲工夫和许仁阶厮缠,重行将妖法施展出来,见许仁阶已被自家口中的火焰所伤,倒下马来,忽然许仁阶头上现出缕缕的白光,如笼蒸的汽水般,眨眼间那许仁阶已不见踪影了。

水天雄不由惊诧起来,暗想,这厮怎的不见,难道是被什么人解救去吗?若真个被人解救去了,那人的法术准许还在我们邵大人之上。水天雄这时越想越疑,见自家的军中已有了接应,一望而知,是水地雄来了,看铁血军一个个都勇敢直前,虽被水地雄的军队团团包围起来,各自挥刀舞枪,犹想在四面楚歌之中杀开一条血路,水天雄也趁势回头掩杀了一会儿。

正在杀得十分高兴的时候,那水地雄的一柄四窍八环刀更泼得十分厉害,霎时铁血军的一班健儿大半都流血沙场,尸首多被马足作践得不成模样。

这当儿,猛不防一匹马飞跃过来,像似飞将军从天而降。那马上坐着一位二十多岁的清癯少年,正是齐五爷齐毓生,左有钱乃刚,右有秦得海。徐志骧也一路随齐五杀来。

其时岳绳武退回本营,也帮助齐五冲杀过来,这第一队中的五位侠士,如生龙活虎般冲入围阵,大呼:"水贼猖狂,须偿我祁、许二位小英雄的性命来!"

那铁血军中一班健卒,见副首领已倾动本队的人马前来,一齐都抖擞精神，拼命力战。水天雄、水地雄兄弟两人见铁血军的将士声势十足，官军中渐渐抵敌不住。

水天雄、水地雄正要待从口里吐出火焰来，猛不防齐五已一马冲到水地雄的马前，手起一刀，将水地雄劈面砍下。水地雄这时已真个被押到森罗殿去了，水天雄这一惊非同小可，心里不知打算着什么，那里的火焰已直喷出来。岂知齐五等五位英雄多久已防备他有这出把戏，各运足了气功，放出一道一道的剑光来。这剑光把火焰逼住了，如同避火珠般，那火焰渐缩渐低，渐低渐小。

水天雄已没了主意，虚闪一叉，向东边败去。众英雄哪里肯舍，随后赶来，直赶了二十多里，水天雄蓦地听得一声炮响，伏兵齐起。那铁血军第三队队长宋大来已领着吴焯、黄士龙、徐燮、秋平、宁焕南、宁焕中、宁焕东、宁焕章八位英雄，各带所属的健卒，从左面杀来。第四队队长米石丹已领着程勋、韩锦、辛有节、余成龙、封庆、荀炳、李忠、王云虎等八员战将，各领所属的健卒，从右面杀来，拦住官军的去路。

宋大来早提高着声音喊道："邵继光已被我们军中的广师父用剑功杀了，敌军中有愿投降的，我们当收留部下。"

米石丹也大叫道："范首领有令，只需诛杀水家三雄，其余的官军一概不许无辜杀伤。"

众官兵听完这话，纷纷下马投降。水天雄哪里还能弹压得住？

这时众军已降，水天雄并没有其他的顾虑，自家是个败兵之将，降既不可，并且邵首领已死，这三元会大略也从此失败了。又不知三弟人雄的生死如何，事情到这一步，也只有三十六招，走为上招。想到这里，便将心头一横，借着隐身的妖法，如同腾云驾雾般出了重围，直向东边飞去。似乎觉得身后有两人赶来，水天雄暗忖,我这隐身的法术,莫非失了效用吗?怎的后面还有铁血党人赶来呢?心里刚这么一想,吓得险些把心肝五脏都要跳出来。

眨眼间那两人已经赶到,便由一人向水地雄叫道:"大哥,你走向哪里去?我们大人在此,大哥快回头相见。"

水天雄一听是水人雄的声音,听他说是大人在此,心里好生惊讶,回头一看,兀地不是邵继光和水人雄二人是谁?水天雄便飞落地下。

这时,邵继光和水人雄也在那里和水天雄谈话。水天雄道:"贼军说大人已被什么广师父所害,今日相见,莫非是梦中吗?"

邵继光笑道:"这是哪里的话?你可明白,那范杏生已被我在淡水杀了。"

于是大家各自叙说一番。原来水人雄本由邵继光的调度,接应他哥哥水天雄、水地雄的,却被红瑛、珠珠、爱珠三位红粉英雄截杀一阵,水人雄的妖法本来不及他两个哥哥厉害,怎当这三位红粉英雄战他一个?看部下的军马被铁血军杀死了许多,水人雄见势头不妙,忽然心生一计,早虚闪一铜,拨马便走。

那红瑛等三位红粉英雄也随后赶来,水人雄忙在马上打了一个筋斗,头向下脚向上地倒竖着身子,双脚向两边一分,那一件不能见人的东西便隐隐约约地流露出来。羞得那三位红粉英雄粉脸上更加红得厉害,便各自掩面回来。水人雄便趁势逃去了性命,落荒而走,回营见邵继光。适值邵继光已不在营中。

一会儿,邵继光来了,水人雄请罪道:"叛军的声势十分浩大,末将两位哥哥不知他们的性命如何,末将的全军覆灭,仅能逃脱了末将一人,情愿到大人帐前受死,请大人按治军法便了。"

邵继光忙安慰道:"你的性格殊不及你两位哥哥活泼泼的,

不说一句板话,胜败乃兵家常事。你我俱是为朝廷立功建业的人,你既不幸败在敌人手里,到我这里请罪,反觉得和我生疏起来。你说那铁血党的声势浩大,我于今却把他们都看作一群蚂蚁般,不说别的,那范杏生既做贼军的新首领,也算他们那一群蚂蚁里一个蚁王了。我今天单身到他营中,处处对他显出示弱的样子,把他诱出了贼营,他在半空间使用飞行的功夫赶我,他赶得快,我就飞得快,一路上见我们的大军败了,那范杏生大略喜欢万分,就这么被我诱到淡水。

"范杏生登时便不见我的形迹了。恰见水中流有一只渔船,渔船上有一个老者,在那里划桨,这老者便是我的替身。范杏生却当作是我的化身,便飞落在那里,揪住我的替身,岂知我仍在空中行云作法,霎时间便起了一阵狂风,波涛大作。那范杏生正揪住我的替身问话,请问这替身怎会说话?范杏生便挥剑砍下,倒砍了我一个葫芦,形式上一般也血流漂杵。范杏生这一喜,正是无以复加,谁知那一只渔船登时便化成一根芦苇,范杏生无意间立脚不住,卷入波涛,上面被我的法术紧紧逼住,范杏生是不能蹿出水来,就这么毫不费力地吃我一个飞龙罩,杀死在水晶宫里。叵耐那厮流出的血红得与别个不同,一时河中现出许多的红水,随波鼓荡,好像昔时水晶宫里龙与蚌斗,那蚌为龙爪所伤,竟会流荡许多的红水出来。

"我看范杏生一班的贼党本领必不及范杏生,我这回必须将他们一网打尽。路上恰好遇见几个弃甲曳兵的小军们,我便问及他们,才知你哥哥水地雄已被齐五那厮所害。我的意思,欲和你一同前去,好使我擒住了那厮,给你替他报仇,大略你大哥水天雄这时也抵挡那贼军不上了。我们就是两个人一同前去,相机行事。"

于是邵继光同水人雄一齐借着隐身的妖法,飞出大营。邵继光的眼功,能在百里外见天边的飞鸟,大小颜色没有差别,这种眼功是从怎样子人手学会得来?在《魔窟英雄》书中,自有交代,在下一支笔,却在此处忙不过来,没有这工夫多说闲情。

那时水天雄天正在空间向东飞去,可是他们三元会里的标识,一落到邵继光的眼角里,便知是水天雄无疑了。

邵继光即向水人雄说知此事,不一会儿,已赶上了水天雄,在那个郊野的所在,大家叙述一番。邵继光便同水天雄、水人雄兄弟两个同向铁血军中飞去。

再说齐五等一众英雄,倏地不见水天雄到哪里去了,大家正拟回兵攻打邵继光的本营,见一个探员飞马前来,在齐五、宋大来、米石丹面前低声禀报了几句,吓得这三位英雄大惊失色。齐五吩咐收军,回城看范首领是否转归本营,路上遇见了红瑛、珠珠、爱珠三人,说水人雄已经逃走。齐五听毕,略和红瑛等说了几句,遂合兵一处。

铁血军行出了南田境界,这时正是秋末冬初的时候,齐五看日已衔山,天色将近黄昏,陡然半空间起了浓雾一层,像有无数的渔网笼罩下来。齐五吃惊不小,那马便不向前走了。齐五收马项,连拍了几下,那马也不听受齐五的意思,伏在地下,不肯转移半步。

齐五急向岳绳武说道:"绳武,我这马怎样会违拗我的命令?看它眼眶里已流出泪来,今日的事情,我恐怕是凶多吉少。"

说话间,便见那雾遍满了山谷,对面看不见什么。

岳绳武便听空中有人大呼:"齐五,齐五,天数已定,你难道在这里等死不成?"

齐五也略略回答了几句,岳绳武即一把拉住了齐五哭道:"师父到哪里去,我随师父到哪里去,再作第二步复仇的计较便了。"

齐五又略略答应了几句，便向那马问道："你今日是随我而去，还是应在这里死呢？"

那马连叫了数声，早已气绝了。齐五对它未免有些伤悼的意思。

却又听得空中一声叫道："齐五，你这会子还不随我而去，更待何时？"

齐五刚听完这话，同岳绳武两人像似身不由主般，飞腾空间，不知是被什么人带到哪里去了。

再说铁血军中宋大来等一众英雄，都罩在那浓雾下面，明知是邵继光使的妖法，待要运足了纯阳之气，以防有万一的危险，岂料各人都觉得天旋地转般，那飞网在空中飞落下来，像有无数的神兵神将一齐响一声喊，将众英雄都驱而纳诸罟网之中。可怜众英雄到了这时，毫没有抵抗的能力，只任凭邵继光的摆布了。

欲知后事，且阅下文。

第四十七回

国亡人在烈士膝如金
血溅刀飞男儿身是铁

话说铁血军中宋大来等一众男女英雄,一齐被邵继光驱入网罟。一众铁血军的兵校都弥漫在瘴烟浓雾之中,却被那些天兵天将杀了个一干二净,这一场流血,令人目不忍视、耳不忍闻。

那一众男女英雄,就中以宋大来的本领最强,其余也是人血酒浆的时代中,虎虎有生气的不群英杰。在先宋大来被一个神将劈手揪住,只觉一身的气力都没有了,任凭那个神将同鹰抓雏鸡般将他抓进网里,以后便觉浑身轻飘飘的,霎时间昏晕过去。也不知经过许多时刻,似乎觉得有人在他肩上一拍,宋大来登时醒转过来。睁眼一看,见自家和一众同志的英雄都绑在一座台阶下面,若在平时,休说那绑绳是熟麻做成的,就用三道铁索将宋大来绑缚起来,宋大来却有这本事,能将那三道铁索用劲儿一绷,便一道一道地拆散开来。于今是不能了,知道平日所学的气功已坏,仍然恢复到未学时的原状。光翻着两眼,看堂上坐着一位二品顶戴的武职大员,两边的武士一个个提刀把剑,现出令人害怕的样子来。堂上的灯烛齐明,看那武员后面,还站着两人,一个是水天雄,一个是水人雄。

那台阶下面的一众男女英雄,这时也都醒来,也有流泪的,也有含笑的,也有目竖眦裂、怒火冲发三千丈的。

宋大来却笑了一会儿,哭了一会儿,又怒骂一会儿。邵继光现出满面的笑容,只是那笑容之中,现出十分严酷的气色,吩咐水天雄将铁血军一众男女英雄分作八批,先将第一批吴焯、黄土龙、徐夒、秋平等四位英雄解上堂来,略问了几句,这四位英雄都是直供不讳。

邵继光即吩咐将第一批的叛贼押下去,接连水天雄又解第二批来,宁家四位兄弟宁焕南、宁焕东、宁焕中等三人同时瞪着邵继光气道:"奴才奴才,你甘做像蛇自噬的人妖,摧残我们爱国党人,我们全体的党员,生当啖你的肉,死当吸你的魂灵。"

邵继光笑道:"朝廷深仁厚泽,百年如一日,你们做出这欺君叛上的事情出来,上既负国,下亦负身,所谓乱臣贼子,人人得而诛之。"说罢,将那颗尊头摇得抖簌起来。

宁焕章长叹了一声道:"事情失败到这步田地,还有什么话可讲?我们的公论自在千秋,但愿我们中国人不要总像姓邵的这厮,也终有恢复的一日。"

说至此,又向宁焕南兄弟们说道:"三位哥哥,我们今日殉烈而死,虽死犹生,我们好一同去吧!"

一时宁家四位英雄紧押下去,第三批便是程勋、韩锦、辛有节、王云虎,第四批便是余成龙、封庆、李忠、荀炳,一一过堂已毕,总是自认反叛,看他们的言语神情之间,凛凛而不可犯,戚戚若有余哀。至押到第五批上,才将宋大来、米石丹、钱乃刚、秦得海、徐志骧等五位英雄押上堂来。其时,苏大错、伍德二人却不知怎么似的,也会绑到这里,押在这第五批内,他们都是昏昏沉沉的。

邵继光问着他们,他们也没有什么辩白,只是他们的两个磕膝同前四批一众的英雄般,不肯在公堂跪屈下来。

邵继光又望着他们说道:"本督看你们这几个大叛都是个汉子,本督想开脱了你们,你们且跪下来,本督有话要问你们。"

宋大来等五位英雄都我看着你，你望着我。

乃刚大声叫道："兄弟们，我们的同志，哪有肯屈膝偷生的人？这东西真无礼极了，我们同志都不用和他多说废话，看这时的大势已去，中国久已沦亡，但我们的同志，有一个人不死，终是满奴的大敌，是这东西的对头。我们一死本无余痛，任凭这厮说出一部天书，我们总是置若罔闻，别要腌臢了我们的耳朵。"

邵继光听毕，思索了一会儿。

水人雄忙走至堂下禀道："末将本不因私仇而忘公道，像这般无法无天的反叛，他们的古怪性格如同发了癫狂的一般，始终要同朝廷作对，缚虎容易放虎难，大人若想开脱他们几个，收留部下，在他们的一班反叛，此时多开脱一个人，将来便多一个人替他们报仇。在末将的个人意思，此时多诛杀一个人，将来便少一个人和朝廷作对。此事还求大人做主。"

邵继光点一点头，先将宋大来、米石丹、钱乃刚、秦得海、徐志骧、吴焯、黄士龙、徐燮、秋平、宁焕南、宁焕中、宁焕东、宁焕章、程勋、韩锦、辛有节、余成龙、封庆、李忠、荀炳、王云虎等二十一位英雄连夜绑出辕门斩首处决。

钱乃刚在牵出去的时候，望着珠珠绑在阶下，两人的心中痛苦，各自说不出来，遥遥地相偿了一把眼泪。乃刚又想起乳燕来，人家一个好好的孩子，为什么不养尊处优地嫁一个富室的郎君，一双两好地度着甜蜜的日月？偏要硬嫁我做妾，我与她同房没有半年，好合还只是一次，她说生死都不愿和我一日离开。万一她知我蒙难而死，不知她那一颗心要伤痛到什么样子，却叫我如何能摘断她这条愁肠？

那时，苏大错和爱珠遥遥泣别的当儿，却与乃刚的心理不同。大错意思，是因爱珠这一位红粉的英雄肝胆相照，竟配给我这个年轻的壮士，她的性格我是知道的，好看这浓血酒浆的世界处处给她伤心的机会，很愿脱离这世界中，好优游天国。只是舍不得我是她心头上一个障碍物，叫她不肯轻易牺牲一死，果然她碰不着我，她的坟墓上早已长了草了。我死以后，无论如何她是免不了一死的，但愿我们死了，都不要仍化成泥、化成水，不留点迹在人间，倒是个干净相。

伍德想起巧姑来，暗忖，我不久要身首异处了，我和爱珠妹妹哭别的时候，心里早想到你。我只恨宋大来宋大哥，偏生使你做成了眷属，可怜你每见了我，总觉有些羞怯怯的，心里对不起宋大来，面子上又怕我瞧不起你。你们女孩儿家的心思，我是体贴得出的，我若有丝毫瞧不起你的意思，我就对不起你。无言空有泪，不似息夫人，我尝对你打趣着，问你有什么不情愿，常不理睬我，我的人品不比你生得丑，万一你嫁了我们的宋大哥，那一嘴的红胡子，才刺破你的樱唇呢。你听了我的话，想起当初被你妹妹戏你的一派言辞，同我若出一口，未免对我开颜一笑，这种笑容，在我眼睛里看来，耳朵里听来，总觉有些抑郁愁苦之气，这是你怕冷淡了我，这种笑容，不是同哭的一样吗？你对我说："可惜奴同宋大哥不是在一娘胎里生了下来，并没有和他有割不断的红绳子，你别要走马吊嘴地打趣我了。你本是个多情多义的郎君，没有对不起我，我本是个三贞九烈的妇女，也没有对不起你。不过我这性命，第一次是宋大哥救出来的，第二次又亏你将我救脱出险。我父亲和宋大哥有约在先，但宋大哥却未极端认可，你虽救我在后，然在那性命呼吸的时候，既已偎体抚摩，总算多少有一些缘分。我若拿不定主意，便不肯嫁你了。我于今也只好将宋大哥当作哥哥看待了。"巧珠的这一席话，喁喁入我耳朵，点点记我心头，于今我和宋大哥两人不久就要身首异处，她知道我同宋大哥都上了断头台，她既痛义兄，又思夫主，比我们临刑的时候还加倍惨痛呢。伍德想到这断肠之处，儿女情长竟使英雄气短,那眼泪便同撒豆子般流个不住。

禁卫们看见他这个样子,还骂他是不值价的东西,算不了一条硬汉呢。但乃刚、大错、伍德三人把他们的眷属在心里盘旋了一会儿,忽然又想到家国的余痛,深深地印在心头,转将这儿女私情一齐付之行云流水。

众英雄到了这时,大半都是含笑自若。那宋大来的喉咙本来和轰天炮一般的响,那时却高唱着:"一路上惊碎了英雄虎胆"十字的倒板出来。

那一班如狼似虎的禁卫将一众英雄押赴刑场,眨眼间便见许多执刑的人,飞刀一挥,血花溅处,人头纷纷落地。可怜一班铜筋铁骨的英雄,就这么了结他们的半生事业。

是夜,星明如画,福州城里的居民,有人在那时候曾看见天上落下许多的大星,光芒有角,远远看似落在省城里面。恍惚间又听得天空有无数鬼哭的声音,这也不在话下。

且说邵继光那时又将红瑛、珠珠、爱珠等三位红粉英雄押到堂上,邵继光啧啧地笑道:"你们这三个英雄,也想做个反叛耍子,这不是个新式的奇谈吗?假如你们的噩运隆兴,那凌烟阁上,把你们安插在里面,才叫人笑死了的。我有句话要问问你们,你们的同党共有多少?好好的良家妇女,怎会做直反叛来?今日被我弄到这里,有什么话讲出来呢?"

红瑛听了,早气得蛾眉倒竖,杏眼圆睁,望着邵继光骂道:"我把你这认人为父的小螟蛉,说出这些满口的混账话,你问我们同党共有多少人数,除去你们一班为虎作伥的汉奸奴才,凡有血气的人物,都是我们的同党,在这班浊流饮恨的时代中,我们虽系女流,颇知道国仇的大义,谁是反叛,谁是忠勇,我也不用对牛弹琴,和你详解种族的大义。今日的事,我曹红瑛有死而已,没有第二句话可讲。"

邵继光听说是"曹红瑛"三字,暗暗点头赞道:"怪道范杏生会做出这样大逆不道的事体出来,闺中却有这么一个女隐娘,只恨我邵继光没有这福罢了。听他们贼军中男女钦犯所说的话,未尝没有大道理。不过我的意思,是因为一个人生在世上,只要有现成的官可做,现成的威权可以享受,什么种族不种族呢?我一个人能问得许多。我看大清鼎革以后,前后的叛党机关不下十数起,然而大清国终是个大清国,纵不曾变作了个小清国,我起初何尝没有帝王的思想,想推翻那个雍正皇帝,我自己居然也做起大皇帝来?我们三元会里的信徒,只要他们不死,哪一个不是开国的元勋?只因清廷的气数方隆,我们只得做一个胜朝的犬马,好享尽人间无穷的威福,那秉笔直书的史官还说我是当今时代中一个良将呢!我若像这班叛党一样地逆天行事,世界上早已没有安靖的日子,我也早已砍了头,和他们是一样的结果收场了。我终不是个傻子,看她们这三个英雌,这一个怒气干霄,那两个面色惨白,无论如何,她们是不肯降服了我,不若就此送她们回去便了。"

想到这里,便喝令小军们:"将这三个女犯枭首报来!"

红瑛、珠珠、爱珠三人处决以后,邵继光便密奏朝廷,说福建莆田暴民造乱,现已全数歼除。五王爷允祚又在雍正帝面前替邵继光极力揄扬,朝廷钦赐黄马褂,优旨嘉奖,这是后话。

那时邵继光虽在奏章之中说福建的暴民全数歼除,实则莆田的余党未清,邵继光又亲自准备到莆田来,剿灭铁血军的余党,我今且按下不表。

且说杨锡庆、卜益如、钱四、孙泽、张鼎、滕海鹏、傅猛、傅勇、傅一鸣、柏其怀、云汉三,这十一位党员,那天黄昏的时候,忽地见西北方陡起了一阵狂风,早有小军报来,说中军的大旗被风折倒。众党员听报,吃惊不小,他们都因为范首领在先不见,疑惑他只身出营略阵,像范杏生平时干事,都是独往独来,这回独自出营,估量绝不是出了什么变故,现在听说一面中军大旗被风砍倒,众党员一个个都是提心吊胆,恐怕这般不祥的朕兆,要应在范首领身上。他们预先已令伍德、苏大错郎舅两人出营寻觅范首领的踪迹,这会子却仍不见伍德、苏大错回来。

忽然探员进营报告说:"我军已进南台,水天雄已弃甲曳兵而逃,水地雄已被我们副首领所杀。"

众党员听报,即喝令探员退出再探,谁知第一起探员才出营门,那第二起探员又飞报进来了。

欲知后事,且阅下文。

第四十八回

警电突飞来毛将安附
肉刑恶作剧死有余哀

话说杨锡庆等一众党中,又听第二起探员前来报道:"祁公子早经阵亡,邵继光早经鸣金收军,水天雄、水地雄的部队早经被各队的将领杀了个一干二净。"

众党员听毕,亦复惊喜参半,但仍不知范首领和伍德、苏大错三人的下落如何,各在那里猜疑了一会儿。

直到三更以后,忽见一个五十来岁的老英雄到营求见,杨锡庆看那名片上面写着"秦子明"三字,知道是秦得海的父亲来了。杨锡庆暗忖,秦子明秦老英雄向不肯干涉国事,这回不请自来,必有缘故,连忙吩咐摆队相迎。

众党员当时将秦子明迎进后营,杨锡庆伏地而哭,诉说他父亲和薛、祁二位仁叔都被三元会的妖人熊奇暗害,于今和官军接战的时候,祁公子也流血沙场,死在水天雄手里。

秦子明不待杨锡庆接说下去,一时老泪纵横,雨也似的洒将下来,忙将杨锡庆一把扶起说道:"我早知你们铁血党里的人物应有今日的流血,那时薛老英雄若听广师的话,亦何至有今日?"说毕,仍是痛哭不止。

众党员都一齐劝道:"先首领父子及薛、祁二位老人家虽然蒙难而死,但于今邵继光的兵势渐渐支持不住,我们若生擒了邵继光那厮,一路间势如破竹,直杀到北京城里。先首领父子及薛、祁二位老人家都已名彪千古,也算得生荣死哀了。"

秦子明听毕,忙揩着眼泪回道:"你们还指望生擒了邵继光那厮,做出一番惊天动地的事业出来,你们哪里知道铁血党里一班出发的将领,以及那些热血的健儿,都被邵继光一网戮尽了。"

众党员蓦地听秦子明说出这样的话,险些都呜咽得说不出来,举动间都失了伦次。

秦子明又接着哭道:"得海的为人最是倔强不过,当初进你们铁血党的时候,我就劝他不可逆天行事,满奴的隆盛时代,不是你们这几十个热血英雄凭着这刀剑、心血能把这乾坤扭转过来。

"得海若肯听信我的话,是不会走错,也不致这样的结果收场了。他那时曾对我说:'什么唤作天数?这句话叫做儿子懂不来,儿子只知那满奴欺压我们的汉人,心思愈出愈奇,手段也愈用愈毒,放着儿子不死,迟早要拼却这条性命,同那满廷作对。天生儿子这样的人,原是想为国家争回气数,不是父亲一个人所私有的。父亲若就此让儿子入了铁血党,自然儿子将这个身躯送给了铁血党;果然父亲不肯放儿子入铁血党,儿子却偏要入铁血党。'

"他越是这般地违拗我,我心里越是爱他。于今回想起来,越令我心痛肠断,我儿子和一众英雄的尸骨都被广师收去了,只有你们那位范首领,已经葬身鱼腹。其中的详情,我没有这闲暇工夫和你们多谈,无论嗣后凶吉如何,你们也能明了。于今我对你们有一句忠告,听与不听,也悉由你们主张。事情已糟到这一步,三十六招,你们也只有走为上招。"

众员听罢,不约而同地都哭出声来。当由钱四含泪问道:"据你老所说的话,范首领和一众出发的将领士卒都被邵继光

329

那厮一网戮尽,我虽没有什么智略,然而也粗解几个字义,自幼也读过几部古书。于今范首领及出发的党员都已杀身成仁,皮之不存,却叫我们毛将安附?我这时虽知用我们十来个党员和那邵继光倾城一战,这分明是拿着鸡卵碰石头。但我向来的志愿,与其偷安而生,就不若殉难而死,成败亦何足一计?我深信中国的人心不死。我死以后,当自有替我们报仇的人,只是邵继光如何一网戮尽我们出发的党员,还望你老明白宣示则个。"

众英雄等钱四说完这话,齐表同情,听秦子明是如何的回答。

秦子明急道:"我若将这话详细说了出来,也许延挨许多的工夫,这是什么时候?若有谈叙这番话的工夫,我多久就说了来了。我看时候已将要到了,你们不用多说,快随我一路去。"

众党员哪里肯信,转瞬间那秦子明已倏地不见,众党员那时又痛哭了一场。

忽地听得城外一声炮响,小军门飞报:"邵继光的大兵已杀进城来!"

钱四即偕众党员登高一望,却见有无数的军马杀来的样子。那城内居民风声鹤唳,仓皇惊避,情状极为可怜。空中还有许多的将领,向大营飞来,眨眼间天昏地暗,星斗无光,钱四和杨锡庆、孙泽等待要运用剑功抵制,哪里还来得及呢?

众党员那时都觉仿佛被一个巨人将他们一齐抓入腹中去,可怜城中的军士都不愿降,却被邵继光的将领杀个鸡犬不留,那乳燕也就同时屠杀了。这一阵号哭叫痛的声音,真使云愁雾惨。

邵继光回到福州,将钱四等一众党员都押到堂前。

邵继光道:"昨日伍德、苏大错两个,因去探看范杏生的踪迹,杏生已被本督杀死,尸首随波逐流,早葬入鱼腹了。他们却不知其中的底细,及本督对你们一班的男女叛贼略显出小小神通,已将他们抓入网罟。那两个东西,仗着有吃雷的胆,见了本督,就想和我斗斗,斗得过我,就栽我一个跟斗,斗不过我,就预备拼却他们两条不值价的性命。无如这种便宜,不能让他们占去,却被本督顺便将他们擒入营中,已和那二十四个男女叛贼同正了国法了。你们这一批反叛,于今既撞在我的手里,在你们的意思,早已不打算有生存的希望了。其实不然,本督要问问你们,今天那二十六个反叛的尸骨,同时都不见了,大略你们这班叛贼还有能耐在你们以上的人,只要你们把这些人供招出来,本督有这手段,开脱你们的生路,倘若执迷不悟,就难怪本督不用严刑拷问你们,硬叫你们的皮肉吃苦。"

钱四等一众英雄这时都已咬紧了牙关,哪肯把广慈收骨的事诉说出来?各自向邵继光肆口痛骂,比《水浒传》阮氏三雄所骂巡检何涛的话还加倍严酷。

邵继光冷笑了一声,吩咐左右,先用藤条在众党员身上痛打了一番,只打得众党员皮开肉绽,鲜血淋漓。

钱四、杨锡庆等各位英雄都具一身的本领,纵然剑功已坏,这一顿痛打,倒也能熬得住,至于卜益如、云汉三、柏其怀这三个文人,都生就孱弱的身躯,那值刑的人以后挨次将卜益如的衣服剥得个一干二净,绑上了天平架,雨也似的藤条子在卜益如身上飞舞。卜益如却怒目忍受,不则一声,那血花溅处,霎时间打成了一个血人,直打得一佛涅槃、二佛出世,方才放下了他。挨次又打到柏其怀身上,柏其怀也将生死置之度外,刚打得剩有奄奄一息,那值刑的便停手不打了。

云汉三在旁见这景况,已吓得魂不在身上,他本是个文弱不堪的老书生,哪里经过这样的毒打。

邵继光向云汉三一望,说:"快将这厮绑上去。"

云汉三吓得涕泪直流,赖在地下不肯动弹,不由得叫出亲娘来。值刑的人心里暗暗一笑，哪里还任他赖在地上，硬扯着他，上了天平架子，扬着藤条，倒山也似的打在他身上。云汉三皱一皱眉头，把牙齿都咬得碎了，直打得他寸骨寸伤，昏昏沉沉地不知道什么，忽然在痛极的时候，说："我可实招了。"

邵继光急吩咐且缓施刑。那值刑的人忙将他扶到堂上，邵继光故意气得脸色发青，把公案拍得震天价响，说："这厮真是不打不出血的脓包，快将那盗骨的反叛，姓什么，叫什么，在什么地方，有什么能耐，且详细实招出来。"

云汉三睁开了昏花泪眼，看众党员都现出满面的怒容，云汉三暗想，我已准备吃他打死，可恨叫我不轻易一死，也罢，好在这藤条子滋味我已尝试过了，大略官场中的刑法，我是知道的，这苦刑我已挨熬过去，随便任他怎样地摆布我就是了。心里这么一想，胆子就壮了许多，当向邵继光回道："你问那盗骨的是一个怎样的人，说来连我也不明白。我们同志的好手甚多，我知道他是哪一个？"

邵继光又便改换了笑容问道："你们叛党中杀不死的叛徒到底有哪几个？"

云汉三回道："若论现在，也只有我们这几十个人，除了我们这几十个人，数也数不过来。将来的同志，我知道他们的势力定许在我们以上。唉！方才的话原是哄你的，我于今已落在你的手里，你要想在我身上打出实从来，我就不是铁血党的同志。"

邵继光又怒道："这厮满口支吾，该打该打！"

一面说，一面又令值刑的人仍将他绑上天平架子，吩咐左右："取一杯盐卤上来！"

那值刑的人舞动藤条，如撒豆子般打在云汉三身上。打了一会儿，即将盐卤撒在那血肉模糊的所在，撒了一会儿，又打一会儿,打上一会儿,又撒一会儿,直痛得云汉三不住哎呀哎呀地怪叫,身上的血流下来都是黑的。云汉三已晕死过好几次,邵继光急令值刑的人将他解醒过来。

云汉三到了这时,哪里还能挨熬得住,即在阶下向邵继光大呼道:"邵首领,我这时真个招了!"

邵继光听了大喜,值刑的人仍将他拖到堂下,云汉三即流泪供道:"大人要问我那个盗骨的反叛是什么样人,我本拟不肯实说出来,到了这个关头,我也顾不得许多了。那人姓……"

"姓"字才出了口,猛然间云汉三便向堂上一根石柱子上劈头撞去,霎时脑浆迸流,已失了知觉般。

邵继光吩咐用姜汤灌救,再看云汉三已咽气多时了。邵继光照例又将钱四等拷问了数遍,任凭邵继光使出怎样的飞刑,钱四等早准备一死,就这么将钱四等一干党员都绑出去砍了。但邵继光始终要探试那夜盗骨的人毕竟是谁,且不将他们的尸首拖出藁葬,却留在营中,由邵继光亲自监视。接连半月有余,那尸首早已腐化,虽在初冬的天气,总有一股腐臭的气味,比什么都难闻。邵继光也只得令人将那尸骨付之一炬。福州的祸变,就此告一段落。

且掉转笔头,再说全富春、姜林、卜怀德、郭淮及观性和尚一班侠客到了莆田,知道铁血军中一众男女英雄死者不计其数,其余的党员也就花飞云散。依全富春、姜林、郭淮的意思,就想在夜间到福州去,刺杀了邵继光,好替铁血党人报仇。观性和尚却不肯放他们去冒险寻衅,怀德深信观性的话大有经验,因帮着观性,劝他们不用深入虎穴。大家就此离了莆田,一时却没有栖身的所在。

观性一路向全富春等说道:"贫衲有一个僧侣,在四川鹿头山上创设朝阳禅寺。这僧侣法名唤作印玄,比我年纪要大十岁,十年前在无锡会泉山时,曾和他会面一次,他也是少林派中的一个人物,和贫衲是一家的人,性格也投合得来,不过他做事的时候,比贫衲要稳健些。后来贫衲因奔走江湖,想把这大好的河山恢复过来,却没这闲工夫到朝阳寺里去和他攀谈。于今我们已无家可归,何妨到他那里避一避风头?慢慢地设计,再图恢复。在诸君的意思,以为何如?"

全富春等四位侠客却一齐称好,就此向四川鹿头山而来。

欲知后事,且阅下文。

第四十九回

积重难返釜共舟沉
不平则鸣声随泪尽

话说全富春、姜林、卜怀德、郭淮等四位侠客，那时便听从观性的话，一路向四川鹿头山而来。经过江西罗霄山岭。这罗霄山在萍乡总治东南一百里之路，为湘赣二水的分水岭，山人多以务农为业，松杉柏樟，点缀着罗霄风景，苍劲中跃出妖冶的姿态。那全富春等僧俗五位剑侠都是奔走国事的劳人，却也无心浏览山景。

大家正由山那边走过山这边来，忽地郭淮望着观性问道："观师足迹遍天下，凡名山大谷之间，无论是方内方外的畸人异士，提起姓名来，观师知道得很多。这半山间有一个姓吴的道士，道号唤作乐天，能知过去未来的事，山中人都称他活神仙，他却也生得一副仙风道骨，虽然年事已高，而精神饱满，鹤发童颜，声音非常响亮，两眉中间有一粒朱砂的红痣，不知观师可认识他吗？"

观性道："贫衲虽是个方外人，穿青的偏不喜欢护着黑汉，什么是神仙？这些和尚、道士大半都是三元会徒一流人物，哪里能知过去未来的事？我们一班同志出家的人，谁愿意将一把头发付之一剪？无奈天地之大，偏不能容我们一班奔走国事的男子，披剃出家，这原是我们临时不得已的苦衷。像这班道士，完全是世界上一个吃白食的闲汉，他就是个神仙，却于世界上有什么好处？所以贫衲尝说世界上多一个神仙，不若多一个剑侠，他自炫能知过去未来的事，这原是骗人的，一半说得对了，乡民无知，都将他同神仙般地恭敬起来，一半说得不对了，他话里总带着两边风，求相问卜的人都相信神仙不打诳话，却不因他的话说得好，便是吉征，说得不好，便是凶兆，都说仙机不能显然泄露，神仙的预言，总包藏在隐微之间，使人在仓促中解不透，说不出。及至事端已过去了，乡民便自诩恍悟过来，说，原来如此，哪知已受了他的欺骗了。这种道士，真是狗屁不值，还说他是什么神仙。贫衲对于方内外的畸人侠士，粗认识几个，至于这班欺世盗名的道士，贫衲向不轻易去拜访他，如何得与这姓吴的认识起来？"

全富春、姜林、郭淮一齐说道："观师休要藐视这个姓吴的道士，我们耳朵里也仿佛听得有这么一个人，他判决过去未来的事，斩斩截截的，都说得牙清齿白。他虽不是个神仙，却也能算得一个高人畸士。"

郭淮道："我又不是个胡吹瞎说的人，说一句话，观师总是一百个不相信，可是也有人替那活神仙说几句公道的话。记得三年以前，我到这罗霄山上，就听得有这么一个活神仙，其时我也不大相信，把他看作江湖上医卜星相一流人物，因为一时好奇心切，就想抓住他的把柄，好栽他一个跟斗。黑夜到他庙里去问他，看他一个人盘膝打坐，坐在那云床上面，态度十分安闲。我那时穿着一身的夜行衣靠，要是没有担当的无名术士，若见得我那个样子，也许把心肝五脏吓得跳出口来。这姓吴的活神仙却像似行若无事般，略睁眼向我微笑，依然恢复到旧时打坐的模样。

"我当时气得牙痒痒的，劈口问他：'我这一世以来，过去的事是怎么样，未来的事又是怎么样？你若说得对了，我就真个佩

服你是一位活神仙,情愿做你的徒弟,把你看作老子娘一般孝敬。若是有一句说得不对,看我有这本领,打你这一个翻天印。'

"我说完这话,那活神仙听见,仿佛同没有听见的样子,听他鼻息间毫无声息,好半会儿没有回答我。我实在不能耐烦了,因忖,他既是个神仙,可以长生不死,且给他个白刀子进,红刀子出,看他有什么长生的法术,能避免不死,做个神仙?

"我一动了这个杀机,却把头上的青筋都暴起来了,哪里能按定火性,劈手一刀,就向他咽喉上刺下,遂将那把刀在灯光下嗅了一嗅,也有一股血腥的气味钻到我鼻孔里,云床上更是血迹淋漓,那活神仙早就栽倒床上。

"我即收刀入鞘,心里却笑得什么似的,闷声不响地走出房来。刚穿过一重天井,星光下看见前面来了一个十五六岁的道童,手里捉着一支宝剑,向我大喝了一声道:'活仔猡,快纳下你这颗头来!'

"我自信我的本领,从没有败在无名的小辈手里,哪把这未成年的小道童看在眼里,早已站定门户,要和那道童交起手来。谁知才斗了几合,即觉那道童的剑法迥与别个不同,他那过人的解数,真使我解不过来,渐渐有些支架不住了。待要把精气神所练成的剑功使出来,但周身都觉得寒飕飕的,心里虽要使出剑功,事实上已是办不到了。

"其时天光渐渐发亮,一群的寒鸦在头顶上噪了过去。我被那道童的剑法正逼得难解难分,看来性命危在呼吸。忽听得背后有人一声叫道:'钝根,你怎么和人厮杀起来?还不与我走进去!'

"那道童听了,即放开解数,虚闪一剑,抽身转向回廊间去了。

"我那时回头一望,望见一位岸然道貌的老者,那两道眉毛像个八字形,眉中间有一粒豆大的朱砂红痣,不是活神仙却是哪个?我就吓得一魂从头顶上飞出去,一魂从鼻孔里钻出来,还有一魂撑持着这个臭皮袋,如其不然,就老早栽倒了。

"那活神仙只望我一笑,笑里含着一种不怒而威的神气,向我招一招手,我仿佛身不由主般随着他走进那座禅房。他叫我坐下,我要偏不坐下,谁知他用手在我左膀子上一捏,我就觉得有些站脚不住,也不容我不坐下来了。他在云床上取出一支竹杖来,给我细看。我不知是什么缘故,仔细看那杖头上刀痕宛然,印有丝丝的血迹。又不禁吓得心肝肺腑都在腔子里活活跳动起来。

"活神仙又冷笑了一声道:'郭淮,你是存心要打贫道一个翻天印,好显显你的本事,哪知贫道有一点儿小小的神通,不致伤在你手,倒刺了贫道这根竹杖。你要问及过去的事是怎么样,未来的事又是怎么样,贫道且对你说几句看,你不妨平心静气地听一个明白。贫道并不伤害你,也不能收你做个徒弟。'

"我当时听到这里,心里好似一块石头落下地来。那活神仙接着说我家住在哪里,家中还有多少人口,把我过去的事,一句句都说到我心坎里,有些痒痒的,好像他一时一刻没有离开我身边的样子。及至说到未来的事,活神仙不由长叹了一声,眼中早滴下几点泪来。

"我见活神仙咽住了喉咙,不忍向下说了,便苦苦地追求他。他说:'你一个人的成败与否,这算得什么大不了的事?你们一班的同志都想凭着这一口气,要把这一个花花世界翻新过来,无如积重难返,终有釜共舟沉的一日。我这时若阻止你的雄心,收你做个徒弟,这也不能算是违逆天数,你的造化是大得很,终不是个流血人物。但是这个花花世界,虽不是你们的势力所能翻新过来,然而前者仆而后者继,你们的同志虽然失败,成功也许在百年以后,却要你做个线索,好把后来的一班侠义英雄,使他们肝脑涂地,成一个流血人物。'

"活神仙说到这里,即在我右膀子上一捏,我登时身体上已能转动自由。活神仙急唤钝根送我出门,我再欲追问下去,活神仙却依然打坐云床,一言不答。那道童又追迫得很,我只得出那庙门。

"这些话向不曾对全大哥等说出来,意思是怕阻止他们的雄心,却不幸活神仙的当日预言早应在今日。他不是个神仙是什么呢?"

观性听罢,便向全富春等说道:"既然这罗霄山上真个有那么一个畸人,据郭阿弟谈说起来,那道者不但神通广大,并且武艺超群,我们不妨一同前去会一会他,好开开茅塞,横竖我们的行踪无定。倘那道者能够可怜我们都是落难的遗民,肯容纳我们,我们可不必到鹿头山去了。"

众人说着走着,看前面有一条石道,两边的松杉如同摆队相迎的样子,里面早露出黑压压的一座红墙。

郭淮便指着那座红墙说道:"你们看这里面,如同桃源仙境般,不是个活神仙,怎配住在这里?"

说话中间,大家已不知不觉地走近那红墙的所在,看庙门额上写着"三峰古庙"四个金字。

大家走进庙门,郭淮第一眼快,早看见那钝根走了出来,郭淮便招手说道:"钝师兄,我们好久不会了,哎呀呀!钝师兄数年以来,越发出落得品格不凡,你们修道的人真好自在!"

那钝根见是郭淮同一个和尚、三个英风俊伟的人物一路而来,忙走近一步,也不暇和众人招呼,便向郭淮握手说道:"郭大哥,你们来得正好,我师父有话要同你们商量呢!"

郭淮觉钝根和他握手之间,来得十分沉重,忙退后一步说道:"钝师兄又要和我作耍了,五年前曾被你作耍得要命,以后见了你们一班模样的人,总有些心惊胆战,所谓被黑狗咬了,见了黑狼,总是害怕的。"

钝根便笑向全富春说道:"诸位英雄都在这里,小道并没有挑着他的眼花,是碍着诸位英雄的分上,倒惹得他说出这样的好话来了。"

全富春等忙近前招赔道:"我这位郭兄弟,说话总带着稚气,望羽士看在我们的分上就是了。"

钝根道:"你们真不是好相识,这些话分明是打的红娘,骂着莺莺,你们说郭大哥说话带着稚气,难道小道还脱了稚气吗?"

郭淮道:"我们讲正经吧,尊师可在禅房里没有?"

钝根道:"怎么不在那里?他老人家正同一位年轻的姑娘对面谈话,谈的是什么我不敢问。"

卜怀德道:"你又来了,你师父是那般毫无人格的人吗?"

钝根道:"谈话有什么要紧?这位姑娘是我师父的徒侄,现在广慈师伯的门下,吕晚村先生的女儿,闺名唤作四娘。我师父方才吩咐我,说:'四娘是比不得外人,今天郭淮带着姓金的僧俗四人到我这里来,我有话要吩咐他们,你去请他们只管进来。'"

全富春等听说吕四娘现在这里,他们虽未会过吕四娘,但四娘的大名如雷贯耳,早已熟烂于胸,便随着钝根走向那禅房而来。当由郭淮把全富春等四人一一对乐天、四娘介绍已毕,众人一齐入座。他们做侠客的心怀坦白,用不着避什么男女嫌疑。

全富春等见四娘两眼泡上哭得像红桃子般,第一由郭淮开口问道:"吕小姐,我们都是奔走红尘的人,小姐却为何事伤心到这个样子？"

四娘听了，又不由得哇的一声哭出来了,那眼泪更流得像断线珍珠般,再也劝解不住。越哭越觉伤心,咽喉里渐渐不能成声了,那眼泪也流得干了。这种无声之泣,更比那有声之哭加倍的痛苦。

四娘哭了一会儿,方才掩着眼泪说道："我适才和四叔谈到铁血党里一班流血人物,为什么就应该这样的结果收场？他们的起义,为什么就该那样一败涂地？那满清的大皇帝,为什么就该享有天禄,把我们汉族当作鱼肉般一样葅醢？满清的国运为什么就该隆然而兴,把我们大好的山河作践得不成模样？这不但是人世的不平,连天道也不平了。不平则鸣,能不令天下伤心的人同声一哭？"四娘说到这里,已哽咽得不能向下说了。

乐天便接着说道："如今铁血党里男女英雄,大半都越升天国,只有齐五、岳绳武、许仁阶三人不在劫数,日后也许闹出天大的事体出来。可怜已死的男女英雄,有的尸骨无存,有的尽为师兄收埋白骨。还有祁铎的妻子袁彩屏、钱四的妻子闻芸姑、伍德的妻子闻巧姑、杨锡庆的妻子卜翠锦,以及铁血党员各家的眷属亲戚,在都阳山圆通古庙的,都被广师兄带到太阳庙里,可怜她们这四个弱女子都已脱离现世,追随她们的先夫,同到泉下去了。"

毕竟乐天又说出什么话来,欲知后事,且阅下文。

第五十回

美人物化红血染桃花
烈士名成丹心留楮叶

话说吴乐天继续向下说道:"岂独这四女子已经殉烈而死,连那钱乃刚的妾小崔乳燕也被邵继光的妖法所害了。"

全富春等僧俗五人听到这里,固然为铁血党里一众英雄洒一掬同情之泪,也不禁为彩屏等扼腕。

大家伤痛一会儿,郭淮即向乐天问道:"据钝根师兄说,你老人家所要吩咐的话,就得请明白宣示出来。但有用我的去处,叫我火里火来,水里水去。"

吴乐天道:"你这会子原要到鹿头山去的,你可知道观师兄那个伴侣已不在鹿头山了,至于他的行踪所在,贫道这会子也不用告诉你,你也不必去请问他,日后自有遇合的机会。今天四娘到贫道这里来,说是四川峨眉山上有一位玄化真人,他的法术比邵继光大,志趣却迥乎与邵继光不同。那铁血党员殉义的事,原是玄化真人在广师兄那里说出来的,但玄化真人的脾气十分古怪,两个眼睛太不识人,前时邵继光在四川传教,玄化真人不知邵继光是个包藏祸心的人,反说邵继光为人忠诚可靠。后来玄化真人也回想过来,明知邵继光造出滔天的罪孽,玄化真人却不肯去除掉他,意思是因自家既然把邵继光看作一个传教的人物,十分地优奖他,忽然又说邵继光不是个正经人数,决定要除掉他,越使天下人笑自家太无见识,做事太反复无常,神经错乱的人,不想到什么意思则已,一想到什么意思,就抱定自家的理由,是不会错的。

"前日在广师兄那里,被广师兄责备他一番,玄化真人却决意回峨眉去,从此优游山水,不问时事了。你们僧俗五人可到玄化真人那里,投在他的门下为徒,学成了法术,日后也许能做出一番惊天动地的事。至于齐五、岳绳武、许仁阶三人,你们和他们的缘分不薄,自然也在玄化真人那里一齐握手,这里也不是你们的栖身所在。但你们不时可偷闲到贫道这里来,有话和贫道商量,是不妨事的。"

就此,全富春等僧俗五人,便向峨眉山去了。我且按下不表,转过山头,回到岳绳武身上。

且说岳绳武那天和齐五凌空而去,并看不见空间除去他师父齐五而外,没有第二个人。再看地面上浓云薄雾之中,现出许多的蛛网,众英雄已一齐陷入罟网之中。

岳绳武睹此情状,却不禁伤痛起来,便向齐五说道:"师父,徒弟方才因你老人家去了,好像顷刻间不能和你老人家离开,于今见众同志一个个都被邵继光一网打尽,徒弟却不忍坐观成败,无论如何,徒弟却要和邵继光拼却了这条性命。"

齐五听毕,也不禁伤痛起来。岳绳武在这时候,似乎觉得有人在他身上推了一下,恍惚间好像做梦的一般,梦中也不知经过了多少时辰,醒来觉得身上有些薄薄的寒意,出了一脸的冷汗。看自家卧在一座山岩中间,上不透日,下不透空,好像天造地设的神仙洞一般。凭岳绳武有冲天的本领,怎么能会出这山洞呢?岳绳武是修过天耳通的,能在山这边听山那边的人说话,在百步外听苍蝇鸣声与响雷一样。据说齐五的天耳通法,还比岳绳武高,高到什么地步,我却不能说出个所以然来。

岳绳武正在焦急的时候,急听岩壁间似乎有人说道:"你须仔细不要后悔,我看这一下子,要杀你个一干二净。"

接着,又听另一人说道:"我与你势不两立,用不着你这样的客气,你且杀得来,不是你死,便是我活。"

岳绳武听毕,一惊一喜,暗想,山壁那边可有人厮杀吗?如果有人厮杀,我且放出剑光来,凿破了这个山壁,或者山壁那边既然有人,还可以借此寻出一条出路。拿定主意,便运足了气功,放出一缕的剑光来,那剑光细如蛛丝,原因山涧间空气不足,所使的剑功却无法可以运足了火候,剑光也不像在空气十足的地方那般大,但那细小如蛛丝的剑光已能将山壁间凿成一个小洞。两眼向洞外一瞧,却见山壁那边另有一番天地,有两个道人在那里下棋。

岳绳武不由笑了一笑,就在这一笑中间,好像身子同腾空的一般,岩石若无障碍,咄嗟间已出了岩洞,看自家站在一株大樟树下,那樟树高有四丈,周围都合抱不来,树旁边现出一渠的涧水,潺潺作响。

岳绳武穿过了涧水,身在半山之间,看那山岭如同一条龙飞在上面,形势十分陡峻。岳绳武在半山间行过五十步外,便见有许多的青冢,都竖着一块石碑,碑上并没有什么字迹,唯有一座桃花树边,有四座坟茔,也各竖着一块石碑,那石碑却有字迹。岳绳武仔细向那四块石碑上逐一看来,正如古小说书上所谓不看犹可,这一看,又禁不住滴下几点英雄泪来。

原来那四块石碑上面写着某年某月、某某某某烈女之墓,原是袁彩屏、闻巧姑、闻芸姑、卜翠锦四人的茔墓。再看那一树的桃花,娇艳异常,红得如涂上一层丹砂,始知美人儿已经物化。

这时,山间适有一个人走来,岳绳武问那人这山唤作什么山,那人回说是飞龙岭。一句提醒了岳绳武,心想,这飞龙岭不是广慈老师姑的住所吗?看这时的天气,和暖异常,桃花可在盛开的时候,不像秋末冬初的景况,我只在恍惚间做了一梦,梦中是什么情节,我都记不清楚。又在那岩洞间约停了一刻时辰,怎么已经过六个月了?"洞中方七日,世上已千年"这两句话,我在先疑是文人信口吹的牛皮,于今可是我亲自经验过了。想到这里,又唤住了那人,问今天是多早晚了。那人又回说是四月五日。

岳绳武又问道:"四月五日,怎么桃花还开得这样的红艳?"

那人道:"这桃树不知是谁人栽的,冬天已开花了,至今未尝凋谢,我们山中人却不知是什么缘故。"

岳绳武听了,不由叹息了一会儿,转想到那边累累的青冢,冢上也各竖着一块石碑,却没有字迹,这许多的青冢,凭我自己的感觉推想起来,却有几分是我们铁血党里的人员,吃邵继光一网打尽,正是他们尸骨是被广慈老师姑收得来的,竟将他们埋葬在层峦芳草之下,英雄儿女,各占千秋。石碑上没有写着字迹,却因他们都是大逆不道的国事犯,石碑上若写着字迹,这许多的坟茔,就得受官府干涉,少不得使他们这已死的冤魂还有暴骨扬尸之惨,可见广慈老师姑心思致密,迥非寻常人所及。

果然他这一猜倒猜个正着,但他这时还有一个疑团,却使他猜摸不出。铁血党出发的男女英雄,除去我们师徒,共有二十六人,祁公子虽然阵亡,还有二十五名党员,怎么这许多坟茔,数来数去,还有二十六座呢?至于范首领、钱四等十四名党员,这时却不知是否已殉国难,这累累青冢之下,是否可埋着他们的尸骨?

岳绳武想到这个问题,心里委实解决不下,看那人已走得远了,岳绳武对着那许多的青冢,唏嘘凭吊一回,那眼泪却如泉涌般涌个不住。

这时日已薄暮,山谷间满布着愁烟惨气。岳绳武当时便插土为香,和泪当酒,匍匐在那许多青冢之下,暗暗地祝道:"我伯叔兄弟姊妹众同志的阴灵不远,我岳绳武若存在一日,决定要替我国民报仇、替英雄报仇,凭着这把刀、这一腔热血,出生入死,决定铲除了那班城狐社鼠,把满奴撵逐出境,相率中原的豪杰,还我们的大好河山。事成则托众同志暗中默佑,事败则我岳绳武却不知暴骨何处。哈哈!男儿第一开心事,死在沙场是善终,众同志虽然先我而死,然英烈之气,千古不磨,公论自在盖棺以后,一片丹心将永留楮叶之间,众同志虽死亦可瞑目……"

岳绳武方祝到这里,转不禁又伤心痛哭起来,只哭得一佛涅槃、二佛出世。忽地平地陡起一阵阵阴风,寒飕飕地砭入肌骨,看天边半边新月如钩,依然像是个光明世界,那阵阵的阴风却吹得岳绳武毛发直竖,一时山间狼嚎虎啸之声震动耳鼓,夹着一片神号鬼哭的声音,如猿啼,如龙吟,如孤妇之泣于幽壑。岳绳武被这种号哭的声音哭得心肝俱裂,那些桃树被风摇动,花片飘飘,要飘下一大斗来。

霎时间便见有许多的英雄儿女围绕眼前,岳绳武凝神一望,却是钱乃刚、秦得海、徐志骧、宋大来、米石丹、伍德、苏大错、吴焯、黄士龙、徐燮、秋平、宁焕南、宁焕中、宁焕东、宁焕章、程勋、韩锦、辛有节、余成龙、封庆、荀炳、李忠、王云虎、曹红瑛、荀珠珠、伍爱珠等,一班男女的英雄都在那里仰天大哭。内中是没有祁铎、许仁阶两人,却多了伍德、苏大错两个。

岳绳武向伍德、苏大错询问,又见那桃树下坐着袁彩屏、闻巧姑、闻芸姑、卜翠锦四个女子,彩屏向南而哭,巧姑向着伍德哭,芸姑、翠锦二人,一声"夫"一声"哥哥"地哭个不住。

苏大错便哭向宋大来问道:"宋阿哥,我们范首领等一众英雄,这时到哪里去了?"

宋大来且不答应他,做手势给他看。岳绳武见了,也仿佛知道范杏生等一众英雄都死在邵继光的妖术之下,暗叫:"苍天苍天,为什么要把我们铁血党里的重要人物一网戮死?不是适才在岩洞间遇见仙人,我就疑惑天上没有菩萨。"

岳绳武越想越悲伤,又向众英雄问道:"你们都是赍志以死的人物,这千斤担子,却要挨到我师父的身上,范首领当日预言,已一半成了谶语。但我师父一齐和我出了龙潭虎穴,中道间便解拆开来。我师父现在哪里,在何日出山,替我们已死的同志报仇,替我们未死的亡命争一口气,众英雄请对我说出来吧!"

宋大来等听了,各自破涕一笑,就在这一笑之间,岳绳武已是一梦醒来,睁眼一看,那宋大来等一众男女英雄都不见了,看那一钩新月,要从山顶间坠落下来,心里还疑惑是在梦里,用手指在口中一咬,觉得有些疼痛,才知这时不是梦境。辗转坟冢间,想再求这样的梦境,好同已死的铁血英雄,重行魂魄相依,倾谈一会儿,哪知心里越想做梦,越觉得不能安睡,仍将身子蜷伏在一座青冢之下,一时半山间又狼鸣虎啸起来。

看青天上已吐出一线的曙光,岳绳武这日且不到飞龙岭去,在一个小镇上买来许多的金箔纸锭,到这里来焚烧一番,仍想在这里求梦,一时心血不宁,如火之焚,如鱼之跃,哪里能睡得着,夜间又暗暗地祷祝一番。说也奇怪,岳绳武今夜在未梦的时候,好像顷刻间便要和已死的铁血英雄重行聚首,及至身上有些倦意,合眼便沉沉睡去,却再也寻不到昨夜的那样梦境。

嗣后一梦醒来,那红红的太阳早射在半山以上,岳绳武重把那眼睛揉了几揉,兀自仰天长叹了一声道:"想不到我们铁血党里一众同志,一个个都是虎跃龙飞的健儿身手,竟致一败涂地,拼弃着无量头颅无量血,满腔家忧国忧,双肩公仇私仇,这时却抛向哪里去了?唉!河山运歇英才尽,鼙鼓声沉战血腥。天醉了,不问天,天权尊贵人权贱,且看这金粉飘飘零,河山依旧,前路茫茫,往事尤不堪回首。"

岳绳武在半山间仰天歌哭了一会儿,不知是转向哪里而去。

我这部《铁血健儿》,却不忍再编下去,也就从此搁笔了。